玫瑰帝国

巴别塔之夜

步非烟 著

山西出版传媒集团　山西人民出版社

图书在版编目（CIP）数据

玫瑰帝国. 巴别塔之夜 / 步非烟著. —太原：山西人民出版社，2025.3. — ISBN 978-7-203-13430-5

Ⅰ . I247.5

中国国家版本馆 CIP 数据核字第 2024ZC3077 号

玫瑰帝国. 巴别塔之夜

著　　者：步非烟
责任编辑：姚　澜
复　　审：魏美荣
终　　审：贺　权
装帧设计：孙健予

出 版 者：山西出版传媒集团·山西人民出版社
地　　址：太原市建设南路 21 号
邮　　编：030012
发行营销：0351 - 4922220　4955996　4956039　4922127（传真）
天猫官网：https://sxrmcbs.tmall.com　电话：0351 - 4922159
E — mail：sxskcb@163.com　发行部
　　　　　sxskcb@126.com　总编室
网　　址：www.sxskcb.com

经 销 者：山西出版传媒集团·山西人民出版社
承 印 厂：山西出版传媒集团·山西新华印业有限公司

开　　本：720mm×1020mm　　1/16
印　　张：28.75
字　　数：436 千字
版　　次：2025 年 3 月　第 1 版
印　　次：2025 年 3 月　第 1 次印刷
书　　号：ISBN 978-7-203-13430-5
定　　价：78.00 元

如有印装质量问题请与本社联系调换

目 录

楔　子

（一）

这是一座宫殿，二十六根巨大的石柱，足以让人想见它的恢宏与壮丽。但它还没完工，脚手架下堆积着凌乱的建材，地毯也是匆匆铺上去的，下面的地砖还未来得及平整，显露出大大小小的凸痕。

但这并不影响殿内气氛的热烈。

人们排着长队，队伍里什么样的人都有，有渔夫、匠人、农人、守林员，甚至还有孩子……他们是要将合众国二十周年庆典礼物献给芙瑞雅公主的人们。

芙瑞雅公主出海尚未回归，他们就将礼物全都托卓王孙转交。芙瑞雅公主要嫁给卓王孙的消息已经尽人皆知，交给他，就等于亲手交给了芙瑞雅公主。

晏公爵一件一件接过包裹，听他们介绍这是什么。而卓王孙则斜靠在后面的主座上，漫不经心。他头发蓬松，衬衫上也有新鲜的酒印和皱痕，仿佛刚结束了彻夜狂欢的派对，就来履行公爵继承人的使命了。

好在，民众也不以为意——他们习惯了。对于一位马上就要结婚的年轻人而言，这点焦虑、烦躁不算什么。二十年来，民众对这位行为乖张的大公子，与其说是敬畏，不如说是宠溺。从呱呱坠地开始，他的一言一行都在人们的注视下。人们早就习惯了用宽容的心去看他，就像看着自己淘气的孩子。

时间缓慢地前移着，队伍也越来越短。等到偌大的宫殿安静下来，只剩下三个人：卓王孙，晏，最后的敬献者。敬献者裹在一件厚厚的斗篷中，看不到脸。他一言不发，绕过了晏公爵，走向卓王孙。卓王孙终于站起了身。

敬献者："她会出现在庆典上吗？"

卓王孙点了点头："一定。"

敬献者不再说话，将手中的盒子交给了卓王孙，转身离去。

卓王孙沉默良久，打开盒子——那是一顶缀满宝石的皇后之冠。盒子中，还有一条细细的、黑色的锁链。锁链绕着这顶美丽而奢华的皇后之冠，紧紧地缠着，不容一丝喘息。宝石在锁链的缠绕下，渗出凝固之血。

晏深深叹了口气："真的决定了吗？现在回头还来得及。"

卓王孙没有回答。阳光透过脚手架的罅隙，照在他脸上，映出阴晴交错的斑驳。

（二）

草地。

喷水花洒自动旋转着，将水洒到草上。这是草长得最丰茂的季节，浓绿的翠色将地面完全覆盖，好像一张柔软的毯子。

卓王孙坐在草地上，微微侧头，看着水珠在阳光下拖出的幻彩。他依旧穿着刚才那身衬衣。斑驳的酒痕在阳光下无所遁形，与原本洁白的材质映衬，如雪上之血。

第三大公从远处走来。无论什么时候，他的装束都一丝不苟，充满着让人屏息的威严。靴子毫不顾惜地踩在草上，草叶瞬间被碾碎，随着踩踏散开。

他在卓王孙身后止步。只有看到这个他寄托了最多期望的继承人，他的目光中才露出了慈爱。但那也只是一瞬间的事，他立即又恢复了严肃。

"你在想什么？"

卓王孙没有站起，也没有回头。他在认真地思索着，似乎这个问题的答案让他困扰。

"我在想，染过血的草，还会再绿吗？"

第三大公的脸色阴了下来："你还没做出决定吗？"

卓王孙淡淡笑了，并未回答。

第三大公打量着他，衬衫的酒痕与褶皱说明了他的颓丧、犹豫。这让第三大公怒不可遏："今天你必须给我一个答案，我不会再给你时间了！"第三大公转身离去。

卓王孙抬起头。草地的尽头，是一座大理石砌就的钟楼，纯白而安静。钟楼上是中世纪风格的金属钟，巨大的钟摆晃动着。但那钟面上的指针，却是倒着转的。

像是某种即将回归终点的倒计时。

（三）

这座城市的副中心是一座很有名的公园，公园并不大，并没有明显的界限，更没有墙。它更像是在车水马龙的烦嚣中分割出的一小块没有高楼大厦的区域，与八车道融为一体，而又有车轮之外的散步小道。

太阳落下后，这里会有无数来此休闲的市民，还会摆起小摊。很多人都说人们之所以钟爱这里，并不因为它代表着闹市中的闲暇，而是因为它的正中心有一座号称合众国最大的女王像。雕像有十几米高，栩栩如生。无论站在公园的哪个角落，人们都能看到女王对自己微笑，让人感到特别安宁。这座公园，也被称为安宁公园。

卓王孙缓步穿过人群，走到安宁公园的正中心。他仰视着女王像，静静地看着。

自他出现后，公园里的人们，就以各种原因离开了。很快，整座公园再不见一个人。而后，是与公园相邻的那些街道，不管是私家车还是公共汽车，甚至是地下穿行的列车也都消失不见。

在绝对的宁静中，卓王孙仰望着女王。他从怀中，掏出一张泛黄的相片。照片上，一位年轻美丽的女子，抱着刚出生不久的婴儿。女子的笑容很忧伤，婴儿用天真的眼睛打量着这个世界。他低头，望着相片。抓着相片的手指，很紧，颤抖。

"把灯关了。"

整座公园陷入黑暗。然后是公园紧挨着的双向八车道的主干道，接着是主干道两侧的四十二条街道，都随着这一句话陷入黑暗。

伸手不见五指的黑夜中，卓王孙静静地坐在雕像脚下，低着头看着，看着那根本看不见的照片中忧伤的脸。

如果说在公园的每个角落都能看到女王的笑容，那么，在黑暗中呢？

（四）

第二天凌晨，东方刚刚破晓，卓王孙端着一只烫金的托盘，盘里是早餐和一杯冒着热气的咖啡。今天的他神采奕奕。长长的走廊里，两侧展示的是第三大区的历史——久远，悠长，沧桑而辉煌。

他最终在走廊的尽头停下，敲响了那扇沉重的黑檀木门。他走进去，轻轻将托盘放在第三大公的办公桌上。

第三大公抬起头，看到卓王孙身上整齐的军装，胸口上挂满了各式各样的勋章。卓王孙英挺的相貌，在军装的映衬下格外耀眼。

"你终于做出决定了？"

卓王孙点头，帮第三大公往咖啡里放奶和糖。他知道自己祖父的口味。

"很好，我知道你迟早会这么做的，准备工作我早已帮你做好，第三大区的将领们也都整装待发，就等我一个命令了。"

第三大公拿起桌上的电话，摁下一串号码。电话很快接通，里面传来林公爵的声音。第三大公只是简短地说了一句："过来开会。"

放下电话，第三大公起身："我们走。"然而，卓王孙却没有动。第三大公有点诧异。平日里，只要是他的指令，哪怕再小，都必须立即执行。卓王孙没有理会，从容地将奶与糖放完，用小匙搅拌好。

"您继续享用您的早餐，我去开会——以后，您的早餐，我都会亲自给您送过来。"他将咖啡送到第三大公面前，笑容有些意味深长，"放心吧，您所想要的一切，我都会帮您完成。"

（五）

二十三分钟后，卓王孙走出房间，轻轻将黑檀木门关上，关得格外严实。

长长的走廊中，只有他一个人的脚步声。他走过昨日坐着的草地，没有停留。风吹过他的脸，带来泥土的湿润，清新又有些沉郁。

他走进会议室，整齐划一的起立声响起，他没有回应，任由这些人站着。他的目光徐徐扫过，起身的都是身经百战的将领，是第三大区的重臣。这些人手握百万兵马，桀骜不驯，胸前的每一枚勋章都凝聚着千万士兵的生命。他们从未认为战争结束过，只等一声令下，就挥兵指刃，战到不剩一兵一卒。现在，他们凝神静气，等着卓王孙下这个命令。

"昨天，当我决定熄掉所有灯时，你们知道我在想什么？"

将领们望着他，茫然。

"我在想——"他一字一字地说，仿佛每个字都有世界之重，"我要一点光。"

　　他松开手掌里的一台手机，那手机是很古老的型号。手机里只有一个号码，通讯次数没超过五次。他望着这只手机，想起了很多很多事。过了很久，他的手缓缓握紧。终于，他对即将做的这件事燃起了期待，甚或说是冲动。

　　他拨通了这个号码。接通的声音传来时，他的脸上，露出狮子般的笑容。

　　"芙瑞雅，该回来了。"

第一章　重　逢

巨浪涌来，在近在咫尺之处碎成粉屑。

寒冷渗入骨髓，刺入灵魂。

一只触手，两只触手……吸盘蠕动，倒生的尖刺裂张，碧绿的绒毛挥舞，环绕在一团巨大的阴影周围，慢慢从海底升起。阴影中有一双毫无人类感情的眼睛，死死地盯着芙瑞雅。

她毫不费力地就读出它对自己的恶意，它用恶浪包围了她，它的触手潜藏在恶浪之底，靠近她，缠绕她。它会把她拉入它的黑暗中，用那些绒毛与尖刺刺进她的身体，毫不留情地让她骨骼折断，鲜血流出。

她本能地躲闪，却发现自己被一条粗大的锁链锁在了礁石上。没有遮蔽，也没有武器。

一阵渺茫的歌声传来，海岸上有一群巫女在疯狂舞蹈，民众的欢腾声隐约可闻。她霍然明白了，她是被锁起来献祭给这只海怪的！

她挣扎起来，但毫无用处。海怪越来越近，海浪包裹着湿腻而坚硬的触手，攫住了她的身体。她身上的锁链崩断，触手卷着她向海怪而去。

芙瑞雅在海浪中沉浮，那团黑暗离她越来越近。突然，她看见那条断裂的锁链，在海水中一闪而过。芙瑞雅用尽全身力气,挣向前方。不知为什么,她有一种莫名的信念,只要抓到这根锁链,就一定能得救。触手缠得更紧,要将她拖向深渊。芙瑞雅咬牙向上,身体都被勒出了一条条血痕。终于,她抓住了锁链,锁链那一头,卓王孙的面庞,蓦然出现。

芙瑞雅:"小卓,是你?"

卓王孙点了点头。

"拉我上去。"

卓王孙微笑着点头,缓缓拉动锁链。

芙瑞雅也用尽一切力气,向上攀爬。当终于靠近他时,她却发现,卓王孙露出了一个她从未见过的笑容。这个笑容,有些残忍,也有些阴郁。

她看清楚了,那些触手环绕着他,他的身子隐在阴影中,汹涌的海潮簇拥着他为他所用。他的力量撞击着大海令大海臣服,他的身体还有很大一部分根植在深邃的海底无法穷尽,无法看清。他就是那团阴影,他就是那只海怪!

芙瑞雅并没来得及震惊,无数只触手如绽放的大丽花,从黑暗中飞出,洞穿她的身体。芙瑞雅骤然醒了过来。

海潮与呼啸声仍在耳边,衣物湿透了贴在身上,让她分不清梦幻与真实。她花了一点时间,才慢慢明白自己是做了一场梦。有可能是昨夜临睡前读的那本《希腊神话》,她刚好读到安德洛美达公主被绑在海岩上献祭给海怪,因此才做了这场梦吧。

芙瑞雅走到窗边,窗户开了一条缝,雨水从缝中灌进来。她并没有关窗,反而伏在窗沿上向外张望。

窗外一片黑暗,且是晃动着的黑暗。她在一艘战列舰上。这实际是一支舰队,保护着她的安全。舰队航行在广阔的太平洋的中心,遇到的天气越来越恶劣。她最常看到的,就是一片茫茫无边的蔚蓝或者是黑暗,舰队上的灯光照不出多远。她已经率领这只舰队出海将近半年了,出海的目的是寻找女王。

女王失踪了，毫无预兆，没有敌人，就这样消失不见了，甚至没有留下任何线索。

合众国与第一大区几乎动用了所有的警备甚至军事力量，在整个地球上展开了地毯式搜索，情报机构放下手头所有的事，全员追查女王的下落。线索找到了很多，但最终都被证明是无用的，跟女王的下落没有关系。在持续了将近一年的搜索后，合众国不得不承认，已找不回女王了。

基于没有找到女王的遗体或者确凿的去世的证据，所以合众国用了"失踪"的字眼，但所有人都知道这意味着什么。营救与寻找的级别一次次降低，到现在只是例行公事。官方虽未正式公布死讯，但人民逐渐接受了现实——女王不在了。无数缅怀活动在民间自发举行，要将女王永远记在心里。只有一个人没有放弃，芙瑞雅。她是唯一坚信女王还活着的人。

芙瑞雅与女王之间，有着常人难以想象的牵绊。女王不仅是她的母亲，还是她的人生导师，是她前进方向上的指引者。芙瑞雅一度认为，自己已经学得不错，可以独当一面了，但，北极和亲之行，让她的自信心遭受了重挫。

被龙皇石星御①绑在柱子上时，她知道自己失败了。鲜血流尽的那一刻，她是如此的脆弱无力。在真正的危机面前，她的政治手段与计谋都毫无用处，最终只能和传说中的那些公主一样，被魔王放上祭台，等着骑士和王子的救援。她做了那么多，就是不想成为这样的公主，可最后还是一样。

从北极回来后，她主动放弃了继承顺位，想再跟着女王好好学习一段时间，让自己真正成长起来。她相信，再给她两年，不，一年的时间，让她跟着女王学习，她就能真正成长起来，就能像女王一样，无论面对什么样的危难都能掌控局面。但就在这时，女王失踪了。

没人知道芙瑞雅听到这一消息时的心情。那不仅是骤失至亲的痛，还

---

① 妖族魔皇。

有恐慌。那是从北极开始就埋在她心底的不自信。这团不自信化为黑暗，化为海怪，时刻出现在她的噩梦里，让她无法摆脱。她一定要找回女王。她的世界，不能少了女王，她还远远没做好准备。

所以，当所有人要她放弃时，她带着这只舰队，在茫茫海洋上，苦苦寻找了近半年。然而，一无所获。

她不得不承认，女王就像梦中的那条锁链，也许已经沉入海底了，只剩她自己去面对那只心中的海怪。可她还没做好准备，还没有这样的能力。

她该怎么办？

坐在窗沿上，北太平洋的冷雨被暴风卷涌着，袭向她的身体。她望着黑暗的窗外，舰头的探照灯在海面上形成一条很快就被吞没的光柱。她不知是第几千次问自己该怎么办，但同之前的几千次一样，无解。她只能继续寻找下去。

就在此时，怀中响起了手机的铃声。这只手机，是他们为彼此保留的。无论多少年不见，无论隔着多远，无论遇到什么事，他们都会把这只手机藏在身上，从未离身。也许只有这只手机，才能让她暂忘北太平洋上那令人窒息的寒冷。

芙瑞雅不知不觉中露出微笑，快速按下了接听键。卓王孙的声音传出："芙瑞雅，该回来了。"芙瑞雅脸上的笑容渐渐消失："可我还没有找到她。"她低落的情绪，让手机另一端的卓王孙也沉默片刻。

"我知道，可你必须得回来——马上就是合众国二十周年庆典了，你该知道，女王缺席后，民众绝不会接受在庆典上看不到你。回来吧，这是你作为合众国的公主的责任，没有人能取代。"

芙瑞雅也沉默了。她无法反驳，这的确是必须承担的责任。

芙瑞雅的声音在风中颤抖："她还活着，是吗，小卓？无论她在哪里，她一定还活着，是吗？"说完这几个字，她哭了起来。在他面前，芙瑞雅没有掩饰自己的软弱，毕竟她即将成为他的妻子，两人之间应该毫无保留。

卓王孙一直陪着她，直到她的哭声小了下去。他说："回来吧，我为你准备了一份特别的礼物。"

"什么礼物？"

"现在还不能告诉你。你回来就知道了。"

"你想给我一个惊喜，是吗？"

"就当是如此吧。"军事会议厅里，卓王孙挂断电话，然后，他走向左侧的墙。

墙上是一幅巨大的地图，标注极为详细，几乎军事上每个重量级的目标都列于其中——物资、矿山、地下掩体，甚至名胜古迹。上面还有一个个人名，它们是三个大区的将领、政府要员、意见领袖、科学家……

这些标注和文字复杂而又整齐，组成一盘宏伟的局，呈现在卓王孙面前。他走近它们，步伐坚定而沉稳，它们就像是天空中错列排布的星体，在他面前排成一个个星座，等待他的指引。

他沉默了片刻，感受这种掌控一切的力量。这是他压抑了多年、逃避了多年的力量，现在等待着宣泄。于是他在地图上寻找着，想找出某个点，作为宣泄的最佳出口。他冷静思索着这种宣泄所引起的连锁反应该如何应对。第一步，第二步……唯有一块区域没有参与其中。那块区域安静无比，只漂浮着一个小小的念头。

黑暗中的军舰上（时区不同），芙瑞雅也小心地收起了手机。回去吧，她想。当她离开窗沿时，莫名的有种感觉，这汹涌的黑暗的海底，的确藏着一只海怪，在盯着她。她，是它渴求已久的祭品。

返航并没用太长时间。舰队抵达港口时，天空正下着蒙蒙细雨。然而让芙瑞雅诧异的是，卓王孙竟然没有清空整个码头，让第三大区重臣们列队欢迎，而是撑了一把伞，独自站在港口等待。

芙瑞雅走到他的伞下，发现他的肩头被打湿了一片，想来已经等了一段不短的时间。她心中有一丝暖意，伸手抖去他头发上的水珠。

芙瑞雅："一个人来？这不像你的风格。"

卓王孙笑了笑："那也许是因为，我成熟了。"

芙瑞雅也忍不微笑，但随即又沉默了。卓王孙知道她沉默的原因。没有人比他更了解芙瑞雅对女王的感情了。失去女王，也许会摧毁她吧？他在内心深处藏下一声叹息。

"我之所以一个人来，是想向你提一个要求——能不能有一天，不做公主？"

芙瑞雅有些吃惊："你说什么？"

他握住她的手："我说，就今天，我们放下所有这一切，就像两个普通人一样，玩上整整一天。芙瑞雅，我知道你在担心什么，但，放下一天，不会改变什么。这个世界不会毁灭。"

他的目光坚定，语调不容置疑。他很少在她面前显露这一面，而她对这个提议毫无抵抗力，因为这恰好是她所需：经过六七个月的苦苦寻觅后，她已心力交瘁，迫切需要放松。

芙瑞雅最终点头："好。"

两人握着手，走向远方。船舱中，枕头边，两本书摊开。一本是《希腊神话》，翻开的那一页的插图上，是狰狞的海怪向着安德洛美达公主挥舞触手，美丽的公主即将被拖入深渊；另一本则是苏美尔长诗《伊什塔尔去往冥府》①，为了追寻死去的爱人，战争与爱情的女神伊什塔尔进入冥界，每下一重，她就必须得放弃自己的一重神性，饱受摧残。她必须承受冥界之王的所有刑罚，才能让富饶与活力重归人间。

那本长诗中，有一篇祷辞回环出现：

---

① 此处糅合了《伊什塔尔下冥府》与《伊南娜下冥府》，伊什塔尔融合了伊什塔尔与伊南娜两种形象。

天上的父恩利尔　莫让你的女儿在冥府被杀害
莫让你蕴藏的金银被冥府当做浊泥藏埋
莫让你孕育的璞玉被匠作当做石头砸开
莫让你生长的乔木被仆役当做樵薪伐坏
莫让少女伊什塔尔在冥府被杀害

　　他们来到了外滩，那是两人时隔多年第一次见面的地方。他们还去了那个红茶馆、小巷，甚至遇到黑猫凯撒的地方。两人重温了上一次的相遇——那一次相遇后，发生了太多事，两人也改变了太多。也许，那段时光，是芙瑞雅最想回去的。

　　一杯加满了糖与奶的红茶，让芙瑞雅发出如释重负的叹息。疲惫的情绪，开始像丝一般从她身上抽离。她感到自己终于从北太平洋上的潮湿中走出来了，卓王孙温暖的笑容，让她想起这个世界上除了压抑的蓝色与黑色外，还有别的颜色。

　　"说说看吧，你在海上经历了些什么。"卓王孙享用不了她的红茶，但他是个很好的听众，适度开启某个话题，在节骨眼上提个问，别人谈兴正浓时绝不打断。

　　倾吐是一种发泄。当芙瑞雅把她那一次次无果的寻找全都说完后，她明显感觉轻松多了。能够毫无保留地说给一个人听，正是她现在需要的安慰。

　　从红茶馆中出来后，她的心情好多了。天色已经暗了下来，两人缓步沿着街边往回走。街上的人不多，安宁公园就在前面。但走到安宁公园时，芙瑞雅突然觉得有些不对。她仔细对比着记忆中的公园，终于找出了不对之处。

　　"女王的雕像哪去了？"

　　"后天不就是庆典了吗？我把它移到盘古广场上去了。女王不在了，庆典上的人们，一定很想看到它。"

芙瑞雅点了点头。没有女王像的安宁公园总像是缺少了点什么，闲逛的人群仿佛都有些意兴阑珊。两人穿过公园，大公府邸在望，芙瑞雅突然想起了什么。

"你不是说给我准备了礼物吗？怎么还不拿出来？"

"再等等吧。等庆典开始时，你就会看到的。"

"还是想给我个惊喜吗？"

"不，我只是觉得，你最需要的是什么都不要想，安心睡个好觉。这样的时间并不多，庆典开始后，就没有这样的机会了。"

"你说的没错。那我就什么都不管，先去睡觉。毕竟像你说的：世界不会毁灭。"芙瑞雅走进客房，房里的灯很快就熄灭了。在海上漂泊了这么久后，温暖安稳的床成为最大的诱惑。

房外的灯，依旧照着绵绵黑夜。卓王孙并没离开，望着芙瑞雅的窗。

"不会毁灭吗？我尽力。"

第二章　国庆前夜

芙瑞雅醒来时精神饱满，心情愉悦。早餐已准备好，是她最喜欢的。用完餐后，几位"侍女"托着一袭礼服进来，态度恭敬地让她试穿。芙瑞雅很快从几个细节上看出，这几位"侍女"身手敏捷，不是军人就是训练有素的特工，但她并未说破。娴熟的宫廷礼节说明"侍女"接受过专门的训练，应该是卓王孙派来的。

"侍女"强调，这袭礼服是卓王孙为她出席庆典而定做的。礼服很合身，只是让她看起来稍微有点成熟，但尺度也在她容忍的范围之内，就像是卓王孙跟她开的一个无伤大雅的玩笑。

"飞机安排在几点？"芙瑞雅关心的是这个。她不想耽误了参加庆典，虽然时间还很充足。她得赶回第一大区，每年庆典的主会场都在那里，而她作为合众国的公主，从小在第一大区长大，那里的人们期待看到她。

"这我们并不清楚，我们只是受命向您进献礼服。"她们的态度恭谨得有些过分，芙瑞雅也不好苛责什么。她对礼服没有更改的要求，这件事就这么完美地结束了。

走在大公府邸里，芙瑞雅莫名地觉得有些奇怪：这座大公府邸空旷得有些过分，大多数地方连一个人都没有，只有向她进献礼服的几个人跟着她。她没见到卓王孙，却见到了一个她绝没料想到会在这里遇见的人。

"妮可？"她很惊讶。自从她辞掉继承人的身份，专心要嫁到第三大区后，妮可就成为第一大区的第一顺位继承人。女王失踪后，妮可随时可能成为女王。在合众国二十周年庆典的前夕，妮可唯一应该出现的地方，就是第一大区的礼台。她怎么会出现在第三大区？

"你怎么会在这里？"

妮可看到她，也有些出乎预料，慌忙行礼："姐姐。"

芙瑞雅能感觉出，这更像是妮可在掩饰慌乱，但她也不戳破，只轻轻扶起妮可："你才是合众国的王储，我应该对你行礼才是。不过这些不重要，你还没回答我，你怎么会在这里？"

"姐姐，您还不知道吗？今年庆典的主会场，已经挪到第三大区了。我是特意从第一大区赶过来的呀。"

芙瑞雅皱眉："主会场挪到第三大区？不可能。"

"说起来，还是因为姐姐。"妮可带着笑意望着芙瑞雅。

"我一直在海上，根本不知道这个消息。"

妮可甜甜地笑着："普天之下，只有你一个人不知道。女王不在，合众国的公主与各区首领都在第三大区，主会场怎么可能在其他地方呢？姐姐，您不知道您在人们的心目中有多高的威望，您在哪个大区，主会场就必须在哪个大区。"

这个回答让芙瑞雅有些错愕，但细想下来，又并不意外。她有一点生气，卓王孙为什么不早些告诉她？合众国庆典的主会场设在第一大区，已经有十九年了，这是传统。她不想改变传统，尤其是因为她。

芙瑞雅："你为什么不阻止？你是女王的第一顺位继承人，这件事应该由你来阻止。"

妮可："姐姐忘了，我还不是女王啊。我只是继承人，之一。"

芙瑞雅沉默了。她听出妮可有些怨气，但她能说什么？第一顺位继承人的位子，她坐在上面这么多年，从未觉得轻松过。她拍了拍妮可的肩膀，转身离开。

"姐姐，您会出席庆典吗？"背后传来妮可的话。

"当然。"

"那我可真是期待你的表现呢。"

妮可话语中藏着一些别的意味，芙瑞雅轻易就听出来了。她有些厌烦，她从未像现在这样，对这些背后的小动作感到如此的反感。她本想告诉妮可，现在该关心的，应该是母亲的生死，而不是继承顺位，但她压抑住了。"侍女"们仍然随侍她，她不想让任何人看到家族不和。

芙瑞雅在角门前止步。昨夜，她和卓王孙一起从这个角门走进来。现在，她很想打开角门，走到安宁公园里。尽管那里已经没有女王像了，但她仍想在那里坐坐，想象着无论从哪个角落，都能看到女王对自己微笑。

她的手刚落在角门的把手上，一名随侍者就阻止了她："殿下，明天就是庆典，街上太乱了，您不能出去。"

芙瑞雅立即敏锐地感觉到异样。一瞬间，很多本只是无伤大雅的细节，在她脑中重新组织在一起：这几个人为什么一直寸步不离地跟着她？是随侍，还是监视？大公府邸里为什么人这么少，人都去哪了？为什么府邸里完全看不到庆典该有的欢庆？还有，为什么妮可会出现在这里？

最后一个问题，以强烈的信号，提醒芙瑞雅要格外注意。妮可虽然亲口解释过原因，但芙瑞雅并不完全相信。她想到了一个可能性。虽然她拒绝相信女王已不在人世，但民众已经渐渐接受这一说法。而第二大区的亚当斯大公则正式宣布了死亡。也就是说，合众国的缔造者现在只剩下一位：第三大区的第三大公——卓大公。

从小就接触合众国机密的芙瑞雅非常清楚，十九年来，这位卓大公从未享受过和平。他一直在厉兵秣马，等待机会。

等待什么样的机会？是不是就像现在这样，女王与第二大公都无法再阻止他的机会？

妮可与自己已在第三大区，妹妹格蕾蒂斯呢？是不是也被以某种理由骗来了？当合众国所有的继承者都来到了第三大区，再发生"某种"变故的话，是不是三个大区都会掌控在卓大公手中？

然后呢？芙瑞雅意识到，情况严峻，也许比自己想的还要严重。她瞬间想到了几十种可能性，脸上的表情却没有任何改变，只是轻轻把手放下。

"好，谢谢你们的关心。"她以平静的步伐，走回自己的房间，"现在，离开我，我想一个人静静。"

这句话，以合众国公主十九年累积的威仪说出来，没人敢违背。随侍者们面面相觑，同时行了个礼，倒退着离开。

芙瑞雅摩挲着手指上的戒指，那是专属于她的主君戒指，可以随时呼唤她的守护骑士（十一骑士）与大天使机体卡俄斯。因她合众国公主的身份，她的信号级别是最高的，没有任何人能屏蔽或阻拦。

"十一，我要看到军事部署图。整个合众国的。"

半分钟后，接收到军事部署图的芙瑞雅，脸色严峻。

那是一堆在普通人眼中完全杂乱无章的数字与光点，但久受训练的芙瑞雅却很快就解读出了关键信息：这六个月来，第三大区的军事调动明显增多。虽然每一次调动都有充分的理由，但跟六个月前比，或者跟其他两个大区比，调动次数与涉及的军队数量，都要多得多。

六个月前，正是宣布女王失踪的时间点，也是三个大区只剩下一位大公的时间点。

这让芙瑞雅有很不好的联想。卓大公想干什么？难道他想政变？他想推翻合众国，将合众国变成他的帝国？

芙瑞雅摇了摇头，这太荒诞了。合众国已深入民心，只看女王在民众心中有多高的地位就可以看出了。这不是军队可以推翻的。就算是女王与亚当斯大公去世，芙瑞雅也不相信，推翻合众国恢复帝制能够成功。但是，掌控三个大区的继承人，让他们都成为自己的傀儡，将三大区的大权都操于自己之手呢？这就有很大可能了！

所以，才会假借芙瑞雅公主在第三大区的名义，将主会场挪到第三大区；所以，才会让妮可等人来第三大区参加庆典；所以，才会有这么频繁的军事调动；所以，才会借故将她软禁。

坦白地说，如果卓大公真有这样的想法，以她、妮可、格蕾蒂斯等人，还真不见得挡得住。

怎么办？

合众国仍一片风平浪静，显然还并没有多少人发现卓大公的谋划——在没确定前还不能称之为阴谋——但，以卓大公的行事风格，一旦发动，可能就是雷霆万钧，对手再没有翻盘的机会了。芙瑞雅想，也许，唯一能翻盘的，就是自己。但自己能成功吗？

北极之行的阴影，再一次在她心底浮现。她信心满满地走向北极，觉得自己能够降伏龙皇，平定啓①之乱，可她搞砸了，人类差一点走向毁灭。她已经不是王储了，这一切，可以交给妮可去处理。

这是一个很好的理由，但此刻，她能信任妮可吗？显然不能，妮可出现在第三大区的宫禁里，显然与卓氏家族关系紧密。她能毫无保留地信任卓王孙吗？其他的事情上完全可以，唯独在面对第三大公时，她也不那么肯定。她能仰仗的，只有自己。保护第一大区、保全温莎家族，是她的责任。

芙瑞雅深呼吸，强迫自己冷静下来，思索怎样才能做得更加稳妥。她把整理出的军事调动图及分析写成一份简短的报告，让十一骑士通过正式渠道，以她所能动用的最高级别，发往第一大区与第二大区，给两个大区提醒，让他们防范卓大公。这可以将她失败的影响减到最小。然后，她决定前去拜见

---

① 潘多拉之盒制造出的亚人种族。

卓大公，直面策划这一切的人。

目前的一切还都是猜测，她需要拿到确实的证据，才能在民众面前揭穿卓大公的真实面目。办法就是在她拜见卓大公时，通过守护戒指让十一骑士将他们之间的对话录音，她会在对话中诱使卓大公说出自己的阴谋，而后将录音传播给大众。这是唯一的办法。

芙瑞雅深吸一口气，强迫自己恢复平静，走出房间。随侍者以军人的姿态站在房外迎接她，这让她嘴角浮起一丝洞悉的冷笑。她决定速战速决。

"我要去见大公阁下。"说完，她笔直地朝卓大公的房间走去，以无人能阻挡的决绝与威严。她的手指藏在长长的蕾丝袖口中，掩盖着守护戒指上面通话中的闪烁。随侍者无法拒绝，只好沉默地跟随她，显然她们接到的命令是监视。尽管不让芙瑞雅出去，但在府邸内她还是自由的。这并未出乎芙瑞雅的预料。

在芙瑞雅跨入走廊后，随侍顿住了脚步，仿佛这里有某种无形的屏障禁止她们进入。长而空旷的走廊中，只有芙瑞雅一个人，她走向尽头的那扇沉重的黑檀木门。

芙瑞雅轻轻敲门："大公阁下，芙瑞雅求见。"

门内没有回应。

按照礼节，芙瑞雅应该停在门外，等着大公召唤，但现在她顾不得那么多了。她深吸了口气，将门推开。她准备好直面第三大公，这个合众国权力与威严的象征。

第三大公的办公室很大，黑檀木门里面，是一张黑檀木办公桌，沉重、古老，带着让人不敢轻意言语的窒息感。第三大公全身正装，笔直地坐在办公桌后。

芙瑞雅："阁下。"她已经准备好迎接卓大公威严的呵斥，毕竟，从童年时就是这样，她记忆里完全没有卓大公笑的样子，仿佛他从来没有笑过。他对任何人都很严厉，每个属下见了他都战战兢兢。芙瑞雅从小最怕见到的人就是他。这次谈话，注定会艰难无比。

但出乎她预料的是，第三大公对她毫无反应。他一动不动，面容严肃地盯着办公桌，但办公桌上什么都没有。

"卓爷爷？"芙瑞雅靠近。

第三大公终于有了反应，猛地抬头，直直地望着芙瑞雅："你想要我做什么？密码，指纹，还是签字？"

"卓爷爷，您在说什么？"

第三大公不再说话，他的目光仍直直地望向芙瑞雅，但芙瑞雅有种感觉，他并没有看到自己，他只是保持了往前望的姿势，却什么都看不到。她敏锐地注意到一个细节，第三大公的瞳孔，在收缩着，然后放大，再收缩，再放大……不停地循环着。

她的心狠狠地颤动了一下。"卓爷爷……"她试探着又叫了一声。

"你想要我做什么？密码，指纹，还是签字？"

一模一样的回答，语气、声调，没有一丝改变。他望着门口的方向，瞳孔收缩、放大，不断循环，但已没有东西能让他聚焦。

芙瑞雅心底升起不祥的预感。她曾经在某些人身上见过类似的反应，这些人要么是受了药物控制，要么则是受过沉重的打击。相同的是，他们都将自己的内心封闭起来，从现实世界逃离。但芙瑞雅从未想过，这种情况，会出现在第三大公身上。那可是第三大公啊！

曾经让整个世界面临核毁灭，以铁血手段统治第三大区超过半个世纪的第三大公，他的名字甚至被拿来吓唬小孩子。如果说女王给大家的印象是慈祥，那卓大公就是威严与不近人情。他怎么可能会受到打击？出海前芙瑞雅还见过他，他那时还硬得像块铁。这实际上也是所有人对他的印象——他就像是一座铁铸的山压在所有人头上，逼着所有人低头，唯命是从。但现在，他却成了一个遭受巨大打击的老者，躲在黑檀木的沉重簇拥中，用一句既定的话保留自己最后的尊严，不知什么时候，就会轰然倒下。

谁能给他这么大的打击？谁能征服他、打败他、让他绝望？这是不可能的！眼前的一切，让芙瑞雅有种世界崩摧的荒谬感。这荒谬感让她恐惧。

"这究竟是怎么回事？"

卓大公对她的话毫无反应，依旧正襟危坐，仿佛一尊雕塑。这时，一个声音从门口传来："放过他吧。"

芙瑞雅猛然回头，就见卓王孙端着一只烫金的托盘，站在门口。盘里是早餐和一杯冒着热气的咖啡。他徐步向卓大公走去，托盘在他手中没有丝毫晃动。

芙瑞雅深吸了一口气，注视着卓王孙。"亚历克，这究竟是怎么回事？"亚历克，是卓王孙的英文名。在一起长大的童年里，她总是这样叫他。

"亚历克？"卓王孙玩味地笑了笑，脸色渐渐转冷，"记住一件事，从今天起，再称呼我时，只能用一个名号，那就是：亚历山大大帝。"

卓王孙将托盘放在黑檀木办公桌上，转头，望着芙瑞雅。

他脸上带着笑。但那却是芙瑞雅从未见过的，比北太平洋冷风还要令她心悸的笑意，带着毁灭一切的强烈压迫。

第三章　易　主

"记住一件事，从今天起，再称呼我时，只能用一个名号，那就是：亚历山大大帝。

"记错了，可是会诛九族的。"

卓王孙拿起勺子，往咖啡里放糖和奶。他的手修长而沉稳，勺子在他指间碰撞着瓷杯，发出轻微的脆响。加好后他递给卓大公，卓大公接过来，一口一口地喝着，直到喝完。卓大公的每个动作，都极不自然，仿佛只需要某个触动，就会引发一连串动作。

卓王孙的话漫不经心，像是在开一个玩笑。但有某种东西压抑着芙瑞雅，让她笑不出来。

"亚历山大大帝……你，你要称帝？"

"是的。奇怪吗？这可是老头子二十年以来的夙愿。我被他唠叨烦了，就答应了他。亚历克，亚历山大。要不是群臣为我上了封号，我都忘了我的名字原来这么响亮。"卓王孙讥讽地一笑，"你想的到吗，为了这个帝号用什么文字，遵循东方还是西方传统，他们争吵了整整一个星期。"

"帝号？都已经走到这一步了吗？"

曾经身为女王的第一顺位继承人这么多年，芙瑞雅当然熟悉有关王位传递的每一个环节。议帝号，意味着登基已成定局。这也同样意味着，卓王孙踏上皇位之前的一切障碍，都已经被扫除了。但芙瑞雅仍觉得难以置信，这可是合众国，民主、立宪已深入人心，怎么可能恢复帝制？

"其实你应该想的到，这二十年来，老头子一直在为我登基做准备。他真的准备了很多很多。第三大区将会出一位皇帝，已是公开的秘密。他对第三大区的掌控极深，为他效命的人之多，多到连我都有些意外。决定恢复帝制时，第三大区几乎没遇到像样的阻力。这一切都要归功于老头子的经营。他的意思是，我先坐稳第三大区的皇位，然后再徐图另外两大区。反正有你我的联姻，就可以与第一大区保持密切的关系。但我的想法不同，要么就不做皇帝，要做就做所有人的皇帝，少一个大区，少一个人都不行。"

卓王孙又倒了一杯咖啡，递给卓大公。卓大公依旧面无表情地喝着。芙瑞雅的脸色越来越沉。

卓王孙语气轻松："这是我们之间的第一个分歧。第二个分歧，是老头子想做太上皇，他不是个轻易会将权力放手的人，这一点你也知道。而我呢，要么就不做皇帝，要做，就不能再有人凌驾于我。"

"结果你看到了，他疯了。"卓王孙做了个摊手的动作，意思很明显：就这么简单。

芙瑞雅强迫自己冷静下来。她思维敏捷，擅长应对突变，也受过足够的训练，能应对可能想到的任何危机，但这一刻，她觉得自己有些无措。她只能强迫自己冷静，为理清思路争取时间。

"他为什么疯了？"

"你知道的。这个世界上，只有一件事，能杀死他。就是，我的身世。"

芙瑞雅默然。一年前，她知晓了他的身世。那是一个压抑而悲伤的故事，充满了各种谎言与罪恶，让人不忍回忆。

得知之一切后，芙瑞雅更加理解卓王孙。她明白了他身上那些暴戾与乖张的来源。作为一个无父无母的孩子，他对世界的恐惧、对女王的眷恋，都是那么顺理成章。同样顺理成章的，是对卓大公的恨。她并不意外有一天他会因此而报复爷爷；她意外的是，身经百战的卓大公竟然会败得这么快，这么彻底。

既然早已知道了卓王孙不是自己血缘上的孙子，又有什么事能将他打击成这样？

卓王孙淡然道："你也听他亲口说过，血缘并不重要。只要我还认他当爷爷，他就永远当我是他的孙子，他会杀掉所有知情者，让这件事埋在尘土中，他仍然一心一意扶持我当皇帝。可惜，我告诉了他另一件事——我的生父是谁。"

芙瑞雅一震。

"看到母亲的遗书后，我用尽所有手段，追查那个男人到底是谁。后来我查到了。真是远在天边，近在眼前，原来是……"卓王孙用云淡风轻的语气念出一个名字，"亚当斯大公。"

芙瑞雅大吃一惊。亚当斯大公？这句话包含的信息量实在太大，以芙瑞雅的智慧，也一时难以厘清。

"意外吗？你应该知道，老头子是多么恨亚当斯大公。他没料到，他一心一意想扶持做皇帝的孙子，竟然是亚当斯大公的儿子。当他暴跳如雷时，我给他提了个条件：他乖乖地坐在这个办公室里，我让他输密码就输，让他按指纹就按，让他签字就签，只要他听一天的话，我就一天不公开自己是亚当斯大公的儿子。如果哪一天他不听话了，我就带着他给我的一切，回归亚当斯家族。他毕生的心血将不存，他的家族将不存，第三大区也将不存。你知道，这个条件简直会要了他的命，他绝不可能答应。"

卓王孙淡淡一笑："但他后来答应了。"

这简单的一句话，背后隐藏着什么样的腥风血雨，芙瑞雅轻易就可想到。年轻的狮王想上位，唯一的途径就是在正面的搏杀中击败老狮王。这正是卓王孙所做的。而这往往伴随着屠杀，死亡，数以千计万计的士兵的倒下。但卓王孙竟然赢了，在正面的对抗中，打败了卓大公，打败了身经百战、手握重权、声望滔天的卓大公！芙瑞雅无法形容自己的震撼，她知道，必须得重新看待眼前这个男人了。

"老头子并不甘心认输，还发动了几次抗争，却——失败。他只好坐在办公室里，输密码，按指纹，签字。你知道这对他的打击有多大。而最大的打击，是他不知道什么时候，所有的一切就会被我卷着投奔他的仇人。这一想法折磨着他，而他又无力摆脱，没多久，就疯了。他还不能死，所以，我就这样养着他，让他输密码，按指纹，签字。"

卓王孙说着，将托盘上的文件拿出来，放到卓大公面前。卓大公按指纹，签字，一切都那么机械。

"他对第三大区掌控得实在太好，没有他的命令，连我都指挥不动。这样就完美解决了，父慈子孝，不是吗？"

他微笑地望着芙瑞雅。

强烈的陌生感涌上芙瑞雅的心头，眼前的卓王孙笑容温和，语气从容，却透露出一种骨子里的威严，让人不敢亲近。他说起复仇时的语气是那么理智，理智到让人感到不真实。眼前的他，拒人千里之外，俯视一切人。他掌握着足以毁灭一位大公的力量，不再轻易为感情左右，而习惯于将一切都化为雷霆，彻底摧毁他的敌人。

这是那么陌生。卓王孙再不是那个撒撒娇就会言听计从，对一切都不在意，暴躁行事但有点可爱的大公子。这令芙瑞雅生出强烈的挫败感。这可是她从四岁时就一起长大的人啊，她跟他恋爱，一起同生共死，直至决心嫁给他。她以为完全了解他，比他自己还了解，但现在，她发现她错了。错得非常离谱。错得天昏地暗。

她有太多话想质问他，想和以往那样，拉过他的衣领，让他清醒过来，不要再胡闹，但挫败感让她提不起力气，千言万语，只化为一句无力的追问："为什么要当皇帝？"

卓王孙耸了耸肩："若我说是为了你，你会相信吗？若我说这个世界将会毁灭，我只有将人类所有力量掌控在手里，哪怕是做个暴君、为千夫所指，才能保护你、拥有你，你会相信吗？"

芙瑞雅看着他，没有说话。

"你看，你不会相信的。哪有这么幼稚的理由。要当皇帝，当然是为了权力。古往今来的逆臣贼子，莫非如此。不过，我还是有一点不同。二十年来，我跟在老头子身边，看着公爵们统治这个国家，开会，吵闹，没完没了地处理政事，你知道有个什么念头始终困扰着我吗？"

他伸出一根手指，轻点着自己的头。

"我为什么要看他们过家家？在我看来，他们的所作所为，什么权谋诡计、合纵连横、权衡忍让，都是过家家，像极了你小时候为兔子和熊准备下午茶，幼稚到让人想笑。明明有更好的方法，可你们就是用各种愚蠢与感性的行为把事情弄得越来越复杂。有时我实在看不下去了，就自我放逐，搞些大家都觉得我在胡闹的动静，让这个世界变得稍微有趣一些，也让我能继续忍耐下去。我真怕有一天会忍不住伸手去管，只要我一伸手，那些精致而幼稚的碗盏杯碟，就会被打得粉碎。"

芙瑞雅："你是说，毁灭才是你的本性，之前的二十年，都是在忍让？"

卓王孙："是的，我骨子里是个暴君。我是天生的上位者，我的才能，不在于谋划一件事情。在随机应变、奇思妙想上，我比你差多了，但我的长处在于谋划整个国家。我七岁时，在一次沙盘推演上七战七胜。这就是爷爷一直认为我能做皇帝的原因。但我不想做。这么多年，我一直在对抗自己的本性。而正是我的才能，让我能看清楚，我做皇帝后，会发生什么事情。所以，我内心深处，宁愿继续忍下去，看你们过家家，玩玩闹闹。"

芙瑞雅："哦？那事情为什么变成这样？"

卓王孙笑了："为你。"

芙瑞雅的心骤然一紧。

卓王孙看着她："为了你，我退让了这么多，努力控制着野心，做个大家眼里的笑料，只为了能和你一起，安享这幼稚而虚伪的太平。但你实在太多变了，今天是魔王的宿世情人，明天是他国的皇后。我即便是一位大区储君，也无法掌控你的命运，无法真正拥有你。这实在让我很痛苦。"

他的语气深情得有些过分，因此显得并不真诚："我，爱你，因此绝不允许和任何人分享你。"他伸手，抚摸着芙瑞雅的长发，逐渐用力，眼中有炽热的欲念，而这欲念，也和他的语气一样，并不真诚，显得有些讽刺。

芙瑞雅胸口起伏，向后退了一步。她说："你太抬举我了。你和所有的暴君一样，为了权力出卖了灵魂，却将过错推到女人身上。"

卓王孙将手从她面前收回，打了一个赞许的响指："不错。你只是权力的象征，冠冕上的明珠。为什么要当皇帝？我告诉你原因——是因为我想当皇帝。我要这世界听我的命令，我要所有人都服从于我，我爱至高无上的权力。而你，前朝公主，就是我的战利品。"

"做梦。我不管你童年受过什么伤，有什么样的天性，我只告诉你一句话：在这个世界上，没有人能做皇帝！民众不会答应，我不会答应！"

卓王孙眉毛微微挑起，没有回答。

芙瑞雅的声音变得柔和："不要一意孤行了，小卓。回来吧。我知道你是什么样子的，以前的你很可爱，那不是你强装出来骗这个世界的，那才是你的本性。我们谁也不是谁的奖品，我们得到彼此的唯一途径就是付出真感情，而我从不怀疑我们之间感情的存在。回来吧，放下这一切，小卓，亚历克！"

她刻意地在自己的话语中加了很多感情，希望能感动卓王孙。她是那么希望，这是卓王孙跟她开的一个玩笑。她渴望尽快从这个玩笑中解脱。

卓王孙望着她，很认真地回答："哦，我们之间的确有真感情。我第一眼见到你，就喜欢上了你。这么多年来，我初衷未改。我不会再爱别的人，也不容许你再爱任何人。这一生，我们中的任何一个人要步入婚姻的殿堂，都必须牵着对方的手。如果你想说的是这些，那我告诉你，曾经发生过的事让我明白，目前的世界保护不了我们的感情，它轻易便会为时局左右，为责任牺牲。要成全它，只能由我登上帝位。"

芙瑞雅望着他，脸色凝重。卓王孙的回答很清楚，但也同时表明了，他不会被感情束缚。他应对感情的方法就是准备一顶后冠，给她戴在头上。这是很标准的帝王式的回答。

"那你记不记得，合众国是母亲和我毕生的信念与追求。我们一辈子都在为它努力，它与我们生死与共——你真的要打碎它？"

卓王孙静默了一会儿。芙瑞雅咄咄逼人地盯着他，她很希望他能顾念一点旧情，有一丝不属于帝王的软弱，让她看到让一切回到从前的可能。但她失望了。

卓王孙平静地说："是的，我要打碎它。"

芙瑞雅的身躯轻微地颤抖着，胸口剧烈地起伏。她很想用目光刺穿他，看看他的心究竟变成了什么样子。他在她的目光中岿然不动，冷漠如岩石。

"你说过，谁要是再用之前的称呼叫你，你就诛他九族。我刚才叫了。现在，我等着你来诛我的九族！"芙瑞雅转身，大步走出门去。黑檀木门，被她用尽全身力气，摔出了轰响。

"退下！"一名随侍者要跟上来时，芙瑞雅喝了一声。这两个字声音不高，却气势惊人。随侍者怔了片刻，收回了手。只这片刻，芙瑞雅已接通了与守护骑士的通信。

"十一，过来接我，现在，就我所在的位置！"

韩青主（十一骑士）无奈地说："可那是大公府邸，是机体禁飞区。"

"去他的禁飞区，过来接我，现在，马上！"

"……是。"

半分钟后，大天使机体的轰响传来，芙瑞雅的守护大天使卡俄斯降临在大公府邸，将芙瑞雅接走。伴随的是一连串尖锐的警报声。

机体中，芙瑞雅面如沉水。她强行平复内心的情绪，从各个角度分析着卓王孙的话。虽然感情上她仍不能接受今夜发生的一切，但理性却在以最高级别的警告提醒她，卓王孙的所作所为非常危险，已经触及了合众国的根本利益，必须得立即做出应对。

大天使机体飞行的速度很快，芙瑞雅却半分钟都耽搁不得，开始联络第一大区的重臣。卓王孙的野望再大，合众国也不是他一个人说了算。就算控制了卓大公和第三大区，但还有第一大区、第二大区。两个大区联合起来，一定能挫败恢复帝制的阴谋。但通讯还未接通，呼啸声就从两边响起，整整四架大天使机体，从不同的方向飞速袭来，将卡俄斯包围在中间。让芙瑞雅震惊的是，这四架大天使机体根本没打任何招呼，直接向卡俄斯开火！

卡俄斯显然也没想到这一点，它匆忙地打开粒子护罩，炮火已在它机体上炸开。瞬间，伤损的报告就不停地出现，卡俄斯遭到了猛烈的打击！十一骑士迅速展开反击，但在四架大天使机体的围攻下，他的反击效果有限，只能勉强招架。其中一架大天使机体，正是卓王孙的座驾，东皇太一。

芙瑞雅紧咬着牙，怒视着屏幕上显现出来的东皇太一，它喷吐的枪火显得那么刺眼。他竟然真的向自己开火！这可是闹市区，难道他完全不顾平民的安危吗？

屏幕的画面颤了颤，卓王孙的声音切入："芙瑞雅，停下吧。我不会放你走的。"

"那你就真的杀死我！"

卓王孙语气依旧平静："你先看看这个。"

屏幕上切入了一段视频，无人机拍的。卡俄斯横空飞过时，它经过的街区的两边，荷枪实弹的装甲车与士兵同步向前奔行着，但他们的目标不是卡俄斯，而是那些街区。黑洞洞的枪口对准的也是那些街区。随即街区里的景象切入，街区里的人完全没注意到发生了什么，仍然在如常地生活着，笑着，他们根本不知道已被黑洞洞的枪口对住。

卡俄斯飞到哪里，装甲车与士兵就蔓延到哪里。它经过的街区，全都被荷枪实弹地包围。而那些街区中，飘扬的，是第一大区的旗帜。

芙瑞雅猛然反应过来，这里是第一大区的使馆区！方才四架大天使在战斗中将卡俄斯逼入了使馆区！她的心底闪过一阵寒意："这是什么意思？"

"就是你看到的意思。你不是想要诛九族吗？你若是不随我回去，这里的人就会受到株连。我会将这儿抹成平地，一个不留。他们全都会因你而死。他们是第一大区的子民，其中还有你的亲族。如果你觉得这不够九族，那也不用担心。杀光他们，会引发第一大区与第三大区的战争。迟早有一天，我的大军会攻占你的大区，将你的九族全都杀光。"

"你威胁我？"

"我说过，你们的所作所为，都太像过家家了，充满了可笑的悲悯与幼稚的计谋。现在，是该接触一点成年人的世界了。"

他缓缓竖起手指："不管你相信不相信，我只给你三秒钟的时间做决定。一、二……"

第四章　四海归一

第三大公府邸，宴会厅。

水晶灯低垂，照亮了长长的餐桌。鲜花与精致的银制餐具相映生辉，一切都是那么祥和，仿佛刚才的阴谋、争执不曾存在过。

长桌的一端是芙瑞雅，她紧靠椅背端坐着，面如冰霜。卓王孙坐在长桌的另一端，用轻松而熟稔的手法，切开盘中的牛排。餐桌很长，将两人远远隔开。同在一个房间里，又像是天各一方。

芙瑞雅注视着卓王孙。他神色从容，丝毫看不到杀意，似乎只是在和相爱的人共进晚餐。

她最终没敢赌，在数到"二"时，就命令十一骑士降落了。她看得出，卓王孙并未跟她开玩笑，那么多荷枪实弹的士兵，也不可能是开玩笑。在逼疯卓大公、毫不犹豫向卡俄斯开火后，芙瑞雅明白，他真的不是以前的那个人了。在他身上，她看到了一位即将登上王座之人的冷酷：视生命如草芥。

上一刻倒数着要开启屠杀，下一刻却若无其事地切开牛排，暗红的汁液涌了出来。他，已可匹敌任何一个能叫得上名字的暴君了。

芙瑞雅忍不住开口："你抓我回来，是不是想把我关起来，要我输密码就输密码，让我按指纹就按指纹？你以为把我当成工具，就能收服第一大区了，对不对？皇帝陛下，我小看你了，原来你不满足于第三大区，已经想对第一大区动手了。"

"不。我没这么想过。第一大区，已经在我的控制之下了。我想你能猜到原因。"

芙瑞雅一震，皱眉思索他话中的含义。猛然间，她眼前闪过早上见到的那个人，想到她那句稍显怪异的话——"姐姐，您会出席庆典吗？"

"妮可？"

卓王孙点了点头："你一定在奇怪，妮可怎么会听命于我？你将第一大区的第一顺位继承人让给了她，女王失踪后，她可以继位为第一大区的最高掌权者。她应该坚定地站在我的对立面才是，毕竟我做了皇帝后，她的女王职权势必会受到极大的削弱。"

这的确是芙瑞雅的疑惑。

"你出海时，妮可的确试图继承王位，哪怕只是暂行代摄。这很合理不是吗？第一顺位继承人就是要在女王不在时代行职权。但，出了点小意外。第一大区的大臣们质疑妮可的资格，因为女王与你虽然同意她成为第一顺位继承人，甚至女王已签署了同意的法令，但这一法令并未递交给议会审议通过，法律上它还未生效。尽管只要递交了议会就一定会审议通过，但，只是少了'递交'这看起来无关轻重的小环节，法律上妮可就还不是第一顺位继承人。她要想继位，就需要先找到女王，让女王完成'递交'这一环节。但现在又找不到女王——这是个完美的死循环，不是吗？只是一个小小的程序上的问题，就让妮可永远都不可能成为女王。

"然后，我找到妮可，告诉她，我可以压制那些大臣让他们同意她做女王，代价是要效忠我，我让她干什么她就干什么，让她输密码就输密码，让她按指纹就按指纹。妮可同意了。所以，我不需要你来做这件事。"

芙瑞雅听得一阵阵发寒。她没想到卓王孙已经对第一大区动手了，而且卓有成效——她在第三大公的府邸里见到妮可，证明妮可的确已经投靠了他。议会虽然百般阻挠，但手握女王法令的妮可，具有第一顺位继承人的合法性。掌握了她，卓王孙就掌握了让第一大区风云突变的主动权。这对芙瑞雅而言，是个极坏的消息。

然而她立即发现了其中的漏洞。"这些大臣是你指使的，是不是？是你故意让他们对妮可发难，阻挠妮可继位，好让你收服她。你这个计策太拙劣了，妮可很快就能猜到，你猜那时她还会不会效忠？"

这一问很凌厉，但卓王孙不为所动。他手中的餐刀划过银盘，发出稳定如一的轻响。

"你说对了，这些大臣的确是我指使的。但你又错了，妮可比你想的还聪明。当我出现在她面前，告诉她我能压制那些大臣让她成为女王时，她就立即猜出那些大臣是受我指使的。你能想象出她那时愤怒的样子吗？就像一只张牙舞爪的猫。但下一刻，她收敛起怒意，跪在我面前宣誓效忠。不需要我再多说哪怕一句。只因为她很快想明白了，既然那些大臣听命于我，没有我的准许，她就永远都不能成为女王。这个逻辑很简单，不是吗，芙瑞雅？"

芙瑞雅的心更冷了，因为她想到了某个可怕的可能："那些大臣，为什么会听命于你？他们可是第一大区的大臣！"

"你知道我是在温莎城堡长大的，我非常清楚实际掌握第一大区重权的是哪些人。你出海的这段日子，我邀请他们全家到访第三大区，跟他们进行了坦诚的交谈，双方明确了彼此的立场、责任与义务。他们每家都有几人自愿留在第三大区，为第三大区的建设贡献余生。我个人表示非常欢迎，并誓将全力保证他们的安全。"

芙瑞雅的脸阴沉得可怕："连扣留人质这么卑鄙的手段，你都用出来了？"

卓王孙叉起切好的牛排，在面前审视着："卑鄙吗？他们可都欢欣鼓舞。因为，即将成为皇帝的不是别人，而是女王的王夫。帝国建立后，女王成了皇后，这些留居第三大区的人的威望都会跟着水涨船高。当然，他们也提出了条件，就是你必须成为皇后，我们诞下的子嗣，必须是皇位唯一的继承人。对这一点，我毫无意见。"

他放下叉子，审视的目光，落在芙瑞雅身上。"不用我提醒，你就该想的到他们是谁。归根结底，都是利益。"

芙瑞雅："你收买不了所有人。"

"当然不是所有，剩下那些，既然对女王这么忠诚，就该送他们去追随女王，不是吗？"刀轻轻放在餐盘上，闪烁着寒光，流着猩红的汁液，"很可惜，这样的忠臣，第一大区已剩下不多了。"

芙瑞雅霍然站起。

"坐下。"他望着芙瑞雅，是命令的语调。

芙瑞雅逆着他的目光，和他对峙。

卓王孙手轻轻一抬，餐桌上出现全息投影。空旷宏伟的大厅里，一场奢华的舞会正在举行。与此同时，宴会厅的一面窗户打开，音乐声隐隐传来。投影里的舞曲，和窗外的是同一首。这意味着，这个大厅离得不远。确切地说，就在楼下。

芙瑞雅将目光投向餐桌。只看了一眼，她的手骤然握紧。

她能想到的第一大区稍微称得上位高权重的人，都有子嗣或最亲近的人在里面。身为公主，她的重要职责之一，就是跟这些人打交道，因此她对他们极为熟悉。她不会看错。

窗子关闭，舞会的声浪骤然止歇，只剩下刀子切割时的轻微撞击。鲜嫩的肉被切开，暗红的汁液流出。鲜花，水晶灯，微笑的轻声细语，温文尔雅。

"需要我把他们都杀了吗？"

卓王孙抬头，望着站在宴会桌另一端的芙瑞雅。他的声音中，带着某种戏谑的玩味，似乎很欣赏芙瑞雅被自己激怒的样子。但他的眼睛中，却没有任何玩笑的意味。仿佛只要芙瑞雅有任何令他不满意的回答，他就真的会挥下屠刀。

"坐下。"他重复了一遍刚才的话，不再是命令的语气，反而增加了几分温柔。只是这温柔，让人不寒而栗。

芙瑞雅盯着他，没有听从。她的头轻微扬起，显出一贯的骄傲。她从未向任何人低过头，卓王孙的威逼，只会激起她更多的反抗。但卓王孙，这一次似乎是铁了心，一定要让她低头："你一定觉得我不会杀他们，因为他们是人质，杀了人质，会让第一大区的重臣们觉得我背信弃义，再也不会跟我合作。这个设想很合理。可你想没想过另一种可能？如果我杀了他们，这些重臣们会怎样？他们会愤怒，会混乱，他们会向我发动战争。但他们会为谁做首领而争执不休，只要稍加挑拨，就会自己先打成一团。然后，我再让妮可打着清理国贼的旗号，请我出兵靖乱，我的军队就能名正言顺地开进温莎城堡，杀到没有人反对我为止。"

"想试试看这个可能存不存在吗？"卓王孙望着她。

芙瑞雅从未发现自己的坚持这么软弱过。卓王孙说的可能存不存在？存在。她很清楚这一点。只有洞悉人性弱点的人，才能看到这一可能的存在，并且利用它，拨乱乾坤，颠倒秩序。卓王孙无疑已经做到了这一点，而且远比她想象的熟练，远比她想象的冷血。

权力，真的能将人扭曲成这样吗？

卓王孙静静地望着她。他很清楚，自己这段话，会给她什么样的冲击。他也很清楚，这并不仅仅只是一次普通的逼迫，这次逼迫，意味着他与她之间的位置发生根本性的改变：以前他是无所事事的大公子，看着她练习为君之道，创办弦月事务所，追查啓，出使北极……现在，他在王座上，伸出手掌，命她跳取悦自己的舞。这感觉还不错。尽管她感到了痛，但他相信，她会慢慢适应的。而他要做的，就是让她习惯这个开始。

他注视着她，长久地等待着，等待她服从自己的命令坐下。如果她反抗，他会毫不犹豫地加码。

大厅中静默得可怕。两人就这样对峙着，直到芙瑞雅缓缓坐下。

"你想杀多少人？"她的声音有些低落。

卓王孙："从我决定要熄灭所有灯时，就知道这条通往皇冠的路上，会遍布尸首。我早已做好了准备。所以，唯一能让人少死的办法，就是不要阻挡我。"

"你在利用我。"

"是的，我利用了你。在你出海的这段时间，我用你的名义，约见了第一大区的重臣们。他们中的大部分人，都是基于对你的信任，才被我说服的。对不起，我跟他们签署的协议，署的都是我们俩的名字，你出海时把印章留给了我。他们对王室的忠诚，让我通行无阻。"

芙瑞雅握紧双拳。她的确将印章留给了卓王孙，但那是为了应付紧急情况。

"你不觉得这样做很无耻吗？我是那么信任你，把一切都交给你，可你竟然无耻到利用了我的信任！"

"不不不，你这样理解就错了。不是我利用你说服他们听命于我，而是你救了他们。如果没有你帮我说服他们，我能采用的办法就只有一个：杀到他们不会反对我为止。"

芙瑞雅冷笑："我从未想过，有一天你会无耻到让我厌恶。"

"无耻吗？或许这就是成长的代价吧。沉稳，虚伪，直至无耻。你一直活在众人的爱里，你想象不出，当人在没有选择时会堕落到什么程度。"

芙瑞雅："你不会成功的。就算你收服了第一大区，但合众国的格局本就决定了第一大区不保留军事力量，这让你在收服第一大区时没遇到多少阻力，也使你就算收服了第一大区也得不到多少助力。你最大的敌人，是第二大区。第二大区拥有合众国最强的军事力量，格蕾蒂斯的性格你也知道，她不会接受你做皇帝的。她一定会跟你开战，你的皇帝梦不会做多久！"

卓王孙笑了笑。很好的节奏。如果芙瑞雅能想到所有的可能，看着所有的可能被摧垮，就会慢慢接受世界只是一只手掌，愿意蜷伏其中，躲避伤害。

"格蕾蒂斯吗？真巧，这场宴会我也邀请了她。"

芙瑞雅震惊地看着他。

卓王孙："事实上，她已经来了，就在隔壁的房间里。我现在去见她，等回来的时候，会带着她一起，让她亲口告诉你，我的名字到底是亚历克，还是亚历山大大帝。"

随着他的话音落下，几个随侍者从阴影处走来，将芙瑞雅围住。

"这里很危险，千万别乱跑。"卓王孙轻轻拍了拍她的脸，转身离去。

宴会厅的隔壁，是一间设备齐全的私人影院。座位已经全部被清空，一台老式放映机立在大厅中央，显得十分突兀。

格蕾蒂斯在影院中来回踱步，脸色很不好看，显然已经等了很久了。见到卓王孙进来，她再遏制不住自己的怒意：

"卓王孙，你在做什么？恢复帝制，你疯了吗？普天之下，没有人会认可。我不管你在想什么，都必须终止，否则，我不介意立即开始两个大区的战争！"

卓王孙的表情风轻云淡，直接走向放映机："请你来，不是为了政事，而是为了这卷录像带。"

"我没兴趣看！"

"看看吧，看完后，也许你就会理解我的想法。"

"我没兴趣看！"

卓王孙陡然提高了声音："如果我说，这卷胶带，与你父亲的死有关呢？"

格蕾蒂斯不由得为之一顿。亚当斯大公突然离世，对她而言，是最不可接受、又不得不接受的事。她一直在想，大公闭门会议上，怎么会有刺客？父亲临死前与女王的对话，为什么会那么奇怪？

格蕾蒂斯的怒意慢慢平复，转向屏幕。卓王孙按下了放映键，一段让人难以置信的画面浮现。大厅里陷入了绝对的静止，只有胶片摩擦的声音，每一次，都像划在人心上。格蕾蒂斯死死盯着屏幕，直到胶带放到尽头，画面定格，仍不能将目光挪开。这段影像的内容，实在太过惊人！

黑暗中，卓王孙的声音响起："格蕾蒂斯，让我来解答你一直的疑惑吧。刺杀亚当斯大公的不是启，而是嘉德骑士十六。"

格蕾蒂斯："不可能，十六骑士是最虔诚的骑士，绝不会背叛。"

"不错，十六骑士的虔诚无人可比，直到他看到了这卷录像带的翻拍图。仅仅几张图片，就让视女王为信仰的十六骑士崩溃了。他的剑对准了女王，要杀掉她洗刷耻辱。而这时，他发现亚当斯大公也在。因此，十六骑士将剑转向了那个玷污女王的男人，也就是你的父亲。"

格蕾蒂斯胸口起伏，过了很久才平静下来："这一切，和你称帝有什么关系？"

卓王孙笑了："因为我的信仰也崩溃了。"

他一手放在胸口，夸张地表演着痛苦："从这卷录像带上，你看到了什么？你父亲的一夜私情？两位政治家的风流艳史？不，我看到的，是虚伪。与其让政客们戴上面具，遮遮掩掩完成龌龊交易，还不如彻底打破这一切，人们推选出真正有统御力的领袖，替所有人做决定，将一切强权、征服、独断都光明正大地摆到台面上来。"

"你在做梦，民众早已接受了现在的制度，绝不会轻易推翻。"

"如果他们也看到这卷录像带呢？"

格蕾蒂斯全身一震。继任第二大公后，她也成熟了很多，完全能预料到卓王孙接下来的所作所为。他将公布这卷录像带，摧毁女王和已故亚当斯大公的声望，借此机会发动政变，将合众国变成帝国。

格蕾蒂斯一字一字道："你威胁我？"如果卓王孙真的要毁掉父亲的声望，她拼了命也要阻止。

卓王孙笑了："别急。今天请你来，还有另一件事。"

他打了个响指，一台白色的仪器从幕布后滑出，在两人面前停下。仪器看上去十分精密，角落里还印着五十一区的标志。

"不用我介绍了吧，这是新型基因检测仪，还未对外公布。它最让人佩服的突破，就是可以检测啓和长生族的基因样本。"

格蕾蒂斯没有说话。这是五十一区刚研发成功的检测仪，不知为什么被卓王孙"借"到了这里。

"今天要检测的，不是长生族也不是啓，而是你、我。"他叹息着拍了拍仪器，"人类血样，对于这台机器而言，真是大材小用了。"

格蕾蒂斯问："你到底想做什么？"

卓王孙并未回答，只是挽起衣袖，将手放在仪器接入口："三秒钟之后，就会出结果。那时，你就会知晓一个秘密。这个秘密，关系着第二大区的生死。"

卓王孙悠然整理袖口，对格蕾蒂斯做了个邀请的手势："放心，我没有做任何手脚。结束后，机器你可以带走，随意检验。"

格蕾蒂斯犹豫了片刻，她没有接受抽血，而是用刀划破手指，将血液滴入了取样口。果然只用了三秒，几行字显示在屏幕上。格蕾蒂斯回头看着卓王孙，满脸不可置信："你……"

卓王孙说："我是你同父异母的弟弟，亚当斯大公之子，是现在你在这个世界上血缘最近的亲人。如果你不相信，可以随时取我的血复验。这种事情，我不可能说谎。"

格蕾蒂斯望着卓王孙。她显然无法在短时间内接受这一事实，毕竟这太让人震惊了。

"你，真的是我的弟弟？"

卓王孙缓缓点头，将目光投向屏幕："你问我为什么要做皇帝，我回答你——为了埋葬这个伪善的制度，为了让所有人活在真实的世界，也为了，我们的父亲。"说到"父亲"这两个字的时候，他语气自然，丝毫不觉得尴尬。

格蕾蒂斯皱起眉头。

卓王孙指向荧幕上亚当斯大公的侧影："当他从农场走向荧幕，再走向战场的时候，没有怀揣着野心吗？当他将手放在核按钮上的时候，不想让整个世界臣服吗？只可惜，他遇到了这个女人。"

他指的，是女王。

"美丽而高贵的容貌，掩藏着诡计与谎言。她偷走了他的心，偷走了他的野望，也偷走了你母亲应得的爱。十九年的虚与委蛇、欲拒还迎，让我们的父亲活得像一个男宠。今天，我要打破这一切。"

"你是我的盟友——姐姐。"这一声"姐姐"，蕴含着深情，并不虚伪。

格蕾蒂斯沉默了。

卓王孙："帝国建立后，第二大区不会被吞并，而是以王国的形式存在，国王就是你。除了军权、财权外，我将最大限度地保全第二大区的独立性，除了头衔从大公换为国王外，一切如旧。"

格蕾蒂斯："那这卷录像怎么办？父亲也在上面。"

"我早就想过了，会用最先进的技术手法，抹去他的部分，保全家族声誉。毕竟，他是我们共同的父亲。"

格蕾蒂斯："如果我不同意呢？"

卓王孙看着她，轻轻叹了口气："不能做我的姐姐，那就只能做我的敌人了。"

格蕾蒂斯陷入了思索。她要处理的不是豪门恩怨、姐弟相认，而是几个大国的合并。有太多的事要思考，有太多的利益要权衡。如今，她已经明白了卓王孙的计划，他针对的是第一大区。自己需要做的，就是让第二大区保持中立，无论卓王孙做什么，称帝也好，吞并第一大区也好，都不反对。称帝后，第二大区会作为一个独立王国，名义上表示对皇帝的臣服。同时，卓王孙要保证第二大区实际上独立。

这个条件的反面，则是战争，是伏尸百万，血流成河。这个决定，并不是轻易能做出的。

卓王孙并不催促，静默地等待着。

宴会厅。

等卓王孙回到宴会厅的时候，天色已经微明了。

格蕾蒂斯并未跟随卓王孙一起前来，这让芙瑞雅心中有了一丝希望。然而这希望很快就归于破灭。因为她看到，卓王孙手上把玩着的，是格蕾蒂斯的大公之戒。这个戒指，是大公权限的象征。交出它，寓意不言而明。

"现在，你还认为第二大区是问题吗？"

芙瑞雅无言。她亲眼看着他收服了三个大区。逼疯了一个，收降了一个，联合了一个。他的手段干脆、直接，血腥而有效。在此之前，她从未想过有人能做到这一点，不可能有人将三大区统一在一起，所谓皇帝只是无稽之谈。现在她被逼承认了，甚至不得不觉得他说的一点是对的：他们以前的确是太温和了。

"第三大公之孙，第二大公之子，新任女王的王夫。三个大区的最高权力集于一身，也许，我就是那个天生该做皇帝的人。"

不知怎的，芙瑞雅从这句话里听到了一丝自嘲。这肯定是错觉，这位暴君现在还不知会有多么快意，这只是他在展示完自己将合众国的三大区玩弄于股掌之上的矫情而已。但他真的做了，再没人能阻挡他登临帝极。连她都不能。

卓王孙挥挥手，几名随侍者将一袭礼服呈进来，而后退出，将整个宴会厅留给二人。这是芙瑞雅早上试穿的礼服，挂在木架上，镶嵌宝石的裙摆展开，光彩炫目。

"这是你明天庆典的礼服。不过，没有合众国二十周年的庆典，只有皇帝的加冕大典。不要做任何反抗，也不要想着忤逆我、激怒我。在你离开的这半年，整个世界都变了，你以前那些手段，只能适得其反。"卓王孙的声音冷漠而笃定。

已经在事实上取得三大区支持的他，的确是没有什么能阻挡得了。世界已在他的掌控之中。今天过后，不会再有合众国，只有帝国。以他为名的帝国，以及一个只能在掌上舞蹈的舞者。

他相信第二大区的倒戈，会摧毁芙瑞雅的斗志。这是他精心准备的致命一击。他有些期待看到芙瑞雅绝望的眼睛，当他看到时，他发现自己过于乐观了：她的眼神仍然清澈而坚定，没有屈服。

"你不会成功的。我相信母亲，相信我心中的信念，我也相信民众。二十年来合众国深入人心，要是出个野心家就能推翻这一切，那合众国也太脆弱了。就算你杀再多人，让再多重臣支持你，你也当不成皇帝。因为你毁不掉合众国的基石——那是我母亲建立在人们心里的。"说完这句话，她起身走向那袭礼服。

"你说这么多，展示着自己的残忍与无耻，不就是想让我穿上这件衣服，坐在你的王座旁边，成为最好的装饰吗？是啊，还有什么，比前朝公主更适合装点暴君的皇冠？我穿。"

她走到礼服前，双手抓住衣领，向两边用力撕开。纽扣散落，衣物宛如蝶蜕落下。而后，她伸手取下礼服，一件件穿在自己身上。她的动作一丝不苟，毫无慌乱，也毫无愧色。

的确，该羞愧的不是她。

礼服裙摆展开，灯光、珠光以及窗外的曙光都在这一刻黯淡，世间的闪耀只剩下她。她转身，望着卓王孙，一字一句说："但你征服不了我。"

第五章 王冠上的明珠

芙瑞雅静静地站在大厅中，微微扬起头，看着卓王孙。华服的烘托下，她的美丽格外耀眼。不是那种脆弱纤细的美，而是高贵坚定，充满攻击性。她的站姿、仪态也无可挑剔，不像是被逼入绝境，而像是在聚光灯下。

卓王孙欣赏地看着，这是他意料之中的。芙瑞雅不是一个轻易认输的人。正因如此，这场征服与被征服的游戏，才会更加有趣。卓王孙缓缓上前，每靠近一步，都带来极大的压迫感。但芙瑞雅没有退让。她必须以高傲、不屈服的姿态立在卓王孙面前，让他看到，她不是暴君庆典上的战利品或点缀，而是一个强大的对手，提醒他不可为所欲为。

这，就是她的反击。

卓王孙在她面前止步。这个距离，已可以听见彼此的呼吸。突然，他伸出双手，似乎要将她拥入怀中。

芙瑞雅忍不住颤抖了一下，本能地想要躲开，随即忍住了。

卓王孙只是为她扣上了背后的纽扣，俯身轻声说："很好。希望明天你站在我身边时，也和现在一样坚强。泰山崩于前而色不变。"

芙瑞雅："站在你身边？"

卓王孙："是的，以皇后的身份，站在新任皇帝旁，接受万民祝贺。"

芙瑞雅："如果我不同意，你想必会用人质的性命，逼我上台。好，我去。但休想我说你一句好话。"

卓王孙："不不不，我不需要你说我的好话，恰恰相反，我想让你为合众国做一场演讲。"

芙瑞雅有些惊讶："合众国？"

卓王孙："我要推翻的是伪善的民主，而非打击所有人。娶你为皇后，本身就说明了我的态度。因此，我需要你发表一篇情真意切的演讲，为过去的二十年做一个总结。这想必是你擅长的。至于未来的事，就不用你操心了。"

芙瑞雅："用我来做政治花瓶，最大限度争取合众国的人的认同吗？如果这就是你所谓的帝王术，那也比过家家高明不到哪去。"

卓王孙淡淡一笑，示意她说下去。

芙瑞雅："这个世界之所以没出现皇帝，不是因为没有野心家，更不是因为野心家的'隐忍'，而是因为，这个世界有抵御的能力，任何野心家都必将失败。二十年来，合众国的信念已经深入民心。这不是某种灌输或逼迫的结果，而是真真正正的认可。我的确会出现在主席台上，为合众国致辞，但这番致辞不会让你的统治变得合法，而是恰好相反。它会让人民想起过去，想起女王奠定的民主基石。而你精心准备的加冕典礼，将成为合众国二十周年庆典，以及……"

她停顿了片刻，一字一字道："一位暴君的葬仪。"

这句话说出后，大厅陷入了沉寂，直到几声掌声打破僵局。卓王孙看着她，嘲讽道："说得好。希望明天你能表现得一样出色。然后……"

他话锋一转："然后，你将亲眼看着我加冕，看着所有人臣服，看着你口中的人民，抛弃信仰。再然后，你将被带回这座宅邸。而我，将收获皇冠和一位顺从的新娘。"

芙瑞雅惊讶："你在说什么？"

"我是说，皇帝加冕之日，也将成为你和我的新婚之日。不过你放心，这次不必大动干戈。在秘境中，你我已说过婚誓，如此便一切从简，只用补上'事实'就可以了。"

芙瑞雅冷笑："你凭什么以为，我还愿意嫁给你？"

"我并不在意。你愿意与否，这件事都将成为事实。我是皇帝，不需要征得任何人同意。"

芙瑞雅："你可真是无耻！"

卓王孙淡淡地注视着她："这是你欠我的，从借车那一次开始，就欠下了这笔债。我只是不再容忍你的抵赖而已。哦，对了，你的这些抵赖，到底是碍于信仰，还是欲擒故纵的手段？就这一点而论，你还真是深得她的真传……"

这句话还没有说完，芙瑞雅一记耳光扇了过去。她的手中途就被卓王孙牢牢握住，但她仍在用力挣脱，直到手腕被勒出红痕。她能忍受一切，就是不能忍受对女王的诋毁。这一点，他当然明白。他就是利用这一点，撕碎她优雅冷静的外壳，露出心底的脆弱。

她咬住嘴唇，胸口起伏，眼中全是怒意。

卓王孙讥嘲地看着她："芙瑞雅，你现在的样子，真是动人。只可惜，我决定将最重要的收获放到同一天，否则，现在就是你还债的时候。"这句话让芙瑞雅冷静下来。她抽回手，重新站直："未来的皇帝一定知道，陷阱中的困兽，也是会咬人的。如果现在就想收获猎物，就要做好带伤登基的准备。"这句话充满攻击性，卓王孙却丝毫不以为意，反而露出了一抹微笑。

一切暴虐、残忍、阴冷都随着这一笑，消失无踪。他以无可挑剔的礼仪，向芙瑞雅欠身致意："那么，明天见，公主殿下。"

不等芙瑞雅回答，他已转身离去。宴会厅的大门在他身后关上，加上一重重锁。

午夜。

脚手架还未拆尽的宫殿里，夜色深沉。卓王孙斜倚在宽大的椅上，望着兰斯洛特越走越近。

谦逊，温和。具有超出合众国任何一位重臣的执政能力却不热衷名位，有比任何一位嘉德骑士都要高超的大天使机体驾驶技术却甘愿默默，在合众国数次影响巨大的危机中起到关键性的作用却名声不显。这就是兰斯洛特，一个对任何人都不会造成伤害的谦谦君子。

他走到卓王孙面前，卓王孙斜倚着一动不动，居高临下。兰斯洛特丝毫不介意卓王孙略显失礼的行为，躬身行礼。

"兰斯洛特，你在北极说过的话，依然有效吗？"

兰斯洛特微微一愣："当然。"

"那么，我能求你一件事吗？"

兰斯洛特："当然。"

"是不是我求你什么事，你都会答应？"

他的话语中，似乎蕴含着一种森冷。兰斯洛特犹疑了一下，仍然回答："当然。"

卓王孙缓缓笑了："那我要你死呢？"

伦敦近郊的角石庄园，夜也一样黑，唯一不同的是，水晶灯的灯光，照不亮庄园周围的黑暗。

一人骑马向庄园驶近。在门口，他被侍卫拦住。

"弗格森爵士在吗？我有公主的密信要送给他。"

侍卫打开大门，那人驱马直冲进去。庄园的大门缓缓闭上。一切看上去都那么平常，安静。唯一不平常的，是三公里外，一群荷枪实弹的士兵正向庄园进发。

"暗线已经进庄园了，今晚的任务，是与暗线里应外合将庄园内的人全都带走，一个不留！"

深夜，一座地下掩体中，一盏灯忽明忽暗地闪烁着，照亮了墙上的屏幕。屏幕上显示的，正是芙瑞雅曾经调取过的第三大区的军事部署图。但今夜，这张军事部署图上的调动显得格外剧烈，甚至，上面标注的"军事目标"有不少暗淡下去，被鲜红的叉号所代替。

巨大的屏幕上，无数叉号闪烁。

地下掩体没有一丝声音，宛如一座巨大的坟墓。

第三大区的中心广场上，无数人正在忙碌着。一盆盆鲜花被运来，装饰着广场。欢庆的气氛越来越浓。

巨大的女王像矗立在广场的正中央，它的周围，工作人员有条不紊地划出观众的席位。女王像正对主席台，在民众的中间。雕塑微笑着。无论人们站在广场的哪一个角落，都能看到女王对自己微笑。各色射灯将光柱打向天空，却没有一盏打到雕塑脸上。她的笑容，在黑暗中显得有些暗淡。

远空鱼肚白与红霞泛起，黎明，终究还是来了。

中心广场已整饬一新，彩旗招展，两排礼炮肃穆，对向天空。

主席台上仍是空的，广场上已挤满了从全国各地赶来的民众。他们把巨大的广场填满，手中挥舞着合众国国旗，欢呼，拍照留念。

大公府邸就在广场正南面，此外再无别的建筑。从顶楼的落地窗看出去，能看到广场全貌。芙瑞雅盛装站在窗前，阳光照耀着她的长裙，酒红的天鹅绒上珠光闪烁，展示出与灯下不一样的美。这袭出自名家之手的礼服的确很适合她，恰如其分地诠释出一位公主的美，以及不容谛视的高贵。只是在几处镂空的细节上，不经意地透出几分性感。不用说，这自然是皇帝陛下的杰作。

芙瑞雅对这"杰作"毫不在意。她沉静地站着，手中紧握着一张讲稿。更多的稿纸散落脚下，上面写满文字及各种修改符。阳光透过落地窗，照出她眼眶微红，容色憔悴，显然一夜未眠。目前的境遇，可以说是绝地。

就在广场附近，荷枪实弹的武警来回巡逻，受阅部队有条不紊地进入广场，显贵们的车队依次到来……她明白，一切都已安排妥当。甚至说，在她离开的六个月内，就大局已定。目前的加冕仪式，只是最后的形式而已。她唯一能寄希望的，就是这篇致辞能唤醒民众对合众国的爱，粉碎卓王孙的野心，就在他的登基庆典上。至于之后他会怎样报复，她无所谓。对她而言，演讲台就是战场。民意，则是她唯一可以仰仗的武器。

芙瑞雅久久伫立窗前，默念着致辞的内容。每一个用词，每一处停顿，她都要完美无缺。

这时，部分等待的民众自发聚集起来，来到广场中央，对女王像行礼、献花。芙瑞雅隔着窗，注视着他们，对即将发生的事，渐渐有了信心。人民心中的敬意，并未改变。

太阳升得更高了，将和煦的光洒在女王像上。巨大的雕塑仿佛在对芙瑞雅微笑。芙瑞雅的心也温暖起来，就像女王不曾离去，真的站在她面前，鼓励她，支持她。

芙瑞雅深吸了一口气。她不会让任何人在母亲面前击败自己。

庆典的钟声响起。

大厅的门打开，卓王孙走了进来。他左侧是晏，右侧是妮可。晏穿着日式礼服，手中捧着一个方形的坚固的盒子，看来就是皇帝的冠冕了。妮可穿得较为简约，却用了有温莎家族玫瑰族徽的头饰，芙瑞雅认得，那是女王的遗物。这份用心，昭然若揭。

两人身后，则是第一大区与第三大区的勋贵们。可以看出卓王孙为这次庆典准备得很充分，两大区几乎所有地位重要的人物，包括官员与社会名流，都被他"请"来了。他们附骥于卓王孙身后，见到芙瑞雅后，眼光或躲闪或不屑，或得意扬扬或故作沉静。对此，芙瑞雅一概漠然置之，只是淡淡地说了句："准备好了就开始吧。"

卓王孙伸出手，做了个邀请的姿势："走吧。"芙瑞雅并没有理会他的手，径直出了大门。

两人一起登上主席台后，海潮一样的欢呼声响起，久久不能平息。

卓王孙从容上前，向民众招手。而芙瑞雅只是静默地站在他身后，冷眼看着接下来的一幕幕闹剧。

的确，是排演多时的闹剧。

十二公爵中的九位，向卓王孙宣誓效忠。其他几位，则"因病"未能出席。按照公爵们的说法，这是深思熟虑、充分讨论后的决定。详细决议早在一个月前就已表决通过，如今只是昭告天下。按照约定，合众国将变为帝国，三大公国则改为王国，共同臣服于至高无上的皇帝陛下。晏被推选为第一执政官，其他公爵也各有司职。唯一出乎芙瑞雅意料的，在于对民众而言，国体变更也不是秘密。一周前，公投就已完成。

随即，晏开启了公投结果。六十亿选民中，有六成的人同意将合众国改为帝国，只欠正式宣布，以及新帝加冕的狂欢。

芙瑞雅总算明白，为什么卓王孙会一个人去码头接她，并紧随左右，一刻也不曾离开；为什么从她登陆的那一刻起，除了在卓家宅邸，就没有看见一个人。无非让她尽量不要与"不受控"的人接触，防止人们走漏了风声。芙瑞雅的笑容有些苦涩——还真是错看了他。

六个月中的各种细节涌上心头，她本该早一点发现的。如果不是丧母之痛蒙蔽了她，她绝不会被瞒得这么死。

那一刻，芙瑞雅感到了一丝恍惚。

一夜之间，世界已天翻地覆。这六个月里，所有人都进入了新的纪元，只有她还留在原地。她忍不住想，也许眼前的一切，与海底怪兽和深渊一样，只是一场噩梦。民众山呼海啸一般的掌声响起，将芙瑞雅拉回现实。

晏的声音传来："在加冕仪式正式开始前，我们要请一个人，代我们向逝去的女王、逝去的合众国表达谢意。感激旧时代的结束，期望新世纪的开启。她就是前第一大区的长公主，芙瑞雅殿下。"

芙瑞雅深吸一口气，走到了主席台的正中央。她的身前是密密麻麻的麦克风以及镜头。她用最快的速度冷静下来，取出讲稿，开始致辞。

她的演说比绝大多数人预想的还要精彩。

从一件生活中的小事开始，叙述女王为合众国所作的一切。最标准的王室口音与最优美的遣词，有着极强的感染力，偶尔穿插一些让人会心一笑的细节，不至于过分严肃。唯一的缺点是，她的声音略有一些疲惫，却恰好吻合了哀悼的气氛。她的真诚与哀伤，随着扩音器传遍整个广场，再随着转播传递到合众国的每个角落、每一个守在电视前的人。

对女王的怀念，对合众国的追忆，随之蔓延开来。广场上的人们被感染，时而笑，时而落泪。在这一刻，他们似乎忘了今天是皇帝加冕礼，而像在参加合众国二十周年国庆。

晏将目光投向卓王孙，等他下令终止这场不合时宜的演讲。然而卓王孙只是似笑非笑地望着她，一言不发。

芙瑞雅的致辞，自然而然地转向了合众国的立国之基——对民主的坚守，对集权的声讨。平心而论，这一段比之前更加出色，有理有据，充满了力量与煽动性。广场上民众的情绪也激动起来。

晏的脸色越来越凝重。他走到卓王孙面前，正要申请中断信号，就见卓王孙摆了摆手，淡然说了一句："很精彩，不是吗？"

这句话并非反讽，而是由衷的赞叹。

晏皱起眉头，一时揣测不出未来皇帝的用意，只得回答："是的，但我们必须阻止她。"

卓王孙："哦，为什么？"

这显然是明知故问。晏不知如何回答，只得叹了口气："陛下，我只想提醒你一点。六成的民意，并不是那么牢固。虽然我们之前做了那么多准备，但公投显示，仍有至少四成民众，拥护合众国，拥护女王。而现在，芙瑞雅正在把这种拥护变成抗争。如果放任她说下去，我很难保证，人群中的这些人不会起义。"

卓王孙嘲讽地一笑："起义吗？我倒完全不担心。"

晏的眉头皱得更深："我知道陛下做了万全的准备，所有大天使战机都在附近。但今天是帝国成立的日子，我们不能在建国当天，就来一场屠杀。"

卓王孙笑了笑，没有直接回答他的话："晏，你知道吗，昨天芙瑞雅曾对我说，十九年来，合众国的制度已深入民心，就算我杀再多的人，也做不成皇帝，因为我毁不掉合众国的基石。当时我不以为然，但现在，我有点相信她了。女王，的确是前无古人的君王。而我接下来要做的，就是摧毁她，以此毁掉合众国的基石。"

晏沉默片刻，思索着他话中的含义。

卓王孙望向芙瑞雅的目光里，流露出一丝痛苦，一丝悲伤。良久，他叹了口气："开始吧。"这句话，是对他身后的妮可说的。

妮可从口袋中取出一个遥控器，按下。几十面巨大的投影屏在广场上升起，一片片雪花在这些投影屏上出现。然后，是一段无声的影像。镜头在旋转，最终对准熊熊燃烧的壁炉。一个背影出现在镜头上，隐约看出这是一位女子，金发盘起，肌肤雪白，黑色天鹅绒的长裙勾勒出她高挑的身姿，就像是文艺复兴时期巨匠笔下的名画。不知为何，这个背影让民众感到莫名的熟悉。画面的阴影中，似乎还藏着一个男人，只是看不清面容。两人似乎在交谈着什么。片刻后，女子解下了盘起的长发，浅金色的光芒流泻下来，宛如星河。众人忍不住"哦"了一声。这发色实在太过特殊，它只属于女王家族。

民众心中的疑惑更深，而芙瑞雅的脸色已然惨变。

更惊人的一幕发生了，女子解开长裙，走向黑暗中的男子。广场上发出一阵惊呼。

然后，是衣裙坠地的画面，两个人纠缠的画面。广场上一片哗然，大家都在低声猜测，画面中的两个人到底是谁。这样的影像，出现在这样的场合上，还播放了这么长的时间，绝不会是意外事故，而是一场特殊的审判。审判的对象，就是画面中这对男女。虽然看不清容貌，但多数民众已猜到，两人的身份绝非寻常。

这时，男子起身，倒了一杯水。这本是一个无关紧要的细节，然而这时，女子不经意地回头。这一刻，她的侧容无比清晰地展示在屏幕上。

玛薇丝女王。

数万人聚集的广场突然陷入了沉寂。所有人都仰着头，忘了欢喜，忘了愤怒，甚至连呼吸都忘了。他们望着那张无比熟悉的脸，目光呆滞，一动不动，任由惊愕将他们贯穿。

芙瑞雅脑海里一片空白，甚至忘记了质问卓王孙。她眼睁睁地望着这些人，望着他们仰着的头、空洞的眼神。她知道，这就是信仰崩塌的样子。而这个样子，绝非只出现在他们身上。这些投影屏上的画面，毫无意外地会随着直播传递到整个合众国，那也是信仰崩溃的范围。

没来由的，一阵失重感猝然而来，像是失足倾跌，向深渊中坠落。

"念下去。"卓王孙的声音在芙瑞雅的耳边响起。

芙瑞雅猛然侧身，看着他："为什么要这样做？"

"念下去。"卓王孙的语气有着不容别人质问或者拒绝的威严。

芙瑞雅缓缓摇头："除非我死。"

"死？还不到时候。"卓王孙冷笑，随即用一个干净利落的姿势，从她手中将稿纸夺走，看也不看地递向身后。

"长公主不想读，那就让另外一位温莎家的女儿来读好了。"他说的是妮可。妮可点头，接过稿纸读了起来。那些对女王的追忆、对合众国的怀念、对民主的颂赞与银幕上那些暧昧的画面纠缠在一起，充满了尖锐的讽刺。

妮可的声调平缓，几乎没有什么起伏，听上去更像是机械的假声。但正是这种平静的语调，让这份讽刺更加尖刻。

民众的沉寂，终于被打破。

"骗子！"

"不要把我们再当成傻子了！"

愤怒的表情出现在他们脸上，他们再度扬臂挥舞，但这次，不再是为了赞颂，而是控诉。

"滚下去！"

"什么民主、什么合众，真令人厌恶！"

声浪一波比一波更大，渐渐的，形成宛如实质的浪涛，拍击着主席台。空气在"滚下去"的整齐的呼喊声中炸裂，主席台随时可能碎裂。

芙瑞雅的身体轻轻颤抖，面对着民众愤怒的呼喊，她挣脱不了，甚至无法为自己做任何辩护。

第六章　桃色交易

巨大的喧哗中，芙瑞雅突然转身，冲向主席台后方。

"她想逃走，捉住她！"台下有人喊道。

然而，芙瑞雅只是绕开了侍从，从另一面登上台。在众人惊愕的目光中，她推开妮可，一把夺过话筒："这段影像是假造的！"

这句话像炸雷一样在广场爆响，人们惊讶地望着她，所有的喧嚣都安静下来。芙瑞雅深吸一口气，让自己的手停止颤抖，以笃定的语气，对所有人说："它是假造的，是蓄意的诋毁！"

卓王孙看着她，并未阻止。晏走上前，用一种充满同情的语调说："芙瑞雅小姐，我非常理解您的心情。然而这一资料，来自一位已退役的嘉德骑士。他以血盟誓，录像中女王的所作所为都是事实。这一点，公爵会议所有人都可以作证。"

似乎是为了印证他的说法，几位公爵点了点头。这无疑也宣示着，他们早就看过了这卷影像，并同意将之公布。芙瑞雅冷冷地看了左侧两位公爵一眼，他们来自第一大区，曾深受女王的恩惠。这两人似乎心中有愧，转开了目光。

晏轻轻咳嗽一声，打破了尴尬。他指向一台老式胶片放映机："何况，芙瑞雅小姐应该知道，这种老式 8 毫米胶片，是无法复制和修改的。"说这段话的时候，他的神色十分从容。这段视频千真万确，只不过为了保全亚当斯大公，经过了巧妙地剪辑。由于剪辑会造成音频断层，不得不屏蔽了声音。这是他依照传统手法，一帧一帧，反复剪辑完成的。他有足够的底气，不要说普通人，即便是专业人士也无法发现异样。

芙瑞雅看了他及其他公爵一眼，微微冷笑："无法伪造吗？我只问一件事，如果这段录像是真的，为何从头到尾，影像都没有出现那个男子的正面？"

人们若有所悟。如果这是一段偷拍的视频，那按照概率，男女主应该都会出现在屏幕上才对。而刚才那段影像中，女王的面容几次出现，十分清晰，这个男子却始终隐藏在阴暗中。即便男子有一两帧转向镜头，也因为某种特殊原因，曝光不足，看不清楚。

芙瑞雅："如果不是经过了剪辑，会这么巧吗？是谁，在用如此卑劣的手段，在构陷女王？"

她转向公爵们："还有一件事，我希望各位能做出解释。既然有一位嘉德骑士交出了这卷胶带，指控女王不修私德。公布录像带之前，难道不应该经过骑士团辨别？而母亲去世后，我作为教宗，名义上统领嘉德骑士团，为什么完全不知情？这卷录像带，来路可疑，程序非法，根本不足为信！"

林公爵缓步出列："我们同意公布这卷录像带，不是指控女王私德不修，而是要让大众知道，她以及她领导的合众国，充满了谎言。我们都知道，性本身并不算罪过，欺骗才是。如果女王不是打着'嫁给国家'之名，骗取民众的爱和信任，这卷录影带本不需要公之于众。也因此，无论影像中的男子是谁，都与女王犯下的罪无关。"

这番话合情合理，并堵上了芙瑞雅接下来的辩解，显然是早有准备。在场的民众都禁不住点头。有一些人已开始怀疑，芙瑞雅咬着男子身份不放，是不是在转移视线。

芙瑞雅的语气仍然冷静："有关系。如果这个男人不重要，为什么他的面容偏偏被隐去了？是架设机位的时候，就考虑到这一点，还是事后再来剪辑？如果是前者，那就是蓄意构陷；如果是后者，那又为什么要对影像进行剪辑？如果这号称'不可作伪'的胶片被动过手脚，它还能证明什么？"这一番追问，直达要害。

林公爵一时未想好应对的辞令，陷入沉默。

卓王孙缓步走上主席台，站在芙瑞雅身边，轻声问："你这么想知道男方是谁吗？"

芙瑞雅说："是。"

"好，如你所愿。"卓王孙轻轻挥手，侍从将放映机卷回了一个特定的位置，画面定格。

男子的脸隐藏在一团阴影里，无法看清。画面被继续放大，这下，人们都能看清，这团阴影有一些不自然。而这，似乎印证了芙瑞雅的辩解。在巨大的惊愕和激荡的情绪下，绝大部分民众都没有注意到这一瞬间。那么，卓王孙又为何让大家注意这一点呢？民众疑惑地看着他，不知道未来的皇帝的用意。

卓王孙："这团阴影，并非出于造假，而是当时人类的技术，无法捕捉他的影像——这个男人，从严格意义上讲，并不是人。"

现场一片哗然。不是人类，难道这个"男子"，竟会是妖魔吗？如果真是如此，女王犯下的罪，就不是私生活不检点、欺骗民众这么简单，而是和妖魔勾结！

芙瑞雅的目光由惊讶转为愤怒："你疯了吗？"公布影像，还只是他为了政治利益，不肯为女王隐瞒。但指控女王与妖魔勾结，就是赤裸裸的构陷。直到如今，芙瑞雅也不相信卓王孙竟然能把事情做到这一步。

卓王孙微微欠身，在她耳边道："如果只是影像，民众迟早会想到，女王不过是个人品德有亏而已。她为合众国所做的牺牲，是无法被掩盖的。

等他们想通这一点，会重拾对女王的爱。但我不会让这样的事情发生。合众国的基石，必须被彻底毁掉。"

"无耻！"芙瑞雅伸手想给他一记耳光，最终又忍住了。

她现在面临的是一场不见血的战斗。在民众面前失态，就意味着缴械认输。她必须忍耐，用理智与冷静，重新赢得舆论的支持。

卓王孙脸上毫无波澜："接下来的故事，让那位嘉德骑士亲口告诉你吧。"他打了个响指。在士兵的保卫下，一位满脸沧桑的中年男子走上了主席台。

第二大区的重臣们立即认出，这是已退役的第十八骑士（拉法的前任），安德森。安德森只有四十余岁，却已头发花白。他右腿残废，挂着拐杖艰难地向着格蕾蒂斯及卓王孙行礼。而后他走到麦克风前，向大众讲述了这卷录像带的来历。

二十年前，第二大区得到线报，女王与妖类有勾结，派他前去调查。在取证过程中，他无意间撞见女王与妖类私通，并冒着生命危险录下影像。从此，他被追杀，四处躲避，整整二十年不敢现身。直到最近，他得到了林公爵的帮助，才鼓起勇气，将封存二十年的影像交给了公爵会议。然后，他揭露了一个足以震惊整个世界的秘密——影像中的"男人"，就是曾杀人如麻，摧毁数台大天使战机的超级生命体：小丑。

录像中的一切，不止发生了一次。女王在人前以圣洁的面目出现，背地里却以出卖国家利益及身体为代价，交换灭绝性武器。这就是他用生命为代价守护的秘密。

听到这里，芙瑞雅再也无法保持冷静："荒唐，这是彻头彻尾的诬陷！"她的声音，完全被群众愤怒的声浪淹没了。喧嚣中，只有卓王孙的声音清楚地传来："是不是诬陷，很快就知道了。"

沉闷的鼓声响起，整齐划一，响彻广场。所有的声音都被压下去，一切嘈杂都被统一成单一而坚定的节奏。民众激昂的情绪被鼓声的节奏转移。

一支仪仗队，缓步走来。

仪仗队穿着猩红的制服，队员的神情肃穆而坚定。他们抬着一只巨大的箱子，上面盖着红布，缓慢地穿越广场，走向主席台的正前方。路程漫长，红布一角在风中飞扬，宛如一摊殷红的血。仪仗队终于来到主席台前，将箱子放在地上。

所有人屏气凝神——什么样的证据，需要放在如此巨大的箱了里？那鼓声太沉闷太坚定，让他们的疑惑无法宣泄，他们循着仪仗队的指引，慢慢往主席台前汇聚。

卓王孙轻轻招手，红布坠落。这时大家才看清，这不是箱子，而是一个巨大的金属牢笼，里边似乎关着一个人。随着一声号令，牢笼的金属闪烁着幽蓝的光泽，牢笼顶部消失，四面墙向下打开，化为了一个平台。平台中央立着巨大的木制十字架，上面血迹斑斑，一看就不是新造，而是从博物馆借来的"文物"。

现代科技感十足的牢笼，却放置着仿佛来自中世纪的十字架，这种冲突感让人感到有些刺眼。更刺眼的是，十字架上竟然绑着一个人，白衬衣，浅金色长发。

有些民众已经认了出来，他是兰斯洛特。人们脸上出现困惑的神色。他们当然记得兰斯洛特，不久前，正是这位少年驾驶路西法，打败了小丑，为挽救人类立下过战功。这个温和有礼、才华横溢、有功于国家的少年为什么要被绑在十字架上？又为什么要在这个盛典、这个时刻被如此隆重地抬上来？

兰斯洛特低垂着头，脸色格外苍白，似乎陷入了昏迷。

鼓声骤然停止。卓王孙轻轻敲击了一下麦克风，他的声音传遍整个广场："你们所看到的这个人，是女王的私生子。"

这无疑是另一个重磅消息，让广场上的民众惊愕得张大了嘴。

芙瑞雅骤然一颤，她想甩脱卓王孙的手，但卓王孙出奇地强硬，紧紧抓住她，让她动弹不得。

"有谁能否认吗？"

芙瑞雅的挣扎，因这句话而软弱。

兰斯洛特缓缓仰头，想说什么，但最终，什么也没说。他再度垂下了头，金发将他的眼睛遮住。

"开始吧。"

身穿鲜红礼服的仪仗队长率领两名队员出列，队员在十字架前面立定，分列仪仗队长两侧，背上赫然背着枪。仪仗队长立定，转身，拔出腰间的刀，斜向上指向十字架上的兰斯洛特。两名队员也立定，解枪，斜向上指着。

"开枪！"

枪声响彻整个广场。子弹击穿兰斯洛特的身体，从他左右肋下穿出。这种枪是老式的礼枪，威力不大，子弹钻入人体后不会炸开，只留下一个跟弹头同样大小的伤口。两道鲜血，从伤口中流下来，经过兰斯洛特的身体，然后汇聚到十字架上，向下蔓延。

广场上的民众惊愕，不知道发生了什么事。这是要公开处决兰斯洛特吗？为什么不先公布罪名？

主席台最前端的地板分开，升起一台精密的仪器。所有人脸上都显出一丝疑惑，唯有格蕾蒂斯例外。那台仪器，她很熟悉，是五十一区的最新研究成果，她刚刚见过。

晏简要地向民众介绍了这台仪器的功能，它能够迅速地进行基因比对。他特意强调，经过数次改良，超级生命体的基因也可以比对。

鲜血，从兰斯洛特的身体蔓延至十字架的末端，在台上积成一洼。晏走上前，用容器取走血液，注入了仪器。只用了几秒钟，基因图谱被公布在屏幕上。晏向大众保证，任何人怀疑血样或者仪器是假的，都可以根据这张图谱，进行复检。第二大区的几位公爵也站出来，对仪器的权威性进行背书。

卓王孙握紧了芙瑞雅的手："轮到你了，公主殿下。"不待她反对，卓王孙已不由分说地将她带到仪器旁，用探针刺破了手指。一滴鲜血，坠入取血口。屏幕上数字变换闪烁，最终定格。刺目的绿灯亮起，宣示的结果是"比中"，兰斯洛特与芙瑞雅的关系为姐弟。这也意味着，他真的是女王的私生子。

这时，工作人员送来另一个瓶子，瓶子上还打着五十一区的绝密标志。这是路西法之战中小丑受伤后留下的血样，第二大区一直保存着，以研发克制他的生物武器。在格蕾蒂斯的主持下，封条被开启，血样注入了仪器。绿灯再度亮起，"比中"。

小丑与兰斯洛特基因相似度极高，大概率为父子关系。全场再度哗然。只一瞬间，恶毒的咒骂响彻广场，主席台再度被愤怒的目光淹没。

芙瑞雅不由自主地后退了一步，喃喃道："不可能，绝不可能……"一瞬间，她陷入了迷茫。脑海中有千头万绪，却不知从何梳理。

"哪里不对……"她的目光从台上所有人面上一一扫过，最终停留在格蕾蒂斯身上。她想到了，兰斯洛特与格蕾蒂斯的储君之争，想到了他与亚当斯大公不可言说的关系。如果，兰斯洛特的确是母亲与某人的私生子，那么更可能是……

似乎是绝境中的一道光，芙瑞雅想到了什么。她倏然转身，穿过民众怨毒的目光，冲向格蕾蒂斯。在众人的错愕中，她一把抓住格蕾蒂斯的衣襟，逼她直视自己："你知道不是的！为什么不说！"

左右侍从想拦阻她，却被格蕾蒂斯阻止。格蕾蒂斯面露痛苦之色："芙瑞雅，我有不得不这样做的理由。请不要说下去了。"

她的语气很真诚，痛苦也非作伪，很显然受到了某种胁迫，不得不配合演戏。是的，所有人都在配合，演出一幕荒诞而恶毒的戏码！

愤怒、委屈、痛苦一起涌上心头，让芙瑞雅全身无力。她缓缓松手，站在原地，一动不动。她很想跪地痛哭，宣泄自己的情绪，但她晓得，自己连崩溃的资格都没有。她必须在最短的时间内，计算整件事的利弊。

她明白，如果揭露兰斯洛特其实是亚当斯大公与母亲的私生子，她自己会有什么后果。按照现在的舆情，她的话不会有几个人相信，只会被当作推脱与栽赃。而这样一来，就等于公开与第二大区为敌。格蕾蒂斯与效忠亚当斯家族的重臣们，也会竭尽全力，否认她的指控。最后，即便男子变成了亚当斯大公，对母亲名誉的损失，又能减少多少？在影像中露脸的，毕竟是自己的母亲。

芙瑞雅深吸一口气，紧握的双手中，指甲几乎刺入了血肉。终于，她抬头注视着格蕾蒂斯，缓缓道："记住，你欠我一次。"随即，她转过身，拖着沉重的身体，一步步走回了主席台中央。

审判兰斯洛特的狂欢还在继续。

一名仪仗队员手持长枪出列，来到十字架前，用长枪挑开兰斯洛特身上的衣服。枪尖锋利，衣服迅速碎裂成丝缕，被晨风卷走。而后，长枪用力，刺入肌肤，形成大大小小的伤口。

兰斯洛特苍白的肌肤暴露出来，如一道纤细的光，被粗荆与十字架绑缚。他肋下各有一处洞穿伤，鲜血涌流而出。此外，还有一些淡淡的旧伤，看来被押赴广场之前，已遭受过拷问。黎明微冷的风中，兰斯洛特双臂被高高吊起，披垂的金发散落在肩头，看上去仿佛一幅圣徒受难的名画。这一瞬间，喜爱兰斯洛特的民众心中不禁一软，暂时忘记了对他血统的指控，产生了怜悯。

"无论他父母是谁，他都是一个好人，为什么这样折磨他？"

但，这部分人的同情，很快就被震惊代替。兰斯洛特身上的创口，竟在以一种肉眼可见的速度愈合。很快，这些创口就被抹平了，只剩下微淡的痕迹。那些痕迹就和他身上的旧伤一样不寻常，是一种极淡的白色痕迹，仿佛是羽毛，又仿佛是陶瓷上的裂纹。而他肋下被贯穿的洞状伤口，也在收缩，洞中流出的血，越来越少。

广场上一片死寂，没有人再发出声音。他们只是抬头望着兰斯洛特，眼神惊恐之极。人的身体，绝不可能恢复得这么快。眼前这个少年，不仅是恶魔与人类通奸生下的罪恶之子，还是恶魔本身！

金色的长发披垂，将兰斯洛特的面容遮蔽在晨曦的阴霾中。赤裸而苍白的上半身，更像是某种罪证，抑或必须牺牲才可以的祭品。渐渐地，他的血不再涌出，却也不凝固，呈现出介于液体与固体之间的诡异形态。颜色则在几次变化后，定格为近于桃花颜色的夭红。

"你的出生，证明了这世界上是存在着恶魔的。你的出生，证明了有人将自己的灵魂与身体出卖给了恶魔。那些背后的污浊交易，有些是与人发生的，有些则是与我们不曾知晓、无法想象的异类。你有着未知的血脉。这不是神迹，而是恶魔的诅咒，那个将罪恶血脉带给你的女人，她是……"

卓王孙威严的声音在广场上震荡着，当说到这最后的几个字时，他的声音嘶哑。迟疑了片刻，他抬起头，似乎在等着毒蛇最后一次缠绕，将心中最后的柔软、不舍缠绕成灰。终于，他深吸一口气，说出了那几个字：

"恶魔的妖妇。"

兰斯洛特的身体重重一颤。所有人的心同时一颤。

芙瑞雅猛然转头，惊骇地望着他。她无法相信，这样的词语，竟然真的发诸他口，加诸她与他最尊重、孺慕的那个人。

她之前一直还对卓王孙怀有一丝奢望，奢望他们之间还有爱情，奢望他对她有某种与众不同的情愫，奢望他们之间的情感比权势甚至皇位更重要。但这个词语，将这丝奢望彻底粉碎。

这一刻，她无比憎恨，她憎恨的不仅仅是卓王孙，还有自己。她憎恨自己怎么会对这样的人怀有奢望。这个人，说别人是恶魔，但他才是将一切罪行都犯了个遍的恶魔。

仇恨的火，从芙瑞雅的双目中喷出。她死死盯着卓王孙。她心中只有一个念头，她要杀死他。哪怕同归于尽。

偌大的广场上，喧杂而寂静。

民众已陷入某种无法被制止或者劝阻的暴怒情绪，他们急于发泄这么多年被欺骗的悲怆。那曾经在最艰难的时期支撑着他们的信仰，如今破碎污秽到他们不敢直视。这让他们想到自己。他们认为或者宣扬的高贵、正义、纯洁与理想，终归是破碎的、污秽的，是自欺欺人，是生而幻灭。

有些人坐在地上，歇斯底里地号哭着，无论别人说什么都劝不住。有些人则失魂落魄，漫无目的地走着，嘴里嘟嚷着什么人都听不懂的字眼。但更多的人却选择将愤怒发泄出来。那座矗立在广场上的、站在公园的每一个角落都能看到微笑的女王像，被推倒了。碎石纷飞，残渣满地。

初晨的风将它们吹起，在广场上飞舞着，像是信仰或者这个世界破掉后的碎片。这一幕，在合众国几乎每个有人聚居的地方发生。混乱，争斗，负面情绪压抑到必须得释放出来，才能面对从心底深处泛出的污秽。

这一天，女王死了。

这一天，合众国死了。

第七章　加冕日

雕塑倒塌的声音，民众喧哗的声音，扬声器的哀鸣，无休无止。整个世界，天崩地裂，仿佛都被摧毁。

在芙瑞雅看来，却是一片寂静。寂静的尘埃中，雕塑化为灰烬。十字架上的鲜血凝结，主席台下民情激愤。她久久注视着兰斯洛特，又最终转向妮可。妮可脸上没有任何悲伤，手中还握着合众国国庆的讲稿，等待着卓王孙的指示。

芙瑞雅胸口一阵起伏，她指向妮可："既然身为母亲的私生子，是兰斯洛特的原罪，那么她呢？女王第一继承人，不更该赶尽杀绝吗？为什么她还站在台上？"

卓王孙："因为她现在的身份，不再是女王的养女，而是，帝国的功臣。"

芙瑞雅冷笑："帝国的功臣？"

卓王孙："事实上，我要摧毁的，是合众国，是人民对旧制度的最后一点幻想。我从未想过要摧毁你的家族，摧毁你。"

他示意晏切掉主席台上的对话，单独面对芙瑞雅。这时，他脸上的冷漠、调侃、讽刺暂时收起，似乎回到了一切改变前的样子："只要你支持我登上帝位，我不会对任何人赶尽杀绝。无论是兰斯洛特、妮可，还是你。

甚至，从我筹谋帝制的第一天起，我就为你想好了在帝国中的位置。只要你拥护我，我会向民众宣布，一切罪恶，皆因伪善旧制，因为你母亲的野心。而你，包括兰斯洛特，都是无辜的。由于他被认为是超级生命体的后代，要付出一些代价，才能重新回归人类族群。而你，只用完成一件事：向我效忠。"

芙瑞雅："休想，我不会向暴君效忠。"

卓王孙继续说下去："在你诸多的旧头衔中，可以保留宗教领袖那一项，并且，成为帝国的皇后。"他的语气中，有一丝真诚。

芙瑞雅却只是冷笑。这种戏码在历史上已发生了无数次。侵略者征服了女性统治的国度后，或许不会将王室屠杀殆尽，而是聪明地采用联姻的方法，最大限度减少抵抗，然后将原本的女王纳入后宫，剥夺一切军政权力，却保留其"精神领袖"的职能。但，她已不再是自己国度的神，而是新君竖立的旗帜，用以彻底摧毁本土信仰，征服这片土地。

芙瑞雅："我明白了，你给我的位置，就是成为戴着后冠的政治花瓶，以此换来第一大区的彻底臣服。"

看着她，卓王孙眼中闪现的真诚消失了，他的神色缓缓转冷："你这样想也不算错。如今，你和我都没有选择了，只能走下去。"

芙瑞雅："如果我说不呢？你想怎么对我？把我也钉上十字架吗？"

卓王孙："不。你有比上十字架更重要的事。"说罢，他不顾芙瑞雅的反应，拖起她的手，走向广场中心的礼堂。

他的脚步快而坚定，芙瑞雅则显得失魂落魄。广场上发生的每一件事、每一声呼喊都让她有短暂的失神，痛到无法思考。她被卓王孙拖着跟跄前行，几次差点摔倒。

数百名重臣跟在他们身后，默不作声。卓王孙刚刚对女王的所作所为，震慑住了他们。那是他们从未见过的毁灭与恐惧，光是面对就几乎耗尽了所有的勇气，他们还需要很长的时间才能接受，更不用说去想象它降临到自己身上。他们只能谨言慎行，努力回想二十年前他们是什么样子，用什么样的谦卑去侍奉曾经的君主，再一一践行。失神与虚弱同样也折磨着他们，每个人都觉得身边的人跌跌撞撞，随时可能摔倒，没人敢去伸手搀扶。

唯有卓王孙的步伐稳定，不快不慢，每一步，都像是敲在人心上。

礼堂就在广场核心位置，巨大的龙柱撑起穹顶，在中心处集结成太阳的形状。穹顶、柱子以及四周的墙体都出透明材质打造，观礼的民众可以轻易看到礼堂中的景象。礼堂已用金红两色装饰过，透着威严与肃穆。

卓王孙钳着芙瑞雅，走向礼堂。巨大的琉璃门在两人面前无声无息地打开。悠扬的礼乐声响起。卓王孙强迫着芙瑞雅摆正了位置，跟他平齐，缓步走在殿宇正中间厚厚的红毯上。

殿宇中寂静无声，红毯很长，长到几乎望不到边。礼堂中的光线深沉，暗到让人觉得有些压抑。红毯的两边，矗立着整整二十五尊大天使机体，它们伟岸的身形有数十米高，几乎顶到了殿宇布满雕花的穹顶，就像是远古的巨神。但这些巨神现在都维持着跪拜的姿势，两两一对，跪在红毯两边，迎接着姗姗走来的两人，仿佛仆人在迎接君主。

这恢宏的一幕，震慑住了因殿门洞开而将目光汇聚过来的群臣。大天使机体，人类顶级的武力代表，在合众国具有超然的地位。二十五位驾驭大天使的骑士中的每一位都是人民的英雄，有无数的事迹流传。他们是合众国的武力与精神支柱。

但现在，这些机体跪在这里。二十五架，无一例外，用最谦卑的姿势。在此之前，连让它们齐聚一堂都是不可想象的。

有些心思敏捷的大臣注意到，殿宇中只有大天使机体，没有骑士，他们急速地思索着这是什么意思。能够逼迫骑士们交出大天使机体，这足以说明骑士们已经效忠或者是屈从于皇帝陛下了，但为什么他们不出席呢？是被皇帝陛下杀了，还是，他们的骑士资格，已被皇帝陛下剥夺？帝国会出现二十五位新的骑士吗？二十五位由皇帝陛下指定、完全效忠于他的骑士吗？

那是不是意味着，所有的顶级军事力量，都将掌控在皇帝陛下一人的手中？

每一项可能，都让他们的背上布满冷汗。

卓王孙的面容没有丝毫波动，与芙瑞雅并肩走过巨神们的跪拜，走向红毯尽头。那里，是一个巨大的，华丽无比的皇座。

卓王孙与芙瑞雅在皇座前站定。重臣们静默着进入礼堂，入口不远处就是他们的座位，上面写着每个人的名字，但没有一个人敢落座。他们都静静地站着，望着卓王孙，仿佛一群提线木偶。

礼乐停歇。

晏换了一身白色的主教礼服，缓步走了进来。他庄重地将盒子放到王座旁的台案上。打开盒盖，里面放着一顶皇冠。皇冠并非传统款式，而是由稀有合金铸造，采用流线型极简设计，上面既没有宝石，也没有纹饰，威严与神圣感完全由线条本身呈现。这也许正是卓王孙要向民众宣誓的：他建立的帝制，并非古代帝制的复辟，而是人类历史上前所未有的新纪元。

晏："依嘉德骑士之仪轨，现由嘉德骑士之共主，芙瑞雅公主殿下，向伟大而荣耀的皇帝陛下加冕。皇帝陛下秉神之意志，践至高之位，冕加身之日，凡骑士团所属之骑士，皆当效忠。是为神圣帝国皇帝陛下。"而后，他从台案上拿起皇冠，敬献于芙瑞雅之前。

芙瑞雅望向卓王孙，然后再望向皇冠。她的眼中闪过困惑与鄙夷，最终化为一个讽刺的表情："你，想要我给你加冕？"

卓王孙却没露出意外的神色："是的。"

"为什么？"

"因为习俗。贵族与骑士向我妥协时提出的条件之一，就是我要尊重他们的'习俗'。习俗之一就是完全按照旧仪轨的加冕仪式。其实你我都知道这是借口，真正的原因是你的身份。贵族仍把你当成公主，近半数骑士仍把你当成名义上的领袖。就算你交出继承顺位，但在他们心中，你才是女王的继承人。他们需要确定，在我登基后，你仍有无人能撼动的地位，再由你来保障他们的地位。换句话说，是他们不相信我，怕我坐稳帝位后翻脸不认人，收回许诺给他们的利益。最终，我想了一个折中的办法。这顶皇冠，由你来授予我。这就是我在我的帝国里为你留下的位置。此后，只要你好好做你的皇后，归顺的贵族与骑士就能得到永远的保障。"

芙瑞雅："我明白了。感谢你的坦诚，告诉我'念旧'的人还有这么多。既然我如此重要，又为什么非要做你的花瓶？做你一生一世的眼中钉、肉中刺岂不是更好？"

卓王孙："你误会了。这些人要你来做皇后，只是想得到一个政治保护，不意味着他们会跟随你反抗，更不意味着，他们真正在乎你的感受。如果你执意和我作对，我只好将你软禁在后宫，强迫你为我生下子嗣。而后，他将合理合法地成为新任精神领袖，而你的生死就变得无足轻重。"

他微微停顿了一下："我想，以你的智慧，绝不会做这种蠢事。"

芙瑞雅："哦，以你所见，我应该怎么做？"

卓王孙："你该做的，就是拿起皇冠，放在我头上。就这么简单。"

"否则？"

"否则我会像某位大帝做的那样，自己为自己加冕。那会让这些骑士、贵族非常非常不舒服。"

芙瑞雅沉吟片刻，缓缓点头："好，我为你加冕。"她回身，从晏手中接过皇冠。这种来自宇宙深处的稀有金属，手感冰冷沉重。皇冠的中间有一根立柱，芙瑞雅用手握住它，将皇冠缓缓举起。

卓王孙也按照流程，微微欠身，等待她将皇冠放在自己头上。气氛庄严肃穆，所有人屏气凝神，等待这历史性的一刻。突然，变生不测。芙瑞雅手中的皇冠，并没有戴在卓王孙头上，而是狠狠砸下。这一下几乎用尽了她的所有力气，卓王孙忍不住退了一步，鲜血溅出，沾染了皇冠，

近臣与侍从们发出惊呼，就要冲上前，卓王孙却伸手示意所有人不得妄动。而后，他缓缓站起身。他的额头上，有一条极深的血痕，鲜血仍在不

断涌出，打湿了他身上的礼服。

晏完全被震惊了："陛下，你……"

卓王孙抬头，血流从额头蜿蜒而下，沾染了大半面容。他用力按住额角的伤口，缓缓站直身子："我没事，按预案处理。"

晏脸色稍缓，退到一旁，下达了一系列指令。卓王孙接过侍从递上来的丝巾，轻轻擦拭着血迹。他的目光，一直停留在芙瑞雅身上。芙瑞雅桀骜不驯地站在他面前，紧握着带血的皇冠。她是如此用力，好像握着一件致命的武器。血滴沿着皇冠的一角，不断坠落。

"在我看来，这就是皇冠该有的用法，这样的加冕仪式，你满意吗？"她微微仰头，语气讥嘲。

卓王孙陷入了沉默。

芙瑞雅打量着卓王孙，突然发出一声轻笑："可惜，你现在一点也不像皇帝，反而像一位小丑。"这一声轻笑，在礼堂中回响。但只有她一个人敢笑，其他的重臣全都匍匐在地，不敢抬头，不敢看，不敢笑。

卓王孙淡然道："你这样做，无非是想当众宣誓，永不会屈服于我，而且要我在加冕第一天，就被自己钦点的皇后行刺，威望扫地。不错，同归于尽的战术。可惜，你算错了一件事。这场所谓的'直播'，其实有着三十秒的延时。三十秒，足够完美隐藏这场'事故'。民众看不到你困兽犹斗的表演，而只会看到我顶戴皇冠的模样。"

芙瑞雅扬了扬手中皇冠："没关系，我可以再来一次。"卓王孙看着她，语气平静："到此为止吧。"他上前一步，夺过芙瑞雅手中的皇冠。芙瑞雅本想争，却感到一股强大的力量从皇冠上传来，不得不放手。卓王孙拭去皇冠上的血痕，而后，从容不迫地戴在自己头上。如他所言，民众看到的画面，上一帧是芙瑞雅将皇冠捧向他，而下一帧，皇冠已经端端正正地戴在他头上。

芙瑞雅："这就是你的紧急预案？不错，很完美。可这间礼堂中的人呢？

他们每个人都看到了你小丑般的模样，看到了你闹剧一样的加冕典礼。每次当你端坐在王座上，表演杀伐决断时，他们就会忍不住想起你此刻的丑态。你能杀了他们灭口吗？"礼堂中是各大区的重臣，新生帝国的中坚力量，无论如何，也不可能灭口。芙瑞雅挑衅地看着他。

"我不必。"他回头看向所有人，"告诉皇后陛下，你们刚才看到了什么？"

一个苍老的声音响起："我等为皇帝陛下与皇后陛下威严所慑，方才匍匐在地，感激涕零，什么都没听见，什么都没看见。但想来加冕仪式进行得如此顺利，应该是两位陛下相谈甚欢，缔结帝国千秋永固的誓约。"

芙瑞雅打量着眼前的这个人，这是林公爵手下的第一谋臣，帝国大学东语系教授。卓氏家族的重要文书、诏令，大多是他起草的。此人以尊古为标榜，一年四季都穿着长衫，一副仙风道骨的模样，其实却是利欲熏心之人。

芙瑞雅："顺利？严教授，你还真是老眼昏花了！"

老者面不改色："皇后陛下说得对。我这双眼睛，已经花了。好在我耳力不错，记性也好。皇后为皇帝陛下献上的誓词，实在是令人感动，因此我逐字逐句背了下来。"

芙瑞雅皱起眉头，誓词，哪有什么誓词？

严教授："我在此宣布，卓王孙具谦虚、宽容、耐心、勤勉、慷慨、节制、贞洁七美德，宽厚仁勇，坚毅果烈。他是光芒之子、正义之子，现我秉光芒与正义之意志，认可他为七十亿光芒与正义之子民的皇帝，凡我所属，皆当勠力效忠于他，他之意志，即为光芒与正义之意志，他剑之所指，就是光芒与正义前行之方向。"

芙瑞雅："荒唐，这是无中生有！所谓帝国，就建立在一个无耻文人的谎言上吗？"

卓王孙并不生气，目光从礼堂众人脸上扫过："其他人呢，说说你们的想法。"

礼堂内陷入了短暂的沉默。林公爵上前一步："我所见所闻，与严教授一样。皇帝的冠冕，是皇后陛下亲自授予的。而那段誓词，是皇后陛下亲口念出的。"这一次，沉默不再长久。每一个人，都加入了附和的行列，并且在芙瑞雅面前，将这段伪造的誓词念了一遍，最后不忘说："我们所见，与林公爵一样。"

芙瑞雅冷眼看着这些人，不再说话。

卓王孙环顾四周，直到所有人都表示臣服后，才缓步走到王位前，落座。

晏宣布加冕仪式结束，众人脸上露出难得的轻松，随即热烈鼓起掌来。掌声里，夹杂着劫后余生的庆幸，也夹杂着对恐惧的掩饰。

卓王孙走到芙瑞雅跟前，无视她冷漠而愤怒的目光，伸手轻轻碰了碰她的脸："你的使命完成了，接下来，该去后宫里做暴君的皇后了。"他脸上难得地露出了笑容，但这笑容看上去却有些轻佻："可惜，今天是建国日，我还要有很多事要处理。不过不必担心，晚宴结束后，你会见到我的。"

他回头看向妮可："把她带下去。记得给你姐姐换一身衣服。"

妮可回答了一声"遵命"。两个侍从上前，要将芙瑞雅带走。

芙瑞雅："等等，我要和他告别。"

众人略显惊愕，但仍让开一线，让她走过去。

芙瑞雅在王座前止步。两人一言不发，长久对视着。芙瑞雅轻轻伸出手。因为有了前车之鉴，所有人瞬间警惕起来，如果她再想做出伤害皇帝的事，一旁的两位嘉德骑士（晏与格蕾蒂斯），就会立即将她按住。然而，她的手势很温柔，仿佛真的只是做一次告别。

晏眉头紧皱，正犹豫着要不要阻止。

芙瑞雅缓缓地，将指上之血拭在卓王孙脸上，然后一路向下，划过颈侧、华丽的领口。她的动作温柔而坚决，将他刚刚清理好的仪容再次弄脏。她知道，这一幕仍然会被技术处理，亿万民众看到的皇帝，仍然会威严、强大、英俊、完美无缺。但在场的每个人都会记得，当他第一次戴上王冠坐上王座时，曾沾满血污，沾满暴君之血。这是她的反抗，她永远不会屈服。

芙瑞雅："如果，你真的敢把我囚禁于后宫，做你的皇后，那我保证，你这身华丽的冕服上，还会沾上你自己的血。就和你的前车之鉴，凯撒一样。"

卓王孙从王座上站起身，注视着她。最终，他脸上浮起一丝笑容。

第八章　妮可的逼供

卓氏大公邸。

长长的走廊两侧，站满了荷枪实弹的警卫。两位侍从押送着芙瑞雅，走在前面。妮可托着一只纸箱，面无表情地跟在身后。警卫们显然得到命令，见一行人到来，都恭敬地行礼。几人穿过大厅，进入私人剧场。

和格蕾蒂斯在的时候比，剧场布置已有所改变。放映机仍在运行，炫目的白光投影在幕布上。荧幕下方，所有座椅都被搬走，放上了不知哪里拿来的一张王座。王座有着夸张的色彩和款式，制作却称不上精良。石膏和金箔贴出了张扬的威严感，细看就显得粗糙。与那具十字架不同，这不是博物馆中借来的文物，而是剧场道具。也许，这间剧场不久前刚刚排演过哈姆雷特或者麦克白，王座和其他道具一起被放入仓库，此刻又被抬了出来。在这个特殊的夜晚，这样一张道具王座孤零零地出现在剧场，显出一些微妙的荒诞感。

芙瑞雅皱眉，这荒诞感让她预感到了接下来即将面对的危险。妮可示意两位侍从将芙瑞雅押到王座上。两人动作整齐地掏出绳子，将芙瑞雅的手腕固定在左右扶手上。他们的态度默契而果断，显然经过了严格的训练。捆好后，一人将手指插入绳子间隙，确保已足够紧；另一人则单膝跪地，将她的脚踝绑在一起，固定在王座底端。

芙瑞雅的手缓缓握紧，指节都变得苍白。看得出她在极力忍耐。忍耐的不是疼痛，而是屈辱。自幼年开始，在未得到允许的情况下，任何人不得碰触她的身体，这一条甚至写入了法律。即便沦为阶下囚，卓氏家族的侍从对她仍有敬畏，押送也好，囚禁也好，也都是礼数周全，点到为止。这两个人显然是例外。

芙瑞雅认得，他们是妮可从晨星骑士中选拔出来的守护骑士的候选人。之所以选择两位，是为了让他们彼此竞争，最大限度保障他们对主君的服从性。妮可无法继任为王，这两位的晋升之路成了泡影，他们对芙瑞雅也没有什么客气可讲。

芙瑞雅强行克制怒意，任他们将自己牢牢捆住。妮可不紧不慢地打开手上的盒子——里边是一件白色的婚纱。婚纱样式极简，没有珠宝，没有刺绣，返璞归真，就像一束被精心裁下的月光。

妮可将礼服挂在架子上，不紧不慢地整理："退下吧。"两位侍从应声离开。整个私人剧院中，只剩下妮可与芙瑞雅两人。

妮可向芙瑞雅展示婚纱："姐姐，这件衣服是陛下送给你的，他希望当他回到这里时，你能穿着这身衣服迎接他。"

芙瑞雅用目光示意自己手上的绳子："这个呢，也是他送给我的？"

妮可："是的，因为他知道，你会不惜一切地逃走。你从来不是后宫里楚楚可怜的猎物，而是能量巨大的危险分子。如果逃出去，对新的帝国而言，会是一场政治灾难。"

芙瑞雅："哦，那他为什么不干脆杀了我？"

妮可："很多人都这样想，可陛下没有。有人猜测，这是因为你手上还有很多可以利用的政治资源。还有人说，这是因为陛下还爱着你。可我觉得，这些理由都太浅薄了。陛下留你在身边，是他的伟业太过空前，需要一个人来见证。而你，作为旧时代的代表，最适合做这样的见证者。你从小凌驾一切的优越感，也让他感到愤怒。所谓青梅竹马，真的那么美好吗？我的姐姐，在你心中，他到底是什么？差强人意的政治联姻对象，寄人篱下的玩伴，一无是处的纨绔子弟？你一次次拒绝他，一次次逃走，真的是迫不得已？"

芙瑞雅打断她："我知道你的意思。你想说，他被心中恨意驱遣，于是留我一条命，逼我看他的帝国歌舞升平，以此作为折磨与报复。"她看着妮可，笑容中满是嘲讽："如果你是为了离间我和他，大可不必。我和他没什么可离间的。"

妮可耸了耸肩："好吧，那我给你看他的第二件礼物。"她拾起荧幕前的遥控器，按下一个键。那卷震惊世人的录影带，再次出现在银幕上。和公开版本不同，这次有了声音。

芙瑞雅脸上从惊愕转为愤怒："这也是他让你做的？"

妮可："是的，这就是未经处理过的原版。陛下说过，在今晚，你会知道很多事的真相。"

芙瑞雅："还有什么真相？"

妮可："这就要问陛下本人了，我只是奉命行事。"

芙瑞雅："你也是温莎家的女儿，当你'奉命'按下播放键时，觉得难过吗？羞愧吗？"

妮可："现在知道我是温莎家的女儿了？那为什么，女王失踪后，我拿着储君戒指，仍有那么多人抵死不认？他们嘴上说，这是因为克莉丝塔仍有法理上的继承权，而我知道，已宣布放弃继承权的你，才是他们真正的指望。"

她缓步走到王座前，凝视着芙瑞雅："姐姐，我时常会想，你的身体里到底有什么魔力，让这些人对你念念不忘？大臣们指责我来历不明，母亲当我是个无足轻重的备份，甚至陛下，心底那么恨，但仍要你来为他加冕。他就没想过，只要宣布你是异类或者叛国，我也能成为合法的宗教领袖。"

芙瑞雅冷笑："你知道他为什么没想过吗？因为他比你聪明，知道这不可能。一个被培养了整整十九年的王储，继承的绝不仅仅是头衔。"

妮可点了点头："我比任何人都清楚这一点。你知道，那些忠于温莎家族的老臣们背后在议论什么吗？他们抱怨你被丧母之痛冲昏了头脑，远赴海外。如果你坐镇首都，卓王孙未必能这么快成为皇帝。真是可笑，第一顺位继承人明明是我，你不过是只有虚衔的公主，可当大难临头，他们还在指望你在场！"

妮可深吸了一口气，恢复平静："可我知道，你此去并非徒劳无功，虽然没有找到母亲，却找到了一些很重要的线索。线索那一端，有能改变时局的力量。这才是母亲留给你的、比头衔更重要的遗产。如果不是被皇帝打乱了计划，你甚至可以把这件遗产找出来。"

芙瑞雅的脸色变得凝重："你从哪里知道的？"

这本是第一大区的绝密，只在王位继承人中传递。她走的时候，连卓王孙都没有告诉。

"你忘了，我也是母亲的女儿。姐姐，既然你被囚禁了，不如把线索给我，我去帮你找到它。"她靠近芙瑞雅，轻声说，"也许，我们温莎家族还有翻盘的机会。"

芙瑞雅："我们？你不是已经投靠新君了吗？"

妮可："我只是换一种方式，忠于我的家族、我们的母亲。"

芙瑞雅注视妮可，笑了："妮可，我差点就相信了——如果你提起母亲时，有一点、哪怕一点点真诚的悲伤。实话告诉你，你的情报是错的。所谓改易时局的力量，只是口耳相传的故事，从不会有人当真。我去海上的几个月，除了悲伤以外一无所获。"

妮可缓缓站直身子，脸色转冷："姐姐，我再给你一次说实话的机会。否则……"

芙瑞雅："否则，你就逼供？"

妮可："不愧是姐姐，这么了解我。"她回头，从装礼服的箱子里取出另一个木盒。木盒做工精致，但已有了岁月的痕迹，正是视频里用来装合约的那一个。

"你已经看过录影了，应该知道，盒子里原本是空的。亚当斯叔叔不愧是一位顶级的演员，让这件原本普通的道具充满了戏剧性的转折。可我还是感到遗憾，所以，按照自己的理解，将里边重新装满。"

她打开木盒，向芙瑞雅一一展示着奇形怪状的刑具，然后从中挑选出一件带着尖刺的，抵在芙瑞雅的胸口："姐姐，你还是自己说吧，我并不想看你哭着求饶的样子。"

芙瑞雅脸色并未改变："你有没有想过，在你新投靠的皇帝心中，你算什么？如果你敢把这些刑具用在我身上，我保证你一定会受到加倍的惩罚。"

"我一点也不怀疑这一点。再怎样落魄，你也是帝国的皇后，而我只是一个背弃了祖国和家族的叛臣。皇帝如果知道我对你用刑，一定让我生不如死。不过……"妮可手上缓缓用力，"如今，你的话，他能信多少？"

芙瑞雅冷冷盯着即将刺破肌肤的尖刺："它留下的伤痕会证明我的话。"

妮可手上的动作立即停止，笑容却更加甜美起来："这可真是一件难办的事。幸好，我在意大利南部长大。那边的每一位黑帮成员，都会随身携带一件能让受刑人生不如死的道具。更幸运的是，我把它带了过来。"说着，她将手中的刑具横过来，置于灯光下，刑具约八寸长，由金属与皮革构成。她接着说："便宜，简单，下流且有用。"

芙瑞雅的脸色终于有了改变。

妮可上前，用尖刺那头在芙瑞雅的领口一划，再用力撕开。

夜色已深。宴会厅刚刚结束了晚宴，与会者逐渐散去。

能出现在这里的，都是帝国有头有脸的人物。当他们在随从的簇拥下走出宴会厅时，觉得一切没有什么改变。衣香鬓影依旧，月朗星稀依旧，鲜花彩旗依旧。唯一的变化是，旁边公园里不再有女王雕塑。就在一天前，它被运到广场中心，又被愤怒的群众推倒，广场未免显得有点空。也许过不了多久，这里就会矗立起皇帝陛下的雕塑，和之前的一样宏伟，甚至，更加宏伟。

对他们而言，广场上立着谁的雕塑并不重要，重要的是，在合众国时期，他们是达官显贵，帝国时期，他们中的大部分仍然是。至于那小部分，不在监狱里，就在地狱里。想到这里，这些人开始感到庆幸，庆幸自己赌对了，早日登上了方舟，而没有随着旧船一起沉没。这些人离开后，特警出动，在广场四周拉起了警戒线。不久，偌大的广场已空无一人。

私人影院。

随着清脆的裂帛声，缀满宝石的丝绒长裙向两边脱落。"住手！"芙瑞雅本能地想挣脱，但却被牢牢地束缚在王座上，动弹不得。

妮可："你什么时候想起来，我什么时候住手。"她轻轻用力，芙瑞雅胸前的大片肌肤瞬间裸露，在夜风中激起点点寒栗。

妮可挑衅地看着芙瑞雅，伸出手沿着左肩一路下探。她的手指缓慢而稳定，似乎在寻找最恰当的位置，最终在肋下某处止住。她缓缓按压，似乎要做一个标记。这个动作很轻柔，不带来丝毫痛楚，却让人不寒而栗。而后，妮可小心翼翼地掏出手绢，折叠了四次，垫在标志的位置，将刑具压了上去。

"人体第九到第十根肋骨之间，有一处非常柔软的空隙。它和这个道具的尺寸，正好相符。"妮可缓缓用力，让刑具抵住芙瑞雅的身体，似乎在提醒她这处空隙的位置，"只要我轻轻一按，簧片就会带动锤头，以极大的力量冲击内脏。手绢会保护你表层的肌肤，让无论多么高明的医生，都无法验出伤。但你的左肺将受到不可逆的伤害，一天天走向衰竭。

"姐姐，我听过受刑人的惨叫，真是一场噩梦。你这样高贵的人，一辈子都不该听到。所以，你还是赶快说实话吧。"

芙瑞雅沉默了片刻，轻声说："实话就是，没有你说的那种东西。"

妮可的笑容依旧，手却毫不犹豫地按了下去，随即是气泡破裂的轻响。

刺痛感从一个点开始，迅速遍及全身，内脏一处接着一处，翻腾纠缠，让人无法忍受。芙瑞雅的双手紧紧按住扶手，指甲在金箔装饰上留下深深的抓痕。只一瞬间，她的嘴唇已被自己咬出鲜血，额头冷汗淋漓。

妮可等她平复下来，才将刑具移到右侧："再来一次的话，你的整个肺部都将衰竭。我提醒你，你是罕见的阴性血，即便有条件移植，也找不到供体。"

芙瑞雅已无力说话，只是轻轻地摇了摇头。妮可再次按下了按钮。芙瑞雅剧烈咳血，在绳索里挣扎，随即失去了意识。但这昏迷也只是片刻之间，醒来的时候，妮可正温柔地帮她擦去嘴角的血痕。

"姐姐，我真是敬佩你。这种刑罚，西西里岛最凶恶的悍匪都熬不过去，我想不通，你为什么还能坚持。难道是因为，这份遗产太重了，值得你舍命守护？"

芙瑞雅勉强抬起头，惨然轻笑："我也想不通，你为什么不相信，这个秘密……根本不存在。"

妮可高声打断她："必须存在！否则你受的苦难，岂非毫无意义？我的行为，岂非像个小丑？"妮可暴怒起来，把盒子踢翻，各种刑具散落了一地，而后恢复了平静："如果肉体的痛苦，不足以让你屈服的话，试试这个吧。"

盘古广场。

主席台上的装饰已经拆走，只剩下主体框架。主席台边沿与金属牢笼连接在一起，一具十字架高高耸立着。

兰斯洛特被绑缚在上面。血液从他身上的创口，一直流淌到十字架上，越过了数米的距离，滴入土地。从远处看去，仿佛死神以镰刀为笔，劈空挥下的一道墨迹，鲜红，黏着，触目惊心。很难想象，人的身体里，竟然会有如此多的血。

兰斯洛特脸色苍白，双目紧闭，一动不动，唯有细微而急促的呼吸，证明他仍然还活着。夜风森冷，四下无声。一个人影缓缓登上主席台，来到兰斯洛特面前，注视着他。兰斯洛特露出一丝苦笑，不用睁眼，他也知道来的人是谁——刚刚颠覆了世界、加冕为帝的少年暴君。

兰斯洛特笑容有些自嘲："来劝我投降吗？用你说服格蕾蒂斯的理由？"这个理由显然是指，他们都是同父异母的兄弟。

卓王孙："不，我来为你收尸。"

兰斯洛特叹息："那你来得太早了。"

卓王孙明白他的意思："你体内流着长生族的血，这种程度的失血，还杀不死你。然而，死于十字架刑的人，绝大多数不是因为失血或疼痛，而是窒息。"他的目光看向兰斯洛特的手腕，秘银制成的长钉洞穿手腕桡骨，钉入十字架，而一根更加粗长的钉子，穿透了脚踝。

"这三枚长钉固定住你的身体。由于体重的关系，上肢将逐渐被拉伸到人体的极限。你的呼吸会越来越困难，最终在痛苦中死去。中世纪被钉上十字架的犯人，如果到了傍晚还活着，刽子手会砍断他的双腿。很多人以为这是追加折磨，其实恰好相反，这是法外施恩，只有重金贿赂刽子手后才能享受。因为只有砍断双腿，受刑者才能略略呼吸。"

他轻轻叹息："到了那一刻，切断肢体的痛都不再重要，只为了能多一次呼吸……兰斯洛特，你现在的感受，也一样吧？"

兰斯洛特没有回答。

卓王孙："你从北极回来后，卓大公就在为你准备婚礼。而亚当斯大公遇刺后，你陷入悲痛，无法自拔。我提议卓大公将你们的婚礼改为旅行结婚，安排你与相思休了一个长假，环游世界。那段时间，想必你很快乐吧？"

兰斯洛特依旧没有回答。如卓王孙所言，他的呼吸已极其困难，连意识都开始模糊。他甚至没有听清卓王孙的话，只有几个词汇，在脑海里浮现——

长假、旅行结婚、环游世界。是的，那是他人生中最快乐的时光，他和相思牵手走遍了每一处古迹，在充满异域风情的集市上挑选纪念品，去土著部落里吃稀奇古怪的食物。他为她用最傻的姿势拍照，为她学会用兔耳或猫爪滤镜，为她在沙滩上画下一连串的心……有卓大公的安排以及亚当斯大公赠与的财产，两人的旅行可以说畅通无阻，一切都如梦境般美好。然而正当他们启程前往下一站南极洲时，专机突然被紧急召回。

随后，梦魇开始了。合围而来的大天使战机，囚笼，锁链，刺入血肉的长钉，还有她被强行带走时的哭喊。兰斯洛特身体颤抖了一下，从回忆中挣扎清醒。

卓王孙静静地看着他："我想告诉你的是，世间最大的痛苦，或最大的快乐，都是我给你的。现在，你可以做一个选择。要么，在十字架上耻辱地死去；要么，把北极誓言重新说一遍。"他语气转为轻松："而后，你就可以回去继续度假了。"

兰斯洛特沉默着。

夜风吹乱了他浅金色的头发，遮盖住额头。兰斯洛特抬头，望向遥远的夜空。黑暗仿佛是对前一个盛世的祭奠，又仿佛是对未来的隐喻。清朗的风从各个角度吹来，他却仿佛置身于高山顶端，无法从夜风中获得一分氧气。这一切，只因他背负着巨大的十字架，沉重的罪钉透了他的肢体，连呼吸都是奢望。

这个世界不需要他。他的生，是罪恶的见证，而他的苟活也一样罪恶。如果不是为了她，他不会让自己活着上十字架的。可这一点留恋，却成了摧垮合众国的最后一根稻草。那又为什么还要活着呢？他苍白的脸上挑起一缕笑容，如星光般通透而悲凉。

卓王孙抱起双臂，耐心等待。兰斯洛特陷入长久的沉默，而他的呼吸却越来越急促，双拳用力握紧，伤口处不断涌出新鲜的血。卓王孙的神色从惊讶到疑惑。他的手一点点放下，握住了剑柄。呼吸声越来越微弱，卓王孙的手渐渐用力，几次想出手，但都忍住了。

突然，四周安静下来，陷入死亡的沉寂，剑光也随之亮起，斩向十字架。随着一声裂响，兰斯洛特与木架残片一起，重重跌落在主席台上。断裂处是十字架下方的支撑端，因此他脚踝上的长钉脱落，得以跪倒在地。他的双手依旧被固定于横向木架上。

卓王孙提着他的肩，让他能维持跪地的姿势："你要求死？"

兰斯洛特喘息良久，才恢复了意识。看着眼前这个怒不可遏的暴君，他平静地摇了摇头："不，我只是……"几个字似乎耗尽了他的全部力气，只剩喘息。

卓王孙用力一抖手腕，强制他清醒："只是什么？"

兰斯洛特的目光越过卓王孙，看向空旷的广场。盘古广场，他在第三大区任教时最常来的地方。这里曾满是鲜花、气球和游戏的孩子。这里也是休假日，他和她常来的地方。然而如今，只剩下恐怖与暴力的阴霾。

兰斯洛特怆然微笑："只是，这样也很好。"

卓王孙："你以为，这样就结束了吗？不，这才刚刚开始。你想过没有？我为什么要让你上十字架？为什么摧毁合众国的基石？"

兰斯洛特："被召回以来，我一直在想，想过上百种可能，却找不到合理的答案。"

卓王孙："我告诉你答案。听完之后，如果你还想死，我亲手把你重钉上去。"然后，他用平静的语气，讲述了兰斯洛特环游世界时，合众国发生的一切。

第九章　末日威胁

私人影院。

妮可俯下身,用尖刺切割着芙瑞雅身上残存的衣物,将它们割成一片片。最后,割断发带。芙瑞雅浅金色的长发披散下来,几乎垂到腰际。而妮可像打扮洋娃娃一样,捡起散落的珠宝,插在芙瑞雅头发上。她在这个过程中似乎找到了无穷的乐趣,不厌其烦地改变着造型。做好头发后,又捡起地上的丝带残片,编成绳索、蝴蝶结、项链,随心所欲地缠绕在芙瑞雅身体上。

芙瑞雅一动不动,任她摆布。

最后,妮可捡起一块黑色蕾丝碎片,蒙上芙瑞雅的双眼,并将带子系紧。而后,她退开一步,打量着芙瑞雅,仿佛打量着自己的作品。

芙瑞雅被捆在王座上,双眼被遮住。柔软的金发一半挽起,一半垂散,上面凌乱地挂着珠宝。虽然遭受了折磨,她的肌肤依旧散发着丝绒般的光泽,只是这样美好的身体上,却勒着各种稀奇古怪的带子。灯光下,就像一条条七彩的毒蛇,紧紧缠绕着她。这一幕,有着触目惊心的荒诞。

妮可满意地笑了笑,拿出了相机:"姐姐,你现在的样子,简直是美极了。温莎城堡里有一个房间,陈列着很多瓷娃娃，每一只都出自名家之手。可没有一只，能比得上现在的你。如果不留下纪念，真是可惜了。"她快速按下快门，拍下了几张图。炫目的闪光灯穿透黑色蕾丝。

芙瑞雅略微清醒了一些，缓缓抬头。

妮可上前一步，半跪在她面前，准备等她说出自己想要的秘密。芙瑞雅脸上的笑容充满嘲讽："这就是你的手段吗？妮可，你也当过几天王储，我以为你至少会高明一点，没想到还是脱不了选秀时的下作。"这显然是指妮可拍下凯蒂不雅照的事。的确，这手段算不上高明，但每一份恶意都毫无遮掩、淋漓尽致，是最有效的报复。

"下作吗？"妮可挥手指了指还在播放的屏幕，"高贵如骑士、大公、如今的皇帝陛下不也一样用这种手段？你倒是提醒我了，照片一定要多拍点。事实证明，这种低级手段，可以动摇一个国家的根本。"她一面说着，一面继续从各个角度拍照。

芙瑞雅声音虚弱："你要把这些照片用到哪里？和凯蒂的一样，通过直播昭告天下吗？"

"当然不会。就这样公布给民众，只会让皇帝怀疑我。我会让这些图进入选定的私人市场流传，每一个都是认识你的人，每一个都能制造出新的流言。他们会在庆典上看着你，彼此相视一笑，会在宫廷宴会上窃窃私语。等皇帝看到的时候，真相已经无从求证了。他只会怀疑，这是你私生活混乱的证据，进一步厌弃你。毕竟，在他的心中，你和我们的母亲一样……"

最后这句话说出时，芙瑞雅的身体明显颤动了一下。这几个字对她的打击，甚至比穿透肺腑的重击，还要沉重。这一切，当然逃不过妮可的眼睛："怎么样，想说了吗？"

芙瑞雅咳嗽了几声："有位前辈歌手，也曾被人拍下裸照，勒索重金。但她做了一件出人意料的事，她抢在对方公布前，自己请摄影师拍了一组裸照，公开发行，对方的勒索顿时失去了意义。从这个故事里，我学到了一件事，不为别人的恶而羞耻，就不会被耻辱击溃。选秀时，凯蒂并没有输给你，而是输给了自己的羞耻心。我说这一切，是想告诉你，这一次你不会得逞。你想公布我的裸照，就公布吧，只要我不崩溃，就有足够的时间揭露你的所作所为。那个时候，被钉上耻辱柱的，是你而不是我。"

妮可似有所思："不为别人的恶而羞耻，就不会被耻辱击溃吗？看似有理……"

她的语气一变："可惜，羞耻心就写在我们的基因里。没有人能够真正不在乎旁人的看法。所谓'忍辱负重'，能够忍、能够负，只是因为这种辱还不够重罢了。姐姐，当你侃侃而谈时，我一直在想，有什么样的奇耻大辱，能摧毁你的意志？而且，等我擦去血迹，为你换上洁白的婚纱后，你依旧是陛下眼中完好无损的猎物。我也不怕你会告密，因为这种耻辱，根本无法言说。即便说出来，也只会被当做某种借口与掩饰……"

妮可顿了顿，缓缓地笑了："我想到了。"

北极一战后，石星御被封印于冰洋之中，为了让他复活，最后一头神龙玉鼎赤，献祭了身体。至此四神龙都已死去，重化为御龙剑上的龙纹。这一幕，引起了合众国高层的高度重视，合众国一度进入备战状态。然而，接下来的发展则出人意料。石星御并未借此复活，反而用自己的力量，劈开时空间隙，离开了这个星球。他用这样的方式，信守了当初的承诺——在冰冷海水中度过漫长的时间，不再出现在芙瑞雅的世界。

这本来是一个皆大欢喜的结局。人类以为启从此便会弱化、消亡，但没想到，他们新选出的统帅玄青，竟让启一族更为强大，隐然有了跟人类抗衡的实力。而玄青掌权后，还做了一件事，就是为"未来"[①]设置了引爆时间。

---

① 比核弹威力还大的一种武器，可以瞬间让全世界所有电器瘫痪。其原理是将一种导电微尘释放到空气中，使空气变为导体。这样人类一切暴露在空气中的、以电力驱动的设备都将失效，科技水平将大幅倒退。

　　玄青并未正式向人类宣战，而是把这个时间点单独告知了卓大公。并且提出，为了报答"屠龙之战"中卓大公的网开一面，可以与第三大区做一个交易。它要一个人，芙瑞雅。不是为了和亲，是为了献祭。用她的心、她的血、她的骨，祭祀冰洋深处的巨龙。如果卓大公把芙瑞雅交给他，"未来"的引爆可以推迟，让卓大公有足够的缓冲时间修筑避难所、囤积物资，做一些必要的准备。

　　这个条件，获得了第三大区高层的一致通过。为了能事后彻底抹去首尾，卓大公还联络了第一、第二大区的几位公爵。这些人并没有犹豫太久，就同意将芙瑞雅推向祭台。当然，避难所中要为他们保留应有的位置。

　　说到这里，卓王孙停顿了片刻，微哂道："你一定想不到，参与这件事的人都有谁。公爵、嘉德骑士、她的好友、我的好友。而所谓的方案就是，等她嫁入卓家后，找个机会制造意外，对外宣布她不幸逝世。然后，将她交给玄青。"

　　兰斯洛特长久地注视着他，似乎在分辨他话中的真假："你是说，你做这一切，都是为了救芙瑞雅？"

　　卓王孙摇头："救她？当然不是。如果只是'救'，我更应该带她到没有人能找到的地方，躲藏一辈子，而不是推翻整个世界。"

　　"那你想要什么，报复？"

　　卓王孙："不。知道这件事时，除了愤怒，我更多的是悲哀。我看到所谓合众国，到底有多么腐败。通敌、暗杀、谎言，所谓盛世，只剩下虚假的皮囊，下面已朽烂入骨。公爵、骑士、教宗，这些身居高位者，为了保住自己的地位，可以牺牲、出卖任何人。"

　　兰斯洛特脸色改变。从卓王孙的描述中，他已隐约猜到，有哪些人参与了这场行动。但他不愿，也不忍去多想。

　　"然而，这并不致命，在我看来，道德并不是政客们的必需品，智慧与能力才是。可惜这群人是怎么样的呢？为了延缓毁灭，毫不犹豫地将一国王妃推上祭坛。除了在牺牲他人上雷厉风行外，每一份报告都在推卸责任，每一个计划都千疮百孔。兰斯洛特，你不觉得可怕吗？妖类有了残忍疯狂的领袖，而我们却被这样一群人渣统治着，一旦战争真的来临，人类的命运会怎样？"

兰斯洛特沉默。

卓王孙："你如果答不出来，我帮你回答。在这样一群人的领导下，在这样无能的政治体制下，人类一定会灭绝。而人类如果灭绝，我和芙瑞雅也不可能在世外桃源过隐居生活。所以我想了很久，决定把这个伪善的国家彻底摧毁。"

兰斯洛特暗中叹了口气。如果卓王孙说的都是真的，在这种局势下，将旧制度摧枯拉朽，建立起最高效的集权帝国，或许真的是一种方法。

兰斯洛特："即便如此，你为什么不告诉芙瑞雅？"

卓王孙的笑容有些嘲讽："你太不了解她了。她视民主共和、权力制衡为信仰，绝不会接受一个集权帝国。即便知道了她会被当成祭品，她也只会如之前那样，一面尝试肃清吏治，一面寻求与敌人谈判。她会走钢丝一般地斡旋于各位公爵间，寻找利益的平衡点。她会继续修补女王留下的盛世，哪怕它已摇摇欲坠，千疮百孔。"

兰斯洛特："她的做法也未必有错。毕竟，二十年前，女王就是这样达成了和解……"

"不，她错了。"卓王孙果断地打断他，"女王的对手，无论亚当斯还是卓大公，都是顶级的政治家，因此可以理性博弈，追求利益最大化。而玄青以灭亡人类为目的，不在乎人，也不在乎启，没有信誉，也没有情感。芙瑞雅想复制女王的道路，根本是浪费时间。更何况，我也厌倦了这种政治游戏。我必须用最快的速度，整合一切力量，对外与启决一死战，对内将这群顶戴着贵族头衔的人渣一网打尽。"

他看了兰斯洛特一眼，语气有些嘲讽："这个国家太庞大了，即便腐朽，也仍然死而不僵。要埋葬它，必须付出惨烈的代价。你知道吗，要在这么短的时间内肃清三个大区的反对势力，我需要处决多少人，囚禁多少人？每前行一步，都必须踏着鲜血。即便我告诉她，她就会同意吗？"

兰斯洛特沉默了。在这一点上，芙瑞雅与卓王孙，的确有着完全不同的理念。即使因为"未来"爆炸的压力互相妥协，也要漫长的时间。这还只是他俩之间的分歧，两人统一各自人区内部意见的时间，会漫长得多。尤其是芙瑞雅，她不是第一大区的独裁者，每一个决策都需要协商、平衡各方利益，必然不能短期内做到。如今最缺乏的，就是时间。

卓王孙继续道："即便她同意了，还有一件事，她决不会认同。这所谓的盛世，从一开始就充满谎言。统治者们默契地'造神'，建立虚假的信仰，让人们忘记内忧外患，安于享乐。这个神，就是玛薇丝女王。如今我要打破谎言，重造新邦，就必须连女王的声望、功勋一起埋葬。她会同意吗？"

兰斯洛特眉头皱起。女王的声望、家族荣耀是芙瑞雅的底线，她绝不会同意。

兰斯洛特："但你至少应该告诉她你的想法。以你和她的关系，有什么是不可以坦言的？"

"我和她的关系？"卓王孙沉吟片刻，似在咀嚼这几个字的意义，"我和她，是亲密无间的恋人，却也是势均力敌的政敌。我从来不曾小看芙瑞雅，她不是能操控于股掌之中的玩偶，而是可以弈棋天下的对手。坦率地讲，这场改朝换代的赌局中，我的胜算并不多。其中，最大的变数就是她。我只能用这种手段，利用她的弱点，一击制敌。如果提前让她知道，哪怕她产生一丝怀疑，都有满盘皆输的风险。"

兰斯洛特："那你就没有想过，这样做会伤了她的心？"

卓王孙："想过。但这是必须付出的代价。我的计划，除了她，关系到你，关系到所有人的未来。只能胜，不能败。"

兰斯洛特叹了口气："那你准备隐瞒到什么时候？"

卓王孙："今晚。"

对于这个回答，兰斯洛特并未感到太意外。登基大典已尘埃落定，芙瑞雅的势力也被剥夺，囚禁于后宫。如此，卓王孙终于可以告诉她真相。

兰斯洛特："如果她不肯原谅你呢？"

卓王孙沉默了片刻："我只能用余生的时间，等她原谅。"说着，他站起身来，将兰斯洛特手腕上的银钉一一拔出。

兰斯洛特抬头时，发现卓王孙也在注视着他。星光下，卓王孙的目光中有少见的温柔："兰斯洛特，我很羡慕你，有一个永远不会成为对手的恋人。"

兰斯洛特的心被触动了一下。

一瞬间后，卓王孙恢复了冷静："既然我把一切都告诉了你，那你只有两个选择。要么宣誓效忠于我，助我缔造前所未有的帝国。要么，在黎明前重上十字架。"

兰斯洛特注视着他："你能保证，这个帝国将为守护人类文明而战吗？"

卓王孙毫不犹豫："当然。"

兰斯洛特："那么，我能保证的是，不与你为敌。"

卓王孙注视着兰斯洛特，目光渐冷。"不为敌"与"效忠"还有相当的距离，这个回答并不能让他满意。兰斯洛特也望向他，神色坚定，毫不避让。显然，保持中立已是底线。

终于，卓王孙脸色缓和下来，拍了拍兰斯洛特的肩："你被特赦了。明天就可以回到南极，继续度假。相思已经在那边等你了。"

兰斯洛特脸上没有丝毫欣喜："不了。既然战局紧急，我申请到前线去，为人类做一点有用的事。"

卓王孙微微皱眉。眼前这个少年刚刚从生死边缘下来，全身浴血。即便以半长生族的体质，也需要静养两周以上。他一刻也不愿意等地回到前线，既是为人类的未来忧虑，也是因为，他内心深处，还无法面对这个新生的帝国，面对即将到来的清洗。遥远的战场，才是他最好的疗伤之地。

卓王孙点头："好。我会向民众宣布，你已经流干了所有属于妖族的血液，重归普通的人类。从军之初，你之前的头衔一律归零。不过这没关系，相信你很快就会重建功勋。等你凯旋，我会正式授予你要职。"

兰斯洛特："不必了，从现在起，我所做的一切，不是为了任何政权，而是因为我是人类中最普通的一员。所以，我希望保持普通人的身份，直到最后。"

听到这句话，卓王孙的笑容变得有些嘲讽。在目前的局势下，这个想法显得过于理想且一厢情愿。但他没有反驳，换了个话题："薇薇安仍是嘉德骑士，她会跟你去前线。"

"薇薇安？"兰斯洛特有些惊愕。

卓王孙轻轻拍手。一个人影出现，她手中提着那个标志性的金属箱，缓步走上主席台。月光下，她脸色有一些憔悴，脚步也变得缓慢。然而当见到兰斯洛特的一瞬，她所有的疲惫都一扫而尽，恢复了以往的笑容。不等兰斯洛特问话，她已跪在他面前，仔细查看他的伤势。

卓王孙不想打扰他们主仆重逢，起身转向卓氏大公之邸。阴森的大宅中透出灯火微光——他也该回去了。

卓王孙："既然蜜月旅行取消了，相思仍以守护骑士的身份，调回我身边。可惜，时间匆忙，你们并没有告别的机会。"他的话语气柔和，却并没有可商量的余地。

兰斯洛特沉吟片刻，最终点头："我走后，希望陛下能保证她平安。"

卓王孙淡淡地笑了，起身向卓氏大公之邸方向走去："你永远忠于帝国，她就永远平安。"

兰斯洛特眉头皱起，目送卓王孙的身影消失在夜色中。

私人影院。

芙瑞雅仍被紧紧捆缚在王座上。她的眼睛被遮住，长发凌乱，散垂在身上，被撕碎的礼服残片堆积在腰间，做最后的遮挡。妮可脸色冷漠，缓缓跪了下去，掀起她残破的裙摆。可以看得出，她的身体轻轻颤抖了一下。然而她的神色却依旧镇定："拍吧，你喜欢拍，就一次全都拍够。"

妮可笑了笑，将相机放在一旁，芙瑞雅预感到危险，用力想挣脱。

妮可伏在她耳边，柔声说："姐姐，不知这算不算，无法说出口的、奇耻大辱？"

第十章 逃 亡

　　夜风中，薇薇安搀扶着兰斯洛特，一步步穿过盘古广场。女王雕塑的残骸散落在广场中央，一夜之间，纯白的石材就已布满污迹焦痕，看上去更像一处宏伟的古代遗迹。荒凉，残破，带着上一个世界最后的荣光，深埋于尘土。

　　兰斯洛特不忍靠近，只隔着数十米的距离，静静遥望。薇薇安一言不发地陪在他身旁，直到天空有了鱼肚白："主人，我们必须得走了。"

　　兰斯洛特仿佛没有听到她的话，轻声自语："原来，她真的是我妈妈。"

　　薇薇安有一点无措，不知该如何安慰她的主人。

　　"我一心寻找的亲生父母，原来一直在我身边，只是我不知道。而当我知道的时候，他们又都不在这个世界了……"

　　薇薇安："这不是你的错。"

　　兰斯洛特："不，是我的错。我亲眼看着父母的隐私被公布于天下，亲耳听到她的名字与最污秽的词放在一起，我却不能开口为她辩解，甚至还要用自己的血脉佐证对她的污蔑！"

　　他霍然抬头，眼中有了泪光："你说，我到底算是什么东西？"

薇薇安也湿了眼眶，她能感到他的创痛，却找不出任何一个词去安慰他。

兰斯洛特怆然一笑："你先走吧，我想一个人待一会儿。"

薇薇安有些担心地看了他一眼，还是遵命离开。没有任何理由，能阻止一位失去所有的少年，悼念自己的母亲。

卓氏大公之邸寂静无声，只有一处窗口，还有灯光，那就是私人剧场。

啪的一声轻响。

芙瑞雅的右手不知什么时候挣脱出来，用力一挥，正好打在妮可手背上。一阵刺痛袭来，妮可大惊，本能地向后退开。她手中的刑具脱手，滚落到一旁。借着灯光，妮可看清，自己手背上竟钉着一枚长针。

妮可又惊又怒，咬牙拔出长针。长针为纯银制成，一头尖锐，一头有红宝石作为装饰。显然，这是礼服上的装饰，被芙瑞雅事先藏了起来，作为脱困的工具。长针极细，相对于手指粗的麻绳，实在不成比例，但芙瑞雅就是这样一点一点，以受刑时的阵痛与挣扎为掩饰，割断了绳索。

妮可感到了愤怒，不是因为手上的伤，而是在占尽优势的情况下，居然还给了对方反戈一击的机会。简直不可饶恕！妮可扑上去，一手控住芙瑞雅的手，一手狠狠扯住她的发。芙瑞雅被迫仰起头。

妮可："姐姐，我还真是小看了你呢。可这样有什么用呢？不还是像砧板上的鱼一样，动弹不得吗？"她一面说着，一面检查另外两处绳索，确认它们完好无损才放下心来。妮可捡起刑具，俯下身，在芙瑞雅耳边轻声说："姐姐，我要事先申明，接下来发生的一切，纯粹是公务。"

"住……住手。"芙瑞雅脸上终于出现了恐惧，语气软弱了下来，"你要的东西，我真的没有。但我请求你，到此为止。否则，今夜发生的一切，不仅会成为我的梦魇，也会成为你的。每当你想到自己的所作所为，都会羞耻到无法入眠。"

妮可轻轻地笑了，她知道自己赢了。对于芙瑞雅而言，这个"刑罚"不仅是身体的伤害，还是极致的羞辱。尤其当施刑者是至亲姐妹，羞辱就会加倍。这恰好是她想要的。从古至今，都有一些自视高贵的人，信奉"士可杀不可辱"，很好，那就用耻辱杀死他们。至于她，无所谓。"士可杀不可辱"是贵族的专属，她没有矫情的资格。

突然，她的心一悸，不由自主地停止了举动。剧场内仍然鸦雀无声，但体内的真神谕告诉她，有人正向门口走来。妮可手心中有了冷汗。这个时间，这个地点，没有几个人会到这里来。如果来的是卓王孙，那可大为不妙，他只要看一眼芙瑞雅现在的样子，就会立即将她也挂上十字架。但想要如原计划，打扫干净现场，显然来不及了。这场逼供的时间持续太长，早已超出了预计。

脚步声越来越近，妮可脸色也越来越慌乱，她来不及多想，钻入了幕布，从后台通道逃了出去。

妮可离去后，剧场重归于寂静。芙瑞雅终于能腾出手，将遮在脸上的蕾丝揭下。

灯光昏暗，照出四周的景象。浮夸的王座，破碎的丝绸，打翻的木盒，以及遍地让人难以直视的刑具。这里，仿佛刚刚结束了一场荒唐的宫廷派对。

芙瑞雅深吸一口气，让自己平静下来。而后，她微微躬身，在凌乱的裙摆中摸索，找出了那枚被妮可随手扔下的别针。当她想切断另一只手腕上的绳索时，却发现银针已经弯折，无法受力。

脚步声越来越近，最终在门口止住。芙瑞雅放下了手。经历了这么多，她已然明白，当切断绳索逃生不可能时，就不该在上面徒费精力，当务之急，是冷静下来，思考下一步对策。来人并没有推门而入，而是等待了片刻，礼节性地在门上叩了叩。

"陛下。"

芙瑞雅一惊，这是兰斯洛特的声音。他不是被钉上了十字架吗？为什么会出现在这里？为什么称卓王孙为陛下？难道，他已经投靠新帝国，因此获得了赦免？

这也没有什么不可能，毕竟他体内也流着亚当斯家族的血。芙瑞雅皱起眉头，在分辨他的立场前，最好的做法就是保持沉默。

门外，兰斯洛特没有得到回应，自顾自地说了下去："去边境前，我想提醒你一件事。垦利小镇上，啓包围了营地，公爵会议决定摧毁小镇。我和芙瑞雅万分焦急，只有你不慌不忙地组织舞会。事后，这被视为你行为荒唐的证据，我问过你原因，你回答，冲锋陷阵是强者们的事，没有必要将普通人牵扯进来。所谓强者，拥有更强的力量、更高的权位，作为回报，承担保护弱者之责。"

芙瑞雅冷静地分析这段话，判断兰斯洛特在这件事中的立场。

兰斯洛特："我并不认同你的看法，但如今，我想提醒你，不要忘记这番话。在即将来临的战争里，限制战火的范围，让无关的人能够好好生活……我要说的，就是这些。大公子，愿你成为一位合格的帝王。"兰斯洛特转身离开。

芙瑞雅看了看手上已经残损的别针，目光一点点变得决绝——她要赌一把。

兰斯洛特正要离去，突然听到了一个熟悉的声音："救……救我。"他脸色惊变，一把推开了房门。眼前的情景，让他十分震惊。

银幕上，让人无法直视的影像仍在循环放映。木盒倾倒，皮鞭、镣铐、铁钩散落在舞台上，华丽的衣物残片与珠宝混杂其中，两者极不和谐地纠缠在一起，看上去触目惊心。芙瑞雅被捆绑在王座上，金色的长发披散，垂到腰际。其中几缕被强制扯下，散落在王座上。各种材质的碎布扭成绳索，盘绕着她的肌肤。从脖颈到小腹，仿佛毒蛇爬过，留下恶毒的痕迹。

兰斯洛特如蒙雷击，连呼吸都变得艰难。他完全没有想到，芙瑞雅会这样出现在自己眼前。在他眼中，芙瑞雅永远是初见时的样子，手上端着红茶，嘴角挂着慵懒的笑容，用出人意料的方式，把一切纳入掌控。而现在，她几近赤裸，饱受折磨，让人不忍多看一眼。

兰斯洛特一动不动，强烈的愧疚感涌上心头，连呼吸都变得艰难，仿佛看到她现在的样子，就是一种罪过。

"救我。"

这声轻呼将兰斯洛特从失神中惊醒，他发现，芙瑞雅正注视着自己。她的目光依旧镇定，这让兰斯洛特感到一丝欣慰。他快步走到王座前，扯落了她手上、身上的绳索。整个过程中，他都将脸转向别处，尽量不去看她的身体。当俯身去解脚踝上的绳索时，一抹殷红猝不及防地映入眼帘。

兰斯洛特声音有些嘶哑："是他做的？"

芙瑞雅惨然一笑："你说呢？"

兰斯洛特摇头："不，他不会这样伤害你。"

芙瑞雅不再说话，久久沉默。沉默，说明了很多事。

兰斯洛特感到一阵晕眩。他无法遏制自己去想之前发生了什么，每一幕都让他作呕。他强行将这些画面驱逐出脑海，横抱起芙瑞雅："我先带你去找医生。"

"不。"她声音虚弱，语气坚决。血仍在缓缓涌出，看来一时无法凝止。

兰斯洛特皱眉："我不确定伤势到底怎样，可能会大出血……"

芙瑞雅目光涣散，显然没有听他的话。她突兀地说了三个字："放我走。"

兰斯洛特一惊。他非常清楚，放走芙瑞雅，会有什么样的后果。而就在前一刻，他刚刚承诺，不会与卓王孙为敌。他迟疑着，久久不能决定。

芙瑞雅抬起头，湛蓝色的双目中，有着让人动容的悲怆："放了我，或者看着我死……玛薇丝的女儿，不会这样活下去。"

那一刻，她的目光，与银幕上交织的光影重叠在一起，击中了兰斯洛特心中的最柔软处。

兰斯洛特缓缓点头："好。"

卓氏大公之邸顶楼。

这是一间巨大的卧室，以紫色为主色调，简洁中透着奢华。书架上陈列着大量书籍和玩具，大多与军事、历史有关。由此推测，房间应该归属于一位男孩。床幔低垂，厚重的绒布上落满了灰尘。卓王孙独自一人站在房间中，打量着尘封已久的四周。

这是他童年时代的房间。只要他回到第三大区，必然是被幽禁于此，接受各种苛刻的训练。这一切，都是为了他能成为一个杀伐决断的君主。空旷阴森的宅邸，在他记忆中，与温莎城堡的阳光形成了鲜明对比。在那段压抑的岁月里，只有一件东西，能让他的心灵归于平静。那是一只款式老旧的玩具熊。小熊身上披着一条绶带，上面有合众国建国五周年字样。玩具的皮毛已经褪色破洞，露出微微发黄的棉花。

卓王孙拾起玩具熊，与童年时代一样，静静地坐在满是尘土的床上。他有条不紊地打开抽屉，拿出胶水和笔，开始修补玩具熊。时光仿佛倒流而去，他不再是予取予夺的帝王，而只是一个六岁的男孩，独自坐在满是尘土的床上，修补自己心爱的玩具。他的手工并不完美，却非常认真。

这只玩具熊，是芙瑞雅送给他的，又经过了女王的亲手缝补。如今，他要把这只玩具熊当做礼物，再送给芙瑞雅。黏合、补色，一丝不苟。他修补这只玩具熊，就好像在修复和她的关系。

直到东方发白，玩具熊上的破口，终于被修补完。卓王孙站起身，抱起它向私人剧场走去。

当卓王孙推开剧场大门时，里边空无一人。

所有的痕迹都被清扫干净，只有孤零零的王座还伫立在舞台上。浮夸的色彩在晨曦中显得格外刺眼，仿佛是一种嘲讽。

卓王孙脸色极度阴沉。泡沫与木头碎裂的声音伴着他的震怒，响彻整个剧场："叫妮可过来！"

十分钟后，妮可被带来了这里。环顾四周，她脸色有些错愕，但很快就平静下来。随后，她讲了一个很简单也很合理的故事。傍晚时分，她按照皇帝陛下的吩咐，将皇后带回剧场，为她更衣。这时，她发现皇后的妆容被泪痕晕湿了，于是去一旁取水，准备为她擦拭。这个时候，有人悄无声息地潜了进来，将她敲晕。之后的事，她就不知道了。她并没有看清来人的脸，但能暗中偷袭、敲晕一位拥有真神谕的骑士，这样的人并不多。

天色已大亮，四周的窗帘全部拉起。晨曦透过落地窗，四周充塞着让人不敢呼吸的静寂。兰斯洛特被带到剧场。剧场中央放上了一张真正的王座，简洁、沉重、浓黑，两边站满了帝国重臣。卓王孙脸色阴沉，斜倚在王座上，冷冷打量着他："人是你放走的？"

兰斯洛特并未回答。他做的，就是将芙瑞雅送到了广场以西。之后她去哪里，他并不知道。盘古广场附近，大概率存在第一大区的安全屋。这个级别的安全屋，只有本区王室成员知晓。兰斯洛特并不想破坏规矩，只有这样，才不会暴露她的踪迹。

卓王孙："你承诺过，永不与我为敌，为什么又做这种事？"

兰斯洛特迎着他的目光："因为我错了。我本以为，你只需要学会如何做一个帝王，但现在却发现，你还没有学会怎样做一个人。而衣冠禽兽，是配不上任何承诺的。"这句话出口，所有人都是一惊。

卓王孙示意左右不动："我做了什么？"

兰斯洛特毫无畏惧："你对她的所作所为，还有人性可言吗？"

卓王孙眉头紧皱。剧场、王座、婚纱都出自他的安排，他也的确命妮可将芙瑞雅绑在王座上，观看那卷未经修改的录像带。虽然后来的逼供是妮可自作主张，仅仅之前那些，也足以让兰斯洛特愤怒。

卓王孙沉默了。这沉默，在其他人看来，显然是心虚的表现。兰斯洛特紧紧握拳，忍住了与卓王孙当场对质的冲动。他不想在众人面前，暴露芙瑞雅所受的屈辱。

卓王孙："兰斯洛特，我要你去将芙瑞雅抓回来，这是你唯一弥补自己罪孽的办法。"

兰斯洛特的回答没有丝毫犹豫："我不会为暴君效力。"

"不会为暴君效力吗？"卓王孙嘴角勾起冷笑，"那让我告诉你，会发生什么吧。"他微微俯身，像岩石垒成的山向兰斯洛特倾斜。"我会以皇宫为中心，向外搜索。每一个可能跟芙瑞雅有关的人，无论是帮助过、接触过她的，甚或只是她经过的路线上的人，我都会抓起来，严刑逼供，直到找到她为止。我会让我的军队去办这件事，所有人都会被安上谋反的罪名，宁可杀错不可放过。如果芙瑞雅逃出了帝都，我就将搜索区域扩展到整个国家。所有监狱都会因此人满为患，你想看到这样的结果吗？"

这番话让兰斯洛特的心一紧。会牵连多少人？将会有多少人被抓起来？他无法想象！但他又不敢不信，因为他眼前的这个少年，或许能让史书上任何一位暴君都相形见绌。

"抑或，我把这件事交给你，用你的方式把芙瑞雅找回来。我只给你期限，不问过程。你可以不让任何人受伤，甚至不惊动任何人，我都不关心。我只要结果。两种方法，你选哪种？"

兰斯洛特紧握双拳，显然，内心在激烈地挣扎着。最终，他叹了口气："我去。"

"你选择了为暴君效命吗？"

兰斯洛特沉默。

"那就说，'谨依皇命'。为暴君效命，就要依照暴君的礼仪。需要我威胁你一下吗？"他的话语中没有丝毫威胁的口气，听上去更像是对老朋友的问候。但他曾做过的种种事迹，却让兰斯洛特感到寒冷。兰斯洛特犹豫了良久，最终说："谨依……皇命。"

卓王孙没有任何表示，只是静静地看着他："很难说出口吗？没关系，你会习惯的。"

帝国的皇宫是在第三大公府邸的基础上修建的，不远处，就是原来的议会。议会现在则有了一个新的名字：内阁。帝国草创之初，千头万绪，有太多的规章制度需要内阁订立，也有太多的重大事务需要内阁处理。三大区的重臣组成的内阁，正在热火朝天地开会，或者说是吵架。主持会议的，是新任帝国执政官，最得皇帝陛下信任的晏。

足足能坐满几千人的圆形会议厅里挤满了人，几十道声浪同时响起，乱到了极点。人们对每一个议题都争执不断且很快就会被带偏，甚至引入人身攻击，晏执政不得不一次次敲响桌子，将议题重新引回来。就在一片混乱中，皇帝陛下走了进来。他一身戎装，英挺威严，让人一见就心生敬畏。可与之极不相称的是，皇帝手上竟提着一只玩具熊。

玩具熊被倒提着，随着他的步伐摇晃。耳朵、胸口处，各打着几个新增的补丁。

"晏，准备行程。"

晏："您要出去？"卓王孙点了点头。会议厅里立即安静了下来，所有内阁大臣都闭上了嘴，惊愕地望着皇帝陛下。卓王孙："你也跟我去。"

一位白发苍苍的大臣走过来："陛下，您可不能走啊，您走了我们可怎么办？现在多少帝国大事等着您拿主意呢！"

"我不能走吗？"卓王孙玩味地笑了笑，望向圆形会议室内那张独特的皇座，那是他的位子。他走了过去，将手上的补丁熊放正，给它掸掸灰，捋顺它的耳朵。然后，将它安放到了皇座上。"让它代替我好了。你看，它坐这个位子不也很恰当吗？"补丁熊倚在宽大庄严的皇座上，只露出个头来。

大臣们对望着，全都不知道该说什么好。这一幕颠覆了他们的认知。那位重臣胡须抖动着，痛心疾首："陛下，帝国大事……"

卓王孙挥手，径直向门外走去，再也没有停留："你们要是知道得多，那就在我回来前，把事情都处理完。要是我回来时事情还这个样子，那是要诛九族的。"他的背影消失在门里，晏急忙跟上。

圆形会议室里一片寂静，没人敢发出半点声音。咖啡的气息不再那么香醇，竟变得有些呛人。良久，一人轻声问："辅政，现在该怎么办？"那位重臣慢慢挺直了身子，脸上的昏庸老迈此时全都褪去，浑浊的双目中透出一丝锐利的光："我只知道，我们这位皇帝，可是从不轻易威胁人的。"

卓王孙大步向前，穿过走廊，走向宫门。

晏："陛下，您这是要去哪？"

卓王孙嘴角浮现出一个玩味的笑容："去找皇后。告诉她，郊游结束了。"

第十一章 断 发

　　宽足十米，高五米的墙上，被一张巨大的帝都地图占满。地图上用水笔绘着各种或潦草或精细的笔迹，明显有涂改的痕迹。几百张便笺纸贴在地图上，照片、资料页、人物头像随处可见，将地图装饰得斑斓。

　　兰斯洛特的精神前所未有地集中，目光盯在地图上。上百种可能性同时在他脑中推演着，否定，肯定，截取，掐断，演绎出新的可能性。他面前的桌上，摆满了厚厚的资料，桌边的废纸篓中也有许多。几十位助手为他提供数据，辅助运算。这些人有军人，有学者，更多的是刑侦人员。而相邻的另外几间房间中，一场场询问正在进行，询问结束后的口供则被立即送进来，交给辅助人员整理后再汇总给兰斯洛特。

　　兰斯洛特的思考告一个段落后，他就会站起来，在地图上打一个红色的"✕"。地图上的"✕"越来越多，但"✕"指示出来的，则是一条清晰的路线。每个"✕"打上后，路线不断改变，而军人则会立即发出命令，将这条路所涉及的每条街道、每座大厦、每个居民区，甚至每个垃圾桶，由专人进行全方位的搜查。这，就是兰斯洛特找出芙瑞雅的方法。

　　方法很有效，仅仅只花了三个小时，就找出了芙瑞雅的第一个落脚点，然后是第二个，第三个。

兰斯洛特一直眉头紧皱。他知道，如果芙瑞雅重新落入卓王孙手中，无疑是生不如死。但若自己不去寻找，卓王孙所用的方法，无疑会让千百人身陷囹圄。救一个人还是救千百人，这实在是一个痛苦的选择。但他很快就发现，自己痛苦得太早了。

他是发现了芙瑞雅的行踪，却追不上她。芙瑞雅清楚地知道自己会留下什么线索，并利用这些线索误导追踪者，这让兰斯洛特兜了好大一个圈子才明白自己追错了方向。迅速调整策略后的兰斯洛特再次追到了芙瑞雅的行踪。但，每次特工赶到时，都会发现芙瑞雅已经离开。

他永远都追在她身后，永远都能找到她留下的行踪，却永远都追不上她。卓王孙给他的期限只有三天，现在已经过去了大半。好在，追踪并非没有结果，他们清楚地绘出了芙瑞雅的行迹，从皇宫偏门出去，呈一道蜿蜒的几乎没有规律的线跨过大半个城区，向郊区行去。但这条行迹几乎对他预判芙瑞雅去哪里没有帮助。没有规律是一个原因，另一个原因是芙瑞雅总会在关键的点上消失，再出现时便到了另一个距离或远或近的点上。这使得她的行踪是一段一段的，离散的，让他无法估计她会在什么地方消失，又会在什么地方出现。他只能收集更多的线索，监控更多的区域，期待能更快一步发现线索。

找到的可能性有多大？他没有把握。

兰斯洛特工作时，卓王孙就坐在一张宽绰的椅子上，把玩着一根权杖。权杖由合金与硬木制成，以良渚龙形为基础，尾部连接星河瀚海，以示融合古今。这是诸多学者、艺术家争执良久的居中方案，十几位名家连夜赶制，今早才呈献上来。

卓王孙看着权杖，似乎并不满意。晏正要下令返工，他却把权杖接了过来，拿出刀具，亲手修整。他用刀很随意，似乎只想把繁复的雕饰削去，又似乎只是在打发时间。

他真的做到了之前说的，只给期限，不问过程。兰斯洛特需要什么人，他就给什么人；需要什么设备，他全都满足；用什么办法，他完全不过问。每次兰斯洛特在地图上画"╳"，或者又一次追踪失败的消息传来，他也完全没反应，甚至看都不看，全权交给兰斯洛特处理。他唯一做的，就是坐在兰斯洛特身边，雕刻权杖。似乎在监督兰斯洛特，又似乎不是。

安全屋。

这间安全屋位于一个老旧小区的地下室，除了四壁都用特殊金属加固过之外，完全看不出与普通民居的区别。

芙瑞雅脸色苍白，缓缓走入屋里，关上沉重的房门。她身上穿着白色婚纱，这也是她在剧场中找到的唯一能遮蔽身体之物。华贵的面料有些皱了，裙摆沾满泥土，几乎看不出本来的样子。芙瑞雅扶着墙，缓慢挪动，最终在椅子上坐下来。她撩起裙摆，大腿内侧的伤口仍然在流血。

由于兰斯洛特的到来，妮可并没有来得及伤害她。那道触目惊心的血迹，是她自己用别针刺出来的。她知道自己没有别的办法脱困，只能赌一把，看兰斯洛特会不会放她走。

她赢了。

芙瑞雅深吸了一口气，用力将长长的裙摆扯开，撕成一条条，绑缚在伤口周围。这样，行动时的疼痛感会减轻。她根据所受过的求生训练，在指定位置找到了医疗应急包，将抗生素和破伤风疫苗注入体内。直到这一刻，她才长长地松了一口气。苦苦支撑的坚强在这一刻分崩离析，她靠着墙角坐下，将脸埋入双膝，无声哭泣起来。

不知过了多久，芙瑞雅停止了哭泣。她抬头，对面是一扇换气窗，特殊材质的玻璃就像一面镜子，照出她现在的样子。那仿佛是一个陌生的女孩，满脸泪痕，容色憔悴。婚纱改造而来的齐膝短裙污痕遍布，显得有些可笑。唯有那一头浅金色的长发，依旧耀眼如阳光。

芙瑞雅注视着镜中的自己，脸上变得决绝。她取出应急包中的医用剪，一步步走到镜前，向镜中憔悴、孱弱的影子致意："再见了，公主殿下。"她扬手，将女王家族标志性的金发一缕缕剪掉。

倒计时停止那一刻，卓王孙从椅子上站起来，挥了挥手，大厅中那些为兰斯洛特服务的辅助人员，不管他们正在做什么，都放下手中的活计，恭谨地行了一礼，倒退着离开。

宽大的厅堂中，只剩下三个人——卓王孙，兰斯洛特，晏。

"三天到了。"卓王孙轻声说。

兰斯洛特："请再给我点时间……"一想到卓王孙曾对他说过的办法，他就感到一阵不寒而栗。

"我看到你的努力了。你推理与处理事务的能力让我刮目相看，但你没有兑现你对我说过的话，这是欺君之罪。"卓王孙的语调柔和，"知道欺君之罪该受什么惩罚吗？从今往后，你要非常、非常、非常努力地，去争取我的赦免。"

兰斯洛特沉默。似是默认，又似是某种抗争。

"好了，该用我的办法了。"

兰斯洛特一惊，他刚想说什么，卓王孙拍了拍他的肩膀："你以为我真的会把那些人全都抓起来，关进大牢里刑讯逼供吗？没那么血腥。我寻求的，从来都是最有效的方法，而不是最血腥的方法。三天之前，我的确会用那种办法，因为在那时那是最有效的。但现在，则不必了。是你做的这些事，让本来血腥的方法，变得不血腥了。好好想想这段话。"他又拍了拍兰斯洛特的肩，转身离开，"带上来吧。"

卓王孙回到座位时，一个人被带了上来。

这个人长相清秀，衣着却十分随意，短袖配破洞牛仔裤，就像最普通不过的程序员，唯一的特点是头发乱糟糟的，似乎很久没有打理过了。他是芙瑞雅的守护骑士，大天使机体卡俄斯的驾驶者十一骑士，还有一个大家并不知道的身份，他是第三大区的权臣魁雷斯侯爵的唯一继承者，他的家族有着悠久的历史。

见到十一骑士，兰斯洛特一惊。

这三天来，卓王孙一直坐在这里雕刻权杖，似乎什么都没有做，实际上，却找到了另外的突破点，通过守护骑士顺藤摸瓜，找出芙瑞雅。这个突破点兰斯洛特并非没有想过，但每一位守护骑士都经过严格的挑选，即便身受酷刑，也不会出卖主君。如果十一骑士会说出芙瑞雅所在之处的话，早就说了，不用等到现在。兰斯洛特皱眉，他并不知道卓王孙接下来要做什么。

卓王孙："说吧，芙瑞雅在哪里？"

韩青主看了他一眼，昂起头："我不知道。"

卓王孙点了点头，突然掉转手中的权杖，狠狠抽在了韩青主的身上。这一击力道很大，一杖下去，韩青主身上的短袖立即碎裂，权杖在他身上留下一道龙形印记，合金龙首噬咬着他的血肉，深可入骨。韩青主痛得几乎要喊出来，但他死咬住牙齿，不让自己发出声音。

卓王孙面容阴沉："身为守护骑士，连主君在哪里都不知道，你尽职吗？"

韩青主怒喝："那还不是因为你将我囚了起来！"

回应他的，是更狠的一杖。

卓王孙："身为守护骑士，竟然让主君身陷危难而自己却毫发无伤，你尽职吗？"

韩青主："让公主身陷危难的？不是你吗？"

第三杖抽得更狠。

卓王孙："那又如何？还记得守护骑士的信条吗？'主君剑之所指，则为吾之前行方向。'现在我问你，主君在哪里？主君的剑指向哪里？你又在哪里？"

　　一连三问，问的韩青主哑口无言。合金龙头刺破肌肤，鲜血点点滴下，他一动不动，似乎想抗辩，想指责，甚至想拔剑与卓王孙誓死一战，又最终忍住了。

　　"囚禁起来，你就没有办法了吗？问问兰斯洛特，如果他是芙瑞雅的守护骑士，会怎么做？问他！"

　　韩青主的身躯僵直，面容苍白，他想说，想问，但最终什么都说不出来。

　　"十一，我对你很失望。是因为长久的太平让你失去警惕了吗？还是你本身就是个废物？你知道女王对你的期望吗？那么多比你优秀的人，她选了你做芙瑞雅的守护骑士。她是让你这样混日子的吗？你守护的可是她唯一的继承人！"

　　韩青主身子颤抖着，卓王孙的话，显然说穿了他心中最痛的那个点。他想痛哭，想辩驳，想誓血一战，但又找不到对手。

　　"现在，跪下来。"卓王孙冷冷地说。

　　韩青主一惊，双目中泛起一阵恼怒，恶狠狠地盯着卓王孙。要他跪这位暴君，跪一切恶事的始作俑者，他做不到！

　　卓王孙呵斥："跪下，跟我一起念！你需要重新明确自己的守护誓词！"他的声音冰冷，不容置疑。

　　守护誓词？对于一位骑士而言，通常一生只会念一次。韩青主目中的惊怒渐渐消失。卓王孙威严地凝视着他，迷惘渐渐在韩青主的心中升起——我违背自己的誓言了吗？这个反问，像是毒蛇，噬啮着他的心，让他越来越软弱，越来越质疑自己。慢慢地，他跪了下来。

　　卓王孙将权杖执在手中，轻触他的额头："吾以忠诚，光明，正义为誓，吾当奉芙瑞雅为主，终生不渝。凡吾之生，皆当以守护主君为责任。主君之言，则为吾之言；主君之行，则为吾之行；主君剑之所指，则为吾之前行方向。此誓为铭，永誓无违。"他念一句，便停下来，等着韩青主重复一句。

　　一开始，韩青主还有些抗拒，后来则越念越顺畅。这是守护骑士的标准誓文，他曾经念过一遍，在女王的主持下，在那间逼仄而庄严的嘉德厅中。如今，他重念了一遍。他的血渐渐沸腾起来，他要承担起守护骑士的责任，贯彻这一誓言，每一个字，都要带上他的血！

誓词念完后，卓王孙将权杖递到他面前。韩青主双手举过头顶，将权杖接过。在正式的仪轨中，这应该是一把剑，上面镂刻着代表女王与嘉德骑士团的徽章，这只龙形的权杖明显不合规范。但当韩青主高举双手、龙首触及手指的那一瞬间，他仍然感到一阵神圣的庄严。

他缓缓起立，更多的迷惘涌上心头。因为给他带来神圣的庄严的，是一位暴君，一位颠覆了他的忠诚与信仰，追杀与伤害他的主君的暴君。他不知道该怎么面对。他嗫嚅着，最终还是问出了这个问题："为什么跟我说这些？"

卓王孙淡淡一笑："因为芙瑞雅是我的皇后，我不想杀死她，但想让她死的人实在太多了，我只好把她囚于后宫，免受这些危险，可她一定要逃走，做我的敌人。最糟糕的是，她还是个很有能量的敌人，连找到她的踪迹都不容易，更不用说抓她回来了。那么，我只能用极端手段，逼她自己回来。这过程中，我不确定能每时每刻保证她的安全。所以，我需要你承担起守护骑士的责任，追随她左右。"

这番话在韩青主的内心泛起了滔天波浪，他一时不知道该如何应对。

"这不违背嘉德骑士的誓言。但我要提醒你，你守护的，是她的生命，而不是毫无意义的信仰。她的生命安全比任何理念都重要，不可以为任何人、任何理念牺牲。"卓王孙看着他，一字一字地说，"记住，她不能死，但你可以。"

"是。"

卓王孙："现在，把戒指拿出来，呼叫芙瑞雅。"

韩青主吃惊地问："你说什么？"

卓王孙脸上有一丝嘲讽："芙瑞雅放弃继承顺位的时候，交出了储君戒。但按照法律，她可以保有守护骑士。因此，你们的戒指仍有双向通信功能，也就是说，你能联系上她。"

韩青主本能地握紧了左手，警惕地望着卓王孙。

卓王孙："你以为我会根据戒指追踪她的藏身之处吗？放心，我不会做这样多余的事。事实上，她的藏身之地，我已经知道了。"

韩青主与兰斯洛特同时一惊。

卓王孙："你们都忘了，芙瑞雅手上还有另一枚戒指。我给她的婚戒上有一个追踪器，能全球反馈信号。可是，三天来，这个追踪器没有信号。这就是说，她一直待在能屏蔽信号的某处。"

"有人一直试图诱导我，她在某处安全屋内。"说到这里时，他的目光扫过兰斯洛特，"这听上去很合理，但按照某人的结论，她至少换了三处落脚点。我不禁去想，她是怎么从一所安全屋转移到另一处，而躲过信号追踪的。只有一种可能，藏匿她的，不是某几处安全屋，而是一张网。"

随着他的话，地图上亮起一张红色的网。那是深藏于城市下方的下水道、废弃地铁、防空掩体。

兰斯洛特脸色微微改变。他的确想保护芙瑞雅，至少多拖延一点时间。没想到，这一切并没有瞒过卓王孙的眼睛。

卓王孙并没有问罪的意思，转而面向韩青主："我只想和她说几句话。你如果不给，我一样能拿到。"他的话没有任何威胁的意味，只是在陈述事实。

韩青主明白，自己没有抵抗之力。如今一切都处于卓王孙的控制之中，他想要守护戒指，就没有人能反抗。何况，韩青主要做的，不是反抗，而是回到芙瑞雅身边，继续自己的守护职责。想通之后，韩青主认命地伸出了手指。守护戒指上的红光闪烁了几下就接通了。芙瑞雅的声音传出来："十一……"

她才说了两个字，就被卓王孙打断："你好，芙瑞雅。"听到他的声音，芙瑞雅陡然住口，然后，声音冷了下来："是你。"

"是我。"

芙瑞雅："这是你的新伎俩吗？用十一来威胁我回去？"

"不，不，不。我从未这么想过。在我看来，十一就是一条狗，你不会为一条狗赔上自己的。"

韩青主的脸色难看到了极点，想辩解什么，但想到"忍辱偷生"四个字，努力忍住了。

卓王孙："我想得不错，你的确是整个计划里最大的变数。我只是离开了几个小时，你就从守卫森严的宅邸里消失了。说到这里，我很好奇，你到底用什么办法，说服兰斯洛特放你走的？"

芙瑞雅冷冷地问道："你与我通话，就是为了问这个吗？"

卓王孙："不，我想问你一句：布勒斯特子爵、南特夫人和斯特拉斯家的招待，你还满意吗？"

芙瑞雅的声音戛然而止。

卓王孙仍淡淡地微笑着，斜靠在椅子上。戒指好像一个玩具，被他挑在指尖，轻轻晃动。

兰斯洛特迅速地瞥了一眼地图，这三个名字所代表的势力范围与地图上的区域相印证，他发现芙瑞雅出现的地点，赫然与之重合。只不过这三个名字的势力范围都很隐晦，有的是大商场，有的是公共设施，都没有将某一地完全占据，而是跟别的豪族交错在一起，令人很难想到他们会与芙瑞雅的逃亡相关。但从芙瑞雅的反应来看，她显然得到了这三家的帮助。兰斯洛特皱起眉头，即便是他，也无法根据现有线索，推理出是这三个家族协助芙瑞雅逃跑的，卓王孙又是怎么做到的？

"当你准备嫁入第三大区时，卓大公就猜测，女王不会让你独自嫁过来，一定会为你准备丰厚的嫁妆。这些嫁妆中，肯定包括一批忠诚的家族。他进行了细致的排查，最后锁定了十四个可能者。你从港口回来的前夜，我为这十四个家族各自准备了一份礼物，秘密送了过去。"

"以你的名义。"卓王孙在这句话上加重了语气，"你知道，这代表着你开始从女王手中接过权杖，需要这些家族向你效忠了。他们没有怀疑，回应了我。这些回应，让我知道了这十四个家族中，哪些是你的人。四个，我说对了吗？"

对面没有任何回应。

卓王孙："恨我吗？芙瑞雅？"

对面依旧没有回应。

"为什么不在皇宫中，安心做我的皇后？我知道你想恢复合众国，很多人也想。不仅是第一大区，第三大区也有大把人是，这四个家族就是死忠分子。对你来讲最好的选择，不是在皇宫里忍辱负重，谋划复仇么？你完全可以一面对我曲意奉承，一面利用自己的地位，把这帮乱臣贼子聚拢起来，发动政变。为了防备这一点，我还做了很多准备，打算和你见招拆招。可惜，一切都白费了。为什么要逃出来呢？你看你现在，就像下水道里的老鼠，东逃西窜，一不小心就会死去。我建议你，放弃逃亡，到我身边来反抗——这是唯一适合你的方式。"

"最适合的方式——做你的皇后吗？你是不是还想弄一群女人，让我在后宫里跟她们宫斗？"芙瑞雅终于有了回应，"如果这么想能让你有一点可怜的皇帝的虚荣感的话，你可以继续。但对我来讲，战斗就只有一种。"

卓王孙："哪一种？"

芙瑞雅："殊死的战斗，你死我活，或者同归于尽。"

卓王孙难得的沉默了，随后，他问："必须得这样吗？不能打打停停，留点时间来谈情说爱？"

对方再度没有回应。

卓王孙："那可真是遗憾啊。但，芙瑞雅，我必须告诉你，你想要的殊死的战斗，不会发生。因为你不是我的对手。如果你执意要战斗，你会死。"

芙瑞雅："如果我死的话，我一定要拉着你同归于尽。"

卓王孙："我可以理解为这是在谈情说爱吗？"

对方再度没有回应。

"那就让死亡的倒计时，开始吧。"

他的话音落下后，对面传来一阵刺耳的警铃声，随即通话就被中断了。卓王孙抬起头来，望着韩青主。他的目光镇静，甚至带着一抹微笑："现在，十一，告诉我，你该怎么去守护你的主君？"

卓王孙说完这句话时，这座城市错综复杂的下水道中的某处，一个破旧的电视屏亮起。芙瑞雅正站在电视屏不远处。

说这里是下水道，也不准确，这里实际上是废弃的防空洞，只不过与城市的下水道连在一起。防空洞中遗留着很多设施，早已陈旧不堪。一些无家可归者将这里当成是暂居处，但也不会长居。这里，是这座城市唯一的盲点，也是布勒斯特家族为芙瑞雅所找到的最安全的逃跑路线。

而今，这条最安全的逃跑路线中的所有的电视屏，全都通了电，能亮起的，全都亮起。屏幕上，无一例外地都放映着同样的画面——那是一个血色的沙漏，血红的沙子正快速地漏下来，沙漏是水晶骷髅的形状。这预示着，卓王孙已经找到了她的藏身之地，他会在沙漏倒计时结束前，将她抓起来。这次，他再不会让她跑掉，她只能像他说的那样，在他的皇宫里搞些他允许的小动作。

芙瑞雅握紧双拳。无数块屏幕上的惨红色一齐在闪烁着，将防空地下道照成一片地狱。芙瑞雅转身向外逃去。

一则告示并未引起太多人的注意。

鉴于下水道卫生状况太过糟糕，下水道成为疾病滋生的温床，帝都洛西区决定对其进行一次彻底的清扫。专门的人员会对其进行灭菌处理，包括鼓入氮气进行杀菌，会对人体造成"轻微"的伤害。

在告示尚未贴出前，这些会对人体造成"轻微"伤害的氮气，已经将所有下水道填满。下水道中仍滞留的无家可归者，在吸入几口后，就昏倒在地上。下水道中所有的生物——老鼠、蟑螂、跳蚤无一例外地都受到了"轻微"伤害，倒得遍地都是。一队队穿着防护服，头戴防毒面罩的人，步伐整齐地进入下水道，将昏倒者押走。这些人的数量极其惊人，每一条下水道的分支都有人负责，确保在半个小时内，完成搜索。

这是一张巨大的网，确保一定要将芙瑞雅网在其中，不得遗漏。

第十二章　金翅雀家族

芙瑞雅并未慌乱，她早就想到了这种情况，并有预案。她从旁边的架子上抽出一个袋子，那里面是与搜寻者一样的防护服与防毒面罩。芙瑞雅迅速穿戴到身上，她的全身都被遮住了，看上去与那些人别无二致。

她等了一会，一队穿着同样防护服、防毒面罩的队伍走过来，他们是代号"金翅雀"的家族的人。卓王孙查出的讯息没错，女王的确为她准备了四份特殊的嫁妆，金翅雀就是第四个。

卓王孙布下的网的确严密，但仍有唯一的漏洞，就是穿上防护服的人全都一模一样，看不出差别来。如果有人穿同款的防护服，戴同款的防毒面具，那么搜寻者就无法看出这人不是自己人。

芙瑞雅看准了这一漏洞，她还要趁这个机会，给卓王孙一个深刻的教训。金翅雀的人与芙瑞雅一起，向防空洞外面走去。路上遇到了几队真正的军人，他们完全按照军队的礼节打招呼，这些军人没有起疑，他们顺利地走到外面。

芙瑞雅松了口气。他们正在洛西区的外围，只需拐几个小弯，芙瑞雅就能在掩护下，躲进一座大厦里，那里已安排好了接应的人员，能帮助她迅速逃出帝都。但在拐过一个弯后，金翅雀的队伍却没有按照既定路线前行。芙瑞雅敏锐地发现了不对，她停住了脚步——几支枪从防护服下伸出，对准了她。

"你们背叛了我？"防毒面具下，芙瑞雅的声音有点哑。

"对……对不起殿下，我们还想活下去。"

"活下去"，这三个字让芙瑞雅感到一阵苦涩，她没有再做声。

金翅雀的人押着芙瑞雅，走进了一座大厦的地下停车场。这是一个据点，昏倒的无家可归者被暂时安置在这里。他们横七竖八地瘫倒在地上，人手一只小型的氧气面罩，艰难地呼吸。当金翅雀一行人走过时，意外发生了。一位奄奄一息的无家可归者，突然抛下手中的氧气面罩，向金翅雀一行人扑了过来，抢夺他们身上的防护服。

其他流浪汉很快加入，事情也发展为一场小型暴乱。混乱中，灯被打坏，四周陷入了黑暗。一瞬间，枪声响起，应急照明启动。地上躺满了昏迷的流浪汉，有的身上有枪伤，有的没有。在这样的环境里，离开氧气面罩，人根本支撑不了三分钟。这是一场毫无意义的挣扎。

金翅雀的人顾不得流浪汉，连忙检查彼此的防护服，看有没有在混乱中被扯坏。芙瑞雅叹了口气："走吧，你们的皇帝还在等着呢。"

穿过据点，搭乘电梯到顶楼。

久违的阳光倾洒而下，显得有些刺眼。这是一个宽敞的大厅，卓王孙等人正在大厅里等着他们。一见到皇帝陛下，金翅雀的领头人急忙脱下防毒面具，跪下行礼："陛下，幸不辱命。人，给您带来了。"说着，他起身小跑到芙瑞雅身边，将芙瑞雅的防毒面具摘下。瞬间，卓王孙的面容冷了下来。

"谁能告诉我，这是怎么回事？"

金翅雀的人吃了一惊，这时他们才看清，防毒面具下的那个人，根本不是芙瑞雅，而是一个"流浪汉"。他胸前绑着一个对讲机，芙瑞雅的声音从对讲机中传来："当你觉得合众国是过家家时，有没有想过，有人牺牲了自己的所有，才缔造出一个盛世，让我们可以平安地玩过家家。可惜你选择将这个世界变成地狱……没有人能在地狱中玩过家家的。"

"流浪汉"胸口爆出了一道光芒，他的身体剧烈颤抖，发出一声尖锐的嘶啸。一具高达三米的巨大躯体，撕裂了原本的柔声，带着烈焰呼啸而出！轰然一声巨响，火焰熊熊燃烧，聚集为巨大的火球，将"金翅雀"卷入其中，然后向卓王孙冲去。东皇太一迅速出现在卓王孙身后，离子防护盾张开，以大厅中线为界，将卓王孙等人庇护其中。火焰冲击在离子盾上，发出巨响，渐渐熄灭。

"启？"卓王孙隔着光盾，冷冷地看着眼前这个"人"。

"流浪汉"没有回答。这一击似乎耗尽了他所有的能量，他整个人都委顿下去，瘫坐在地，无法说，无法动。他的眸子，定定地望向卓王孙，就像是芙瑞雅，隔着地狱红莲的业火，在望着他。这似乎是一份宣言，宣布她与他的战争，正式开始。这似乎又是一个警告。她不是他想象中的金丝雀，若再穷追猛打下去，她必会给他也留下伤痕。

卓王孙淡淡地笑了。他一动不动，看着火光越烧越小。

防护服不错，金翅雀家族的人并未死掉，他们身上烧着火，在地上打滚。扈从们迅速赶过来，灭火器的烟雾喷在他们身上，他们死死咬住牙，没有惨叫出声。

"带下去，严加审问。"

侍从走上来，将奄奄一息的启带了下去。等火完全被扑灭，离子盾收起，卓王孙对身后挥了挥手："兰斯洛特，分析一下。"

兰斯洛特犹豫了一下，还是回答："显然，芙瑞雅抓住了计划中唯一的漏洞，就是搜寻者们全部戴着面具，认不出彼此。她想利用这一漏洞逃走，而你反过来利用这一点，逼令金翅雀的人投降，用这一点让她放松警惕，自投罗网。可惜，她并没有完全信任金翅雀家族，而是留有后手。这只启，应该就是她事先埋下的棋子。据点暴乱时，启趁乱代替了她。在芙瑞雅看来，金翅雀只是试雷的工具，如果一切顺利，她跟在后面也可逃出；如果发生了意外，那么被抓住的只是启，她则可趁机改变路线逃出。在她的处境下，这是最优解。她的应变能力，在我之上。"

卓王孙认真听着："那就是说，她还在这座城里？"

兰斯洛特："但也应该接近边缘了，很快就能逃出。"

卓王孙慢慢转身，望向身后的大厅。那里，羁押着三个家族的所有人。

地下据点。

昏迷的流浪者躺了一地。四下鸦雀无声，伤者吸入大量氮气，陷入昏迷，感受不到痛苦。突然，一只手将昏迷者推开。芙瑞雅从人堆中爬出来。她手上，是一只小型氧气面罩。因为肺部的伤势，仅靠着这只简易面罩，她几乎无法获得氧气。

时间并不多，她必须赶快离开。芙瑞雅艰难地站起身，沿着布满锈迹和污垢的检修通道向上爬去。

大厅中。

三大家族的成员，脸上全是惊恐与绝望。

卓王孙："现在，我很生气，我很想做点血腥的事。你有什么办法让我改变主意？"最后一句话，他问的是兰斯洛特。

兰斯洛特沉默着。他不想再给卓王孙出谋划策，他不想做暴君的帮凶。但，他同样不忍放弃这些绝望的眼睛，最终他还是妥协了："封锁全城。让所有的交通工具，飞机、车辆，公共的或者私人的，都原地停留。命令所有人都集中到公共区域，然后用红外装置扫描所有的区域。"

卓王孙露出赞许之色："很好的计划。从现在开始，我授予你禁卫军长官之职。"

兰斯洛特的脸上没有任何表情："我说过，不会为暴君效力。"

卓王孙："不，你不是为暴君效力，你是在救这些人。"他丝毫不以为忤，语气笃定，似乎已看到了兰斯洛特臣服的未来，"慢慢地，你会习惯的。"

兰斯洛特的眸中闪过一丝痛苦。是的，他会习惯的。他会一次次在选择中屈服，为卓王孙出谋划策，被卓王孙握于掌中。他为逃亡的芙瑞雅担心，眼前这个人是如此强大，兰斯洛特想不出，什么人能抗衡或者击败他。兰斯洛特甚至疑惑，为什么之前并没有感到来自这个人的威胁。

或许，这一切只能用一句凯尔特人的谚语来解释：邪恶，会使人强大。

芙瑞雅站在一处冷清的街道上。街上没有行人，不远处井盖敞开着，散发出陈腐的气息。芙瑞雅静立不动，让早晨的风吹去身上的秽气，脑海中迅速复盘之前发生的一切。

几只啓，本是斯特拉斯偷偷养在家中的奴仆，在逃亡中助她脱困。见"金翅雀"前，她以流浪汉的身份，将他们分别安插在附近的几个据点。现有局势下，她必须得想办法将风险降到最低。但金翅雀家族的背叛，仍让她很难接受。这可是女王留给她的四个家族之一，他们将是她的股肱之臣，他们的忠诚经受过重重的考验，可以说，他们是最不可能背叛女王与她的。但，就连他们都背叛了。这是对她的重创。现在，她发现，她的处境比预想的更加恶劣。

兰斯洛特的策略被以极快的速度运行着，全城陷入了瘫痪。地铁还未到站就被叫停，乘客不得不中途下车，沿着隧道徒步前行。咒骂声在城市的每个角落响起，人们发现他们不能工作，甚至不能继续生活，必须得到指定地点集合。这让咒骂声更响了，但，没有人反抗。

这让芙瑞雅无比清楚地认识到，卓王孙的统治，可能比她想象的更加稳固，他比她想象的更加强大。

她辗转在公用电话亭，拨出了十几个电话，联系了十几个她认为放在以前一定会帮她的人。但，有十一个电话没有打通，甚至已经销号，三个电话转接，剩余的根本不是她想找的人的声音，她一言不发就挂断了。只有一个，是她想要找的人接的，那人信誓旦旦地保证一定会来接她，但她给了对方一个假的地址。

她很清楚，这个人，也已经背叛她了。没有什么时候，能比这一刻更让她认识到自己的弱小。这个城市，以最高的效率被清空，然后，每一个躲藏者都会暴露出来，当然也包括她。

这会是她的末日吗？

一架私人直升机悄然升空，向帝都东面的海域飞去。同时，卓王孙手中的追踪器也亮了起来。

卓王孙轻轻打了个响指："找到了。"他面前有一幅巨大的全息投影。地图上，各种军事设施以立体影像的方式呈现，战略部署、部队调遣都可以远程完成。随着他的指示，一支空中作战部队升空，向直升机追去。很快，就在东海上空追上了直升机。卓王孙再次命令韩青主接通了守护戒指。

"还要逃吗？我想我们应该好好谈一次了。"

"我只会站在你的尸体上谈判。"

"如果我说这个世界即将毁灭，我必须得成为皇帝才能拯救这个世界，你相信吗？"

"你有病。"

"我承认这一点。但是，芙瑞雅，你知道你对我的意义。如果我病了，这世界上唯有你能治愈我。你的逃跑只会让事情变得更糟。"

"你成功了，我真的吐了。"

"真是遗憾。"

卓王孙的手指在屏幕上轻轻敲击了几下，屏幕上亮起了红色警示，标志着进入战争状态。几枚导弹从战斗机的支架上脱落，向直升机袭去。导弹迅速击中直升机的尾翼，将它炸得支离破碎，火焰向机身快速蔓延。直升机打着旋，坠向大海与陆地交界处。下方，是东海的一座岛上之山，由于其四面临海，常年有云雾笼罩，当地人将之称为观音山。山峰不算高，却地形险峻。山顶处一半是斧劈刀削般的悬崖，一面是密不透风的树林。

密林减缓了冲击力，让直升机勉强躲开了解体的厄运。由于浓雾，追击部队暂时在上空盘旋，寻找降落地点。

卓王孙将目光从屏幕转向韩青主："现在，要看你怎样守护主君了。授予卡俄斯解除封锁的权限。"

韩青主脸上全是惊愕，似乎到这一刻，仍然不能相信卓王孙真的会向芙瑞雅开炮，他真的想杀死芙瑞雅！这个疯子，他一面跟芙瑞雅温情脉脉地通话，一面却按下了该死的导弹发射键！愤怒让韩青主握紧双拳，真神谕的力量在体内燃烧。意外的是，这一次，卡俄斯居然响应了他的召唤，徐徐升起，悬停在大厅的落地窗外。韩青主没有停留，直接冲向落地窗，完全不带降落伞及任何防护，冲了出去。

"卡俄斯！"

大天使机体呼啸着启动，在韩青主即将撞到地面时，将他纳入驾驶舱中。然后，以最快的速度，冲向小岛。

观音山。雾气已被气象弹头驱散。

在卓王孙的命令下，作战机群已开始攻击。几十发导弹划着不同的轨迹聚集而来，子弹撕扯出明亮的火线，击打在直升机上。火焰，几乎从直升机的每一处冒出，让它燃烧成一个火球，坠落的速度越来越快。卡俄斯怒冲过来，大天使双臂抱住直升机，大片气雾喷出，将火扑灭。它完全顾不得攻击或躲闪，用自己的身体挡住了所有射来的弹药，将直升机护住。

卓王孙露出笑容："很好，终于有点守护骑士的样子了。"

机舱内，鲜血从芙瑞雅的额头流下，打湿了她的齐耳短发。她撩开乱发，让它们不要遮挡自己的目光。直升机被炸得千疮百孔，卡俄斯伤痕累累的躯体就在眼前。这是她从未见过的。以前她总是坐在指挥室中，运筹帷幄，用智谋、用权势克敌制胜。就算是几次身临险境，也都是靠智慧解决。但现在不一样了。她无法再跟战场切割，她就是战场的一部分。不论她逃到哪里，哪里都是战场，不再有后方，也不会再有人帮她。她只能靠她自己。她想要什么样的战斗，无论是殊死的，你死我活的，同归于尽的，都必须靠她自己。

空中作战部队徐徐降落，将直升机包围。实际上这都是多余的，直升机已损毁严重，不可能再升空了。这并非武装直升机，几乎没有作战能力，而空中作战部队则携带着强大的武器，芙瑞雅完全没有逃走的可能。

"能帮我一个忙吗？"守护戒指里，传来芙瑞雅的声音。韩青主深深吸了口气，他已下定决心，无论作出什么样的牺牲，都要保护芙瑞雅。他要做最称职的守护骑士。

"请您下令。"

"十一，请为我引开敌人，哪怕只是几分钟的时间。"

"是。"

卡俄斯发出咆哮，冲向包围着直升机的机群。几个俯冲后，机群的队形被打散。他们明白，要控住直升机，就必须先解决这台大天使战机。反正，直升机也不可能逃走。

卡俄斯且战且退，将敌人引开了一段距离。这时，已接近报废的直升机突然发动。它已无法升空，但仍然可以向前行驶。轮子只剩三个，它前进的方向歪歪扭扭，但芙瑞雅的手按在控制杆上，果断地推到了底。冒着烟的直升机冲向海边悬崖。

"殿下！"韩青主大惊，他没想到，芙瑞雅竟然会这样做。她难道想自杀吗？韩青主全身的血液冰凉，本能地冲向直升机，想将芙瑞雅拉回来。

然而已经晚了。随着一声巨大的爆炸，整个山头坍塌下来。随即，令所有电子仪器失灵的电磁冲击波爆发。几架仓皇飞起的战机首当其冲，仅在空中停留了一瞬间，便歪歪斜斜地坠毁在密林里。地面上的战机，也被迅速裹进了猛烈的爆炸中。

"殿下！"韩青主发出一声大喊，转身向爆炸中冲去。他心中只有一个念头，救出芙瑞雅！他是守护骑士，他不能让主君死在自己面前。

电磁冲击让卡俄斯的能量迅速消失，它庞大的身躯向后倒去，轰然坠落在山腰。一架架飞机被掀翻，残骸洒落。

观音山仿佛被齐齐削去了一半。一切都在燃烧，黑烟升腾。处于爆炸中心的直升机已被炸得只剩下残骸，完全看不出原来的样子，地上被炸出了一个巨大的深坑，烟尘就像是沙尘暴一样，席卷着整个区域。

韩青主浑身是血，在焦土与火中嘶喊、寻找，一无所获。

终于，他站起身，跌跌撞撞地冲到卡俄斯机舱里，按下通信按钮。卓王孙的影像出现，韩青主声嘶力竭地大喊："现在，你满意了？你终于将她逼死了，你满意了！"他对着最恐惧的恶魔，嘶吼，因为生与死，对他而言已经没有任何意义。

整支作战部队的幸存者集聚过来，本来上百人的队伍，现在只剩下不到十人。战机全部被毁。他们默默地站在半山腰上，不敢发出任何声息，只有阳光，在缓缓西移。

这令人窒息的影像，被同步投射在大厅中，让这里也充满了同样的窒息感。韩青主的咒骂声响彻大厅，所有人都不禁低下了头，唯有卓王孙一动不动，似乎芙瑞雅的生死、韩青主的斥责他都无动于衷。他神色专注，目光聚焦在手中的追踪器。屏幕上什么都没有，只有闪烁的波纹。这是电磁冲击波造成的短暂失灵。

卓王孙耐心地等待着，脸色平静。然而随着时间流逝，他的手开始不受控制地颤抖。他意识到这一点后，将手收了起来。仪器的屏幕重新亮起，传回一连串数据。

卓王孙的嘴角不自觉地向上挑起——这是远程生命检测仪，直接与芙瑞雅手上的婚戒相连。然而只一瞬间，他的笑意就已消失。屏幕上显示的生命指征竟是橙色的——这意味着重伤或者重病。伤势还在恶化，屏幕上的颜色很快转为血红。这时，卓王孙的脸色终于变了，用最快的速度调出地图。追踪数据显示，她仍在观音山附近海面，只是失去了自主行动能力，随洋流漂浮。这正好与重伤的信息相印证。生命检测仪上的数字崩塌似的不断下降，最终定格于一连串的 0。

人工智能自动生成报告：被检测对象在爆炸中身负重伤，坠落到海面，漂流了数公里的距离。由于失血与低温，最终死去。她的尸体，如今仍被洋流裹挟，缓慢沉入海底。

这份报告合情合理，但没有人敢相信。甚至，没有人敢完整地看一遍。时间仿佛在这一刻静止。

晏："陛下……"

卓王孙伸手示意晏止住话语："去失事地点，现在。"说完，他转身走了出去。

晏望着卓王孙的背影，目中闪过一抹忧虑。他沉默着，目光冷峻，这意味着他正在进行某种深层次的思考、权衡、计算。然后，在某个点，这些权衡计算戛然而止，他抬起头，脸色恢复了一贯的沉静。

他拿出手机，摁响了一个号码："白夜，我需要一支安息骑士。现在就要。投放目的地我现在还不知道，等我知道后，会立即通知你。从现在开始，你要确保通信畅通，让安息骑士随时待命。对了，虽然最终目的地还不知道，但你们可以出发了，往东。我要你们去杀一个人，一个会让帝国产生很大隐患的人。"

第十三章　莱斯利夫人

　　三十分钟后，在警卫机群的簇拥下，皇帝专机缓缓降落。

　　卓王孙走下舷梯，注视着眼前的焦土。

　　晏满脸焦虑地跟在卓王孙的身后。从卓王孙的脸色上，他已明白发生了什么，也明白了，这对整个世界意味着什么，但他无能为力。他预计卓王孙会狂怒、爆发、迁怒，甚至会对这个世界展开疯狂的报复。这些他都想到了，并且准备好不计一切后果地帮卓王孙完成。

　　卓王孙望着面前的山体，焦土与黑烟在面前蔓延，仿佛劫灰烧过的世界。这是以她为中心的红莲劫火，爆发出的刹那璀璨。

　　他缓缓摇头，平静地传下旨意："我不相信她死了。调十万军队来，对附近海域展开地毯式搜索。"

　　晏沉默了片刻，恭谨地应声："是。"

　　不久后，在帝都执勤的核心部队应命赶到这里，海军、空军、陆战队……最先进的搜寻仪器源源不断地运来，按照皇帝陛下的命令展开真正的地毯式搜索。整整一天，方圆十公里的海域、岛屿全部搜索完，没有找到任何芙瑞雅逃走的踪迹或存活的迹象。当然，也没找到她死亡的证据，因为身处爆炸的中心，就连直升机都没留下几块残骸，血肉之躯的芙瑞雅就更不可能了。也许，她已完全从这个世界上消失。

晏叹了口气，将简单到仅有一页纸的报告，递给仍旧静坐在专机上的卓王孙。卓王孙连看都没有看，他只是发出了第二道命令："调双倍的军队，包括航母编队、核动力潜艇，展开地毯式搜索。我不相信她死了。"

晏的眉头皱了皱："陛下，您知道现在的形势，调走这么多亲信部队，会让帝国出现巨大的隐患。"

"调双倍的军队，什么时候把芙瑞雅找出来，他们什么时候才能回去。晏，你该知道我的命令从来不说第二遍。"

这次晏执政没再有任何的抗辩，依命行事。

军队源源不断地进驻这片区域，随之调动的人，远远不止双倍。后勤、物资、搜寻支援……甚至帝都及周围的政府机构全都接到指令，一切以搜寻为中心，其他的政务，无论多重要，都必须得让路。

接下来的两天，卓王孙一动不动地坐在专机里，似乎在监督搜寻，又似乎什么都没做。他不需要汇报，也不想知道进度，他只想要他等待的结果。没人敢靠近他，包括晏。他只是透过舷窗，注视着被劈开的山体。岩石的边缘上残留着几块直升机的碎片，焦土与红莲映满他的眼。

第三天，搜寻终于有了突破性的进展。

一名海军陆战队成员，在距离观音山五公里的地方，找到了一个密封球。打开后，里边是一台手机，电量已经耗尽。奇怪的是，一枚造型古怪的戒指紧紧缠在屏幕上。很快，密封球通过层层上报，呈递到皇帝面前。

这枚戒指，正是他套在芙瑞雅手上的"婚戒"。爆炸前后发生的事情，很快被还原出来。

韩青主全力作战的几分钟里，芙瑞雅在直升机应急箱里搜寻着。很快，她找到了几件工具：手术刀、胶带、海上传递信息的密封球。

她抚摸着无名指上的戒指，皱眉思索。她明白，暴露自己行踪的就是它。只要离开有金属屏蔽的地下掩体，无名指上的这枚戒指就会将她所在的地址传到卓王孙那里。几天来，她想过很多方法，希望在离开地下的同时屏蔽戒指上的追踪信号，却无能为力。

戒指的定位功能非常强大，难以干扰。然而，芙瑞雅同时发现，附属的生命检测功能则简单得多，是市面上最常见的光感技术。它的原理是，人体血流会在光照下发出特定光波，当心率变化时，血流大小也会随之改变，进入人体的光会发生可预见的散射。这个散射率可以被测量后转化为数据，传输到远程仪器上。因此，监控仪的数据来源并不是脉搏，而是光。只要找到符合规律的光影，就可以制造与人体血流相似的效果。自逃亡的第一天开始，芙瑞雅就在思索如何制作一个"替身"，最终她找到了。

她用最简单的软件，在手机上编写了一段简易的程序。屏幕亮度按既定的程序变化，制造出"重伤、濒死、死亡"的数据。然后她撕下胶带，在手机屏幕合适的位置，做了一个套，确保戒指放进去后，能与屏幕紧密贴合。

只剩下一件事，那就是如何取下戒指了。

她握住戒指，下意识地转动着。合金坚硬、冰冷，宣示着它无论如何也无法取下。这枚形状别致的"婚戒"，是他送给自己的。曾是天长地久的承诺，如今却成为无法摆脱的诅咒。

芙瑞雅的手在缓缓用力。子弹声、爆炸声穿透千疮百孔的机身，在她耳边炸响，一次比一次强烈。她知道，自己没有多少时间可以犹豫了。

芙瑞雅深吸一口气，将手按在仪表台上，颤抖着拿起了手术刀。鲜血迸溅的那一刻，她闭上了双眼。

战情分析很快呈报上来。

芙瑞雅切下手指，将戒指和手机放入了密封球，而后抛入大海。此时飞行战队正在与卡俄斯激烈交战，谁也没有注意到这一点。然后，芙瑞雅自毁式引爆了飞机上的阿瑞斯三型战略冲击弹，趁着电磁冲击让所有设备失灵时，从悬崖罅隙处，垂降到山脚逃走。

密封球成功地误导了这几日的搜索，大部分部队都集中在海面、岛屿，而她走的是陆路，因此得以逃脱。最让人惊讶的是，当程序被破译的时候，代码末端写着这样一行字："你征服不了我。"

卓王孙静静地读完报告，面容平静，没有任何的意外，也没有惊喜。足足沉默了三四分钟后，他转身对晏说："你看，我说得没错吧？她没有死。"看着他脸上显出如释重负的表情，晏在内心深处叹了口气：是的，这就是隐患，有她在，帝国就不会完整。她是必须被抹除的。为了帝国，这个坏人，就由自己来做吧。

一艘军用运输机在浓厚的云层中飞行。庞大的机体被漆成黑色，没有任何标识。

运输机内部，机体被固定在座位上，像人一样坐着。机体总共有二十四架，每一架都只比嘉德的机体略小一些。同样，它们也都全身漆黑，机身上没有任何标识。

它们一动不动，就像是死的一样。唯一让它们显得有些奇异的，是机体头颅上的眼睛是闭合的，这使得机体就像是沉眠后的巨神。每架机体内部，都有一名骑士。与机体相同，骑士也穿着漆黑的服装，上面没有任何标识。但当看到这些骑士时，任何人都会觉得惊悚。他们身上裹着一层黑布，将身体全都裹在中间，甚至包括脸、眼睛、鼻子。他们的身体没有任何一处是露在外面的，像是木乃伊。这使得他们无法看到，无法听到，他们也不需要看到，不需要听到。他们唯一要做的就是遵从命令，不去管命令来自谁，命令的目标又是谁。

他们，是安息骑士。他们是行走在黑暗中的亡灵。他们只知道一件事：

杀人。

皇帝返回帝都时，芙瑞雅逃走的消息也传了开来。所有听到这个消息的人，都感到庆幸。每个人庆幸的原因都不相同，但这一刻，无论爱她的还是恨她的人，此刻都达成共识：她还是活着比较好。

卓王孙从专机舷梯上下来，一个人突然冲过来，跪倒在他身前："陛下，求你放她走吧。再有一次，她真的会死的！只要您肯放过她，您要我做什么都可以。"

卓王孙驻足。跪倒的人，是韩青主，他真的被吓怕了。帝国取代合众国，势必会引发卓王孙与芙瑞雅的战争，这是他能预料到的；这场战争会伤害到芙瑞雅，这他也能预料到；但他没预料到的是这场战争会上升到害死芙瑞雅的地步。不是应该两位陛下坐在幕后喝着红茶，他们这些骑士冲锋陷阵吗？他绝不能再让这场战争持续下去了。这一刻他认识到，尊严不重要，如果能让卓王孙放弃这场战争，或者只是手段柔和一些，他愿意跪下来，求卓王孙对芙瑞雅网开一面。

"起来，别真的像条狗似的。我答应你，取消追捕。"

"谢谢您，谢谢您……"韩青主松了一口气，瘫倒在地上。

"知道为什么吗？"

卓王孙的下一句话，又让他的心骤然提起："知道兰斯洛特为什么听命于我吗？因为他知道，要是不听命于我，就会有很多人死去。他是个理性的人，事实摆在面前时就会屈服。芙瑞雅也很理性，可却要倔强得多，她总认为，她还可以选择别的。而我的办法，就是让她明白，她没有别的选择，她只有我给的那两个选项。我要她用自己的身体去明白这一点。"

他的话很平静，但韩青主却听得有些毛骨悚然："你要做什么？"

"我想做什么？我在想，我手握整个帝国，二十五架大天使机体尽在掌握，三大区的军队皆听我命，诸大重臣也都被我整合完毕，芙瑞雅应该很清楚我的力量有多强。她之所以不肯留在宫中，也是因为她清楚地知道，常规作战，绝不可能是我的对手。那么，能够打破常规，让她有把握杀死我的东西，能有多少件呢？我觉得，最多也只有一件。那，能不能将之称为是芙瑞雅最后的希望呢？

"如果我，掐灭这最后的希望呢？她还会认为有别的选择给她吗？"

韩青主的身子颤抖起来。

"我不知道她最后的希望是什么，坦白说，我找不出来。我甚至费了这么大力气，才搞清她是怎么从这里逃走的。所以，我为什么要追呢？为什么不等着她把最后的希望找出来，在她最得意的那一刻把它毁掉呢？还有什么比这更能让她认为，其实从一开始，她所认为的别的选择就不存在呢？只有让她彻底绝望，才不会再违逆我，才会戴上我给她准备好的皇冠。这才是保护她、不让她受到伤害的最好的办法，不是吗？"

韩青主越听心越冷，忍不住嘶吼："你这个疯子，为什么就不能放过她！"

"放过她？"卓王孙俯下身来，像是漫不经心，却又像在说着誓言，"不。无论什么时候都不可能。她是我的，她只能属于我，就算天地沦丧，生灵灭绝，我都不会放手。如果拥有她要付出这个世界作代价，那就让这个世界毁灭好了。"

他的话中有某种力量，震慑得韩青主不能反驳，只能机械地重复："你这个疯子……你这个疯子……"

卓王孙笑了笑，站起身来："记得《嘉德圣典》中有一句话，'正义在恭谨前行，接受邪恶的鞭挞。那鞭挞并非对我们的惩罚，而是让我们明晰前进的方向，然后砥砺前行'。现在，它已经被改了，记得以后每天都要念诵一遍。

"正义在恭谨前行，接受邪恶的鞭挞。那鞭挞并非对我们的惩罚，而是让我们迷失前进的方向，然后……

"恭顺服从。"

芙瑞雅踉跄前行。她身上穿着男款登山服，戴着风帽和厚厚的滑雪手套。这身装扮让她看上去完全是一位酷爱户外运动的少年。即便是最亲近的人，也很难认出她来。但她的逃亡之路仍然举步维艰。

卓王孙颁布正式的通缉令，说皇后陛下被暴徒劫持，一切知情不报者均以叛国罪论处。随即，布勒斯特子爵、南特夫人和斯特拉斯三个家族，全部投入了死牢。

卓王孙以追击暴徒为由，启动正规军队对她展开了追捕。一切与之相关的人士，都被抓了起来，先投入大牢审讯再定罪。若以"皇后逃走，皇帝追击"问罪，一定会满城风雨，对帝国的颜面也有损害；但将其冠之"追击劫持皇后陛下的暴徒"，就堂而皇之多了，无论动静多么大都理所当然。

卓王孙也趁机对第一大区暗藏在第三大区的势力展开了清洗。三大区盘根错节，彼此安插势力已司空见惯。这些势力，又或多或少跟芙瑞雅有着关联，这一次，全都被卓王孙以"帮助暴徒劫持皇后陛下"为名，大肆清洗。尤其是那些在芙瑞雅逃走的过程中，真的提供过帮助的。

暴君的手段，展露无遗。

借此，他也清除了一大批对自己不满的异见者，将第三大区更加牢固地掌控于手中。而对于芙瑞雅的影响，就是敢于帮助她的人越来越少了。更多的人，屈服于皇帝的威严，选择出卖她获取皇帝的宽恕。

"金翅雀"式的背叛，一次次上演。芙瑞雅开始变得越来越谨慎，甚至到了草木皆兵的程度。她无法相信任何人，甚至连买一杯水，都可能会被暗害。她用尽所有的力量，才勉强在天罗地网般的追捕中逃走。她从未想过自己会这么狼狈。她像是一只鼹鼠，在泥浆中泅泳，但她仍未放弃，坚持向东南走着。因为那里，有她最后的希望。她坚信，只要到达那里，一切都会改变。

黑色的运输机一直在云层中飞着，隐匿行迹，如追寻猎物的秃鹫。

导航系统启动，不断更改着它的方向，那也是帝国所掌握的，芙瑞雅的方向。

芙瑞雅在最后一处安全点找到一辆车，向海边驶去。

正义与光明的神，似乎站在她这边，这最后的一段路程并无追兵。她顺利来到海边。北太平洋腥咸的海风吹在她脸上，她离目的地，又近了一步。她把车一直开进浅水里，弃车走入水中。巨大的礁石后，她转动着手上的守护戒指。戒指的另一面藏着一颗细小的珠子，芙瑞雅将珠子在礁石上敲破。

这样的珠子有一对，它们有种神奇的特质，一个碎了后，另一个也一定会破碎，不管隔得多远，也不管被什么挡住，更不会被拦阻截获。这是人类还不曾掌握的一种科技，全世界仅此一对。砸碎珠子，是启用秘藏的信号。秘藏中藏着的一件东西，是母亲真正的遗产，也是她最后的底牌。她有坚定的信心，能依靠它摧毁暴政，重建合众国。妮可的凌辱、"金翅雀"的背叛、断指的痛苦都没有让她屈服。她早已盟誓，即便赌上自己的性命，也要到这里来。

她静静地等待。

海浪悄无声息地破开，一艘小型潜艇浮了出来。舱门打开，她并未犹豫，踏了进去。舱门关上，潜艇自动潜向深海。海岸上一片寂静，没有追兵到来。海潮越来越急，吞没了她的脚印，然后，是那辆车。半个小时后，海滩上什么都没有了，车辆已被海潮拉入大海的深处，不知冲到了哪里。

芙瑞雅也消失不见。

海潮缓缓上涨，吞没一切。

潜艇在水下潜行，远离海岸，进入北太平洋的深处。潜艇的速度比芙瑞雅想象的还要快，但就算这样，还是足足经过了三个小时，才到达目的地。这让芙瑞雅更放心，因为潜艇全程都贴着海底航行，被监控或被跟踪到的可能性降到了最低。但她仍保持着警惕，毕竟，已发生了太多的意外。潜艇到达目的地后，缓缓上浮。浮出海面后，芙瑞雅见到了一艘船。船上站着一位中年妇人，她穿着一件墨绿色长裙，面容古板，身子挺得笔直。见到芙瑞雅后，她脸上绽出一个慈祥的笑容："我的小天使，你真是受苦了。"

听到这句陪伴了她整个童年的"小天使"，芙瑞雅心底的防线终于瓦解："莱斯利夫人！"

她冲上去，紧紧抱住这个中年妇人——莱斯利夫人，她的乳母，在那座普通人无法想象的巨大的城堡中，陪她最多的人。

莱斯利夫人只有过一场短暂的婚姻，婚后不到一个月，她的丈夫就去了前线，牺牲在战场上。丈夫给她留下了男爵夫人的头衔和一个遗腹子。生下孩子后，莱斯利夫人闭门寡居，希望独自将孩子养大。可不幸的是，这个孩子也在周岁时，因意外而死去。为了表达对功臣遗孤的重视，莱斯利夫人被选为长公主的乳母。当莱斯利夫人一见到芙瑞雅，就将全部的爱都放到了她身上。从她呱呱坠地，到蹒跚学步，直到她化名秋璇离开温莎城堡，莱斯利夫人都与她形影不离。她的童年，几乎都有莱斯利夫人相伴。

"阿姆！"这是芙瑞雅对莱斯利夫人的称呼。它的发音，几乎就是"妈妈"，这也说明了莱斯利夫人在芙瑞雅心中的地位。

一瞬间，芙瑞雅仿佛回到了孩童时，只要投入莱斯利夫人的怀抱，那些伤害她的事物就全都远去。她依旧置身于那个童话般的城堡，躺在丝绒床单上，听莱斯利夫人柔声讲着睡前故事。这世上，就算有再多的人伤害她，背叛她，但总有几个人，永远都会站在她身边，替她承受更多。女王是一个，莱斯利夫人是另一个。她们，是芙瑞雅心中最后可信赖的人。

"我的小天使，你看你都瘦了。"莱斯利夫人抚摸着她的头发，言语中全是怜爱。

芙瑞雅终于忍不住，在莱斯利夫人怀中失声痛哭，仿佛要把自己一生的眼泪，都在这里流尽。莱斯利夫人一言不发，只是紧紧搂住她，搂住她的轻轻颤抖，搂住她受过的所有的委屈。莱斯利夫人很想就这样搂着芙瑞雅，一直搂着。如果时间不再向前，那些注定的伤害就不会发生。但，没人能停止时间。

芙瑞雅的宣泄并未持续多久。她清楚，自己最缺的就是时间："阿姆，抱歉我没有更多的时间跟您叙旧，我必须得拿到母亲留给我的最后的秘藏。"

莱斯利夫人的神色也郑重起来："你知道那秘藏是什么吗？"

芙瑞雅摇了摇头，坚定地说："但我相信，秘藏里一定有我现在最需要的东西。"

莱斯利夫人："你离开温莎城堡后，女王就命令我守在这里。这里有她留给你的最后的礼物，不论什么困难，这件礼物都能帮你克服。但是，女王之所以不将它直接交给你，而是将它当做万不得已时才启用的手段，是因为，启用它同样可能会带来无法预知的灾难，你会走上一条危险的、孤独的道路，为世所不容而又无法回头。你付出巨大的牺牲，却无人理解，甚至将你当成是魔鬼。你坚持光明，但已站在了光明的对立面。这样，你还会开启它吗？"

芙瑞雅沉默，良久，她干涩地说出了一句话："就像她那样吗？"

芙瑞雅想起那个凌晨，她站在旌旗与荣耀之下，看着那个站满人的广场，那些人将他们曾经的爱与信仰推翻在地，敲碎，践踏。

她想起那曾保护了她十九年的温柔屏障。那屏障是如此强大，能隔绝整个世界，让她安心成长，与所爱的人玩着过家家的游戏，不仅庇护了她，还庇护了这个世界，整整十九年。每当想到这一点，芙瑞雅都感到自惭形秽，觉得自己永远都不可能做到。

伟大与卑微，只相隔一线。

圣徒与恶魔，也只相隔一线。

芙瑞雅想起女王曾说过的一句话：只有遍身污秽，才能沐浴光明。

"是的，我要开启它。"她的每一个字都更加坚定，"如果光明要从黑暗中诞生，我愿意只身进入黑暗。"

"我知道了。"莱斯利夫人没再说话，从脖子上取下项链。链坠上有个一寸见方的青金石，浮雕着玫瑰花的图案。莱斯利夫人将它插进潜艇里。

"现在，去吧，这艘潜艇会将你带到秘藏去。"

芙瑞雅紧紧拥抱了莱斯利夫人："阿姆，我真的很想跟您再多待一会，您不知道这对于我意味着什么。"她哽咽着："但我必须走了。您好好保重。"

她钻进了潜艇里，合上舱门，挡住了所有可能泄露的心情。潜艇迅速沉入了海浪中。

莱斯利夫人站在甲板上，眺望着她离去的方向，突然低声哭泣起来，像是预知到了芙瑞雅那可能到来的黑暗命运。可惜芙瑞雅已听不到了。船晃动着，海浪很大。北太平洋并不太平，风暴随时可能降临。莱斯利夫人仍然掩面痛哭。她甚至没有钻进船舱，而是在寒风中等着芙瑞雅再次上来。不知过了多久，一个声音在她身后响起："阿姆，别来无恙。"

莱斯利夫人惊觉回首。一位似曾相识的少年倚在船墙上，向她微笑。她认出，那是和芙瑞雅一起长大，也称她为"阿姆"的男孩。

只是此刻，他身上穿着皇帝戎装。

第十四章　信仰之跃

潜艇下潜，很快重新回到了海底，却还在继续向下。当穿过一片厚厚的沉积物质后，芙瑞雅发现，这里竟有一条隐蔽的海沟，如果不是早就知道海沟的存在，就连最精密的仪器都很难将它找出来。

潜艇潜入其中。

海沟比芙瑞雅想象的还要蜿蜒曲折，潜艇拐了十几个弯，才到达目的地。这里有一扇仅容潜艇进入的门。当潜艇启动，复杂无比的动态图形被投射到了门上，门缓缓打开，让潜艇进入。当潜艇再度升起时，周围的水消失了。这是一座巨大的水下堡垒，刻画图腾的合金柱挑起透明的穹顶。另一扇大门上，有一个手掌的凹印。

芙瑞雅走出潜艇，将自己的手按上去。手掌凹印发光，开始扫描她的指纹，然后，是瞳孔识别，面容识别，甚至基因检测。芙瑞雅所能想到的所有的身份识别方式都出现在这里，确保通过的人一定是她——芙瑞雅。只有她才能进入这座秘藏。

当门被打开后，芙瑞雅一直悬着的心终于放了下来。一尊巨大的白色机体蜷坐在地上，仿佛在母体中一般。芙瑞雅有些惊讶，她打量机体良久，终于确定，这就是人类历史上的第一台机体——路西法。

它的外形和之前有很大变化，厚厚的涂装已经剥落，露出不为世人所知的本色。它洁白，纤细，由某种人类尚无法知道成分的材料制造，看上去有些单薄，其实坚韧无比，能承受的攻击远在其他大天使机体之上。

它并非人类制造，而是来自神秘的长生族，所展现的科技水平远超人类。人类得到它后，甚至无法解析制造它的材料的成分，对它进行了十数年的研究，也只能制造一些机能远逊于它的仿制品。这些仿制品，就是后来被称为人类最强武装的大天使机体。

路西法的出现，让芙瑞雅有些惊讶。对战龙皇后，它被带往第一大区某处秘密基地，等待修复，却在某个夜晚，与女王一起消失。几乎所有人都认为，路西法载着女王陨落在太平洋上空。芙瑞雅曾亲自带队搜索了半年，都未见一片残骸。为什么，它会出现在这里？

芙瑞雅打量着路西法。显然，它停在海底洞窟里已有数月时间，甚至落上了一层灰尘，但纯白的机身上，仍透露出时间不能遮掩的辉煌。洁白的机身，像一面镜子，隐约照出芙瑞雅凌乱的发与苍白的脸。芙瑞雅伸手，擦去脸上的血迹与污痕。随着污渍被拭去，她落到谷底的信心也一点点复苏。这或许是世界上唯一能帮她打败卓王孙的武器。有了它，她真的可能重创这个暴君，恢复合众国。

没有人比她更清楚路西法的力量。因为，当年驾驶路西法屡屡创下传奇的战绩，号称无敌的第一骑士，就是她的亲生父亲。她从小就是听着父亲的传奇长大的。

路西法拥有能轻松对战四架以上大天使的能力，而且机动性能极其优良，特别擅长突袭。即使在正面作战中，对手也很难防御，机能差一点的大天使甚至无法跟上它的速度。只有这样的机体，才有可能重创卓王孙——这个掌握了其他二十五架大天使的暴君。

尽管芙瑞雅清楚地知道"二十五"这个数字是有水分的，起码第二大区的八架大天使就只是名义上的臣服，不可能真正地帮他作战；但第一、第三大区的大天使，却全被他以卑劣残酷的手段纳为己用。这令人非常绝望。唯一可能突破这么多大天使的重重包围的，只剩下路西法。

但路西法的驾驶条件极为苛刻，第一骑士去世后，就没有人能驾驶得了它。当初亚当斯大公以第二大区顶级科技为它加装主脑，但那根本算不上驾驭路西法，只是简单地可以启动。这次改造将屠城灭国的战争武器，变成奢华炫目的专机。后来，兰斯洛特以真神谕驱动它对抗龙皇，也只是勉强驾驶，只发挥了它一小部分的力量。

它仿佛沉睡的神兽，封锁了大部分力量，等待唯一的主人。这个主人就是第一骑士。或许还有一个人——芙瑞雅，第一骑士唯一的女儿，体内流着第一骑士的血。也许，她能唤醒路西法。

芙瑞雅走到蜷坐的路西法面前，仰头，伸手，恰好能摸到它的下颌。下颌冰冷，但摸起来却像是某种生物。这种感觉极为奇异，让芙瑞雅的心泛起某种悸动。她深吸一口气，平复激动的心情，然后，脱下手套，将还未彻底愈合的伤口再度撕裂，鲜血滴在路西法掌心。这是女王教给她的，唤醒路西法的方法。

血，以某种奇异的方式，渗进路西法的体表。但芙瑞雅仍能清晰地感觉到这些血，它们化成无数的细丝，在路西法的身体里蔓延着，从它的手臂，到躯干，到头颅，然后倏然回流，灌入胸腔。胸腔中，一颗小巧精致的心脏微微发光。在芙瑞雅的血触及心脏的瞬间，这颗心脏发出一声跃响，竟然像人心一样跳动起来。

然后，路西法的眼睛缓缓睁开，它垂下巨大的头颅，望着芙瑞雅："带着王血的少女，您终于来了吗？"

这一刻，芙瑞雅仿佛感觉路西法进入了自己的身体。它蜷坐的姿势，海底据点的风吹过它的躯体的触感，它身体中蛰伏的、能击败一切的宏伟力量，她全都能感觉到。路西法成了她的一部分。

芙瑞雅："是的，我来了。"

路西法："接受我的后果，可能比你想的还要可怕。你真的做好准备了吗？"

芙瑞雅："我不知道那后果究竟有多严重，但我知道，你是我最后的希望，我别无退路。我只想知道一件事，接受了你，就能打败我的敌人吗？"

路西法："你能。"

芙瑞雅："那我接受。"

路西法："我明白了。把你的血持续地灌给我，我沉睡得太久了，必须得吸收这个海底据点的所有能量，才能完全觉醒。在此过程中，我会跟你建立更密切的联系，你会共享我的记忆；我所储存的所有知识，也会向你敞开。你会看到一个完全不同的世界，甚至，会粉碎、重建你的世界观。但没关系，因为当我完全觉醒后，这世上将不会再有光明或黑暗，正义或邪恶……只有你。"

轰！一声暴响，海底据点的灯，一盏一盏亮了起来。在那些血丝的连接下，芙瑞雅能清楚地感觉到，磅礴的能量正沿着早就搭建在路西法身上的线路，灌入它的体内。

嗡嗡的轰响传来，这是海底据点中的发电机启动的声音。这些，显然是女王早就准备好的，只为等芙瑞雅到来时，将路西法完全激活。女王给了她一件无论面对什么样的危险，都足以保护自己的武器。

她的血流失得越来越多，她却并不害怕，反而感到复仇的快意。她母亲的名誉、她视为信仰的国家、她曾经信任的世界，甚至她的爱情、她亲手剪断的发，都不能白白丢掉。随着能量的灌入，路西法身上的生命气息越来越强。一声温柔的呼唤在芙瑞雅意识深处响起，那呼唤似乎是来自路西法的，又似乎是源于她的记忆深处，以某种她理解不了的方式存在着，永远陪伴着她，保护着她。

记忆碎片，在这声呼唤中安静下来，一片片拼在一起。常人无法理解的瑰奇世界，在芙瑞雅面前，被缓缓吹落面纱。她完全陷了进去，像是一个调皮的孩子，爬上藤蔓长成的大树，往下张望。整个世界呈现在她面前，没有任何遮掩，瑰丽而真实。

生命的终极是什么？我们能否像基因编织生命一样编织我们的灵魂？

一颗灰尘里面能否藏下一个星系？

永恒究竟有多长？当到达永恒的终点后还能否返回来？

……

无数的问题，无数的答案。答案之后是更多的问题，再延伸出更多的答案，一层层向外拓展，到了世界尽头之外，时间开始之前。

她的血，与这些记忆融合在一起，开始进行某种她无法理解的改变，或者称之为进化。一切都无法言说，甚至让人不理解是怎么发生的。但她强烈地感受到，她找到了击败卓王孙的武器。拿到路西法，跟它融合，再多的大天使她都能战胜，她能让这个暴君统治的帝国终结，让世界重回合众国的怀抱。她会举起沾满鲜血的剑，指着他的额头说："你征服不了我。"

芙瑞雅的目光，坚定、沉静。

海底据点猛烈地摇晃了一下，亮起的灯，一盏一盏地熄灭。发电机的嗡鸣轰响，也次第湮灭，终至寂静无声。

"路西法，发生了什么事？"

"有人破坏了海底据点的能量系统，我无法继续觉醒。"

芙瑞雅吃了一惊："这不可能……"

随着轰然巨响，海底据点开始崩塌。几只巨大的合金钩子，从墙壁破入，钩住路西法，将它向外拉去。还未完全觉醒的路西法并没有抵抗之力，被拖入了海水中。海水汹涌地灌入了据点，拍在了芙瑞雅身上，将她向外面拍去。芙瑞雅眼睁睁地看着路西法越来越远。她用尽一切力气，向潜艇游去。她赶在海底据点完全崩塌之前，发动了潜艇。她看到一支由小型机体组成的作战队列在海沟中穿梭，探出一枚枚合金钩，拖曳着路西法向上浮去。它们的动作非常粗暴，海沟撞击着路西法的身体，礁石纷纷落下。

芙瑞雅躲闪着礁石，将潜艇开到最大的马力，向前追去。她绝不能让它们带走路西法，这是她最后的希望。

潜艇追逐着小型机体队列浮出海面，芙瑞雅的心沉到谷底。她看到了那支空中作战部队，中间的那架指挥机上涂着帝国皇帝的标志。小型机体队列钩着路西法，向空中作战部队飞去。空中作战部队启动，带着它们的猎物飞走。一枚炮弹飞来，精准击中芙瑞雅的潜艇。在爆炸将整艘潜艇毁灭前，芙瑞雅弹射出去。逃生舱没有动能，芙瑞雅再也无法继续追击。

"路西法！"芙瑞雅发出绝望的嘶喊。她看着希望离她而去，越来越远。

一艘船行驶过来，甲板上是莱斯利夫人。

芙瑞雅用最快的速度爬上舷梯，不顾自己遍体湿透，扑到甲板上："追上它！"

"是，殿下。"莱斯利夫人开动了船，但船却离空中作战部队越来越远，驶向相反的方向。

"阿姆，你……"芙瑞雅回过头来，震惊地望着莱斯利夫人。

莱斯利夫人手握船舵，避开了她的目光。

"这不可能……你不可能，这个人不可能是你。"她慌乱地说着，恐慌感越来越重，让她语无伦次。逃亡过程中一次次背叛的记忆，冲击着她，击碎她最后的信心。

"为什么是你？"她绝望地望着莱斯利夫人。

莱斯利夫人不敢跟她对视，神色痛苦。"对不起……"她重复着这三个字，除此之外，说不出任何话。

芙瑞雅看着她，良久，缓缓点头，脸上是嘲讽而悲伤的笑："是我想多了，没有人能对抗皇帝陛下。我究竟在想什么呢？我只是个累赘而已，你们抛弃我，是对的。"

"但，我不会认输！"她用尽全身力气，嘶喊着。海上的风起了，吹散一切。她不知道自己喊给谁听。然后，她朝着船舵冲去。

莱斯利夫人拔出一把手枪，指向她。"不要过来，你不要过来！"她的眼神惊恐而慌乱，手指颤抖着，随时可能叩响扳机。

芙瑞雅看了一眼正对她的枪口。她看到的，不仅是叛徒的枪，还有这该死的世界。该死的一切都被扭曲了的世界。

芙瑞雅："我不会后退的，你想开枪就开枪吧。"

莱斯利夫人的手剧烈颤抖着，她在后退。浪头打过来，船身倾斜，莱斯利夫人一个踉跄几乎摔倒。芙瑞雅冲了上去，夺过枪狠狠砸在她头上。莱斯利夫人晕了过去。

然后，芙瑞雅操纵着船舵，船身转了180°，追赶路西法。她并不奢望自己能追上，毕竟，船的航行速度比飞机慢得多，能追上的希望渺茫到近于零。但她不会放弃。希望再渺茫，她都要追到底。

出乎意料的是，她很快看到了机体队列和有皇帝标志的指挥机。追上的原因，是因为它们正在等她。几驾小型机体用钩子将路西法钩起，悬于空中。它身上绑上了足足可以摧毁一艘航空母舰的炸药。

卓王孙的声音从指挥机传来："芙瑞雅，你的确是个值得尊重的对手。即使是我，一不小心也会满盘皆输。好在，我从来没有轻视过你，事先做了足够的准备。这就是你最后的希望了吧？百分之百激活的路西法，的确有诛除我这个暴君的可能。那么，在你面前将它毁掉，会如何呢？

"是从此绝望，屈服于我，还是更加恨我？

"不用回答我，因为——

"我根本就不好奇。"

钩子断裂，路西法巨大的身体砸开海面，向下沉去。

"不！"芙瑞雅拼命驾船，冲了过去，但也不能阻挡路西法的沉落。她眼睁睁地看着巨大的机体被汹涌的暗蓝色吞没。她与它之间仍维系的感觉，让她清晰地感知到冰冷的触感，海水仿佛在纠缠着她的身体，每一次挣扎都等于沉没。

她与它越来越远，就在她以为终于找到秘藏，找回信心，找回自我，找回拯救这个世界的勇气的不久后。但找回的却终将失去。失去路西法，就再没有希望。她再也无法打败他，只能做一只身披华服、顶戴王冠的玩偶。

她只能接受强权，接受皇帝，接受这个世界该由残暴与卑劣定义，接受她的信念与信仰都是过家家，她所秉执的正义、光明、宽恕、仁慈都是弱者的游戏。

她想，绝不。

太平洋的海水中，路西法慢慢沉坠。它仍在遥望着她，似乎在说：活下去，没有什么比活着更重要了。活下去，就有希望。即使在这个没有希望的世界。

她还有希望吗？

路西法的下沉卷起巨大的漩涡，似乎能将一切拉到海底，或者更深更远的永寂之处。海水呈现出墨色，仿佛沉沉黑夜的投影，又仿佛凝固了太久的血，旋转，卷涌，要把一切卷入永寂。芙瑞雅猛然纵身跃起，向着路西法跳了下去。漩涡边缘溅起一朵微小的浪花，随即消失了。

海水中，芙瑞雅向路西法伸出手。她知道路西法身上绑满炸药，很快就会爆炸。她知道即使她跳下去，救出路西法的可能也微乎其微，但相较于眼睁睁地看着路西法被毁去然后绝望，她选择——

触摸希望，勇敢死去。

路西法庞大的身躯在她的视野中渐渐消失，唯能看到绑在它身上的炸药上的指示器，不断闪烁，渐行渐远。爆炸即将来临，她最后的希望，也会随之坠落。

她想救它，却无能为力，只能跟它一起死去。

"路西法……"她再一次感受到了绝望。这次绝望足以让她崩溃。

"带着王血的少女，放弃吧。你救不了我，你会跟我一起死的。"路西法的声音在她的脑海中响起，以某种她与它之间独特的感应。

"不，你是我最后的希望，我不会成为俘虏回到他的皇宫的。要么救出你，要么，死在这里。"

"不，我不是你最后的希望——你才是。"路西法的声音温柔而神秘，"我能看到，你率领勇敢的战士取得一场又一场的胜利。无论多强大的敌人，都不能阻挡你前进的脚步。暴君在你面前臣服，战乱因你而终结，绝望的人民因你而重新缔结希望，合众国在废墟中诞生。你开启了新纪元，你拯救了人类。"

"这是预言吗？你能通过那些科技看到未来？"芙瑞雅眼中露出希冀，她太需要信心了，无论来自哪里。

"不，这是祝福。活下去，让这些美好发生。女王真正留给你的，不是无坚不摧的力量，不是不会背叛的盟友，而是永远无法被征服的心。

"在黑暗中，在强大而恐怖的魔王前，所有人都跪拜屈服、不敢抗争。他们需要一个人来拯救，他们需要一位英雄，手执圣剑，打败魔王，让传说照耀大地。但如果没有圣剑呢？如果上天没有降下注定能战胜魔王的武器呢？你会怎样？跪下，向他屈服，关在他的皇宫里做他的点缀；还是无论遭受怎样的困难，都勇敢地站着，对他说，我要打败你？"

"我不会被他征服。"芙瑞雅坚定地说。她从未怀疑过这一点。

"是的。手执圣剑的人是英雄，但无法被征服的人是希望。圣剑会锈蚀、断折，但无法被征服的人会打造属于自己的圣剑。带着王血的少女，这世上没有力量够格称为你的希望，因为你就是希望，你是所有人的希望……我期待你打造出属于自己的圣剑，打败魔王。"

路西法的胸口，绽出一团光。光，呈螺旋形，次第亮起，它的身体也在有序分解着，从一个整体变成一片一片。它体内是刚刚被激活的心脏。

"路西法，你要做什么？"芙瑞雅心中生出一股不祥。

"我无法在这场爆炸中存活，唯一的可能，就是引爆主动力装置。这会让我彻底毁灭，再无修复的可能。但爆炸产生的力量会抵消炸弹的部分冲击。我把我的心留给你，它虽然还未完全觉醒，仍有远超这个世界的力量。用它造出属于你自己的圣剑吧。"

"不……我不能让你这么做。你不能这么做！"

"作为机体，我无法自毁。下命令吧。炸弹马上就要炸了，没时间了。带着王血的少女，很荣幸为你效命。命运不会让我们留恋过去，未来才是永恒的方向。"路西法说完，便陷入了沉默。巨大的身体，被越来越浓的黑暗包围。它身上密集的红点闪烁着，都是炸药的倒计时。

泪水，从芙瑞雅的眼角滑落，在幽深的海水中，没留下任何踪迹。她终究，还是没能救得了路西法。而且，她还要亲口下令，毁掉这个曾在合众国的历史上留下卓绝功勋的传奇机体。象征着父亲的功勋，也是母亲留给她的最后的秘藏。

现在，现实逼着她亲手毁掉它。红色的倒计时向前跃动着，数字越来越小。

"路西法，我命令你……自毁！"芙瑞雅闭上眼睛，撕心裂肺地喊出最后两个字。

炽烈的爆炸，从它身体的每个角落升起。而与此同时，绑在它身体上的炸药，也炸开来。两股爆炸迅速地将它撕裂成尘，在黑暗而冰冷的海水中，它化火坠落。自爆产生的爆炸抵消了部分炸弹的威力，形成一道水柱，托起那颗巨大的心脏，连同驾驶舱一起向芙瑞雅冲去。

芙瑞雅被卷入驾驶舱中，连同巨大的心脏一起，向海面疾冲而去。

轰的一声暴响，海面绽开一朵巨大的浪花，爆炸形成的冲击托着这朵浪花冲天而起，拍击着附近的大海。莱斯利夫人的船只瞬间就没了踪影。

空中作战部队急忙上拉升空，才避免被巨浪卷入。驾驶舱被这股巨大的力量托起，斜斜地向天际飞去。驾驶舱内，芙瑞雅捧着那颗巨大的心脏，她的目光，正与卓王孙对在一起。拍击大海的巨浪，混乱地翻涌，却不能阻挡两人只一眼就看到了对方。

卓王孙望着她，望着她目光中的刻骨恨意。

他很清楚她经历了什么，她有多恨自己。他刚击碎了她最后的希望，如果她还有，他还会再击碎。芙瑞雅恨不得杀了他，只要有一丝机会。

慢慢地，卓王孙嘴角露出了一丝微笑："我等你。"

第十五章　安息骑士

晏手中的望远镜映出卓王孙静默站立的身形。

镜片上各色光点闪烁着，那是风力、洋流以及芙瑞雅所在驾驶舱的轨迹。光点的闪烁越来越趋于稳定，驾驶舱的轨迹渐渐稳定下来，最后定格在与海岸线重合的一个点。

晏拿起手机："安息骑士的目的地已锁定，守在那里，杀死去往那里的任何人。"

同样的轨迹，出现在黑色运输机的屏幕上。随着目标点不断闪烁，黑色运输机迅速下降，穿透云层，向海滨落去。二十四尊漆黑的安息机体，同时站起身来，身上缠绕的固定带条条崩落。漆黑的锯刃弹出，各色武装一一自动就位，安息机体迅速转为战斗形态，然后，舱门打开，机体以极为规整的队形，滑出舱门，向地面落去。

海涛在礁石上发出炸响，一声声如闷雷。他们静静地守候着，每一个进入这里的人，都将是他们的目标，都会被他们杀死。

驾驶舱划过天际，经过遥远的距离，再度坠入大海。

驾驶舱自动密闭，下潜，内部设施通电亮起，变成了一艘最简易的潜艇。芙瑞雅简单分辨了一下方向，设定向海边驶去。她选的目的地也很独特，那是靠近北极的方向，在人类与啓的国境线上。如果还有一个地方是卓王孙统治力最弱的，无疑就是那里。

她抬手，路西法的心脏散发着瑰丽的光芒。她能感受到一丝与它若有若无的联系，比她与路西法之间的联系弱了很多，但仍然存在。路西法曾与她共享过的记忆，仍有一部分残存在她脑中。她还不知道自己能拿这颗心做什么，却坚定了信心——她要打造出属于自己的圣剑，把这柄圣剑刺入暴君的心脏！

她不会再去寻找希望了，她最后的希望已被毁掉。但她不会绝望，反而明确了方向，继续前行。

没有希望时，她自己，就是希望。

洋流推着驾驶舱，在海中漂荡。它所去的轨迹，与晏所计算出的严丝合缝，没有半分偏移。空中，渐渐落下雪来，芙瑞雅隐约可以看到，一座座被冰雪覆盖的山峰。

当然，看不到的，是遥远的，在山峰下矗立着的，等着她的二十四尊死神。只等她踏足于此，就展开不死不休的狙杀。

一场死亡之约。

皑皑的天地中，二十四点黑色显得格外突兀。它们一动不动，以极大的耐心等待着。渐渐地，落雪将它们覆盖，同化成一片白。

突然，一阵极低的滴滴声响起，这是预定的信号，提醒有人进入了攻击范围。安息骑士们立时进入作战状态，早已习惯群体作战的他们，迅速地找好自己的位置，随时准备发动雷霆一击。

一个人慢慢地从海岸走了过来，但那不是芙瑞雅，而是卓王孙。风雪中，一身戎装的卓王孙走向安息骑士。金蓝二色的服装在黑白的世界中格外刺眼。

"我命令你们解散。"威严的话语，从皇帝陛下嘴中吐出。但安息骑士们一动不动。他们没有视觉，因此，不知道来的是什么人。这不属于他们考虑的范畴，他们只管战斗，不管目标是谁，所以他们自愿失去视觉。

"我，以帝国皇帝之名，命令你们解散！"卓王孙提高了声音，威严随之提升。安息骑士仍然一动不动，就像是没有听见。

卓王孙冷冷地说道："也听不见吗？那就打到你们不得不退。"他向上伸手，东皇太一从天而降，在触地的同时，将卓王孙纳入驾驶舱内。左手盾，右手剑，东皇太一发出一声战吼，那是王者被攒犯时的愤怒。但这同样影响不到安息骑士，二十四尊机体化成二十四道隐秘的黑影，同时向东皇太一攻来。

才一接战，卓王孙就发现自己低估了对手。安息骑士的攻击极为狠辣，每一招每一式都有着不惜与对方同归于尽的悍烈。他们就像是从地狱深处爬上来的饿狼，哪怕被对方斩中千剑万剑，也要撕下对方一块肉。再加上他们特别擅长群战，东皇太一很快就陷入了他们的包围中，金蓝二色的机体，被黑色淹没。

根本没有试探或对峙，战斗从一开始就白热化。十四秒后，东皇太一终于抓住机会，巨剑连续斩中同一架安息机体，硬生生破开一个缺口冲了出来。才刚脱困，卓王孙发现机体左臂已受重创，不再灵活。

在这短短的十四秒中，东皇太一竟然承受了高达两百多次的攻击。这让卓王孙不得不心惊。安息骑士的狼群战术极为可怕，就算他是嘉德骑士，也可能会在这里陨落。主脑给出了最优战术建议：退走。大天使机体可以飞行，而且有别的机体无法比拟的高速。大天使机体想逃，除非同级别的机体，否则无人能够拦截。

卓王孙望了激荡的海涛一眼，随即杀向安息骑士的阵列。激烈的战斗再一次展开，当东皇太一再一次脱出团战时，两架安息机体被斩裂倒地，而东皇太一的后背也遭受了三次重击。

主脑再次给出最优战术建议：召唤大天使作战群，借助航母、驱逐舰等火力，对安息骑士进行全方位打击。这是大天使作战的标准配置，是大天使威压全球的底气所在。一旦作战群就位，安息骑士再多都只有饮恨的下场。但卓王孙仍然否决了这一方案。

"动静太大了啊……"驾驶舱内，卓王孙摇了摇头，"速战速决吧，没有多少时间了！"东皇太一再度冲向安息骑士的阵列。

一小时后，战斗终结。

二十四架安息机体没有一架是完整的，全都化为或大或小的零件，在山谷中散了满地。漆黑与血红泼洒在积雪与山岩上，随即被越来越密的落雪覆盖。

东皇太一仍能保持矗立的姿态，大大小小的近千道伤痕布满整个机体，让它几乎已陷入报废的边缘。它的能源也严重不足，仅有一只右臂还维持着能源供给的状态，而这条手臂仍坚定地握着青铜巨剑，剑上挑着半截安息机体的残躯。

卓王孙走出机舱，坐在雪地上。惨烈的战斗让他身上的戎装碎裂，血透重衣。他数不清有多少次，差点就陨落在安息骑士的围攻下。这些将自己祭献给黑暗的人，不看、不听，只在定位仪器的辅助下，靠本能攻击，算得上真正的杀戮机器。

他的手腕骨折，扭曲成一个看上去就觉得很疼的角度。尖锐的断骨已穿透肌肉，露了出来。卓王孙用尚好的那条手臂，将断骨用力拗回，大致对齐，撕下衣带包扎起来。鲜血滴落在他身下，将雪地洇染。大雪纷飞，在白与黑之外，多了星星点点的红。然后，他静静地坐着，一动不动，让自己恢复力气。

不知过了多久，一艘直升机落了下来，晏走出机舱。他一眼就看到了卓王孙，大惊失色，飞快地跑到卓王孙的面前。"这是……"他惊愕地环顾着山谷，残破的东皇太一与安息机体立即让他明白了是怎么回事，他惊骇地说："陛下，您怎么会在这里？"

"晏，这些机体，是你派来的吗？"卓王孙抬起头，静静地望着他。

晏深深吸了口气，这一瞬间，他本能地想要否认，但最后如实相告："是的，是我派来的。"

"是为了什么呢？"

"是为了……为了杀死芙瑞雅公主。"

"为什么杀她？"

"因为……"晏犹豫了一下，"因为您。"

"我？为什么？"卓王孙依旧平静地追问，声调没有任何起伏。

晏知道，卓王孙的怒气已到了爆发的边缘，但他更愿意卓王孙能看清现实，即使自己因此而遭受惩罚。

"想必您比我更清楚，芙瑞雅公主的存在，对帝国是多么危险的事。帝国虽然建立，但，还有很多人对合众国感情很深，他们不可能归顺帝国。尤其是那些豪族，必定会暗中联合，图谋推翻帝国恢复合众国。而芙瑞雅就是他们天然的领袖。只有她死了，您的皇位才能稳固。"

卓王孙静默了一会，说："这个理由不够。"

"是的，仅是这样，是不够的。那些豪族再强大，您都有信心战胜他们。但是，您有信心战胜芙瑞雅吗？是的，您有信心，但您狠得了心杀她吗？不，您不会。您虽然出动了军队，一路追击，但在即将得手时总网开一面。您的内心深处，仍不想伤害她。"

卓王孙自嘲地一笑，没有承认，也没有否认。

"然而你我都明白，从那卷录像带披露后，她就是您的敌人了。一个您不想伤害的敌人，将有多么可怕？尤其这个敌人还是芙瑞雅。她不是普通人，而是与您匹敌的对手，随时能调动起大部分的豪族，拥有颠覆帝国的能量。坦率地说，这次如果不用极端手段，用最快的速度将她控制，胜负真的很难预料。而您面对的危机，是人类历史上从未有过的。在这种局势下，踏错一步，都将万劫不复。您并没有对她手下留情的资格。"

"她是您的弱点，是您的阿喀琉斯之踵，陛下。"晏恭敬地向卓王孙行了一礼，"我之所以自作主张派安息骑士去杀她，就是想消除您唯一的弱点。从此，您将完美无瑕，再没有人能打败您。您将成为人类历史上最伟大的君主。"

听完他的话，卓王孙轻轻叹了口气："最伟大的君主吗？晏，如果有一天我真的成为最伟大的君主，你知道我想我身边站着谁？"

晏没有回答。这个问题不需要回答。

"是的，她是我的弱点，我很清楚。我也清楚，对她的伤害已无法挽回，我们已经是敌人了。即使有一天我真的成为最伟大的君主，她也不可能原谅我，站在我身边。我可以成为全世界的君王，但唯独不能成为她的。

"我选择了这条路，就注定会伤害她、摧残她。让她恨我，是我的命运。但我并不想杀死她。

"如果，不能强制她回到我的庇护下，那就让她在远离权柄的地方，好好活着吧。这是我留给这个世界的最后的善意。如果我为了江山无缺、皇位稳固而杀了她，那我，会成为一个什么样的人？"

晏没有回答。

"晏，我现在做的以及以后要做的，会让无数人认为我是暴君，是魔王。但你知道我不是。可如果我杀了芙瑞雅，我就是了。对与错，善与恶，有时就是这么相近。她是我最后的锚地，最终的坚持，是我面对残酷命运时不能后退的底线。"他诚恳地望着晏，"所以，不要再背着我做任何伤害她的事了，好吗？"

晏沉默着，良久，轻轻点头："好。"

卓王孙嘴角挑起一抹微笑："如果有一天，我不得不真的杀她，我会亲自动手的……"他面容一肃："除此之外，任何人，无论是人、神、启，都不能伤她分毫，否则，就要付出血的代价——你也不例外。"他的语气中有不容置辩的威严。

晏神情也郑重起来，躬身回道："谨依尊命。"

芙瑞雅从驾驶舱里走出来，跌跌撞撞地走入茫茫风雪中。

这个山谷早已被厚厚的积雪铺满，几乎将她半个人都埋了起来。她在积雪里深一脚浅一脚地走着，格外艰难，但并未停留。

她穿过了山谷，什么都没有发生。

山谷左侧的山峰上，卓王孙与晏静静地立着，望着芙瑞雅越走越远。

"走吧。晏，我们该回去了。"

晏："您做的这些，不想让她知道吗？或许……"

"或许，当她知道我为她挡住安息骑士，为她战至臂折，她会原谅我是吗？"卓王孙笑了笑，"不，永远不要让她知道这件事发生过。让她恨我吧。至少……对我的恨能让她坚强些。"

这句话让晏再度沉默了。

卓王孙将手搭在他肩上，脸上绽放出昂扬的笑容："走吧，回帝都吧。末日将至，也该好好准备了。"

芙瑞雅不知自己睡了多久。她太疲倦了。当她登上北太平洋的海岸时，一片茫茫的白雪中荒无人烟，连风声中都藏着寂寞，她的心中禁不住有个声音在问自己：她怎么才能成为希望？

北极。一个她不愿意靠近，甚至不愿想起的地方。她找到了一个避风的洞窟，洞窟在零下三十摄氏度的寒冷中显得那么温暖，她克制不住想休息一下。她很快就睡着了，抱着路西法的心脏。心脏由不明材质制成，白光柔慢地脉动着，散发着淡淡的温暖。

她需要放松，尽管她知道，危险还没有过去，不知什么时候，卓王孙就会带着恐怖的大军出现，摧毁她认为十拿九稳的一切。

至少可以睡一觉吧，哪怕只是一会也好。暂时不要想那些她不愿回想与面对的世界，在这淡淡的温暖中有片刻的逃避。

她睡得很沉，甚至连梦都没做一个。时间远比她想的要长，却不知究竟有多长。这里的天永远是阴的，被厚厚的雪云盖住，白天与黑夜没有明显的分野，时间在这里失去了意义。

突然，芙瑞雅睁开双眼，坐了起来。她身前不远处，站着一个人影。纯净的白色长裙，身上没有任何珠宝，但她雍容的姿态，却比任何珠宝与装饰都耀眼。那赫然是玛薇丝女王。

芙瑞雅全身如蒙雷击："母亲？"

女王向她微笑。芙瑞雅脱口而出："你没死！"

这句话一出口，她突然就明白过来，尽管她在海上搜寻了六个月且始终没有放弃，尽管所有人都认为女王已经死了而她始终不承认，但她的内心深处，其实已经相信女王不在了。这一刻，当她看到女王站在自己面前，她感到如释重负，无比感激自己始终在坚持。

"你还好吗？"

听到这句话，芙瑞雅的泪水立即流了下来："对不起，我没能阻止那卷录像带曝光，是我让您的名誉受到了这么大的伤害……"

这句话出口，也让她遽然明白，原来这才是她最在意的事，是卓王孙对她所有的伤害中，最刻骨铭心、最不可原谅的一点。这件事在她心中，刺下永远无法愈合的伤口。

女王的笑容没有丝毫改变："我并不在意。"

芙瑞雅："什么？您不在意？您可知道他对您做过什么？"

女王："是的，我都知道。可我不在意。"

女王的声音中有某种沉静，那是芙瑞雅熟知的，经历了无数次危急事态，历练出的沉静。

"可是，您怎么能不在意呢？"

"芙瑞雅，那不是一场桃色交易，而是一场战斗。如果只有这一种获胜的办法，那我就选择它。我没有退路，必须胜利。我很清楚选择它的后果是什么，之所以向民众掩盖它，是因为我不想把一切搞得复杂。但如果有一天它被曝光了，我也并不畏惧，我会将它视为另一场战斗。而后，我的唯一目标，就是取得胜利，为了我的人民，为了我的国家，也为了你。"

芙瑞雅："可是，您的人民，已经不再相信你了，甚至侮辱你、诅咒你……"

"那又如何呢？不过是更艰难一点而已。芙瑞雅，当我像你这么大时，面临的局面比现在好吗？不，比这更糟糕。我的父王没有给我留下任何东西，只有一个一心想夺取我王位的哥哥。我面临的，是个随时会打核战的疯狂世界。我从父王那里承继的王冠，不是黄金与宝石，而是荆棘。当我戴上它，我对自己说，这是我的战斗，只是更艰难一些，但我要赢。后来，我赢了。

"如果现在需要我再打一场一样艰难或者还要更艰难的战斗，我会说，好吧，这是我的战斗，我要赢得它。你要问我对这件事的看法，这就是我的答案。"

芙瑞雅没有料到女王会有这样的回答，一时难以接受："可是……可是……"

"不要让我成为你的负累，因为我并不在乎。我们的敌人，无论用什么来攻击我们，试图将什么样的污秽加诸我们的身体，都无所谓。因为，我只会将它视为我们在战斗中受的伤。伤痕是我的付出，不是耻辱。所以，没有人能用伤痕审判我，绝没有。"

这段话，如雷霆一般轰在芙瑞雅的心灵。那卷录像带所记录的，是女王对整个合众国的付出，那是她的伤，没有人有权审判。

"守护着民众，却遭到了背叛、伤害、诋毁……这并不是意外，而是历史常态。但一个真正的守护者不会将之归罪于民众的愚昧。很多时候，他们只是被蒙蔽了，并不知道什么是神圣，什么是污秽。需要你告诉他们，需要你引领，需要你指向通往胜利的方向——这，是你的战斗。"

芙瑞雅一震，神情慢慢坚定。是的，在高压下，人们可能会陷入恐慌，展露出人性中的恶。真正的守护者，不会痛心疾首，也不会放弃立场，而是继续战斗，将这蒙蔽打破。

"母亲，我明白了。我要跟您一起战斗！如果需要战胜整个世界才能取得胜利，那我不惧前行。"她冲上前去，想要握住女王的手，却握了个空。

芙瑞雅一惊，望向女王的脸，却发现她的脸格外通透，似乎，是某种虚幻的光影。

"你，你到底是谁？"

女王的笑容与神态丝毫不变，只是，她的眼睛变了。她的眼睛中，有莫名的星光集聚着，旋转着，散发着深奥而玄远的意味："我是女王，我也可以是任何人，只要你想。""女王"伸出手，按在芙瑞雅的额头上。这是女王鼓励她的手势，她无比熟悉。在她被伤害、被追杀到最绝望时，她无数次地回想起这个手势，此刻终于落在了她身上，却没有任何实感。

"我是你的'心'。"

星光，从眸中慢慢地向"女王"的全身扩散。"她"的身体变得有些透明，呈现出一种特别的状态，比真人虚幻，但比投影真实，像是由某种固态的光凝成的。这些光可以变，轻轻颤了颤，就变成了芙瑞雅的样子。芙瑞雅就像是在镜子中看到了自己。

这诡异的一幕，让芙瑞雅大吃一惊，她本能地觉得这是卓王孙的阴谋，幸好，这个身影说了关键的一句话，让她打消了这个念头。

"也是路西法之心。"

芙瑞雅："路西法之心？"

她向脚边的路西法之心望去，巨大的水晶一样的心仍在缓慢地脉动着，散发出淡淡的光与温暖。但同时，也有一丝丝光从心上飘出，融入这个跟她一模一样的"芙瑞雅"身上。这些光，呈现出极为独特的质感，就像是固态的一般。

"你可以把我当成是大天使路西法的主脑。"

芙瑞雅震惊："路西法有主脑？"

在她的印象中，人类仿照路西法制造出大天使机体，但无法直接控制这么强大的机体发挥出最强的战力，因此便制造了主脑做辅助。这则信息本身就说明了路西法没有主脑。

"当然有。不然，人类从哪里仿造主脑？不过路西法的主脑与大天使机体的主脑是不同的，路西法的主脑，更应该说是路西法的灵魂。"这团光影微笑着望向芙瑞雅，"震惊吗？路西法居然有灵魂。或者说，它是有生命的，也就是你们常说的'超级生命体'。"

芙瑞雅的确很震惊，从没有人跟她说过这一点。而且，路西法是机体而非生物，这一点毋庸置疑。

"等你们的科技再往前发展几个维度，就会明白生命并不像你们所想的那样，还有很多很多的奥妙你们并未发现。硅基物质也可以具有生命，或者说某些生命就是以硅基的方式存活的，这很正常。你可以叫我'路'，我的躯体已经残破，只剩下了这颗心。"

芙瑞雅沉默了。这件事虽然奇异，还不至于让她失了方寸。良久，她自嘲地笑了笑："我就知道那些话是骗我的。母亲视名誉如生命，怎么会不在乎呢？"

"不，你错了。"路的面容严肃了，"觉醒过程中，你与我的记忆被双向同步。你获取我的记忆，我也获取了你的。你获取的只是少部分，因为我的记忆实在太庞大，我所获取的却是你的全部。对我们超级生命体来讲，人的一生太短了。而且，我还能修复你脑海中那些模糊的、你觉得已经遗忘了的记忆，也就是说，我知道你经历过的每一件事，比你知道的都多。我把所有关于女王的记忆都提取出来，分析女王的人格、思维方式。你可以想象成我用人工智能创造出了一个女王，我评估的结果是这个人工智能与女王的相似度是98.73%。也就是说，真实的女王站在你面前，这样回答的可能性是98.73%。

"换句话说，你记忆中的女王，就是这么一个人。你认为她真的会被这样的事打倒吗？她如果真的在乎这些，二十年前就不会这样做，更不会为这些从来都容易被煽动的民众鞠躬尽瘁二十年。芙瑞雅，她是真正的王，不要用弱者的思维来想象她。"

芙瑞雅再度沉默了。路的话打动了她。这些话，是不是真的是由女王说的，重要吗？不重要。重要的是女王是不是这样的一个人。她会不会被这样的事打败？

她不会。

这就够了。芙瑞雅长长舒了口气。如此，她就可以放下心结，专注于自己的战斗。打败那个她痛恨的、毁了她的世界的暴君。可是，凭什么呢？她不由地感到一阵无力。不知道要多长时间才能集聚起足够对抗暴君的力量，也许永远都不可能。

"我可以帮你。"路望着她，静静地说。

"你可以继续跟我同步，这会让你获得更多我的记忆与知识。这里面，就有如何用我制造出一枚致命武器。"路的笑容有一丝暗黑，"你想象不出这颗炸弹的力量有多强，它是超过地球科技水平好几个维度的武器，以你们的科技，无法拆除它、破坏它，甚至无法阻挡它。"

芙瑞雅并没有欣喜，而是冷静地问出了一个问题："需要什么代价吗？"

"代价吗？"路的回答有一丝嘲讽，"代价就是你的记忆与我的记忆会融合在一起，我们会慢慢地，变成一个人，既是路，又是芙瑞雅。你的身体，还是你的，我对它毫无欲望；但你的心，会成为我的猎物……"

路伸出一根手指，点在芙瑞雅的胸口："我，要的是它。"

第十六章 王座上的补丁熊

卓王孙徐徐步入内阁。

巨大的圆形会议厅中没有往日的喧哗，所有人都很安静，不发一言。桌上，公文整齐地摞着，上面详细地书写着批文，显然，都已经处理完毕，无一遗漏。唯一不协调的是桌旁巨大的王座上，坐着一只憨态可掬的补丁熊。

卓王孙走向王座，所有人都离席，跪倒迎接。这一跪，便说明卓王孙的威权日重，他已经真正地成为一位皇帝了，已没有人能再跟他平起平坐。

卓王孙不为所动，走到王座前，拿起补丁熊，坐下。

"都处理完了？很好。"他抬头，望了一眼跟在他身后的兰斯洛特与晏，伸手指了指，"兰斯洛特，这里的位子，你随便坐。"

此言一出，所有人都是一顿。这是什么意思？要知道"位子"这个词，可不是随便说的，尤其是在内阁中。这个会议室是圆的，座位本不分主次高低，但，现在摆了王座后，主次高低自然就分出来了。"位子"代表的是身份，是地位，是内阁大臣之职！难道，皇帝陛下的意思，是兰斯洛特要什么样的职位，都可以？可内阁席位是固定的，谁会被取代？这一想，所有人的心不由得提到了嗓子眼。

"我不会为暴君效命。"兰斯洛特淡淡回答。

这话在跪倒的群臣耳中，如同惊雷一般。震惊的不仅仅是兰斯洛特富贵不能淫威武不能屈，更震惊的是他那种丝毫不将卓王孙当成是皇帝的口吻。时至今日，敢这样与卓王孙说话的人，已是绝无仅有了。暴君一怒，将会如何？

然而，卓王孙只是淡淡地看着他，轻轻拍出零落的掌声："说得好，找人把这句话记到史书里去。"他回头，看着群臣："起来吧。第三十九号、七十二号、一百四十三号法令，议得怎么样了？"

内阁大臣全都起立谢恩重新落座，之前那位白发老臣站起来，他的位置在晏之后，是内阁辅政官。

"第三十九号法令，陛下您要在半个月内荡平所有叛乱，这没有别的办法，只有靠大军清扫。如果出动大天使机体，会顺利些。但这需要陛下决定哪些大天使能参战。第七十二号法令，陛下要取消休假，征调所有有劳动能力的人参与生产，不管是否有工作。这引起了巨大的反弹。臣等讨论来讨论去，现有警力及工作人员可能不足以应付此事。至于第一百四十三号法令，全民进行军事化管理——"

老辅政官重重叹了口气："恐怕，需要军队介入才行。"他想了想，又补充了一句："当然，臣等已拟好了具体章程，都已写在法令里了。但几个重大环节，却要陛下决断。"

卓王孙："预计死亡人数多少？"

老辅政官："根据模拟作战的结果，平叛之战，敌我双方大概损失上百万人。七十二号与一百四十三号法令都涉及全国，陛下给的限期又急，双管齐下，臣等预测会引发多处激烈反抗，伤亡大概会加倍。"

"数百万人啊……"卓王孙沉吟着，转首望向兰斯洛特，"听到没有？你可以继续那句'我不会为暴君效命'，但，这些法令若是由你重新起草，我相信会大幅降低死亡人数。现在，是跟我再说一遍这句话，还是坐下来，跟他们一起，重新起草这撂法案？"

他将补丁熊放在了桌子上摆放整齐的公文上。补丁熊咧开嘴憨笑着，望着鸦雀无声的内阁群臣，以及眉头紧皱的兰斯洛特。

卓王孙站起来，向外走去。他路过兰斯洛特的身边，伸手轻轻拍了拍他的肩膀："我再说一遍：这里的位子，你随便坐。"

私人影院。那天过后，这里就被封存起来。没有人敢进入这里，包括仆人。如今，剧场再度亮起了灯光。

卓王孙坐在那张造型夸张的王座上，手上拿着一台相机。妮可跪在他面前，瑟瑟发抖。那一天，她走得太急了，把相机忘在了剧场里。之后她不止一次潜入搜寻，却什么也没找到。看到相机出现在卓王孙手上时，她就知道，一切都暴露了。

卓王孙一言不发，查看照片内容。轻微的按键声在妮可耳中，简直是不断炸响的惊雷。她清晰地感觉到，卓王孙如山般的愤怒在累积，在酝酿，随时可能爆发。她不敢抬头，只好把恐惧埋在深深的跪伏中。

卓王孙查看完毕，起身走到壁炉旁，将相机扔入其中："你是想羞辱我吗？"妮可身子一颤，恐惧全面爆发，她嘶声说："我没有！我不敢！我只是……"卓王孙冷冷打断她的话："你只是迁怒。你只是认为那些大臣之所以反对你，归根结底是因为芙瑞雅。你恨她，是不是？"

妮可脸色苍白，不敢说话。

卓王孙："你知道自己犯下什么样的错吗？"

妮可本能地摇头，当她的目光触到卓王孙时，突然冷静下来。她知道，抵赖、狡辩都只能让他更加愤怒。她咬了咬牙："我错了，我愿意接受惩罚。我愿意接受同样的伤害，作为惩罚。"她用力抓住领口，向两边撕开，上衣的纽扣纷纷落地，露出白色的胸衣。

"陛下，您拍我吧，怎么拍都可以。"她干净利落地脱下衣服，扔到一旁，"如果这样不够的话，我可以继续脱，直到您满意。"说着，她毫不犹豫地，解开腰间的裙带。

"啪"，一记重重的耳光甩在脸上，将她击倒在地。

卓王孙："马上就要做女王的人了，要记得自重！"

妮可从地上撑起身子，顾不得全身疼痛，惊喜地抬头："你还会立我做女王吗？"

卓王孙："对你的惩罚不会少。西西里岛的叛乱，你去平吧。我不管你用什么办法，我要在五日后，看到一个安宁的西西里岛。"

妮可的脸色骤然苍白："这不可能，那里可是集结了十几万的叛军！我……我没打过仗……"

卓王孙蹲下来，凝视着她的脸，一字一句地说："那你就是没用了？"

妮可所有的推辞与申辩都卡在喉咙里，再也说不出，只剩下颤抖。这时，她知道自己的未来只有两个，安宁的西西里岛，或者死的自己。

别无选择。

五日后，妮可受帝国皇帝亲手册封，成为西陆联合王国的国王。册封仪式使用了合众国建立之前的君主加冕的全套仪式，既是为了尊重前第一大区的传统，也出于新任女王的要求。

妮可终于成了女王。虽然这一称号，只是遥领。即位后的妮可仍然留在了帝都，留在皇帝陛下身边，她的实际权力也因此大为缩水，但毕竟名分定了下来。王国的重臣们无一反对。

西西里岛，安宁了。

没有人知道妮可用了什么样的手段，相关的消息被严密封锁。只是，再严密的封锁，都会有只言片语流出。西西里岛上的十几万叛军，没有一人活下来。整个岛以及旁边的一大片海域，都没有一个活人。再没有比这更安宁的了。据传，让第一大区的重臣们不再反对的，不是皇帝陛下的旨意，而是西西里岛的一张战后的卫星照片。

那张照片，让他们惊栗，时常怀疑自己面对的是不是个恶魔。

妮可向内阁走去。她身着拖尾礼服，手上握着嵌满宝石的权杖。她丝毫不觉得自己的装束过于夸张。再怎样委曲求全，试图融入"传统"，那些守旧派大臣也不会接受，只会暗中抓住她每一次微小的失仪，嘲笑她是沐猴而冠的乡巴佬。与其这样，她不如彻底抛开这些繁文缛节，做几件出格的事，让这些人知道她的手段。

不能让人敬，那就让人畏。这是妮可的为君之道。

大门紧闭，妮可等了片刻，一脚将内阁的门踹开。内阁中，所有重臣正在议事，晏执政与老辅政官分坐于左右首席。

皇帝陛下没有列席，只有补丁熊仰面躺在王座上。这让群臣感到压力稍减。兰斯洛特没有落座，他是唯一站着的人。他仍然坚持着心底最后一丝信念，没有坐任何位子。这几日他绞尽脑汁将所有的法令都处理了一遍，尽可能地将对民众的伤害减到最低。他不眠不休，因为他知道，卓王孙定下的目标，不会改变。卓王孙要平叛，就一定要平叛，要全民军事化就全民军事化。唯一能变的，是方法。他不觉得自己在为卓王孙服务，他真正要做的，是拯救民众。

门被踢开的声音传来，所有人回头看向门口。他们看到，新加冕的女王妮可姿态傲慢，一步步向他们走来。有着数百年历史的权杖，被她像棒球棍一样架在肩上。妮可毫无女王仪态，简直像穿着礼服的哈莉·奎茵。

几乎所有人都惊得合不拢嘴——这可真是百年不遇的奇景。

妮可丝毫不在意，径直走到老辅政官面前，将权杖挥出半个弧，指向他的额头："走开，这是我的位置。"所有人震惊，老辅政官气得脸色苍白，胡须抖动。

"怎么，不想答应？看到这只权杖了吗？它的历史可以追溯到1664年，是为查理二世加冕典礼制造的。顶上这颗钻石，是举世闻名的非洲之星，足有530克拉。我得到它的时候，第一个疑问就是，这么重的钻石，如果砸在人的头上会怎样？能砸开头骨，血溅五步吗？"她举起权杖，拿它比量着老辅政官的头，似乎在找合适的地方下手，"如果你再不让开，这个疑惑，就会得到解答。"

她要用权杖敲老辅政官的头？重臣们全都没想过这样荒唐的事会出现，但他们都经历过大风大浪，清楚地知道一件事：妮可若真的拿着它去敲老辅政官，老辅政官连招架都不敢。老辅政官显然也想到了这一点，尽管气得全身发抖，还是无奈地让开了座位。

妮可坐了上去，用最舒服的姿态靠在椅背上。然后她做了一件更出格的事——将双脚架在了庄重严肃的圆形会议桌上。裙摆自然下滑，她笔直纤细的小腿裸露出来。这种程度的裸露并不算什么，却与她的身份、她所处的场合完全不符。所有人都惊慌失色，甚至不知是不是应该转开目光。

妮可满不在乎，将权杖在另一只手掌心轻轻敲击，目光转向一边站着的兰斯洛特："皇帝陛下对你说过'这里的位子，你随便坐'，你没听，我听了。我随便坐了。现在这里我说了算。只要你敢离开半步，我就会立即把你定下的这些东西全都推翻，用我的方法来做！知道我的方法是什么吗？"

兰斯洛特没有回答。他当然知道，她的方法，就是屠杀。

妮可笑了："我猜这里所有的人都知道。看看你们的脸，你们在怕我！这让我想到一句话：邪恶使人强大。我迫不及待地想再做一次。"

内阁中，没有人敢说话，任由妮可的狂言振响。

"如今，你唯一能做的，就是坐在这里，拟好这些法令，然后监督它们一个一个地被执行。皇帝陛下有任何新的指示，你都要立即不折不扣地去规划、去执行！想明白了吗？"她猛然站了起来，迈着轻佻的步伐，走到兰斯洛特身边，低低地在他耳边加上一句："我聪明的哥哥？"

兰斯洛特眉头紧皱，似乎在极力忍耐。晏站起身，将王座另一边的位子向他轻轻推了推。兰斯洛特深吸一口气，让自己冷静下来。他知道，不管他多么不情愿，都必须得坐下，不折不扣地执行着卓王孙的指示，为卓王孙扫平逆乱，定鼎乾坤，为一位暴君效命。

看着他在位子上坐下，看着他不情愿但不得不接受的无奈，内阁的重臣们，突然有种感觉，这个帝国一直缺失的一环，补上了。

从此，三个大区，真正地，从骨子里，接受了卓王孙的君临，再没有所谓的中立。

雪原上的风，更加凛冽。

芙瑞雅思索着路的条件。她非常清楚，一旦自己答应，她的记忆就会慢慢与路融合，最终，她的记忆将会成为自己的记忆与路的记忆的融合体。不仅是记忆，还有思维。那时，将无法再分辨，她是芙瑞雅，还是路。这也意味着，她将有二分之一变为路，甚或更多。这是个巨大的代价，是芙瑞雅无法承受的代价，她必须得付出自身。

不知为何，芙瑞雅突然想到了曾读过的苏美尔长诗《伊什塔尔去往冥府》，居住在最高天上的女神伊什塔尔，用七种神性装扮自己，纯洁而高贵，但当她来到冥府时，冥府的守门人要剥离她的神性换取开门，每进一道门，就要剥夺她的一重神性。

> 她一进第一道门
> 素色的王冠什伽拉就从她头上摘去
> 当伊什塔尔抗议时
> 守门人涅蒂对她说
> 这是冥府的规矩
> 所有通过者　都必须将既往所拥有的摈弃

是的，也到了她摈弃的时候了。等她踏入她的冥府，不可能什么都不付出。她必须得像伊什塔尔那样，每过一道门，便付出一重神性。

她接受了路的同步。更多的记忆与知识的碎片涌进她的脑海，拼凑在一起，让她对这颗路西法之心了解得越来越多。每次同步，她都陷入沉睡。醒来时，她发现路会用拥抱的姿态，从身后将她搂入怀中。路的形态很多变，有时是玩具熊，有时是女王，有时是陌生人。当路化为人形时，芙瑞雅会本能地感到抗拒。但她渐渐发现，路对她的身体没有欲望，他真的是把她的身体当成是自己的，与其说是呵护她，不如说是呵护自己。

她能感受到，路正与那些碎片一起，缓慢地侵入自己。他仿佛把自己磨碎了，变成无数的光尘，与自己嵌合，密不可分。这一过程并不痛苦，反而异常温暖。光尘善解人意地将她灵魂中痛苦的部分包裹，暂时封存，并释放出一些温暖的记忆，让她看到所处世界的柔软与瑰丽，让她忘记曾受过的伤。

她并未抗拒。如今，路成了唯一不会伤害她，也不会背叛她的生命。与路相处是一件简单而愉悦的事，不需要去猜对方想什么，也不需要做任何遮掩。同样，路也毫无保留地接受她。她记忆中的光明与黑暗，都让他新奇。哪怕她对别人的爱，他也坦然接受。

路与她的关系，不是爱，而是自己本身。这是她最需要的抚慰。然而，芙瑞雅并没有忘记自己该做的事情。对卓王孙的仇恨，像是毒蛇咬噬着她的灵魂。路的怀抱虽然温暖，但她并不留恋，反倒能鼓起更多的勇气，面对苦难。

她要将路西法之心制成能诛杀暴君的武器。未必真的要杀死卓王孙，但芙瑞雅很清楚，和所有的暴君一样，只有反抗者掌握了能杀死卓王孙的力量，他才会坦白全部的真相，才会真正考虑反抗者的诉求，才会反思自己犯下的过错。

这个计划中，路提供了最重要的技术支持。他让芙瑞雅能了解路西法之心的原理、能量运行的方式及化成炸弹时的应有形态，但这些还不够，因为，这些科技超越人类太多，也就无法在地球上实现。难点就在于，如何将其相关的科技难度降低到与现有材料匹配，使其有能制造出的可能。路的模拟能力发挥了巨大的作用。

当然，他的模拟也不是万能的，他只能模拟出芙瑞雅熟悉到一定程度的人，也就是说，需要从芙瑞雅的记忆中搜寻到人工智能模拟所需的必要信息。幸好，芙瑞雅曾作为王储受过严格的训练，结交过很多顶级的人才。这些人在她脑海中留下了深刻的记忆。这些记忆让路大显身手。路化身为建筑大师、数学家、物理学家……他模拟出来的，不仅仅是语言、思维，连神态、小动作都惟妙惟肖。这得益于构成路的那些固态的光——路称之为"光尘"——那是一种极其微小的颗粒，可以根据路的意愿组合成任何形态。

只要信息足够多，模拟出的人与真人的相似程度能接近100%，芙瑞雅与之交谈，可完全视为与他们真人交谈。在这些人的襄助下，难点被依次攻破。

最终，路恢复为芙瑞雅的形态："现在只剩下一个难题，工具。"

但这恰恰是最大的难题。雪原上什么都没有，路能贡献的是思维与知识，他也无法变出工具来。

芙瑞雅沉默良久："那就只有一个办法了，回到海底据点。那里虽然被炸毁了，但基本的工具都在，打捞上来，应该够我们用的了。"

路："怎么打捞？这个工程量可不小。"

芙瑞雅："我可以找一个人帮忙，莱斯利夫人。"

路："可是，你恨她，恨她辜负了女王的信任，毁去了你最后的希望，你更恨她摧毁了你对温情的最后一丝信赖。"

芙瑞雅没有说话。是的，路说的没错，她很恨莱斯利夫人。她在自己最信任、最期盼的时候背叛。这样的背叛，不会被原谅。

芙瑞雅深吸一口气，路微微吃了一惊，他发现芙瑞雅的心中，对于莱斯利夫人的恨正在消减，由感性变为理性。

"如果要宽恕她才能赢得这场胜利，那么，我宽恕她。这是一场战斗，只不过格外艰难而已。"这是，女王的回答。

第十七章　路西法之心

暴雨。

莱斯利夫人跪在甲板上，失声痛哭。她将一切向芙瑞雅和盘托出。

自从芙瑞雅离开温莎城堡，应急方案就已启动。她奉女王之命，镇守海底据点。这种生活几乎与世隔绝，只留下极少数可靠的渠道，让她定期收到外界传来的信息。半年前，她得到了一个惊人的消息——她死于意外的儿子还活着，就生活在附近的海港，是一名灯塔巡视员。她挣扎了很久，还是忍不住违背规定，将船驾驶到灯塔外，远远看了他一眼。就是这个举动，暴露了她的行踪。

几个小时前，当卓王孙找到她，逼她交出芙瑞雅时，她只能答应。因为她发现，她那个做巡视员的亲生儿子，就跪在皇帝面前。她没有选择的余地。说完这一切，莱斯利夫人已哭得说不出完整的话。

芙瑞雅俯下身去，伸出双手，抚摸着莱斯利夫人的脸："我原谅你。"

莱斯利夫人不敢直视她，只重复着："对不起……是我害了你……对不起……"

芙瑞雅目光平静："你也是迫不得已。其实我很感谢你，因为你让我明白，我不会再被背叛打倒了。"

浪很狂，很大，船只不断地倾斜，摇晃，似乎随时会被掀翻。芙瑞雅站得很稳。

海底据点的设备被一件一件打捞上来。路又开始用人工智能模拟成不同的人检查设备，指挥着芙瑞雅组装、整改。他可以模拟成芙瑞雅记忆中的任何人，只要信息足够。但他无法动手，毕竟他只是由光点组成的虚拟人形，连最小的一个零件都拿不起来。

一切实际的操作，都由芙瑞雅亲手完成。她身穿工装，短发参差，在机器间穿梭劳作。莱斯利夫人瘫坐在船上，眼神迷惘地看着芙瑞雅。她明白，记忆中那个无忧无虑的小公主，已不复存在。这个遍体鳞伤的少女，正以极强的意志，压榨出身体的每一分潜能。

再没有一种力量，能让人完成这种转变。除了仇恨。

能量体是现成的，她需要制造的是一个引爆器。

在路的指导下，她整整做了三天三夜，反复拆解三十六次，才最终得以完成。她并未受过专业的训练，动作远算不上熟练，却有着惊人的意志力，一次又一次反复尝试着，直到最后一个零件装上。

布满整座船的设备运转起来，装在正中央的路西法之心被压缩，它逐渐缩小，最终变得和拳头一样大。一层层外壳叠套上来，每套一层，路西法之心就会与之同化，将其染上密集的湛蓝色的复杂纹理。纹理越来越集中，到最后一层，集中成一个散发着淡淡蓝光的符号，而路西法之心，也变成了个一尺多高的正方形的盒子。这就是路所说的炸弹。

经过这段时间的学习与实践，芙瑞雅很清楚这枚炸弹的威力有多大。它将路西法之心中蕴含的能量压缩到极致，它的威力，甚至大于由三架大天使机体联合才能施展出的禁忌之式。只要距离得当，这是足以杀死卓王孙的武器。

芙瑞雅将它拿了起来："你所施加于我的所有一切，我都将奉还。"
她的眼神无比坚定。比仇恨更坚定。

芙瑞雅将阿斯塔洛特——这是她对用路西法之心制成的武器的命名，
是七宗罪中司愤怒之罪的魔王的名字，收入背包。然后还有一把匕首、引爆
器、医疗应急包。她换了一身新的滑雪服，拉上风帽，出发了。

出于愧疚，莱斯利夫人提出很多帮助，都被芙瑞雅拒绝。她不会再依
赖任何人，也不再盲目相信忠诚。只有掌握在自己手里的，才是自己真正的
力量，才不会背叛自己。

她现在已明白，母亲留给她的，并不是真的属于她。她必须得经过一
个将母亲遗产变成自我资源的过程。遗产越丰富，这一过程就越漫长、越艰
难。最终有多少属于她，取决于她自己的能力。

"会有这么一天的，所有属于我的，我都会拿回来。少一件都不行。"
芙瑞雅拉起风帽，将脸遮住，走进了风雨中。

武器已经有了，接下来就是要寻找一个合适的机会，让武器发挥作用。
她要尽量靠近目标。但这太难了，身为帝国皇帝，卓王孙身边的警卫级别高
到令人难以置信的程度。芙瑞雅只有在不暴露自己的前提下，尽可能搜集信
息，寻找机会。这一过程，比她预想的还要艰难。帝都变化之大，让她不敢
相信。

第一百四十三号法令得到了全面的施行，全民进行军事化管理。所有
人的起床、用餐、工作、休息时间，全都按照严格的制度执行，所有人都被
纳入国家监管体系，没有例外。街道上懒懒散散的人群消失了，所有人都排
着整齐的队伍，听从统一的号令。喝杯咖啡不再是容易的事，物资集中管控
让大量的咖啡馆倒闭，剩余的全都隶属于农业司，喝咖啡之前必须得先取得
上司的同意——是的，这就是军事化管理的核心，一切全都要依命行事，凡

未取得命令的，全都不准进行。

所有的制造类工厂，全都铆足了劲地进行生产，谁也不知道到底在生产些什么，军事化管理不允许随便提问题。几乎所有人员都投入生产，第三产业与闲置人员数量被减到了最低程度。街上几乎没几个人。

这个季节并不冷，但风吹过无人的街道时，仍显得无比萧瑟。破坏后的残迹随处可见，那是改朝换代时留下的。皇帝登基后在这些残垣断壁上贴了几张海报，但不足以遮住残迹，也没人修补它们。偶尔还可以看到被撕碎的女王画像，被风吹过，落在匆匆路过的鞋底，没人多看一眼。

这就是芙瑞雅重返后看到的帝国，不知怎的，总让她想起《机器人瓦力》或者《我是传奇》里的都市，一切宏大的建筑都保留着，却被抽空了灵魂。每次当她的心痛到不能忍受时，就会对自己说：这是场战斗，只是特别艰难，但我会赢得它。过分冷清的都市让她特别容易暴露，更难收集所需的信息。幸好，有路的协助。

路能用人工智能模拟成任何人，这一技能在搜集信息时特别有用。只要不实际接触，几乎不可能被识破。这让他在很多场合通行无阻。

路所提供的另一个帮助是存储式记忆。他所看到的、听到的，都会被记录，永不丢失。路甚至能记得他们走过的某条小巷角落里的垃圾袋上的标签。这种超级记忆能力再加上路惊人的数据分析、整理的能力，大大降低了芙瑞雅获取有用信息的难度。

唯一的代价，就是每次她与路合作后，两人的同步就会更多。路的光尘，会更多地侵入她的体内。这并不难受，但会让她对自己渐渐感到陌生。这让她的恨意更深。

卓王孙更可恨的地方在于，他的防范太过于严密。十几天来，她用一切手段搜集信息，却发现完全找不到机会。他的地位远高于其他人，这就让普通人很难接近他；而全民军事化管理，更让心怀恶意者无所遁形。

这一切并未让芙瑞雅气馁，而是更耐心地等待机会。让她担心的是，肺部的伤势越来越重，要靠大量抗生素才能勉强止住咳嗽。再这样下去，即便她找到机会，也没有足够的体能执行计划。留给她的时间不多了。

路发现了一个人——缇娜，第三大公的守护骑士，永远长不大的小女孩。她穿着黑色的泡泡裙，独自坐在高高的城墙上。她一动不动，整个人都与古老的城墙融合在一起，就如挂在墙角的一枚黑色风铃。

芙瑞雅记忆中的相关信息，徐徐浮现在路眼前。芙瑞雅对缇娜了解不多，不足以将缇娜模拟出来，但路很清楚缇娜在第三大区的独特地位。她，或许就是芙瑞雅一直要寻找的机会。

路开始采集缇娜的信息，他的目标是能达到用人工智能将她模拟出来的程度，用她的身份接近卓王孙。搜集的过程中，路更换了好几种形态，甚至，搜集的方式也尽量采用间接方式。但他要搜集的不仅是缇娜的外形，还要有思维、语言表达，这就不可避免地要去接近缇娜，甚至要进行足够长的对话。路正考虑用什么样的方式做到这一点，突然发现，缇娜正回头看着他，目光中带着非比寻常的寒冷。

被发现了！

路的心莫名地一沉，决定终止搜集，立即撤离。他更换了几个身份，绕了很大一个圈子，才在野外与芙瑞雅汇合。正当他要将发生的事告诉芙瑞雅时，缇娜从树丛中走了过来。她的步伐很轻盈，像一头捕食的猎豹，深黑色的眸子里只有冰冷，面对猎物的冰冷。

路的脸色变了。他奇怪的是，芙瑞雅居然没有半点慌张，甚至，她的心还跳得更缓慢了些，根本不像是已经暴露了的样子。

"芙瑞雅姐姐。"缇娜的声音有些低沉。

芙瑞雅并未将遮住头的斗篷取下，只是静静地看着缇娜，单刀直入："你找我？"

"是的，我找你。你与我都有一个共同的目的，就是杀死卓王孙。我们可以合作。"

"你恨他？"

"不，我没有恨或者爱的感情，这只是我必须做的。我们守护骑士的职责，就是保护主君。爷爷就是我的主君。"

"我明白了。"芙瑞雅点点头，"但我拒绝与你合作。"

这一回答，显然出乎缇娜的预料，她皱眉看着芙瑞雅："可以告诉我为什么吗？你应该知道，你现在能找到的帮助并不多。"

芙瑞雅："我知道，但我拒绝。"

缇娜静静地望着芙瑞雅，似乎在判断还有多少挽回的余地。终于，她转身离去。

路的眉头皱起："你为什么会拒绝？至少，你应该让她留下来，让我搜集到她足够的信息，将她模拟出来。这样，就算你不信任她，我们也可以借她的身份接近卓王孙。"

"路，你错了。"芙瑞雅摇了摇头，"你同步了我的记忆，这让你能像我一样了解任何人，但，这显然不包括卓王孙。他这个人，不是靠信息分析就能了解的。正如我之前，无论如何也想不到他会突然做皇帝。对他的判断如果仅仅局限于他曾做过的事，必然会一败涂地。

"你最好把他当成一位真正的皇帝、魔君、灭世者，要没有极限地去想象他。"

路沉吟了片刻，点头："说的不错，你只有这一次机会，要确保万无一失。"

芙瑞雅："缇娜的反叛，卓王孙会不知道、不防范吗？不管她自己知不知道，她只可能是卓王孙设下的诱饵。"

缇娜向自己的房间走去。她没有任何朋友，也不跟任何人接近。她的世界中只有一个人，卓大公。当她无法再跟卓大公接触后，她的世界就只剩下了自己。她走过庞大的大公府邸——现在已经是皇宫的一部分了——她的房间在这个建筑群曾经的中心里，最靠近卓大公卧室的地方，而现在那里已经不是中心了。

皇宫时而烦嚣，时而安静，缇娜对这一切都视而不见，别人对她的行为也习以为常。她回到自己的房间，把门关上。

她的房间里陈设简单，几乎所有的东西都是黑色的，看不到普通的小女孩喜欢的玩偶、抱枕等物，倒是墙上挂着几柄巨大的战斧、重剑等装饰，每一柄都比她的身体还长。唯一带有少女气息的，是床上挂着的蕾丝幔帐，当然也是黑色的。

缇娜刚关上门，立即触电般转身，眼中露出了惊恐之色。卓王孙安静地坐在床边的椅子上，微笑着望着她，独自一人。缇娜下意识地将手放到了门栓上。

"怎么，不想见到我吗？"卓王孙的声音很温和，但听到他的话，缇娜放在门栓上的手立即僵硬，再也不敢有进一步的动作。

"过来。"

缇娜望着他，全身麻木，做不出任何动作。良久，她缓缓举步，向卓王孙走去。她俯身想跪倒，卓王孙阻止了她，伸手向床边示意。

"不必了，坐。"

缇娜听话地坐在床边，全身紧绷，坐姿极其奇怪。

"你真的是个孩子，不会掩饰对我的恐惧。别的人至少还会假装对我笑一下。"

缇娜的脸上立即露出了笑容，生硬、撕扯。她自幼受过极严重的伤，卓大公救了她，给她做了常人无法想象的手术才保住她的性命。那次手术使她大半个身子都变成了机械，她也因此失去了很多常人能感知到的东西，恐惧、喜悦……作为守护骑士的她，不知多少次遍体鳞伤，她却从来不知害怕是什么滋味，但现在，她知道了。

那是寒冷，是冻得她的心脏都停止跳动的寒冷，是无法思考的麻木感。这就是卓王孙给她的感觉。她本能地想离开他，逃得越远越好，但她不敢动。她不敢抵抗，不敢逃避，不敢做任何动作，除非被允许。

"你见到芙瑞雅了？"

缇娜震惊得站了起来。前去见芙瑞雅时，她已足够小心，动用了守护骑士所有的手段，把所有的追踪都甩开。然而，她刚回来，卓王孙就出现在她的房间里。她的一切秘密，都在他面前无所遁形。

"说说看吧，你们谈了些什么。"

缇娜没敢隐瞒，把与芙瑞雅的对话完整无缺地复述给卓王孙。她的语气没有任何变化，仿佛一位业余演员念着索然无味的剧本。复述结束后，她的动作戛然而止，就像是剧目的终结。

卓王孙微微皱眉："芙瑞雅拒绝了与你的合作吗？她真的成熟了。本来我还想给她个警示的，但看来是我多虑了。算了，就当是打个招呼吧。"

他起身向外走去。

"不要帮任何人，也不要救任何人。你唯一能救的，就是你自己。所以，缇娜，做个勇敢的孩子，勇敢地活下去。

"以及，永远都不要跟我作对。"

芙瑞雅站在山顶上，这里离刚才与缇娜会面的地方不远，高度差让她能一览无余。她看到几枚导弹从天而降，落在两人刚才会面的地方。导弹携带的弹头特殊，以剧烈消耗氧气的方法，让周围一里多的生物全部陷入昏迷。烟尘还未散尽，一支装甲部队就轰隆隆驶来。

芙瑞雅的心猛地抽搐一下，后怕袭来。幸亏她没有选择与缇娜合作，幸亏她足够警觉，缇娜离开后她也立即选择了远离。她猜到，卓王孙必定会监控缇娜这样的重要人物，但她仍没猜到，卓王孙得知消息的速度会这么快，发动的攻击这么迅猛，只要她稍有迟疑，此刻已缺氧昏迷，被抓上装甲车了。

她明白，他们之间，是你死我活的殊死战斗，必须有一个人倒下，没有妥协。

路的目光里满是忧虑。他也没想到，卓王孙的防范是如此严密。想从这样的防范里找到行刺机会，几乎不可能。他刚要开口劝芙瑞雅放弃，就被她打断："连你都觉得我不是他的对手吗？"

路没有说话。他能看到，有光芒在芙瑞雅的双眼中燃烧："这只是一场战斗，无论多艰难，它都是场战斗，而我要做的，就是赢得它。"

路叹了口气："按照我的推算，你的胜算渺茫到可以忽略不计。"

芙瑞雅："再渺茫也是希望。我想是该用上母亲留给我的人脉的时候了。"

路："你不怕他们再背叛你？"

芙瑞雅："不怕。我不会再被背叛打倒了。我会将背叛掌控在我手中，或者说，我要利用背叛。"

芙瑞雅裹紧了斗篷，走入密林中。密林尽头，是青草葱郁、广阔的远方。那里，有围剿她的人，敌视她的人，想用她换取荣华富贵的人。当然，也有一些心怀善意的人，他们相互夹杂，让人无从分辨，甚至稍加压力就会彼此转换。她之前备受苦楚，几次差点因相信他们而害死自己。她一度决定远离他们，再也不跟他们打交道。但现在，她不再惧怕他们。她有信心掌控他们，利用他们达成自己的目的。

第十八章　行　刺

芙瑞雅苦等的机会终于来临。北极啓出现了异动，皇帝陛下要巡视边防。

巡边，就意味着离开戒备森严的帝都，因路线极为漫长，再严密的安保都会留下盲点，这就给了芙瑞雅机会。

芙瑞雅的计划是选好伏击点，预先将阿斯塔洛特埋进去，将卓王孙引入爆炸圈后，以同归于尽为要挟，逼迫他放弃帝制，接受审判。阿斯塔洛特所用的科技远超人类，即使是最专业的炸弹专家，也难以将它搜索出来。何况，就算失败了也没什么损失，顶多是不引爆阿斯塔洛特，丢掉这次机会而已。远程遥控的她还可以全身而退。

芙瑞雅思量再三，觉得这就是她需要的机会。她与那些女王留下的人脉的联系，也结束了。不出意外，绝大多数的选择都是背叛。当清楚地知道他们会做什么时，她就无法再被伤害，甚至连厌憎的情绪都无法生起。

她的目的达到了，她从他们的背叛中，拿到了想要的东西。

皇帝陛下离开帝都的日子终于到来了，巡视正式开始，对芙瑞雅的搜寻力度也明显加大。

显然，缇娜与芙瑞雅的接触，让卓王孙意识到芙瑞雅回来了。他认为这是个极不稳定的因素，很可能会在巡视中威胁到他，必须尽快把芙瑞雅找出来。

芙瑞雅联系过的家族被连根拔起，有些家族被威胁着加入搜捕。不用想，这次巡视本身就是个大陷阱，故意让她觉得有机会行刺，引诱她出现。世界太大了，若是将搜索范围集中在巡视路线上，就会小得多。一层层陷阱，铺天盖地，要将她网罗其中。

芙瑞雅淡然一笑，沉静应对。那些被连根拔起的家族，其实是早就背叛了她与女王的，她只不过是借卓王孙的手惩罚他们而已。巡视是个陷阱，但她有的是办法应对。

首先是路的人工智能模拟能力，可以扮成芙瑞雅，与她分头行动，让搜寻者真假难辨。这是超过地球想象力的科技，必定会让他们产生极大的误判。

其次仍然是利用那些家族。芙瑞雅放出了很多真真假假的消息，彼此矛盾，让情报人员无所适从。到后来，真正的线报即使掩藏其中，也再无可信度可言了。

——那些手段，已伤害不到我了。然后，轮到我来伤你了。

车驾一出帝都，就遇到很多麻烦。

首先是由于天气预报的误报，特意选择的晴朗天气变成了暴雨天，皇帝陛下的座驾陷入泥泞中，甚至差点遭遇了一场泥石流。

而后，是一连串的意外。每次都是小事，信号灯出错了，轮胎炸了，但每次都导致行程延迟了些。等快到达北极时，正赶上一场三十年难遇的寒流，路面上都结了厚厚的冰，有些地方的冰甚至厚达数尺，平原变成了冰原。这使得之前所做的安保工作大多都白费了，重新再做一次也不太可能。巡视队伍只好派遣了更多的车辆开路，并祈祷不会有意外发生。

芙瑞雅知道，复仇的时机成熟了。

泰美尔半岛上的贝兰加山几乎看不到青色，常年盖着皑皑白雪。站在贝兰加山的山顶上往北望，就可以看到远远伸展入北纬80°的北地半岛。这是最接近啎之国的人类领土，最邻近它的城市卡乌斯季塔列亚，是皇帝陛下巡视的重要一站。

这场三十年难遇的寒流，已将半岛全部化为了冰原，就连泰梅尔湖也被冻上了，变成一大片冰铸的平地。风呼啸着掠过，将稍小一点的冰峰一寸寸削平。

庞大的车队碾着冰雪行来。鼎盛的仪仗以及卡乌斯季塔列亚排出的迎接队伍，无不宣示了皇帝陛下的到来。这支车队，包括了上百辆防弹车、小型导弹发射车、卫星通信车。所经的沿途，几千人早就展开了安保工作，确保万无一失。但，他们未能发现芙瑞雅。

芙瑞雅远在七公里之外，这是个不会被发现的安全距离。她用高倍望远镜监视着车队。车队从泰梅尔湖旁边的大道上经过。说是大道，其实也变成了冰原的一部分，寒流将陆地上的一切差别都弥平了。芙瑞雅计算着，等车队进入某一个预先设好的点后，她按下了按钮。

轰。

一串爆炸声紧贴着车队响起，车队下的冰层颤动着，将车辆甩向空中。冰层迅速炸裂，形成尖锐的不规则的冰块，跟着车队一起腾空飞起，然后砸落下来。车队顿时被砸得一团乱。冰原上的大道不复存在，车辆再也无法开动，车队立即乱作一团。刺耳的警报声响起，警卫纷纷下车，架起枪炮，应对着可能的袭击。而其他人则全力保护皇帝陛下的车辆不会受到伤害。

就在这时，远处猛地又是一声爆炸响起，一块巨大的冰块被炸飞，然后，准确无比地向车队落了下去。爆炸声连环响起，巨大的冰块迅速地升空，然后不停地抛落。所有人仰望着冰块，脸上尽是恐惧之色。

这片区域，他们早就搜索过，并未发现大规模杀伤性武器。但这种攻击以冰块为主，以极少的火药就能实现，很难被查出。可以说，这是以最小的代价发动的最强攻击!

巨冰轰然落下,一辆辆车被砸坏,每一块都引起冰原的剧烈震颤,就连旁边的泰梅尔湖的冰面也被震碎。幸好这些车都极为坚固,虽然被砸坏,但车里的人伤势并不重,慌忙逃离出来。

又是一声巨响,皇帝陛下的座驾也被冰块砸中。警卫人员慌忙拉扯着车门,保护皇帝陛下。

卓王孙看着天崩地裂一般的冰原,神情出人意料的淡然。

又一串爆炸声响起,无数磨盘大的冰块被炸,翻滚着向车队冲过来。最前沿的几辆车和旁边的人躲闪不及,被冰块推着,一起滚进了旁边的泰梅尔湖中。爆炸声在冰原上轰响着,冰块剧烈地翻滚着,向车队冲来。从车队的人的视角看去,就像是整个冰原都在向他们奔来。

全副武装的警卫们脸色苍白,他们一生中,从未觉得这样无力过。冰原碾过整个车队,继续向前奔腾,砸进泰梅尔湖中。这个过程持续了整整二十分钟,然后,冰原上看不到一辆车,整支车队全都滚落进了湖水中。

嘶喊的声音响起,所有人用尽全力从湖中挣扎着往上爬,守护皇帝陛下成为所有人的当务之急。又足足持续了半个小时,整支车队才从危难中重新整顿好。死亡的人并不多,但几乎所有人都受了伤,超过半数的人的伤势重到根本无法再继续前行,只能躺在原地等待救援。能用的车辆极少,大多都沉入了泰梅尔湖,或者被冰块砸得已不能行驶了。方圆几公里的冰原,一片狼藉。

皇帝陛下在方才的乱冰轰击下受伤,且伤得不轻。他右肩被撕开了一条巨大的口子,鲜血流得满身都是。

芙瑞雅通过高倍望远镜看着这一切,嘴角挑起一丝冷笑。

卓王孙坐在一只报废的箱子上,平静地接受着医务人员的包扎。他脸上并没有大家想象中的怒容,这让随行人员松了一口气。

还能用的车辆被迅速整理出来，只有十几辆。警备队的建议是由这些车辆以最快的速度将皇帝陛下送往卡乌斯季塔列亚，确保皇帝陛下的安全，其他人则原地等待救援。这无疑是当前最好的应对措施，也应该是唯一的应对措施。

这是芙瑞雅想要的。

计划是以阿斯塔洛特为威胁，挟持皇帝。但如果皇帝冥顽不灵，阿斯塔洛特也可能真的被引爆。同归于尽是威胁，也是不得不面对的可能。虽然谁也不愿看到它真的发生。

皇帝陛下的随从实在太多，芙瑞雅不想把这么多人引入危险。所以，这次提前的刺杀，不仅仅是攻其不备，更是尽可能地减少随从数量。当然，只是尽可能，而非减少为零。她不是圣人，在定下计划的那一刻，就已有了心理准备。要想击败强权，必须有牺牲，甚至可能牺牲她自己。

没有代价的胜利，是不可能的。

警备队将劫后余生的车队整备好，恭请皇帝陛下上车。

卓王孙没动。他仰头远望，肩上的绷带洇出鲜红的血。寒风吹过他湿透的头发、衣服，迅速凝结成冰凌。晏赶紧将一条裘皮大氅披在他身上，他没有拒绝，也没有接过，任大氅斜斜地披挂着。由于没有裹紧，大氅完全不能阻挡冰原的寒风。

卓王孙注视着逐渐浓重的雪云。风呼啸得厉害，整支车队瑟瑟发抖。也许只有这时候，他才能感觉到人的渺小。

"芙瑞雅，我想和你谈谈。"他突兀地说了这么一句话，没有大声喊，也没有用任何扩音设备。

这句话一出口，远在七公里之外的芙瑞雅立即明白，卓王孙已经知道这次刺杀由她谋划；他也知道，自己一定在远处监视着他，这句话自己一定能听到。芙瑞雅"听"到了，不是用耳朵，而是通过卓王孙的唇型。"听"到的瞬间，她的心就是一沉。莫名地，她感觉车队被砸、落水，是卓王孙故意而为的，他的目的是什么？将自己引出来吗？

"不肯出来吗？那我只有请你出来了。开始吧。"

引擎的轰鸣声，从卓王孙抬头望着的雪云中传来。六架巨大的机体，穿透雪云，缓缓降落，出现在芙瑞雅的视野中。紧跟着，是密密麻麻的作战机群，武装直升机、运输机、预警机，数量高达数千，将整个天空都占满。

地面上的颤动也越来越响，无数装甲车开了过来，跟随在后面的，是体积庞大的运兵车。巨大的动静，令冰原震颤着，丝毫不比方才的爆炸的动静小。

隐藏在暗处的芙瑞雅脸色变了。仅只是几眼，她已经看出，这是支凝聚了帝国近半数战力的部队！为了找出她，卓王孙竟然出动了规模如此大的军队。他疯了？

坐在冰原上的卓王孙，神情安宁，似乎又有一丝落寞。他一动不动，任由百万雄师的钢铁洪流，从自己身边卷过，然后，流淌到整座冰原。

芙瑞雅的震惊并没有持续太久，她知道自己隐藏不住了，没有人能在这样的搜索下还能藏身，就算她在七公里之外也一样。

"但你仍然打败不了我。"她的语气有一丝庆幸，庆幸自己贯彻了原则——不设限地去想象卓王孙。虽然仅仅只有万分之一的可能，但她仍然想到了这种情况，并制定好了预案。她立即起身，发动雪地车向东北方向驶去。东北方向，就是埋藏阿斯塔洛特的地方。

好好谈谈吗？当然要谈。但这些天，她已然明白，必须把卓王孙引入阿斯塔洛特的爆炸范围，才能进行真正对等的谈判，她才能得知一切的真相，她的声音才会被真正倾听。

雪地车很快就引起了军队的注意，然后，就是空中与地面的双重追逐。追逐进行得很短暂，六架大天使从天而降，呈六角形砸落在雪原上，堵住所有的道路，雪地车被迫停住。为首的大天使战机，就是卡俄斯。卡俄斯抢先一步，挡在芙瑞雅与其他大天使战机之间，摆出战斗姿势。

韩青主焦灼的声音传出："殿下，您没事吧？"

芙瑞雅并没有抵抗的意图："我没事。"

其他大天使战机躬身，向芙瑞雅行了觐见皇后陛下的礼仪。除了卓王孙，谁都不敢伤害她。然后，便是等待。并未等多久，卓王孙踏着积雪走来，静静望着芙瑞雅。

"我知道你有个能杀死我的武器，但先不要发动它，给我一点时间，就一点，也许，你会改变看法。"

芙瑞雅冷冷地看着他，将引爆器举起。

卓王孙："你随时可以杀死我的，不是吗？那又何必在乎多让我活一会儿？你看我都冒着死亡的危险过来了，就相信我还有一点点诚意，好吗？"

"好吧。"芙瑞雅的手并没有离开按钮，"我就给你点时间，你有什么诡计，施展出来吧。"

卓王孙深深地看了她一眼："你成长了。"

"你要这时间就是为了说废话的吗？"

"不，我想给你看一件东西。"他指了指旁边的一座小山，"去那上面好吗？上面看得更清楚些。就我和你。"

芙瑞雅的心一动。那座小山更靠近阿斯塔洛特，如果……

"我可以跟你去，前提是让你的部队撤离。"

"好。"

大天使战机与装甲车向后退去。卓王孙带着芙瑞雅，走向小山。小山并不高，坡也很缓，只是矗立在湖边，显得有些突兀。站在山顶上，附近的景色一览无余。

芙瑞雅一面爬山，一面留意着部队。她之所以答应卓王孙，是因为希望不要牵连无辜。等这些部队撤开一定距离，阿斯塔洛特爆炸时就不会杀死他们，死的只会是她和卓王孙。看着这些部队，她渐渐觉得有些奇怪。因为他们留在雪原，开始修筑简单的阵地。

——他们在做战前准备？芙瑞雅心里闪过一阵疑惑。他们不是跟着丧心病狂的暴君来搜寻自己的吗？作战？跟谁作战？但随即，她更疑惑了。因为，那些飞机、装甲车、运兵车，都被丢弃在了冰原上。包括芙瑞雅熟悉的空中作战部队，以及威力巨人的现代武器，全都被抛弃在冰原上，士兵们手上拿着的全都是新生产的但型号老旧的枪械。他们修建的，也都是原始的战壕。有些部队开往贝兰加山，显然是想占领高地。这是典型的古代战争的思维模式，因为在现代战争中的大规模杀伤性武器面前，高地没有任何意义。

现代战争，是以大天使战机为核心、依赖于现代信息的海陆空立体作战，威力远超之前。这是现代战争的经典模式。但芙瑞雅看到的，却不是这样。六架大天使矗立在冰原上，庞大，威严，但孤零零的，显然，它们不属于这些军队。

连珍贵无比的大天使战机，都不要了？这怎么可能？卓王孙究竟要干什么？

巨大的疑问，在芙瑞雅脑海中翻滚。她思考得太投入，竟没有发觉，两人已到达山顶。

卓王孙停步，目光望向北方。北地群岛以及辽阔的北冰洋在风雪中一片凄迷，小城卡乌斯季塔列亚近在眼前。不知他到底望些什么，芙瑞雅莫名地感到一阵烦躁："你到底想让我看什么？"

卓王孙从怀中取出一个时钟，放在面前的冰岩上。时钟是倒着走的，剩下的数字，只有不到半个小时。卓王孙的语调平静，却带着深沉的无奈与伤痛："我想和你一起看一场，连我都不能阻止的烟火。"

第十九章　无法阻止的烟火

芙瑞雅冷笑了一声："我没有这样的闲情逸致。你应该知道，我的目的只有一个，将你从这荒唐的帝位上拉下来，让世界恢复到应有的样子。"

卓王孙的手指点在时钟上："你知道吗？这个倒计时从三个月前就开始了，也就是你从海上返回的一个月前。人类得到一个情报，它被设置为最高的保密级别，全世界只有不到十个人知晓。"卓王孙没回应她，自顾自地说着。

芙瑞雅不由地被他的话所吸引。只有十个人知晓？这十个人，是公爵们吗？严密到只有他们才能知晓的秘密，究竟是什么？卓王孙之所以恢复帝制，是不是跟这个秘密有关？芙瑞雅的手不知不觉松开了一些。她并不想了解卓王孙为什么变为暴君，她对此连一点兴趣都没有，但她莫名地感觉，这个秘密很重要。

为什么她会一无所知？这让她有一丝不祥之感。这十个人，会有意瞒着她吗？

"我们做了很多努力，想阻止这件事发生，都没有用。我们想找出它的具体位置，精准打击，甚至想突破人道主义的底线，用秘密武器将与它相关者全部消灭。但，也没有成功。我们唯一确定的是，这件事一定会发生，就在这个时间点上。"他的手指轻叩着倒计时钟，"所以，我们只能接受，接受不到半个小时之后，人类将永远活在黑暗中。"

芙瑞雅感到震惊。人类？她隐约感到，卓王孙口中的"它"，是一场会将全部人类都卷入其中的大灾难，其危难不亚于核战争。

卓王孙望向山下的小城卡乌斯季塔列亚："喜欢那里的灯火吗？尽管靠近北极圈，那里也到处灯火通明，人们在温暖的房子里唱歌跳舞，出门就是汽车，电与油保证了风雪不能侵蚀他们。安宁的生活，富足而舒适。喜欢吗？喜欢的话就多看几眼，很快，这些就再也不存在了。在整个世界里，这些都不会存在了。"

恐怖，从芙瑞雅的心底升起，强到甚至压下了她对卓王孙的仇恨："它到底是什么？"

"难道你还没猜出来吗？你曾经见过它，在格陵兰岛。只是，那次不过是百分之一的威力。这次是全部，能让整个世界——嘭！"卓王孙笑容嘲讽，做了个小丑按破气球的动作，这个动作打破了芙瑞雅的最后一丝幻想，她的全身一阵冰冷。

"你是说'未来'？有人要引爆'未来'？"

"是的。真正的'未来'。格陵兰岛的那个，只是一次测试。"

"这不可能，不可能……"

这个消息太惊人了。曾经亲眼看见"未来"爆发的芙瑞雅，清楚它的威力有多可怕。它所释放出的粒子粉尘会让空气具有导电性，一切暴露在空气中的电器，都将短路、毁坏、无法工作。这种粒子具有很强的渗透性，无法被驱散，就连固体也都能轻易渗入。也就是说，等"未来"爆炸后，地球上的一切物体都会变成导电体。这会使得人类依赖电力所建立起的现代文明完全被摧毁，人类将失去一切电器——大到核潜艇，小到电子表。

电对于人类有多重要？失去电，绝大多数产业的生产力会降到现在的十分之一，绝大多数现代产业将无法再存在，传统产业也会遭受重创。人类将再也无法进入深海，依靠电力浇灌的农业将面临毁灭性的打击。这将使得地球能养活的人口大幅减少，不到现在的一半。

海水倒灌、饥荒、瘟疫、动乱将接踵而至，未来的三年中，将有总计50亿人，因"未来"的爆炸而死去。那是堪比核冬天的恶果。甚至，比核冬天还要可怕。核冬天持续时间只有不到百年，之后还有重建现代文明的可能。但"未来"爆炸后，粒子粉尘将在地球上悬浮数百年，人类将再也无法重建以电为基础的现代文明。

芙瑞雅脸色苍白："不可能，人类与启已达成了合约，'未来'已被封禁起来了。"

卓王孙："芙瑞雅，我曾说过，永远不要寄希望于敌人的仁慈。命运，只有抓在自己手中才稳妥……本来的确像你想的那样，石星御离开，启将'未来'封禁起来，准备跟人类和平相处。但后来发生了一件事——石星御走后，启有了新的领袖，这位启对人类充满憎恨，肆意鼓动着仇恨。他向所有启中的超级生命体宣扬一个理论——他们之所以能在北极建国，是因为石星御有远超人类的力量，庇护了他们。那，石星御不在了呢？人类会不会发动战争，出动二十五架大天使同时驾临，将北极夷为平地，让启亡族灭种呢？类似的言论，也在人类中传播。人类容忍不了第二种智慧生物跟自己分庭抗礼，这不难理解，不是吗？这位新领袖迅速说服了启，提前下手，用毁灭对抗毁灭。结果就是，启决定启动'未来'，毁掉人类的现代文明，让人类跟他们处于同一起跑线，再用他们的尖牙利爪征服人类。这就是你在搜寻女王时发生的事。我一直想找个机会，和你面对面谈谈，可你一直没有给我机会。"

"为什么没有人告诉我？"芙瑞雅眉头紧皱。按照她的地位，这种事，不该瞒着她。

"没有人告诉你吗？"卓王孙面露嘲讽，"也许是他们看来，你有特殊的用途，不适合知情。"

芙瑞雅还要问下去，卓王孙看了眼计时器："只有十分钟了。芙瑞雅，我们聊点别的吧。"

"我们没有任何好聊的。"

"那，我说我还是爱你的，你相信吗？"

芙瑞雅没有再说话，她望着被风雪几乎完全遮挡住的北地群岛，留给卓王孙的，只有冷峻的背影。

卓王孙悠悠叹了口气，似是想说什么，但最终止住了。他也与她一样，望向那被风雪侵蚀的北地群岛。他们几乎是并肩而立，只要肯微微倾身，就能碰到对方。但，有些距离的遥远不在于相隔的远近，而在于是否可以逾越。不能逾越，就是千山万水，是一生一世，是天人永隔。

不知过了多久，浓密的雪云之上，突然响起了一声轻微的响声。一股奇异的灰色，染上了雪云。它迅速地扩大，很快，无法望到尽头的雪云，全都变成了灰色。然后，雪云慢慢地降落，降落，降落。它吞没了山，吞没了城市，吞没了湖，直到吞没了土地。

芙瑞雅被灰色的雪云包围。起初，她的目光完全被遮住，但很快，雪云变淡，她又可以望见东西了，甚至，小城卡乌斯季塔列亚都能望见，只是，所有颜色都消失了，一切变成灰色。小城里的灯光逐次熄灭，正在运行的电车、钟楼、摩天大楼，都暗淡或停止。人们在惊慌，逃躲，混乱。

她看见，六具大天使机体矗立在冰原上，它们一动不动，身上再无光芒。那些飞机、装甲车，也都在灰色的雪中僵停。灰色，渐渐变淡，颜色，重新回来了，但，那些死去的，永远都不会再回来了。天空甚至还变得晴朗，沉闷笼罩着的雪云全都不见了，它已全都化作"未来"的粒子，降临在这个世界上，扩散，蔓延，遍及每个角落，让现代文明成为遗迹。

芙瑞雅的身子完全僵住，一动不动。

"看到了吗？这就是连我都无法阻止的烟花。"卓王孙的声音有些苦涩。

芙瑞雅低头，守护戒指上那永不可能熄灭的闪光，也已熄灭了。这或许是个有力的说明，一切现代文明，都挡不住"未来"。未来，这个词，代表的是啓的未来，是以埋葬人类为代价的。

"看完了，就随我回去吧。"

"回去？回哪儿去？"

"回我的皇宫，继续做我的皇后。大屠杀就要开始了，我需要你身为皇后，成为悲悯与圣洁的象征，安抚大屠杀后创伤的灵魂。"

"什么大屠杀？"芙瑞雅心中的不祥之感越来越重。

卓王孙抬头望向灰色的世界："卡乌斯季塔列亚已陷入混乱。现代文明被'未来'摧毁后，城市瘫痪，必然有一些不法分子趁机作乱。好在，我提前命人搜集到这些人的资料，并将他们严格管控起来。但，这也不能完全阻止暴乱。大屠杀，就是要在最短的时间内，将他们全部杀死，只留下服从命令、服从管理的人。"

芙瑞雅震惊："你怎么可以这样做？就算他们犯了罪，也不至于死。该将他们交予法律审判，该受什么惩罚，就受什么惩罚。"

卓王孙："你还是这么迂腐。那你告诉我，你估计'未来'引爆之后，会有多少人趁机作乱？又需要多少警备力量才能将他们绳之以法？如果不尽快将他们消灭，后果又会怎样？"

芙瑞雅一顿。她并不是真的迂腐，她很快就想明白了，只是接受不了。

卓王孙："大乱之世，最需要的是秩序。我要以最有效的方法，建立起最简单的秩序。这个秩序只有两点：命令与服从。我的命令，所有人服从，不服从者死。这是让尽可能多的人在现代文明被摧毁的现世活下去的唯一办法。芙瑞雅，你应该清楚这一点。"

芙瑞雅清楚。她清楚如卓王孙所说，现在最重要的是要保证秩序，她也清楚要做到这一点必须付出代价，但她还是接受不了卓王孙的做法。无论如何，她都无法向她的子民开枪。

集结在冰原上的军队，已向卡乌斯季塔列亚进发。他们拿着的枪械型号老旧，却保证了'未来'引爆之后仍能有效使用。卡乌斯季塔列亚的城门很快被占领，枪声响起，街道上染上血迹。

"住手，让他们住手！"

"哦，请求我，还是要挟我？若是请求，我想你得先依从暴君的礼仪，跪下来呼喊'吾皇陛下'；若是要挟……你还有这个资格吗？我想，无论你准备的武器是什么，如今都该无法使用了吧？"

芙瑞雅再度僵住。他竟然利用"未来"让自己失去唯一杀死他的机会！这个无耻的、卑劣的小人！但，怀中按钮上传来的异动，突然让她信心大增——阿斯塔洛特，竟然还能起作用！

"未来"能摧毁一切现代文明，却没有摧毁阿斯塔洛特！这个用路的科技制造的超级炸弹，完全由生物能驱动，不受粒子尘埃的影响。芙瑞雅将按钮举起："想不到吧，它没有被毁掉。我最后问你一次，愿不愿意退位？你如果愿意将小丑般的王冠脱下来，终止血腥统治，我可以和你坐下来谈谈具体方案。"

按钮上淡蓝色的闪光映入眼帘，让卓王孙有些惊愕。就连他，也没想到，芙瑞雅准备的武器，竟然先进到连"未来"都毁不掉。他非常清楚，只要芙瑞雅摁下按钮，方圆数百米都将化为灰烬。他的惊愕，很快就平复下来："我的答案是'不'。"

芙瑞雅语气充满讥嘲："那么皇帝陛下，你的帝国可就要准备国丧了。"

卓王孙苦笑："真的要杀死我吗，芙瑞雅？你要知道，'未来'引爆之后，整个世界都陷入了混乱，只有我能够维持得了秩序。现在杀死我是可以毁掉帝国，但你同时毁掉的，也是帝国的秩序。你会让整个人类世界分崩离析，烽烟四起。多少人会因此死去？人类在乱世中生存的一线希望，都将因你断绝。这样，你还会摁下按钮吗？"

芙瑞雅已经接触到按钮的指尖，此时僵住。

卓王孙："理性些了吗？那，你应该看看这个了。"他的手指，指向北地群岛。

雪云消去后，北地群岛显得特别清晰。狂猛的风暴，也随着雪云的消失而停息了。但，北地群岛的海面上，却仍旧掀起滔天的巨浪。一个个巨大的影子，在巨浪中翻腾着，向群岛上扑击。浪涌起几十丈高，在群岛上粉碎，一条条似兽似人的身形，随着浪花出现在群岛上。他们迅速集结成阵型，向着陆地袭来。转瞬之间，岛上就被这些身形布满，黑压压的，不知有多少。

"这就是启的计划。他们想趁着最混乱的时候，突袭人类。他们想将人类完全灭掉，此后地球上将只有启，没有人类。这是我率大军出现在这里的真正原因。坦白地说，启蓄谋已久，力量强大，而人类最强的武器全都依赖于电，全都被'未来'毁去，现在是最弱也最乱的时候。我们很可能会败，所以我御驾亲征，用我皇帝的身份来鼓舞士气，与启殊死一战。

"这样，你还要杀死我吗？在与启开战伊始，就传出皇帝被杀的消息，你觉得，会对士气造成什么样的打击？"

芙瑞雅的手指颤抖起来。

"但就算你不杀我，人类赢的可能性也很小。我不确定会有多少人死在启这一次势在必得的突袭上。也许，这些士兵都会战死，小城卡乌斯季塔列亚完全被屠灭，然后，是后面几乎不设防的万里江山。但是，有一个办法，可以避免这一切，可以让我军几乎毫无伤亡就挡住启的突袭。那就是，你交出手上的武器。

"能够不受'未来'的影响，这件武器的威力，想必还在我的想象之上。用它炸沉北地群岛，贝兰加山将形成天然的屏障，阻挡启登陆。而只要他们无法登陆，我军就可以据险而守，打退他们的进攻。是冒着世界分崩离析、人类灭绝的危险杀死我，还是暂时放下仇恨挽救人类，芙瑞雅，选择在你。"

卓王孙伸出手。当他列出选择时，他就知道芙瑞雅的选择是什么。他太清楚她了。他一步一步，用他对她的熟悉，将她引入陷阱中。现在，他要她心甘情愿地将她准备杀他的刀亲手交出来。这势必会让她绝望无比，这绝望会摧毁她的，那就是他征服她的时刻。

芙瑞雅的身子颤抖着，她湛蓝的眸子，也蒙上了一层灰色。

是的，他太了解她了，她不可能会有别的选择，只有亲手将准备杀他的刀交给他，让他予取予求，自己变得毫无还手之力。

仇恨，使她一次次从毁灭中站起来进行不屈的战斗，最后依然面临惨败。卓王孙想，只有这样，她才会彻底臣服，回到他为她筑起的高墙内。在那里，她才能彻底安全。无论她愿不愿意，这就是他保护她的方式。

"你这个混蛋！"

"请记住一件事，从今天起，再称呼我时，只能用一个名号，那就是：亚历山大大帝。"

阿斯塔洛特的威力，没有出乎卓王孙的预料。

北地群岛被完全毁去，剧烈的震荡甚至让贝兰加山脉临海的部分坍塌，整个海岸线形成陡峭而高的崖壁。人类的军队在崖壁上布下重重阵线，依靠型号老旧威力有限的枪械，成功压制了启的攻击。薄暮时分，启在最后一波攻击无效后，发出不甘的厉啸，大军终于撤退了。

卓王孙一直静静地立在山顶上，无论战火多猛烈，他都一动不动。的确如他所言，皇帝陛下御驾亲征鼓舞了士气，士兵们战斗得格外勇猛。

"进城吧，该是你表演的时候了。"芙瑞雅的目光从战场上收回，方才的战争实在太过惨烈，吸引了她全部的注意力。当她把目光移到卡乌斯季塔列亚时，心猛然抽紧。屠杀已然结束，街道上，横七竖八地倒着尸体。这些尸体有些抱着抢来的必需品，有些握着棍棒等简单的武器。士兵们在街巷里搜索着，不时补上一枪。大多数人表情恐惧。他们事先被强制集中在特定的区域，墙壁上是鲜血的涂鸦。

"现在，去小城里，展示你的悲悯与圣洁，用你皇后的身份，告诉他们该怎样顺从。然后，去下一个城市。这就是你的使命，好好完成它。游戏的时间结束了，该是你，好好做一个皇后的时候了。"

芙瑞雅："我说过，不会做你王座上的玩偶。"

"你还能反抗吗？"说完这句话，卓王孙再没看她，转身向山下走去。远处，士兵围了上来。

还能反抗吗？交出阿斯塔洛特后，她还有什么可以用来反抗？反抗了，又能如何？打翻现在的秩序，让这个乱世更乱？芙瑞雅紧紧咬住嘴唇，似乎真的没有路可以走了，除了接受他的安排。突然，她对着卓王孙喊道："小卓！"

卓王孙停下脚步，语气调侃："我说过了，要叫我……"

这句话还没说完，芙瑞雅一把拖住他的衣角，紧紧靠了上来，似乎要从身后抱住他。

这个举动出人意料，卓王孙禁不住怔了怔。随后，他感到肋下传来一阵冰凉。芙瑞雅的声音在他耳边响起："抵在你身上的，是一种杀人不见血的利器，靠机簧驱动，不受劫灰影响，威力强大，可瞬间洞穿内脏。你要不要试试？"她手中，是一根金属管。

"哦，忘了说，这是你册封的女王、我的亲姐妹妮可教我的。我又改造了一下，伤害加倍。"

卓王孙："你想干什么？"

芙瑞雅："不干什么，就想要你知道，我可以死，但不会被打倒。"

卓王孙笑了："这一点我完全相信，我只是不信，你会真的动手杀我。"

芙瑞雅："我当然想杀死你，但我不能。因为这会毁掉最后的秩序，让更多的人死去。你记住，今天你能逃过一死，不是因为我对你仍有情感，而是我的理智。

"但我也要告诉你，不是只有暴君才能救这个世界。我会找出更好的办法；我会证明，无论什么时候，这个世界都不需要屠夫，不需要暴君。"

卓王孙微哂："哦，我拭目以待。"

芙瑞雅用力推了他一把："现在，到海边去，以皇帝的身份，对你的军队发表演讲。我说一句，你说一句，一个字也不能错。"现下似极了加冕典礼上，他逼迫她演说时的场景。卓王孙被她挟持着，一步步走向海边。

"未来"引爆之后，信息传播变得非常困难，没有互联网，没有电视、电话、收音机、广播，只剩下口耳相传。但是，一则消息，还是以难以想象的速度，悄悄传开。

皇帝陛下站在波涛汹涌的大海边，对着万千士兵讲了一席话。

他说，即使在末日废土上，也不要忘了自己是个人，不要忘了美德、虔诚、信仰。人不该屈从于任何人，无论什么样的权力，只能征服我们的身体，不能征服我们的心。

他还说，合众国并未灭亡，它至少还剩下一位公民，那就是芙瑞雅。只要她活着，就会将合众国延续下去。任何人都不需要皇帝，只需要不断战斗的自己。

卓王孙的笑容有些无可奈何："满意了吗？"

芙瑞雅："还有最后一件事。"她按下手中的按钮。

皇帝陛下捂住胸口，似乎遭受重创，一刻钟后才恢复了意识。等他起身下令追捕时，芙瑞雅已跳入大海，消失在波涛中。那一刻，她的短发逆风飞扬，目光决绝。一台旧式相机拍下这一幕，载入史册。

帝国元年，人类失去了光明，繁华的都市变为废土。

人类进入了一个新纪元。

黑暗纪元。

第二十章　权杖与玫瑰

"路，我该怎么办？"芙瑞雅坐在雪地上，双臂环抱着自己，躲避凛冽的寒风。长长短短的发拂过她的脸，再没了面对卓王孙时的自信，只剩颓然。

当卓王孙告诉她，在文明被毁灭后，只有暴君才能最有效地建立起秩序，她从心底是不认可的。她更不能认可的是，如果她承认了这一点，那卓王孙对她做的所有的事就都是正确的，包括以她最不能接受的方式毁掉女王的名声。这样的话，错的是她，她应该恭顺服从，而不是反抗。这是她无论如何都不能接受的。

有另一个更好的办法，就是重建文明。

重建文明最大的阻碍就是能源。现代文明是建立在惊人的能源消耗上的，这些能源主要由电力提供。而"未来"爆炸后，一切电力机械都无法再用，这使得电力再无法作为能源被应用。而地球上的其他任何一种能源，都无法跟电力相提并论，都至少会让人类文明倒退上百年。所以，重建文明，就需要先找出一种比电力还强大的能源。

芙瑞雅本以为她找到了，就是路西法之心。它威力足够巨大，与电比都不遑多让，更重要的是，它不受"未来"的影响，完全符合在末日重建现代文明的需要，甚至，它能建起更强大的文明。只要文明能被重建，就不需要暴君。这就是芙瑞雅的办法，也是她有底气给他当胸一击的原因。然而，与路长谈后，她才发觉自己想得太简单了。路西法之心的确能建起更强大的文明，如果它能被大量仿制的话。关键就在于，它无法被仿制。

其实早在百年前，人类就发现了路西法之心蕴含着远超人类科技的能量，为此还成立了一个专门的基地，对之进行全方位的研究。基地里集中的是全人类最顶尖的科学家，却最终没有仿制出路西法之心。连那时都无法做到，现在电力失灵，几乎所有设备都无法工作，又怎么可能造得出来？所以，这是一条看上去有可能，但实际上无法通行的死路。

芙瑞雅仍未死心，路的记忆里，记录了长生族的科技，应该有制造路西法之心的办法。但这也被路否决了。原因很简单，路的确知道制造路西法之心的方法，但需要用到的科技领先人类的科技实在太多了，以人类的科技水平完全无法实现。这就好像一个现代人来到原始社会，就算他熟知制造电视的每一道工序，但要造出一台电视机，还是要先造钢铁、显像管，甚至要先发展出数学、物理学、化学等，还要培养出一大批专业的科研技术人员。等这些全都齐备，已是几百年过去了。

芙瑞雅叹了口气。难道，真的就没有一条不需要暴君的拯救之路吗？是她太幼稚了吗？

"也不是没有办法。"路沉吟片刻说，"其实，这个世界上，还有一种力量，跟路西法之心极为相似，甚至，可以说它就是路西法之心。找到这种力量，也许就能代替路西法之心。"

"是什么力量？"芙瑞雅急忙追问。

"在很久以前，长生族曾强盛无比，其足迹更是遍及整个宇宙。但，有一天，一位恶魔到来，他强大而无情，肆意破坏，令长生族遭受了致命的打击。为了打败他，长生族尝试了很多办法都没有效果。最后，长生族付出艰巨的代价，搜集到恶魔的基因，利用其基因制造出一种超级战斗武器，终于打败了恶魔。"

"难道……"

"是的，你想的没错，那个恶魔，就是龙皇。那种利用他的基因制造出的武器，就是路西法。龙皇的力量，就是你想要找的不受劫灰影响的能量。"

这个结论让芙瑞雅震惊，但细想来很有道理。启之所以敢引爆"未来"，必然不受其影响。而启的源头，就是龙皇。然而，这一结论并未让她欣喜："这没有用，龙皇已离开这个世界了，我们仍然找不到这种力量。"

芙瑞雅沉默了，路也沉默了。只有格外晴朗的太阳，照着格外寒冷的冰原。除了废墟，一无所有。

逃离泰美尔半岛时，芙瑞雅乘坐的是莱斯利夫人的潜艇。潜艇处于海面以下，还能隔绝劫灰的侵蚀，发动并航行。但当它浮出水面后，细微到人类无法察觉的粒子，钻入它的内部，让它永远丧失了动力。

这是一个小小的例子，是末日的一个缩影。从此，那些曾经呼啸在大地之上的发动机，永远不再轰鸣。灯红酒绿的大都会，一到夜间便化为死城，只有星空格外清朗。也许，是因为人类所制造的污染源都不存在了。站在高山上，远远地望过去，芙瑞雅还能看到六具巨大的身影矗立在泰美尔半岛上，那是曾经追击过她的大天使机体。它们曾是人类最强科技力量的代表，帮助人类横扫一切，一度被视为比众神还要伟大的存在。但现在，它们一动不动，像是六尊雕像，又像是六块追悼辉煌过去的墓碑。

也许，再过几年，它们就会成为记载工业文明的遗迹。再几年过去，它们会与这块土地一起被启占据，摧毁，永远消失。

芙瑞雅脸色怆然，默默转身。第一次，她感到恍惚，不知道要往何处去。这时，她看到了一个人，他没有任何随从，徒步走过冰原，向她行来。一见到这个人，芙瑞雅的瞳孔就骤然收缩，因为这是她现在最不想见到的人——卓王孙。卓王孙也看到了她，脚步没有加快也没有变慢，直至走到她面前。

芙瑞雅警惕地望着他。他的神色却很轻松，在芙瑞雅面前止步，伸手扯开了衬衫。靠近心脏的位置，有一个很小的圆点，正是她那一击留下的痕迹。"我试过了——你说得对，真的很痛。"

这一瞬间，芙瑞雅差点没忍住笑，她感觉到，那个她熟悉的大公子仿佛又回来了。她甚至想冲过去，在他伤口上加上一拳，然后笑着拥抱在一起，就和从小到大常做的那样，就当这半个月来发生的一切，只是场噩梦。但她什么都没做，沉默以对。

卓王孙静静地望着她，似乎也有很多话要说，但最终没有。他转身，望着与她一样的方向，看向一样的晴朗，一样的寒冷。

"昨天，兰斯洛特找到我，他说，以前误会了我。他曾经认为我当皇帝，是为了权力，为了个人欲望，现在他知道错了。让他明白这一点的，是'未来'爆炸后的死亡数字——两千二百四十六万。"他故意停顿了一下，似乎在等待芙瑞雅的反应。芙瑞雅差点惊呼出口，但随即强行忍住了，维持着无动于衷的表情。

"公爵会议此前预估的数字是十亿。三年后，这个数字将增加到五十亿。"

芙瑞雅的脸色沉重起来，这实在是个让人动容的数字。

"一切都如预想，'未来'爆炸后，所有电器都被毁掉了。交通、通信、物流全都瘫痪，几乎所有生产线都陷入停顿，甚至直接造成了大规模伤亡。你能想象一切设备失灵的医院会是什么样子吗？精密手术被取消，药物停产，病人只能等死。接下来面临的是地区之间相互隔绝、食物极度短缺、环境大幅恶化、生产力极度衰退、人类平均寿命大幅减少。科技水平倒退到工业革命之前，这也是公爵会议预估伤亡会达到五十亿的依据。但现在，一切灾难都如预估的发生了，伤亡却被限制在两千万左右。知道为什么吗？"

他又停顿了一下，等待着芙瑞雅的反应。芙瑞雅仍然沉默。

"第一，因为我在之前就推行了全民军事化管理，而且，我预计到交通、通信会完全瘫痪的可能，因此，实施的是最为严苛的连坐式处罚，让民众习惯一切都要遵从命令，这使得'未来'爆炸后，社会秩序没有崩坏。当然，一大原因也是我提前将叛乱者全杀了。"说最后一句话的时候，他看了芙瑞雅一眼。

"第二，我以军事演习、搜寻叛军的理由，提前发布了全球戒严令，最大限度避免了'未来'引爆后出现飞机失事、动车脱轨、轮船沉没等惨剧。

"第三，也是得益于我的新政策，'未来'爆发之前，我严令所有人都必须投入生产，这使得帝国积蓄了一大批生活物资，有效地缓解了'未来'爆发后生产力崩溃的问题。每个人家里都有食物，你知道这多么难得吗？"

芙瑞雅沉默不言。

"兰斯洛特知道，所以，他向我效忠了，真正的效忠。之前他当着我的面说了无数句'我不会为暴君效命'。是的，他不会为暴君效命，但当他看清楚我这位暴君是真正地为民众呕心沥血、背负骂名，他流下了悔恨的泪。"最后一句话，他想逗芙瑞雅说话的心，已非常明显。

"芙瑞雅，末世之中，没有宽容与仁慈的存身之地，我也想要自由、光明、平等、仁爱，但当我们必须放下这些才能换取生存时，我们还有其他的选择吗？"他望着芙瑞雅，"你说，你有更好的办法。我这次来，就是想认真地问你一下，你所说的更好的办法是什么？上次我还没来得及开口，就被你当胸一击。现在，我们放下成见，开诚布公地谈一次。虽然我认为，只有强权者的秩序才是度过末世的唯一办法，但如果你真的有更好的办法，我洗耳恭听。"

芙瑞雅并未回答。这是她唯一想回答但回答不出来的。因为她自己刚证明，那个更好的办法无法实现。

卓王孙静静地等待着。"没有吗？那就跟我走。"

芙瑞雅的目光警惕起来。

他轻声叹息："我知道，我毁了你最珍视的东西，你有足够的理由恨我。

但我至少可以在一件事上为自己辩解。你曾经以为我是痴迷权力的小人，跟那些历史上臭名昭著的暴君并无不同。但现在，我用数十亿人来向你证明，那些牺牲是值得的。它避免了全世界一半人口死于这场灾难，让人类保持着最后的信心。它并非毁去了十九年的盛世，而是让更多的人有重临盛世的可能。

"想想这一点，想想那些本该死去的人。芙瑞雅，你难道不能忍受一些屈辱吗？我站在这里，向你保证，我的帝国不会被末日打倒，也不会因伪善的民主而孱弱无能。在我的统治下，即使再有'未来'，有启，有更强大的武器、更可怕的敌人，人类都将永续存在。我保证终将有一天，我会让盛世重临，虽然不像以前那样繁盛，但可以让绝大多数人都可以生存。"

"相信我，跟我回去。"他伸手，握住了芙瑞雅的手。

芙瑞雅终于开口："为什么必须我回去？"

"因为我需要你，因为少了你的世界不完整，因为没有你我无法独自一个人面对所有的事情。"他的手握得很紧。

芙瑞雅凝视着他。在她的记忆中，从来没有听他说过需要某个人，如果没有这个人，便无法独自完成所有的事。也因此，他说的时候还不太习惯，停顿了两次才说完。

这个已登上皇帝之位的男人，有生以来第一次示弱与退让。在她面前。

天空晴朗，寒冷也似乎并不难忍。

芙瑞雅淡淡地笑了："我知道，不只是兰斯洛特，还有很多人会在两千二百四十六万这个数字公布后支持你。我不得不承认，如果还维持着之前的政体，不可能只有这样少的伤亡。我还知道，这个数字公布后，帝国统治会变得特别稳固。所有人都相信了这个逻辑：强权者的秩序是度过末世的唯一办法。当他们再遇到不公正甚至严苛的对待时，会用这个逻辑说服自己。随着末日的继续，每一次新危机出现，每一场新战争爆发，你的权力都会被加强。我唯一不相信的是，你说你需要我跟你一起面对，但我知道，其实你不需要。"

"不，我需要你。"

"那我问你，你什么时候知道'未来'会爆炸的？你为什么选择瞒着我？"

卓王孙："因为我很清楚，你即便知道了，也不会认同我的做法。"

"看，这就是你瞒着我的真正原因。你怕我理解不了你的伟大，怕我反对你、为你的伟业添乱。你的担心没错，即便知道'未来'会爆炸，我也无法认同叛乱、屠杀和帝制，而是会尽力寻找正确的方式。"

"存亡关头，我只能做有把握的事。"他深深地看了她一眼，"抱歉，我没有多余的时间、精力去说服你、控制你。而你恰好是一个非常难被说服、控制的人。"

"那现在又为什么非要我回去？万一被软禁于后宫的我，不受控制地误伤了皇帝陛下，岂不是成了历史的罪人？"

这句话充满嘲讽，卓王孙禁不住皱眉："那你想怎样？"

芙瑞雅："你回去统治你的帝国，我留在这里，追寻我想要的。"

卓王孙看着她："剪去长发，穿上满是油污的衣服，老鼠一样在下水道中逃窜，就是你要的？"

芙瑞雅："好过于做暴君后宫中的玩偶。"

卓王孙一时无语，深吸一口气，控制住自己的怒意："好，你说，你所谓正确的道路是什么？"

"我并不是一个圣人。我很清楚地知道，人性介于神性与兽性之间。生存环境的严苛程度，决定了人们更多地展现出哪一面。严刑峻法、强权暴政，能够取得一时的成功，却无法维持。古往今来，以暴政统治的帝王，无论有多少雄才大略，最终都死于自己释放出的兽性之下。"

卓王孙微哂："怕我被集权反噬？我可以理解为你在关心我吗？"

芙瑞雅："我只想告诉你，真正能度过末世的方法，是找到不受劫灰影响的新能源，重建现代文明。"

卓王孙冷笑："想法很好，可惜做不到。你要是有办法就告诉我，我必定举双手赞同。"

芙瑞雅沉默片刻："我没有。"

"那我们还争什么？"卓王孙终于厌倦了这场对话，"芙瑞雅，到此为止，跟我回去。大不了我答应你，等你有了切实可行的办法，我会帮你实现。"

"你要真想帮我，就放我走。"她看着他，目光中满是嘲讽，"陛下的疆域再广阔，总能让一个自由之人立足其外吧？"

"芙瑞雅，我知道你要守护的是哪些人。你想要的，不是你自己按照自己的意志活着，你想要所有的人都按照你的意志活着。但你想过没有，他们真的值得你这么做吗？难道你就不能放下这个世界，管好你和我，就我们两个人就好？"

"很抱歉，我不能。玛薇丝女王与第一骑士的女儿，做不了他人皇冠上的装饰。"她语气坚决，没有商量的余地。

卓王孙沉默片刻："你问过我，为什么不告诉你'未来'爆炸的事。现在我给你答案。真正最早知道这个消息的，不是我，而是公爵们。而在得知这一消息之后，他们不约而同地决定，结束合众国，成立帝国。他们想扶植的皇帝人选不尽相同，但有一点是相同的：他们都相信，只有强权带来的秩序才是度过末世的唯一办法。真正相信这一点的，不是我，而是他们。"

芙瑞雅震惊，却无法辩驳。她了解这些人，这的确是他们能干出的事。

卓王孙："你所相信的那些信仰与精神，真的存在吗？还是，只存在于你自己的心中？"

芙瑞雅："只存在于我的心中也是存在。"

卓王孙："很好。那你知道吗？他们选出的皇帝并不是我，而那个皇帝登基后的第一个决定，就是将你送给启。你想问为什么是吗？因为，启向他们提出了一个条件，要用你血祭龙皇。这并不能换来启不灭绝人类，只是赢得一些喘息之机——他们答应了。就算只是一些喘息之机，牺牲你也在所不惜。"

芙瑞雅脸色陡然苍白。

卓王孙看着她，突然想起，那个露珠凝湿的清晨，他与卓大公的对话。

"你在想什么？"

"我在想，染过血的草，还会再绿吗？"

"你还没做出决定吗？今天你必须给我一个答案，我不会再给你时间了！"

是的，再也没有时间了。

"意外吗？"他问芙瑞雅，语气温柔。

芙瑞雅咬住嘴唇，没有说话。意外吗？她能说不意外吗？

"这就是我做皇帝的原因。我不是他们选出来的，我是谋反者。那天晚上，我杀了很多人，我提着那个新任皇帝的人头，推开会议室的门，对公爵们说了这样一段话：

'为什么每次危机，都要牺牲她来顺魔王的意？如果必须这样才能得到她，那从今天开始，我就做那个每个人都要牺牲她来顺我意的魔王。'"

卓王孙嘴角挑起冷笑："意外吗？"芙瑞雅的双手缓缓握紧。

"你说要追寻自己的道路，你说要守护他们的意志，给所有人一个选择，可我厌倦了这么多选择。每一次义正词严的选择，都藏着肮脏的牺牲。可笑的是，你在内心深处认可了这种牺牲。终有一日，你会与你母亲一样，主动走上祭坛，怎么阻止都没有用。所以，我放弃了，不做好人，而做魔王。魔王不会怜悯，也不会妥协，不用听任何人的劝解，更不会受那些条条框框的约束。我会让所有人明白，活下去的唯一的办法，就是委屈你，牺牲你，把你放到我的祭坛上。我要整个世界逼着你取悦我！"

唯一一次，他失去了皇帝的仪态，嘶声吼出了这几句话。不知带着什么力量，这些话冲进了芙瑞雅的心底。这一瞬间，她坚守的心竟然有了些紊乱，忍不住想答应他，跟他一起回去。毕竟，连方法都没有，她到底在坚持什么？

但她真正开口时，却神差鬼使、言不由衷："你说这么多，到底想做什么？是说服我，还是让我可怜你——可怜你疯得不轻？"

卓王孙脸色阴沉："我只是想让你知道，正义、邪恶，对我来讲都没有意义。天崩了地裂了，盛世重临了，世界毁灭了，我在意吗？所以，不要忤逆我，他们怎么把你献给魔王，就会怎么把你献给我。"

"哦，你想要这个。"芙瑞雅嘴角挑起嘲讽的笑，"那你怎样才能放我走？提和你那个流氓生父一样的条件吗？放心，我会答应的。"

"你——"卓王孙握住双拳，极力克制自己的怒意。

芙瑞雅冷冷地加上一句："如果你要录像，就把机器架在这里，光明正大地录，不用偷偷摸摸。"

卓王孙气得说不出话来。芙瑞雅昂首望着他，不为所动。

他们终究，还是谁都无法说服谁。

第二十一章　冰雪国度

　　芙瑞雅站在雪原最高处，目送他离去，直到他的身影渐渐消失在风雪中，再也看不见。方才的一番长谈，也是一次交锋。她输得很彻底。

　　冷冰冰的数字最能说明问题。卓王孙救了世界，所以，他做的所有的事都是对的。就这么简单。而她呢？什么都做不了，所谓的更好的办法，只是一个美好的愿望，几乎没有实现的可能。

　　想到这里，芙瑞雅很想自嘲地笑一下，却笑不出来。她想到了那个交易——啓要拿她血祭，而人类决定将她献出去。

　　不仅仅是啓，就连人类也想让她死，那她还牺牲什么、守护什么呢？世间一切生灵，都是她的敌人。他们期待着、谋划着她的死。她的死于他们是盛宴——宏大祭祀，国家大事，神明餍足，百姓得救。多么完美的结局，代价是那么的轻：只是她一个人的死。

　　路的身形出现在她身后。身为路西法主脑的他，可以幻化成任何形象。当不需要幻化时，他最喜欢的形象是一个孱弱少年，在书海中埋头苦读不问世事的那种。

　　"你不该跟他谈崩的。"

　　"是的，我的确不该。或许在这世界上，他是唯一不想杀死我的人，只是想将我关起来而已。其他的人——想把我献给启的不仅仅是公爵们。看看他们对母亲做了什么，轮到我头上，哪怕只是让他们多活一天，他们都会毫不犹豫地把我交给启。我了解他们，他们一直都这样。"

她话锋一转："但，就算这样，我还是不能跟他回去。"

"为什么？"

"母亲以前常说，正义不该以不义的方式获得，那样，人类也许可以活下去，但人性的底线与尊严将荡然无存。"

路："可当面临生存与道德的选择时，大多数人都只能选择前者。"

"路，厌弃暴力，限制强权，这不是简单的道德，而是维持人类社会的秩序。我们是生活在这个秩序中的，依靠'人类有底线'这个共识而活着。如果这个底线被突破，哪怕是以正义之名，也会造成不可挽回的后果。坦率地讲，他的做法有合理性，却注定无法长久。人类度过第一个难关后，很快会面临第二个、第三个。那时会发生什么呢？弱者一再被牺牲，秩序逐步崩溃。当人们明白，最可怕的并不是异类的威胁，而是人类被激发的嗜血、残暴时，已经来不及了。我看到了这样的未来，因此，必须去寻找新的道路。这就是我相信的东西。"

路沉默了，这一次，没有再说什么了。他以光尘凝成的身体开始闪动，这代表着，他在以全功率进行着演算、思考。思考很漫长，光尘闪烁得越来越快，然后慢慢黯淡下来："其实，你要找的替代能源，还是有可能存在的。"

芙瑞雅的眼睛猛然亮起："说下去！"

"龙皇虽然离开了，但启还在。启体内的力量来源于龙皇，只是稀薄了很多，是否能成为比电力还强的能源，我需要见到并实验后才知道。"

芙瑞雅眼中的亮光黯淡下来："现在，所有的启都在北极，要想实验，就必须得去北极启的家园。"

路："是的。而他们早就向人类索取你来血祭龙皇，你若是去了北极，必然会被抓来血祭。但启体内究竟留存着多少龙皇的能量尚不确定，就算是你肯冒死前去，成功的希望也很渺茫。"

芙瑞雅沉默着。良久，她的神情中露出一抹决绝。"我要去。"她一字一字地说着。

路："这跟送死没有区别。"

芙瑞雅望着远方那个被冰雪覆盖的、遥远的启之国："你知道吗，路？当卓王孙问我有没有更好的办法时，我痛苦的不是我做不到，而是我根本没有。现在，我终于有办法了，哪怕它再渺茫、再危险，但它仍然是个办法。我若是因畏惧而不去追寻它，一定会悔恨终生。"

路："可你真的会死的。"

芙瑞雅："那就让我死在追寻的路上。"

恢宏的皇宫中，悬浮着灰色的尘埃，显得有些空寂。满地文件堆积如山，大量工作人员忙碌地翻阅、记录、分类。失去现代化的装备，帝国的大臣们只能用最原始的方法处理政务，效率只有之前的百分之十。好在，卓王孙事先命令工作人员做了足够的演练，制定了轮值制度。几组人员三班倒，勉强维持着国家的运转，只有皇帝本人是不休息的。

几天来，卓王孙一直在皇宫中，查阅各地递交的报告。直到晏呈交上一份加急报告，他才从堆积如山的公文中抬头："你说什么？她去了北极？"

晏点了点头。

卓王孙霍然从王座上站起身："为什么不阻止她？你难道不知道她会死在启的血祭中？"

晏很无奈："没法阻止，我们甚至连她怎么去的都不知道。"

"那你怎么知道她去了北极？"

晏："她托边境上的渔夫带来了口信，说是她终于能回答陛下的问题，她找到了方法。她会让陛下看到，末日不需要暴君也能终结。"

卓王孙一怔，坐回了皇座上。"为了这，连死都不畏惧了吗？"他的脸色渐渐阴沉。

让人窒息的压抑气息，笼罩了整个皇宫。所有人都低下头，不敢直视皇帝的怒火。然而这一次，皇帝陛下没有惩罚任何人。他从皇座上起身，冲了出去。

作战指挥室的大门被狠狠推开，正绞尽脑汁抵御启的攻击的三位军团长——东部军团长、西部军团长、北部军团长以及高级作战指挥人员与幕僚们震惊地转过头，就见皇帝陛下推门而入，双手压在作战指挥桌上，以压迫的姿态对他们说："我要转守为攻，重创启一次，你们有什么办法吗？"

三大军团长相顾愕然，等了一会，北部军团长才迟疑着问："陛下，您所说的重创，是什么程度？"

"打到他们足够痛，主动求和。"

三大军团长更加惊愕："陛下，这不太可能。'未来'爆炸后，我军绝大多数武器都无法使用，战斗力连原来的百分之一都不到。这种情况下，能抗住启的攻击都很难，至于反击……"

他说得没错。"未来"爆炸后，现代武器几乎全都失效。不用说之前的战斗核心大天使机体了，就连航空母舰、潜艇、战列舰、巡洋舰，甚至战斗机、无人机、导弹发射车、通信系统，甚至最简单的一颗鱼雷，都成为废铁。一切都回到了最原始的状态。军队中主要的运输力量是马，幸好之前皇帝陛下让全民投入生产赶制了一批马车，这成为士兵们最主要的行军工具。武器只剩下最简单的枪支，战斗时，再也没有战斗机助攻、炮火覆盖，只有最原始的冲锋。在信息与高科技的支持下大天使横扫战场的场面，将不复再见。这使得人类在与启的对战中完全处于下风。失去现代技术的武装后，人类才惊讶地发现，启的肉体竟然如此强悍。低等的启可以轻易对战数十个人类士兵，而高等的被称为"妖"的，力量与小型机体差不多，面对他们的射击，甚至连躲都不躲，一个冲锋就能灭掉一个小队。

这不是对战，是单方面的屠杀。

之前，大多数民众还认为启想灭绝人类是无稽之谈，但战争开始后不久，他们就彻底地认识到，这不是妄想，这一天的到来，也许比他们想象的还要早。

北部军团长磕磕绊绊地组织着语言，试图说服皇帝陛下。所谓转守为攻，与送死没什么区别。但他等来的，是皇帝陛下极为简捷的回应："你被免职了。"

北部军团长都有些不相信自己的耳朵："什么？"但属于皇帝陛下的亲卫军迅速进来，将他带走，只剩下他的军帽，端端正正地留在了指挥桌上。

卓王孙转头，向着东部、西部军团长："我想要重创启一次，你们有什么办法吗？"他的话，没有任何玩笑的意味，冷峻得像是卡乌斯季塔列亚的风，吹得两位军团长脸部僵硬。他们知道，如果再有半点犹豫畏战，下场就会与北部军团长一样，当场被撤职，移送法办，只有军帽留下等待新的主人。所以，他们只能遵命称是，绸缪与启的血战。

失去电力后，只有烛光照明的宫殿显得有些阴森。到了夜间，恢宏的柱子投下浓重的黑影，让人感到难以忍受的荒凉。

卓王孙静静地坐在皇座上，望向门口。殿门显得那么遥远，外面是深深的夜："准备一下，我要御驾亲征。"

"什么？"晏吃了一惊，"陛下，现在还不是北征的时候，我们还没有做好准备。"

"现在就是北征的时候。"卓王孙坚定地说。

望着他，晏突然想起在那个风雪海岸的山谷中，卓王孙说过的话——"如果有一天，不得不真的杀她，我会亲自动手的。除此之外，无论是人、神、启，都不能伤她分毫，否则，就要付出血的代价。"

"是为了公主吗？"

"为她吗？"卓王孙摇了摇头，"怎么可能？这可是军国大事。我是为了帝国。自'未来'爆炸后，人类的信心坠入谷底。以前，我们并不将启放在眼里，而现在，人人谈启色变，诚惶诚恐，害怕启南下。而几乎所有人都相信，只要启南下，人类就将灭亡。"

卓王孙目光抬起，望着墙上挂着的军事地图："人类需要一场大胜，来振作士气。这场大胜，最好是来自启。这是我选择北征的原因。"

晏沉默了。

卓王孙说得很有道理，每一句他都无法反驳。但隐隐的，他觉得这些都不是理由。恰恰是他绝口不提的芙瑞雅，倒像是真的理由。这让晏有些忧虑。

"那……"晏收起手上的文件，"我随您一起去。"

卓王孙按住他的肩："不，你不能去。帝国的事情还很多，需要有人坐镇帝都。"

晏："可我担心您。"

卓王孙笑了笑："放心，我亲自出征，不会有事的。我要做的，可不仅仅是当人类的魔王。启必须学会敬畏，他们唯一需要的献祭对象，就是我。搞错了这一点，可是要诛九族的。"

晏沉默不语。

卓王孙："晏，我知道你担心什么。这场战争，我筹划已久了。我可不是个等着别人打到我面前的人。我此去，敌城的入口，便是我牧守的国门。"说完，他再不停留，转身大步离去。

晏望着他，脸上忧虑未消，但又浮现出敬畏。这样的皇帝，才能行非常事，才能引领这个末世，走向光明。他缓缓躬身："恭送陛下。"

芙瑞雅站在一座小型冰川上，慢慢漂向启的领地。

起初，人类以为启的领地只是一块漂浮在北极之上的永冻浮冰，虽然方圆超过百里，但从国家的层面来讲这连个小岛屿都算不上。但后来人们才发现，它不是浮冰，而是一座冰山。露出洋面的只是很小的一部分，其根部一直下探至海底，跟海底地幔连为一体。这座冰山大到甚至以"未来"引爆前的现代探测仪器，都无法将其完整地探测出来，浮在水面之上的连百分之一都不到。启在冰山内部开凿山体，建起了一座新的家园，没有人知道冰山中究竟被挖出了多少层，内部结构已变成了什么样子。但，从让"未来"爆炸的底气来看，那肯定是个极为恐怖的数字。在这座冰川之城中，究竟繁衍了多少启？而她，就要孤身踏入其中，将生死交予他们，然后，谋夺一线可能找到重建现代文明的机会。

北极永远被暴风雪笼罩着，末日之后晴朗无处不在，但这里却是例外。在水面的浮冰上没有几座房屋，只见一座冰峰拔地而起，直指天际，峰尖高到甚至没入了暴风雪中，看不到尽头。它独特的淡蓝色在灰褐的暴风雪中是那么醒目。冰峰之下，是一片平整的空旷地面，稀稀落落地坐落着一些样式稀奇的建筑。其他的就没有了。再往外，就到了浮冰的边缘，外层是陡峭的悬崖，高高的冰墙耸立，每隔不远，就有凶狠高大的启族士兵在巡逻。

这座冰雪之城只有一座城门，被雕成巨大的冰龙张开口的样子，每个入城者都像是被冰龙吞噬。这里，也是守卫最多的地方。

虽然不是第一次来这里，芙瑞雅仍然感到震撼。

上次她是以合众国公主的身份来的，带着一整队随从与大天使战机，却仍然差点死在了这里。现在她孤身一人前来，充当血祭的祭品。

鲜血流尽的寒冷、刺痛、绝望仍萦绕于心，那是她此生的梦魇，每次午夜惊醒，都会汗湿衣衫。如果不是为了寻找重建现代文明的能源，她决不会再踏足此地。但她无法退，因为她是玛薇丝的女儿，是已覆亡的合众国的最后一位公民。

轻微的震动从脚下传来，小型冰川停靠在浮冰上。芙瑞雅深吸一口气，向城门走去。一群启守卫在门口进行短跑比赛。他们穿着毛茸茸的裘衣，耳朵尖耸，身后还有蓬松的尾巴。一看就知道，是由哈士奇雪橇犬进化而来。守卫们很快发现了她，冲上来将她包围。

"我是合众国的公主芙瑞雅，我来做龙皇血祭的祭品。"

但她并没有得到好一点的对待，做守卫的啓们显然智慧没有那么高，他们听不懂芙瑞雅说什么。或者听懂了，但根本不相信。

"芙瑞雅公主怎么可能孤身一人来这里？她肯定会有上百名随从啊！"

"我见过芙瑞雅公主的画像，和她一点都不像。"

"肯定是人类的探子，抓起来！"

守卫们纷纷上前，伸手推搡、撕扯。他们的动作里并没有侮辱的意思，单纯是动物对猎物的扑击。然而，由于力气实在太大，很快将芙瑞雅推倒在冰面上。

"要我幻化成龙皇，将他们吓退吗？没有人能看破。"一小团几乎不可见的光尘在芙瑞雅的耳坠上闪烁着。这是路。随着两人灵魂间的联系愈发密切，已经到达只用在心中默想便会被对方感知到的程度，完全不会被别人听到。

芙瑞雅："不，路，我可以忍受。记住，不要让任何啓发现你的存在。不管我遭遇什么，你都不要出现。我会拿到那种能量的。"

"好吧，如果你坚持。"路无奈地沉默了，光尘不再闪烁。

守卫们怪笑着，纷纷出着主意。

"该把她送到哪里去呢？是让她拉雪橇呢，还是叼飞盘？"

"我讨厌人类。"

"是的，他们非常恶心。"

"现在天变了，我们终于可以报复他们了，用他们曾经折磨我们的方式！"

守卫们敲击着手中拿着的各式兵器，冲着芙瑞雅怒吼着，声音整齐而充满愤怒："杀！杀！杀！"

芙瑞雅自嘲地笑了笑。如果死在这里，也太滑稽了吧。她藏在衣袖下的手渐渐握紧。

一个高大的守卫抓住她的手，准备将她拖走。她猛然转身，衣袖中金属管弹出，戳中了守卫的左眼。守卫惨叫着捂着脸跪倒，鲜血从指缝中淌出。他随即在地上翻滚，发出一声声短促的惨叫。其他的守卫怒吼着涌了过来。

"用你们的脑子想想，如果你们还有的话！我如果是芙瑞雅，你们就这样把我杀了，耽误了龙皇血祭，会有什么样的后果？"

愤怒的守卫们停了下来，有些呆愣地望着彼此。

"是啊……"

"万一她是呢……"

"那怎么办……"

芙瑞雅："把我交给你们的上司，他会认出我。如果我不是，他会毫不犹豫地让你们杀死我的。"

守卫们互相张望着，最终都觉得这是个好主意。他们推推搡搡，押解着芙瑞雅向城内走去。

芙瑞雅的判断并没有错，当她见到那位"上司"时，很快就被认了出来。这是一件大事，立即被层层报了上去。最终，启的最高掌权者玄青大人，决定亲自接见芙瑞雅。

在此过程中，芙瑞雅也切身感受到，启对人类的恨究竟有多深。深到他们见了任何人类，都只会有一个念头：杀了他。人类与启，是两个已将仇恨与敌对深入到骨子里的族群，没有共存的可能。他们只会拼杀到有一方彻底灭绝为止。"未来"的引爆只是个开端，这一点芙瑞雅早就知道，只是，这一次身为阶下之囚，感受得更为直接。

从进入城门那一刻起，她就无时无刻不感觉到仇恨的目光注视着她。如果不是打着"成为龙皇血祭的祭品"的旗号进来，她毫无疑问已被撕碎了十几次了。她只能对这些视而不见，强迫自己去想一个更迫在眉睫的问题。那是她刚听到的一个名字——玄青大人。启的最高掌权者。

在芙瑞雅之前的印象中，启的最高掌权者是龙皇石星御，他如皇如神，地位无人撼动。石星御之下是四御神龙，"火御"玉鼎赤，"风御"青帝子（蕾切尔），"水御"玄田田，"地御"皇极真（穆）。四御之下，就不怎么重要了。但她从未听说过"玄青"这个名字。

玄青大人，是什么人？他为什么成了启的最高统治者？

还有一件事让她警惕，消息层层往上传递的过程，可以看出启已建立起了一套严格的军事体系，守卫到管带，再到统领、副将、将军，再到最高的统治者。以前启以龙皇的信仰为核心，狂热但相对松散，但现在已完全转变为世俗化、等级森严的国家。这是一个根本性的转变。这个转变，是不是由玄青做出的？这是否意味着，他对启的掌控，已到了一个前所未有的程度？

这无疑是个可怕的启，她能逃过他的魔掌吗？芙瑞雅思索着。

很快，她见到了这位神秘的新领袖。

芙瑞雅被带进冰城前，她没料想到冰城竟会这么温暖。

整座冰城，都在巨大的冰川中，厚厚的冰层将严寒隔绝，维持着七八摄氏度的温度。对体格强健的启而言，这是个极为舒适的温度，很多小孩甚至只穿着单衣就在冰上奔跑。同外面 -40℃的严寒相比，这里温暖得像是伊甸园。

整座冰山，不知被挖成了多少层，一层一层地向下蔓延，每一层都有上万甚至更多的启生活着。冰山的正中间被挖空成一条贯通最上层与最下层的气井，与周围几十条小一些的气井相连，热气上升冷气下沉，以对流的形式完成空气的交换。气井的设计很巧妙，使得冰城中并没有想象中的气闷。

气井贯通冰城上下，往上便是血祭仪式上最中间的通天巨柱，即使有暴风雪，淡蓝色的冰山仍让天呈瑰丽的蔚蓝。往下则直达海底。千余米的长度、近百米的宽度让气井显得极为宏伟，站在气井侧，整座冰城一览无余。这座处在冰山中的城市给人无与伦比的震撼。

这震撼并非仅来自视觉，更来自心灵。冰城中的启往来穿梭着，他们面容都很恬淡，很少说话，多数习惯用原始的方式交流。跟芙瑞雅在城门受到的待遇不同，启彼此之间相处得融洽之极，似乎族群之中根本没有争执，又或者他们都历经苦难，特别珍惜现有的安宁。

再没有什么比这更直接地让她感受到，这里是启的家园，是启的乐国，是启的天堂，是启的庇护所。

这座城，可以保障即使在末日之中，启仍有最后的家园。北极严酷的环境，反而成为他们的保护伞，保护着他们远离人类的伤害。

她很想好好探探这座城，去跟启交谈，探究龙皇在他们身上的留存，了解他们是否拥有某种可资利用的超凡力量。但她没有时间，她很快就获得了玄青大人的召见。

玄青大人召见她的地方，是冰城的地底第一层。这里有个很广阔的大厅，正中放了一张格外巨大的冰椅，左右各有一列小了很多号的冰椅。当中的冰椅是空的，专门为龙皇而留。左右两侧则坐了很多启，他们都戴着形式奇异的面具。唯一一个没有戴面具、坐在左侧第一把冰椅上的，就是玄青。

让她意外的是，他的形象并不狰狞，外表就像一个十一二岁的人类男孩，肤色苍白，身形瘦弱。唯一诡异的是，他隐藏在长刘海下的竖瞳。这让他原本清秀的容貌显得阴郁而森冷，更像是一条蛇，或者蚺。

当他的目光落在芙瑞雅身上时，芙瑞雅不由自主地感到了寒冷。这种感觉前所未有，她明白，这位名为玄青的超级生命体，绝不简单。但她没有见过这个人，从来没有。

玄青嘴角挑起一抹笑："果然是你，公主殿下。"童声清脆，让人印象深刻，"有什么话要讲吗？"

芙瑞雅："我已经来了，请你下令停止攻击人类，给人类三个月的喘息之机。作为回报，我会自愿做血祭的祭品。"

出人意料的是，玄青答应得很容易。玄青："没问题。当得知您逃出帝都后，我一度认为再也见不到您了。但我没想到您会把自己送过来——我该说您伟大吗？"

芙瑞雅："我只是，别无选择。"

玄青："是啊，这个世界又给谁留下选择了呢？啓如果有选择，也不会引爆'未来'。当然，现在讨论这个并无意义。既然您来了，就开始吧。"

第二十二章　时空彼端的召唤

所谓开始，是指开始血祭。

芙瑞雅微微一怔："这么快吗？"

玄青："实际上，已经比预期推迟了很多。我本以为'未来'爆炸后，您就会被送来。祭台已经搭好，只等您走进去。何况，我不敢留您太久。您可是人类中最狡猾多智的几个人之一。您肯主动将自己送过来，固然可称之为伟大，也令我有点小小的疑惑，您是不是别有目的呢？"

芙瑞雅笑了笑："我只是个阶下囚，有必要这么多疑吗？"

玄青："多疑是我的优点，多想想总不会错。顺便说一句，您知道血祭结束后，您会死的，对吗？"

芙瑞雅沉默了片刻，点头："是的，我知道。"

玄青："还是决定用自己的性命换人类三个月的苟延残喘吗？"

芙瑞雅："你希望我怎么回答？从我走进这里的那一刻开始，你唯一会做的，就是把我绑到柱子上，流干我的血。既然如此，又何必问这句话？"

玄青笑了："说的没错，的确不必问这句话。但，看着您孤身一人走进我的宫殿还侃侃而谈，我就在想，究竟是什么让您这么镇静的？如果是一件衣服，我能不能剥下来？如果是某种伟大的信仰，我能不能击碎它？然后，看看赤裸的、恐惧的你，究竟是什么样子？"

他微微侧头，注视着芙瑞雅。金色瞳孔以诡异的角度转动，透出复杂的神色，时而如孩子般的天真，时而如鬼魅般森冷："那么，开始吧。"

祭台就设在露天的冰面上。

玄青说得不错，一切都已准备就绪。冰面上刻满了细密的符纹，以冰峰下的一根柱子为中心，向外延展。

几名戴着假面的超级生命体走出来，将芙瑞雅绑在柱子上。而后随着古老的乐声响起，啟缓缓从地底冰城走出，站在符纹上，所有的符纹都被站满。究竟有多少啟，没有人能数得清。唯独有一条狭窄的通道留了出来。玄青沿着通道走向芙瑞雅，他手中捧着一只金属盒子——潘多拉之盒，龙皇留给啟一族的信物。

玄青在芙瑞雅面前止步。

芙瑞雅："我能问一下，你为什么要用血祭召唤龙皇？你已经引爆了'未来'，在与人类的对峙中，占有了巨大优势。你已经赢了，不是吗？"

玄青望着她，淡淡地说："这不是你该关心的事。"

芙瑞雅："那你用血祭杀了我，龙皇大人回来后，会不会迁怒你呢？"

玄青脸色一僵，随即冷笑："那也不是你该关心的事。你唯一该做的，就是在这场血祭中死去。"

他凑近了，在芙瑞雅的耳边低语："你死了，对所有人都好。"

然后，他挥了挥手。一根冰柱徐徐升起，矗立在符文中央。玄青将潘多拉之盒放到了冰柱上。冰柱上生出一层层符纹，慢慢向内渗透，最终接触到潘多拉之盒，与盒子上的符纹连接到一起。

这一刻，冰柱上的符纹变得立体起来，就像是一棵树的脉，缓慢向外生长，直到与冰面上的符纹连接，伸展至整个冰城。站在符纹上的啟唱起了苍茫而古老的歌，他们身上亮起淡淡的光，向冰层下照去。冰面上的符纹，也沿着光向下蔓延。当到达某一深度时，又有新的光亮起，让符纹接力往下渗透。这是因为参与血祭的，并不仅是冰面上的啓，冰城之内，每一层，都同样镂刻着符纹之阵，都有无数啓站在上面，与这一祭仪相和而歌。符纹贯透整座冰山，到达几千米深的海底，并在海底蔓延。

整座冰城，变成一座立体的符纹之阵，一头连着所有的啓，一头连着潘多拉之盒。

"现在，把你的手放上来，你的心中关于龙皇的记忆就会被激发，形成一根线，连到身在异时空的龙皇。"

芙瑞雅思索着什么，没有动。玄青手指轻轻一弹，一道冰连成的丝络从他指尖出现，在空中蔓延，缠上了芙瑞雅的手臂，将她的手强行按在冰柱上。

"轰！"

整座冰山都亮了起来，被啓激发的立体符纹一点点从冰下飘上来，悬浮在半空中。转瞬之间，冰面上就出现了一座巨大的、纯由符纹组成的冰山。它倒悬着，就像是这座直达海底地幔的永冻冰川的倒影。

苍古的祭歌中，淡淡的蓝色光芒从啓身上发出，渗透进天空，延伸向无限远处。这让人有种错觉，符纹已化成了一个广大无比的球形，将地球整个包围在里面，然后，再蔓延，直到太空深处。

这是无比宏伟的一幕，远超芙瑞雅的想象。天与地，宇宙与地球，在这一刻连接在一起，万物苍生，都因此有了联系。

在某一个时刻，符纹停止了蔓延。与此同时，潘多拉之盒闪了一下，上面缠绕的立体符纹顺着芙瑞雅的手臂，缓慢伸向她的身体。她能感到这些符纹就像是蛇，徐徐钻入她的心脏。一种难以言说的痛苦袭来，从清晰到模糊。一种强大到无法想象的力量，如雷霆一般轰击着她，将她包围在一片深沉而璀璨的蓝海中。

所有啓都在仰头观望着，苍古的歌声响彻冰城。满空的符纹颤舞，响应着他们的呼唤。这是万众期待的终结。

冰山的符纹已远到看不见，潘多拉之盒上的符纹，也钻入了芙瑞雅的心。这一刻，出现在芙瑞雅心中的，不是痛苦，不是绝望，而是一种奇异的释然。她看到了。她看到这种源自啓的强大的力量，它贯穿天地，劈开虚空，沟通异世界，召唤神王。它比她想象的还要强大，让电力都黯然失色。它一定能成为一块尤比坚固的基石，建起比之前更加灿烂的文明。末日将因它而终结。

这一刻，芙瑞雅燃起了前所未有的信心。她要亲手，掌控它，利用它；她要参与用它重建文明的每一个步骤，她要亲眼看着它让世界繁荣。她不再畏惧痛苦，而是坦然拥抱，迎接它更深地刺入自己的体内。

祭歌仿佛有了一息的停止，所有啓，包括玄青，都翘首等待，等待着血祭的结果浮现。

但，预料中天空震动，龙皇降临的一幕并没有出现。立体符纹探入芙瑞雅的心后，明显地停顿了一下，失去了方向般茫然散落。然后，迅速地向潘多拉之盒褪去。

布满整个天空的冰山符纹，失去了最重要的支撑，颤动得越来越急，终于在一声短暂的脆响中崩溃，化为漫天的星屑飘落。就像是下了一天的雪。所有仰面而望的啓，全都惊愕、惶恐无比。

玄青："失败了？这不可能！不可能！"他的瞳孔骤然收缩，化成两道极细极细的金线，死死盯住芙瑞雅："你做了什么？"

芙瑞雅脸上并无惧色，缓缓笑了。这一笑，竟有着莫名的震慑力，让玄青不敢上前。突然，一只巨大的蓝色的龙出现在芙瑞雅身后。龙翼仰天展动，然后轻轻落下，护在她身上。

一个威严而熟悉的声音响起："一切子民，尊我之命。"

"龙皇？"所有啓发出惊呼，本能地跪了下去。

蓝龙双翅展动，怒然飞舞，在所有啓的注视下，化为石星御的样子，手指轻轻点在了芙瑞雅的额上："此女为九灵儿转世，万代不灭之魄，寄于肉身凡体之中。特许其以皇后之尊，统领我族。其言即我言，其行即我行。凡我子民，皆当凛遵。"然后，化为光尘消失不见。

星屑满空，启仍跪伏着不敢起身，只有芙瑞雅，静静立在冰原上。

一日前。

芙瑞雅乘冰川漂向冰雪之国时，对路说了一段话：

"1479 年，达伽马带着一支船队穿越茫茫海洋，前去寻找未知的香料与黄金之国。所有人都觉得他不可能活下来，但，两年之后，他不但活着回来了，还带着满船的黄金。有人说是贪婪让他成功，有人说是疯狂让他成功。我却认为，真正让他成功的，是冒险家骨子里的赌性。当我站上这座冰川时，我在想，如果我有足够的赌性，目前的问题就不是能否活下去，而是能不能得到盛满一支舰队的黄金。"

"你到底在说什么？"路皱起眉头。

"我在说夺权。"芙瑞雅淡定地回答，"成为启的领袖，让启全族都听我号令。"

"你真的疯了。"

"不，路。听听我的计划。我们有两个优势，第一，我们知道血祭的详尽信息，长生族深谙血祭。信息很重要，知道的信息越多，我们就越有可能掌控这次血祭。"

"我只知道，无论怎么掌控，祭品都会死。你很清楚这一点。"

"不，路。祭品的价值，在于她是龙皇挚爱之人。如果这个人不是我，血祭还能进行下去吗？祭品还会死吗？"

"你仍然不相信，自己是九灵儿转世？"

"我清楚自己不是。"她语气笃定，"所以，血祭一定会失败。"

"可这又有什么用呢？血祭失败，愤怒的启会将你杀掉。你照样难逃一死。"

"所以我需要你的帮助。你不是能幻化成任何人吗？我需要你在血祭失败的那一刻，幻化成龙皇，让啓认为血祭成功，龙皇降临。我的记忆中，应该有足够的信息让你了解石星御，不是吗？"

路皱起眉头："你不怕他们拆穿你吗？我是能幻化为石星御，可我不会有他的力量，也不会有他的威严。相处的时间稍微长一点，就会被拆穿。那时……"

"那时，愤怒的啓会杀掉我，我照样难逃一死。我知道。"芙瑞雅打断了他，"但如果，我只让你出现一瞬间，说一句话，然后就消失。之前或之后，无论我遇到什么危险，我都不允许你用这种力量帮助我。你还担心被拆穿吗？"

路犹豫了一下，点头："这倒是将被拆穿的风险降到了最低。你要我说的那句话，是什么？"

"我要你当着所有啓的面，告诉他们，"芙瑞雅一字一句地说，"你要册封我为啓的皇后。在龙皇离开之日里，代他统御全族。"

路震惊得说不出话。他拥有星空一般广大的知识，见识过数以亿万计的人生，早已久经沧桑波澜不惊，但此刻，他仍然被芙瑞雅的计划震惊。

"你要做啓的皇后？"

"是的。"

"这太疯狂了……"

"路，我知道你想说什么。我如今的境遇比一只苦苦求活的丧家之犬好不了多少，居然还想夺取啓一族的领导权，实在是太疯狂了，不是吗？但我还有什么可失去的？人类想要我死，啓也想要我死。但正因如此，我才会像达伽马那样，不能去思考如何活下去的问题，而去想怎样得到一船黄金的问题。就算我什么都不做，我活下去的可能性有多大？百分之一吗？那就算我这么做，活下去的可能性又会降到多低？千分之一？这有区别吗？只不过是接近零的程度的差别而已！但，只要我们能掌控血祭，当着所有的启说出那句话，我们会怎样？”

她语调平稳而坚定，显然早就深思熟虑过。

“在启心中，龙皇是至高无上的存在。当启亲耳听到他说出这句话，即使有人怀疑，也没人再敢处死我。迷信龙皇的守旧派会拥护我，玄青一派会反对我，那就让他们争好了。这场争斗也许会以我的失败告终，也许相反。但，我至少可以安全地留下来，探寻或者找到那种能量。

“我的办法就是，赌一次，要么死，要么破局重生。挣扎在百分之一的可能性上，不是我的风格。如果这是一场赌局，我要做主动叫牌的那一个——无论输赢。”

路沉默着。他身上浮现出淡淡的光芒。光尘在急速地组合、演算，推导她成功的概率。良久，他点了点头。

“你说得不错，这个计划是一场押上性命的赌博，我不得不说它很大胆，虽然它成功的概率不高，每一步都充满了变数，随时可能让你死无葬身之地，但它的确有成功的可能。你超出了我的意料，或许，我应该重新估算你人格中的勇气指数。”

“其实，我并不勇敢，我很害怕。”芙瑞雅笑了笑，望向北极湛蓝的天空，“我只是想，如果母亲还在，她也会这样做。我始终相信她没有走远，就在某处看着我，庇佑我。我可以死，但我不会让她失望。”

芙瑞雅的赌局开出了她想要的牌面。

如预料的那样，启之间爆发了严重的分歧。以玄青为代表的一派，坚称血祭失败，符纹最终没有进入她的心脏。但他们无法解释的是龙皇为什么会出现。作为长生族最高科技的结晶，路的存在超出了他们的理解。就连玄青也没看透路的幻形。

反对者们大多是守旧派，石星御是他们的神，是缔造者与庇护者，是创世主。所以，只要石星御说过的话，他们都会遵守，不论对错。这一点，就连玄青也不敢公开反对。何况，启中位高权重的长者，都清楚芙瑞雅与龙皇的关系。族中甚至早就有些启将芙瑞雅视为皇后了。几位长者遏制不住冲动，当众质问玄青，是不是贪恋权力，不想将之交给龙皇指定的皇后。玄青只好当众发誓，重申自己对龙皇的忠心。他不是不想交权，最根本的原因是芙瑞雅是人类。他把血祭中无法解释的现象都推到了人类的狡猾上，并成功地将之与启对人类的仇恨绑定。

虽然道理没有讲通，但情绪是对的。对人类的仇恨在启中有广大的基础，获得了众多支持。

一派主张效忠龙皇，龙皇怎么说就怎么办，无论对错。一派坚持人类不可信，遇人类必反。两种言论针锋相对，没有退让的余地。甚至不等祭仪结束，启就分为旗帜鲜明的两派，争执起来。

冰城最底层的启还不知发生了什么事，遥望着他们尊敬的长者、领袖激烈争吵，面露迷茫之色。

突然，玄青挥手止住所有启："为什么不让龙皇自己来证明这一点呢？"

"白鲸之谷。"

这个名字一出现，所有启都停止了争吵。偌大的冰面上，诡异地出现了寂静。所有启都以手抚胸，虔诚地低头敬拜。有启试探着说："白鲸之谷，真的合适吗？她会死的。"

玄青："如果她真的是被选定的皇后，皇一定会庇护她。如果她不是，那死不死又有什么关系呢？"

"可是，皇已经离开了。"

玄青："你在质疑皇的无所不能吗？就算他离开了，仍能庇护他心爱的人。何况，白鲸之谷的那位，跟皇又有什么区别？"

玄青选了个很好的点，用对龙皇的信仰说服了因信仰龙皇而反对他的人。没有启再为她说话，他们只是静静地看着她，仿佛在说，你不可能活下去的。

芙瑞雅心中生出一丝不祥之感。她的记忆中，完全没有白鲸之谷。对于这个地名，她一无所知。从启的话里推测，白鲸之谷有巨大的危险。而他们又相信，如果芙瑞雅能活着走出白鲸之谷，就能证明她真的是龙皇选定之人。白鲸之谷中究竟有什么？

玄青转身走向芙瑞雅，为她解开绳结。他的动作很慢，有条不紊。声音就像是风，轻轻吹进她的耳中："想知道白鲸之谷中有什么吗？那里有一条巨龙。它，就是龙皇的身体。龙皇离开时，没有带走身体。它太庞大了，无法穿越时空，因此只能留在这里。白鲸之谷，就是安放他的身体之地。"

芙瑞雅神色一振——龙皇的身体还留在世间？那是不是可以直接得到龙皇的能量了？她脸上的喜色让玄青会错了意，冷哼了一声："你以为，龙皇的身体，一定会庇护你是吧？那你就错了。你有没有想过，身为龙皇，即便只是他的身体，也是尊贵无比，我们为什么不将它供奉在城中心，而关在白鲸之谷呢？因为这具身体没有意识，只剩下最原始的杀戮的本能。它会杀死看到的一切生物。为了把它关进白鲸之谷，启一族付出了惨重的代价，鲜血与白骨从冰城一直洒落到谷口。从那之后，我们又将那座山谷称为'白色黑暗之地'，没有启敢靠近。"

"现在，还觉得自己能活下去吗？"他解开绳结，放芙瑞雅自由。

"我知道你在血祭中动了手脚，尽管我没有抓到任何证据。你觉得你很聪明是不是？随便就可以玩弄所有启是不是？当巨龙撕开你的身体时，你就会发现，自己有多愚蠢。

"去吧，你死了对所有人都好。"

第二十三章　白鲸之谷

白鲸之谷。

嶙峋的巨石从四周向中间聚集，形成一道天然的隧道。万古不化的冰雪堆积其上，将原本就不宽阔的通道层层封锁，只留一线。

冰层虽厚，却极为通透，隐约可以看到冰层下坚硬的花岗岩。一道道巨大的冰柱悬垂而下，让这条隧道险峻之余多了几分神秘，仿佛天地开辟之后，诸神长眠的墓碑。

沿着隧道走去，大约一公里后，通道变得更窄，只容一个人通过。芙瑞雅明白启们为什么选择这座山谷封印巨龙了。这里真正当得上一夫当关、万夫莫开，只要极少数人，就可以守住这条通道。再往前，左右各耸立着一根巨大的弧形冰柱，顶端交汇在一起，就像一对猛犸象牙。它们并非天然生成，而是不久前几位大妖用法术合力制造的。

这是白鲸之谷的第二道门，兽牙之门。启族人大部分留在了门外等候，只剩下一支小队，押送芙瑞雅向前。

绕过弧形大门，眼前是一片开阔的雪原。启的脸上露出畏惧之色，向雪原深处拜了几拜，赶紧退了出去。芙瑞雅很快明白他们恐惧的原因。这片雪原上，堆满了黑色的动物遗骸，它们似乎瞬间被高温碳化，血肉无存，只剩下骨骼。从骨架形状上，依稀能看出生前的样子。巨型虎鲸、利齿凸出的鲨鱼、大角鹿……动物层层叠叠地堆在一起，无法计数。诡异的是，多数动物都与他们本来的形态有所差异，如两颗头颅的海豚，三条尾骨的北极狐，长着树枝状长角的麋鹿。这意味着，它们都是启。

白鲸之谷，竟成了启一族的巨型墓地。

芙瑞雅惊愕地打量四周："路，这到底是怎么回事？"路叹了口气，投射出一段全息影像。蓝色的巨龙愤怒地嘶啸，挥动一对巨大的肉翼，从口中喷出烈焰。以长老为首的启围在不远处，用各种武器抵挡，想将巨龙引入白鲸之谷。他们脸上的神色恐惧而敬畏，并不敢真正伤到巨龙。然而，巨龙并没有给他们任何怜悯，一次次挥起利爪，抓起靠近自己的启，撕裂、吞入腹中。诡异的光芒在它巨大的腹中燃烧，伴随着启声嘶力竭的惨叫。片刻之后，大量骸骨随着火焰被吐出。血肉已经消失，只剩下一具具焦黑的骨架。很快，整个冰原都布满了骸骨。

全息影像消失。这炼狱一般的景象，让芙瑞雅不禁色变，很久都没有从震惊中恢复。影像中的巨龙，她曾不止一次看到过。它是龙皇的肉身，曾与人类大天使战机作战，也曾在地宫中安眠。龙皇灵魂还在时，它只是强大的龙而已，并非毫无灵识的嗜血怪兽。

芙瑞雅深吸一口气，让自己平静下来："它在哪？"

路："就在那座山的后面。"

所谓"山"，是一具蓝鲸的尸体。也许是由于体型太过巨大，巨龙并没有将它整个吞入腹中，只扯下了部分头颅。极寒条件下，蓝鲸得以保留了完整的身体——除了头部巨大的血洞外。

在路的引导下，芙瑞雅从蓝鲸冻僵的身体内穿过，登上了残存的头颅的较高处。这是在目前条件下，最不易被巨龙发现的办法。而后，透过残损的血洞，她终于看见了巨龙。

它趴在冰面上，背对着芙瑞雅，似乎正在休憩。数丈长的身体覆盖着蓝鳞，一对巨大的肉翼奄在冰面上，正随着呼吸微微起伏。也许是吞食过太多启，它的体形比芙瑞雅之前见时更大了，滚圆的腹部拖在雪地上，闪烁着诡异的蓝光。

想到它腹中塞满了启的血肉，芙瑞雅禁不住往后退了一步。她脚下的冰块松动，发出了轻微的声响。路立即发出了躲藏的警告。然而，让她意外的是，巨龙并没有被惊醒，而是趴在雪地上继续酣睡。

路观察了片刻："应该是一次进食了太多肉，它进入了冬眠状态。"

芙瑞雅："那我们有没有可能，趁着它冬眠，抽取它体内的能量？"

路："不可能。龙皇的能量是一种特殊的生物能，无法被夺取。它并非存在于血液或者肉体中，要想取得这种能源，只有一种办法，就是降伏它，让它心甘情愿地交出来。"

芙瑞雅眉头微皱："真的有人可以降伏这样的生物吗？"

路："是的，至少有一个人做到了，这个人就是龙皇。作为人类无法理解的超级生命，石星御其实并没有肉身。他需一种媒介进入维度较低的空间。于是，他在降临地球前，先去某个星系俘获了巨龙，以某种我也无法解释的方式与之融合。"

芙瑞雅："也就是说，严格意义上讲，巨龙并非他本体，而是他的共生体？"

"说共生并不准确，简单一点来说，你可以将巨龙想象成一台充满生物能的机体，石星御就是这台超级机体的主人。当他的灵魂离开后，机体就失去了控制，迷失于杀戮与毁灭的本能中。而你现在要做的，就是再度降伏它，成为它的新主人。"

芙瑞雅沉思了良久，根据与路同步的记忆，一点点厘清思路。终于，她点了点头："我明白了。"她小心翼翼地绕着巨龙走了一圈。积雪及膝，每走一步都十分艰难。

路："我提醒你，你的体温正在降低。再走下去的话，很快会失去意识。"

芙瑞雅："路，我是在寻找可以利用的资源。我想我找到了。"

她手指的方向，有几个非常低矮的雪丘，不注意看时，以为只是雪原上的积雪，但仔细打量就会发现，这些雪丘上有大小不一的圆洞。

这不像是天然形成的，而更像是用于透气的"窗户"。有窗户，就意味着这里住过某种智慧生物，可能留下有用的资源。

芙瑞雅一步一挪地走到雪屋前，却失望地发现，这些雪屋极其矮小，只到人类的腰部，根本无法居住。而且屋顶和大部分冰墙都已被破坏。一开始，她以为这是受巨龙屠戮波及所致，后来却发现没有烈焰焚烧的痕迹。她思索良久，推测出一种合理的可能性，这里最初应该是白鲸之谷原住民的巢穴。啓高层决定用这里囚禁巨龙时，就将这几只啓提前迁走了。也因此，巢穴里没有留下什么有用的物资。没有食物，没有武器，甚至没有容器，只有几张破旧的海豹皮，以及一些缠绕的线。

芙瑞雅叹了口气，在一间无顶的雪屋里坐了下来，陷入沉思。

而后，她向路提了几个问题。一开始，她的问题似乎没有什么联系，但随着路的解答，一个大胆的计划渐渐成型。

路眉头紧皱："我不得不说你的计划很出色，但你忘记了一点，要实现这个计划，光搜集物资就需要十天左右。可你目前的状态是，没有食物，没有热源，没有像样的庇护所，你大概率活不过今晚。"

对这个结论，芙瑞雅并未感到意外。她用平静的语气说："如果，如果第十天我还活着呢？"

"假设你还活着，而且完成了物资搜集——这是不可能完成的任务——也会变得极度孱弱，连行走都困难，更不要说奔跑了。这个计划的最后一步，需要极高的体力。所以它成功的可能性，是 0。"

芙瑞雅缓缓点头："我明白了。路，我想让你帮我扫描一下附近的冰层，看有没有冰洞存在。这片雪原寸草不生，唯一的食物来源，就是冰层下的鱼。

既然有啔生活过，那么雪屋附近很可能有开凿好的冰洞。长时间废弃后，洞口应该已结了一层冰，又被积雪填满，很难用肉眼发现。但通过热成像扫描，不难找到它们。接下来，只要拨开积雪和薄冰，就能找到水面。"

路："你想捕鱼？"

芙瑞雅："这是十天内，唯一可能获取热量的方法。刚才，我在雪屋内发现了韧性很好的线，可以做渔线，再用鱼类啔的骨刺做一只鱼钩，就可以垂钓。"

路："鱼饵怎么办？"

芙瑞雅："那只蓝鲸的身体基本保存完好，只要融化出一小部分，就可以用来做鱼饵。我知道你想问，为什么不直接吃鲸肉。坦率地讲，我也想过。但蓝鲸尸体已经完全冻僵，没有金属工具，根本无法分割取走。而我也没有足够的热源，将它解冻后撕开。我可以用体温融化一小块肉当鱼饵，但这要付出大量热量做代价，不可能靠它获得十天的食物。何况，它已死了几个月，直接食用鲸肉，我有生病的风险。而如你所说，当体能下降时，整个计划的成功率就将降到 0。"

野外求生中最致命的错误，就是用了过于艰难的方式获取食物，消耗的能量远远大于收获，得不偿失。同时，食物与水的安全性也很重要。

路皱起眉头："你说得不错。还有一点，我本以为你会考虑的。"

"这只蓝鲸不是一般的动物，它生前曾经是智慧生物。你现在说的，是要食用智慧生物的尸体。"

芙瑞雅淡淡苦笑："我没有选择。"

路："芙瑞雅，你要当心，你开始变得不像你了。"

芙瑞雅："路，我少年时读过一本骑士小说。书中与恶龙斗争的勇士，最终长出了爪牙，变成新的恶龙。作者说，这是一个可悲的循环，一场毫无意义的战斗。可我不这么想。对于真正的勇士而言，即便知道打败恶龙的代价是长出爪牙，他也不会犹豫，因为他的牺牲并非毫无意义，而至少证明了，恶龙是可以被打败的。哪怕他未来被新的勇士打败，也同样证明了这一点。勇士可以死，可以堕落，但信念不会。"

路看着她，她的笑容在北极的阳光下，显得温柔而坚定。路沉默了良久，终于点了点头："其实我无所谓你是勇士还是恶龙。只要你选择了，我都会陪着你。"

边境线上，人类与启的战争正式打响。

"未来"重创了人类的战斗力。大天使机体无法使用，绝大多数军舰、车辆也化为废铁，这使得北极之战变得极其艰难，人类无法再依赖机械，无法再用导弹等强火力辅助攻击，没有任何信息化的支持——人类的战斗力几乎退化到冷兵器时代的水平。唯一值得庆幸的是，皇帝倾举国之力，做了尽可能的战备。其中重要的一项，就是搜集战马，并赶制了一批不依赖电力的老式火枪，让人类士兵得到了最基本的武装。

而今，人类的大部队就在北冰洋的冰层上，推着沉重的旧式引线火炮，向着启发起冲锋。但这些枪械无论对于防御工事还是启的杀伤力都太小，子弹打在冰墙上，凿出一个个弹孔，却无法将之炸毁。比第一次世界大战时期还落后的火枪，也不足以对启造成致命的伤害。

让启意外的是，这一批人类士兵竟然格外顽强，在绝对劣势的情况下，浴血坚持，并未后退一步。一杆金黄色的大纛竖立在一座冰山山顶，足够让整个战场都看到。无论战事是顺利还是不顺利，大纛都矗立不动。大纛之下，就是帝国的皇帝。他站在大纛下，一动不动，贯彻着自己的战前动员：你们不退，我就不退。

傍晚时分，鲜血染红了冰原。兰斯洛特战衣浴血，脸色凝重，走到了大纛之下："陛下，我们必须后撤，伤亡实在太大了。"

卓王孙语气不容商量："不行。"

兰斯洛特："在此往后十里，有一个山谷，我军可以在那里修整……"

"不行。"

兰斯洛特："再这样下去，可能会全军覆灭。陛下，请下旨后撤，我负责断后，保证争取到足够的时间，让主力撤入山谷。"

卓王孙："我怀疑的不是你的作战能力，而是你的判断。你应该知道，'未来'爆炸后，绝大部分工厂废弃，武器及粮草的生产无以为继。这支像从前工业时代穿越过来的军队，已经是人类拿得出手的最强力量。他们携带了几乎全部的储备物资，怀揣着仅存的一点信心，踏上战场。如果这样都无法守住，接下来势必一溃千里。在这样的形势下，退入山谷不是保全主力，而是坐以待毙。"

兰斯洛特："那依陛下所见，应该怎么办？"

卓王孙："只能守。不仅要守，还要一寸寸往前推进。日落时我要看见，我军战旗插在这个山坳上。"他的手，指向战场北面的一处山坳。这意味着，要向前推进一公里。

兰斯洛特深吸了一口气："您有没有想过，这样的代价？"

"代价是数以万计的死亡。我很清楚，战线的每一寸推进，都是用尸骸与鲜血换来的。这是种族存亡之战，也是人类唯一的机会。如果不付出巨大的牺牲，只会示敌以弱，最终战败灭种。那时候，连牺牲都无从谈起。从一开始，人类就没有退路。"

兰斯洛特沉默了片刻。理智告诉他，皇帝的话是对的。但他语气中的冷漠，仍让人难以接受。兰斯洛特沉默良久，终于缓缓点头："那么，我只有一个请求——请陛下记得，这些为了人类存续，牺牲在雪原上的人，他们不是'以万计'的数字，而是一个个有名有姓的人。"

这一句话很沉重，然而卓王孙听完不为所动，反而露出了玩世不恭的笑："这句话，你还是对文官们去说吧，因为我马上就会下山，加入他们的行列。"

兰斯洛特一怔："您要亲自上阵？"

卓王孙："我自己也在可以'牺牲'之列。从我登基的第一天，这一条就写在诏书里。"他拖过放在一旁的战袍，就要向山下走去。

"等等！"兰斯洛特挡在他面前，脸上有一丝愤怒，"您不觉得，这样太草率了吗？"

皇帝亲临会极大鼓舞士气，也会造成巨大的风险。在原始状态的战争中，最高统帅未必比普通士兵能得到更有效的保护，反而很可能成为众矢之的。狮心王理查一世，就是在平叛途中被城堡上的一支弩箭射中，仅四十二岁而崩。敌军锁定他的原因很简单：狮心王头盔上象征王权的白色羽毛，独特到耀眼。这枚小小的弩箭，改写了世界历史。

同样的事情也发生在成吉思汗与蒙哥汗身上。主帅意外身亡，大军瞬间分崩离析。兰斯洛特不愿看到人类帝国重蹈覆辙。毕竟，这已是背水一战，经不起任何波折。所以他坚定地挡在卓王孙面前，绝不退让。

卓王孙看着他，眉头渐渐皱起。

这个温柔的少年，第一次显得有些咄咄逼人。兰斯洛特盯着卓王孙问："陛下有没有想过，如果出了意外，该怎么办？"

卓王孙思索了片刻。他的思索，最终化为一个调侃的笑容："兰斯洛特，你太紧张了，放轻松点。如果真出了意外，就轮到你掌兵。到时候，战、和、进、退都由你做主。"他轻轻拍了拍兰斯洛特的肩头："这样，你总该放心了吧。"

不等兰斯洛特回答，卓王孙越过他，头也不回地走向战场："不过我相信，绝不会有这一天。"

白鲸之谷。

路发现了一个凿开凿的冰洞。洞口结冰并不厚，用几块较重的骸骨就重新打通。芙瑞雅并没有捕鱼，只标记了冰洞的位置。太阳已过中天，她知道自己有一件更急迫的事要做——生火。一天不进食只会让人虚弱，没有火的夜晚却能要人的命。

路提供了七八种野外生火的办法，可惜在这片冰原上都行不通——没有木头，没有火石，没有金属工具。唯一可行的方法，就是透镜了。芙瑞雅尝试了十余次，才将冰块打击成合适的形状。另一个难题是，如何找到易着火的火绒。搜寻之后，芙瑞雅决定从鲸腹取一小块脂肪，抽出滑雪服中的一团羽绒，用鲸脂浸透。冰做的透镜放在阳光下，光点聚集到羽绒上。然而，直到傍晚，火仍然没有生起来。

路安慰她："你做得很好，只是气温实在太低了。"

芙瑞雅平静地将自制的透镜和火绒收好："没关系，明天再试吧。"

路："你不觉得失望吗？"

芙瑞雅笑了笑："我早有准备，透镜取火的成功概率本来就不高，何况我还是新手。失败是很可能的，我能做的，就是明天继续尝试。那时，成功的概率就会更高一点。"

路叹了口气，他本来想说，根据估算，她很可能没有明天了，但最终什么也没有说。

芙瑞雅从雪地上站起身："走，陪我去找一些能用的物资。今夜恐怕会很难熬。"

路陪着芙瑞雅在冰原上穿行。太阳落山前，她搜集到一些大型动物的骸骨，搭在半截冰屋上，蒙上海豹皮后，堆上积雪。起风前，她钻进了矮小的冰屋，像一只猫一样蜷起来，再用雪封门。这是她能做到的保存热量的极致了。然而入夜不久，她就剧烈地咳嗽起来。

路担忧地看着她。这是她肺部伤口发炎的后果，发烧会进一步消耗她所剩无几的热量，最终导致体温降低，失去意识。看着她颤抖的身体，路原本毫无波澜的内心，竟然感到了一些难过。他难过自己只是光尘凝结的虚影，而不能真正地帮助她。哪怕，给她一丝温暖。

路化出实体，在她身边躺下，轻声问："你还好吗？"

芙瑞雅合上双目，轻声说："路，能再帮我做一件事吗？"

"当然。"

"化成我最想念的人，从身后抱住我。如果我够坚强，这个拥抱会鼓励我活下去。如果最终不能，我也可以对自己说，我死在爱人的怀里，而不是海狮冰冷的巢穴。"

路沉默了片刻："这个人是谁？"

芙瑞雅笑了笑："我并不知道。你不是能看透我的心吗？自己找出答案吧。"说完这句话，她陷入了昏迷中。

路迟疑了片刻，终于伸出双臂抱紧了她。随着光影闪烁，他的形态急剧变化，最终定格成一个熟悉的模样。

第二十四章　降　龙

第二天。

昏迷中的芙瑞雅感到一阵心悸，随即惊醒。连续的噩梦，就像是一剂强心针，强行将她从生死边缘拉回。随着路的指示，她清晰地看到了屋外的一对小小的白色石头。这种白色石头并不罕见，却比任何珠宝还要珍贵。

打火石。

芙瑞雅不知道它们为什么会出现在雪原上，只知道，自己可以活下去了。她虔诚地将双手握紧，放在胸前，念诵母亲的名字。而后，她拿起石头和昨天做好的火绒，开始生火。

一次，再一次，再一次……她的手指颤抖，几次都握不住火石。终于，一点火花溅在火绒上，细如发丝的烟雾升腾而出。芙瑞雅将火绒捧到面前，小心翼翼地吹气。终于，一股小小的火苗从烟雾中窜起，照亮了她脸上的惊喜。

有了稳定的热源与庇护所，冰原上的生活变得稍微容易了一些，芙瑞雅的身体也在缓慢恢复。在路的建议下，她为自己制定了一张时间表。

天一亮，就带着渔具去冰洞钓鱼。中午在冰面上将鱼剖洗、熏干，做成可以吃 1—2 天的干粮。做这一切的时候，必须时刻注意风向，保证自己处于巨龙的下风向。否则，血腥和鱼肉的气味有可能把它提前唤醒。完成这一切，已经太阳偏西。芙瑞雅会带着干粮，去冰原上搜寻物资。

骸骨堆是一座宝山。北极熊的头盖骨可以做容器，麋鹿未完全碳化的角是最好的柴，狼牙底端缠上绳子，就是一把强度不高的凿子。而后她发现了真正的宝藏。那是一种变异的独角鲸，它们长着长达一米的角，尖端锋利，角身向下弯成弓形。这些角经过烧灼后，不仅没有朽烂，反而更加坚硬柔韧。这就是她想要的武器。

傍晚，她拖着一只鲸角，走入连接着冰原与谷外的隧道，按照一定间隔，在冰面凿出一个个洞，再将鲸角埋入其中。角尖朝向谷外，角根插入雪地。而后她像浇灌花朵一样，向洞中浇水。第二天早上，这些水会化为冰，将鲸角牢牢固定在地上。每一只鲸角都约有一个成年人重，以芙瑞雅的体力，一次只能拖动一根。因此，她的进度并不快。好在她有足够的耐心，按时采集、播种、浇水，就像园丁在照顾自己的花园。

半个月后，狭窄的冰雪隧道里已种上了不少的鲸角。到了夜晚，一排排锋利的角尖映照冰雪，发出神秘莫测的幽光。芙瑞雅在这片瑰丽的花园中穿行，检查每一只鲸角的牢固度。这时，她的样子比逃亡时还要狼狈，满身污渍，满手磨痕。然而，她望向远方的目光依然坚定。她等待着，这片冰雪之地开出自己想要的花朵。

白鲸之谷外。

玄青带着一支精锐部队，来到山谷外。前线战事胶着，但玄青每天都会来这里一趟，耐心等待。他等的，是芙瑞雅的死讯。一个身影走出冰雪隧道，她身披白色皮裘，头戴狐妖面具，对着玄青躬身行礼。

玄青："苏，看到那个女人了吗？"他说的是看到，而不是找到。因为皇的圣体还在山谷中，任何啻都不敢真正进入，只能躲在兽牙之门后远望。

狐面人摇了摇头："没有，但今天我发现，冰面有大团新鲜的血迹。"

玄青："是她的吗？"

狐面人："自从皇的圣体驻跸此谷，稍大一点的生物都不敢靠近。这样多的血，只会出自人体内，不会再有别的可能了。"

玄青看着她，对她的话将信将疑。

狐面人笑了笑："玄青大人，她只是个普通人类，即便没有被皇的圣体吃掉，也不可能在冰原上活下去。战事要紧，您大可不必每天都来，由我带着一支部队看守就足够了。"

玄青沉吟片刻，点了点头："那你可千万看紧了。若她从谷中出来，要立即禀报。"

狐面人："请放心。"

玄青走后，狐面人明显松了一口气。她摘下面具，回头看向山谷，轻声说："芙瑞雅，你一定要好好活着，别让我失望。"寒风吹过，掀起她的衣袖，露出藏在掌中的白色火石。

冰原上终于迎来了难得一见的好天气。天空湛蓝，微风吹过雪原。

芙瑞雅天不亮就起身，将磨好的狼牙藏入衣袖。而后她来到冰雪隧道，最后一次检查通道中段的鲸角花园。鲸角错落有致地排列着，就像从冰雪中长出来的一样。角身弧度平滑，被抹上了一些油脂，锋利的角尖则朝向山谷外。

芙瑞雅满意地笑了。她回到冰屋，拖起象牙制成的简易雪橇。雪橇上摆放着七八只头骨制成的大碗，里边盛放着几日前制成的"诱饵"。所谓诱饵，是鲸鱼油脂与鱼内脏的混合物。鱼内脏是半月以来攒下的，一旦和鲸鱼油脂混合，就发出极其浓烈的腥味，必须用布捂住口鼻，才能勉强忍受。

芙瑞雅将雪橇拖到巨龙面前，有条不紊地将诱饵倾倒于冰面，一点点向后退。暗红的血带，从龙身前蔓延到兽牙之门。终于，雪橇上的诱饵被倒空，芙瑞雅将工具抛在一旁，目测血带的位置。在她的计划中，巨龙闻到腥味后就会苏醒，沿着血迹一路追到这里。接下来，该轮到真正的诱饵出场了——那就是她自己。

鲸鱼油脂与鱼内脏能让巨龙寻味而至，却无法让它用力扑击。只有真正的活物，能激发出巨龙杀戮的天性。而她将站在血迹尽头，吸引巨龙扑向自己。巨龙会带着山呼海啸般的冲力，扑向自己为它准备的鲸角囚笼，然后，被困在那里。这就是她苦心准备的计划。

至于为什么需要准备"诱饵"，是因为龙的速度比她快得多。如果一开始由自己引诱巨龙，不等进入冰雪隧道，就会被追上。血迹尽头就是她所站之地，也是路推算出的、能逃生的极限距离。

现在只剩一件事了，等风改变风向。

如路的预计，中午时分，雪花飘落的方向有了不易察觉的变化。

一种难以描述的气味在雪原上蔓延。那不是鱼饵的血腥气，而是巨龙苏醒前散发的杀气，是深渊的腐败与死亡的寒冷。

芙瑞雅并不急于行动，低头整理已有些褴褛的衣服，系好袖口。接下来，她走的每一步，都将踏在生死边缘，不能有任何赘余。

突然，一声震耳的龙吟响起，整个冰面都摇晃起来。蓝色巨龙出现在芙瑞雅的视野里。庞大的龙身就像一座山，在冰原上挪动。巨大的血口张开，舔舐着地上的诱饵。龙睛长久静止，又突然转动一下，显得狰狞而诡异。它正循着血迹，向兽牙之门一步步逼近。

芙瑞雅握紧双拳，控制着自己立即逃跑的冲动。等巨龙走到事先标记好的位置，她才转身，全力奔向兽牙之门后的隧道。

巨龙发现了她。

活动的物体激起了猎杀的本能，它抛下残余的诱饵，咆哮着扑向芙瑞雅。芙瑞雅几乎是擦着龙牙，逃入了兽牙之门。

见到口的食物逃脱，巨龙怒不可遏，不顾隧道的狭窄扑了上去。兽牙之门被它撞得粉碎。一瞬间，一人一龙首尾相接，进入了隧道。

这条隧道对于巨龙而言，并不陌生。当初它就是被啓一族的长老们，合力引入其中的。它虽然失去灵魂，依旧是顶级掠食者，天性和经验足够它估计环境与风险。它认为自己既然能进来，捕猎后就能原路退出。这个估计并没有错，但它没有想到，进食了大量肉类，又经过几个月的休眠，它的身体已经比之前庞大了很多。

隧道越来越窄，巨龙的身躯被两侧的冰崖越卡越紧，它开始感到不对。芙瑞雅站在离它只有数米的地方，低头喘息，看来龙已经无力再逃了。这本是捕食猎物的绝佳机会，但顶级掠食者的本能在提醒它——这有可能是一个圈套。巨龙的眼睛狐疑地转动着，最终决定停止追逐，退出隧道。然而，扑击的冲力让它在冰面上又滑行了十米，才彻底停住。两侧亘古不化的冰层，被它庞大的躯体挤破，露出峥嵘的岩石。

芙瑞雅在隧道深处止步，回头，对巨龙露出了一个微笑。巨龙感到了危险，向后退去。这时它才发现，自己身下密密麻麻布满了弯曲的鲸角。鲸角是弧形，抹上鲸脂后，更加光滑，与冰面上的起伏并无太大区别；锋利的角尖朝着相反的方向，也不会刺入身体，以至于巨龙滑过时，并未察觉出异样。

对于一般的野兽而言，这些鲸角都算不上陷阱，只是人类制造的可笑的玩具。而对于龙，每一只鲸角都成为倒钩，紧紧卡在额下、胸腹处的龙鳞上。

龙身上有一个尽人皆知的禁忌——龙额下有逆鳞，触之者死。这个禁忌也意味着，龙额之下非常脆弱。

此刻的巨龙，进退两难。庞大的身躯，无法在越来越窄的隧道中前进；而一旦后退，这些密密麻麻的鲸角就会将龙鳞逆向剥开。每一次挣扎，都伴随着逆鳞被活活揭开的剧痛。

巨龙咆哮挣扎，隧道中的冰块岩石纷纷坠落，几乎有坍塌的危险。然而，颌下的鲸角就像是钻入骨髓的锁链，越来越紧，让它连怒意都不敢宣泄。巨龙每次挣扎着站起，都伴随着龙鳞撕裂的脆响，最终只能趴伏在冰面上，哀声低吟。蓝色的血液流淌，将它身下的冰面染成蓝色宝石。

芙瑞雅没有贸然上前，而是躲在一只鲸角后耐心观察。当确定巨龙已放弃挣扎，她缓缓靠近。巨龙感受到她的到来，也只是略略抬了抬眼睛，不敢再动。芙瑞雅从袖中掏出磨尖的狼牙，抵在巨龙的眼睛上。这一刻，她想起了几天前与路的谈话。

芙瑞雅："要怎样才能驯服巨龙？"

路："龙天性骄傲而残暴，视生命为草芥。它们唯一敬畏的，就是强者。当你显示出足够的智慧与力量，能操控它们的生死，它们就会臣服，追随你。"

芙瑞雅点了点头："我明白了。"

路："不过我要提醒你，你对它们的征服，并不是一劳永逸。当你展示出弱点时，它们随时可能叛变，重新把你当成食物。现在，还想驯服巨龙吗？"

芙瑞雅笑了："那我只好尽力了——尽力一直强大下去。"

巨龙的怒吼，将芙瑞雅从回忆拖回现实。她果断地将狼牙压向龙睛。龙睛上的那层晶膜立即凹陷下去，虽然没有破开，却也岌岌可危。眼中的痛楚让巨龙想要挣扎，然而稍一动弹，颌下的鲸角就刺得越深。龙血喷涌。这种血没有温度，却黏稠异常，浸透了芙瑞雅的衣服。她整个人也被涂上了一层诡异的蓝色——就像是巨龙的同类。巨龙咆哮，震得四周瑟瑟发抖。芙瑞雅的手很稳，借助自己的体重，将狼牙越压越深。一人一龙就这样僵持着，直到巨龙的眼神从凶暴变为恐惧再变为哀求。

前线瑞尼尔冰堡。

兰斯洛特遇到一个难题——如何处置战俘。

西线战场上，他率部攻克了一座不起眼的冰堡。让他惊讶的是，冰堡中居然有三万啓族人。这些啓由住在冰上的驯鹿进化而来。他们本来食草为生，加上长期与人类相邻而居，态度比较温和。大战开始后，他们被征召入伍，却并没有离开居住地，而是在村落西面建造了一个简单的冰堡，守卫通往冰城的通道。

摸清敌情后，兰斯洛特采取围而不战的战术。七天后，一群年轻精壮的啓试图突围，却全数中了陷阱。简单的抵抗后，驯鹿族啓就集体投降了。

兰斯洛特率部进入冰堡时，被眼前的一幕惊呆了。驯鹿族啓身体基本化为人形，只是还保持着鹿角和后蹄。这些啓不分男女，密密麻麻地挤在一起。一眼看上去，就像干旱后密林里的槁木。

这么多啓，如何看管？让他们留在冰堡中显然不现实。冰堡不大，所在位置却是西线战略要道，不然也不会由他亲自率军攻打。如果说要运走囚禁，这些战俘又该如何看管？补给如何解决？

就在兰斯洛特犯难时，一支船队抵达了东面的港口。为首那只战船装饰奢华，飘扬着欧非王国的旗帜。而其他船只则寒酸了很多，全部为木制帆船，这让整个船队看上去有些滑稽，好像从大航海时代穿越而来。

兰斯洛特却笑不出来，他知道，这意味着欧非王国女王妮可亲自驾临了。妮可带来了皇帝的旨意——兰斯洛特即刻向前进军，不得拖延。战俘则由妮可全权接管。

兰斯洛特目送着三万驯鹿族啓被押上帆船，沙丁鱼罐头似的装在舱中。他本想提醒妮可什么，最终忍住了。毕竟，这样的非常时期，谈战俘福利未免有点奢侈。驯鹿族啓用呆滞的目光看着他，偶尔发出几声哭泣。兰斯洛特叹了口气，带领部队转身，奔赴下一个战场。他还不知道，这是最后一次看见这些驯鹿族啓了。满载战俘的帆船，没有航行多远，就全部沉入了大海。

一个月后，兰斯洛特得到消息，愤怒地质问妮可时，妮可只反问了他两个问题。

在人类士兵风餐露宿的时候，三万战俘的补给如何解决？

在人类兵力严重不足的时候，谁又来看管这些随时可能反叛的战俘？

兰斯洛特没有回答，他也无法回答。短暂的沉默后，他讲了一个故事。秦赵长平之战，秦将白起坑杀赵俘四十万，用的也是同样的理由。最后的结局是，秦灭掉赵，而三年后，功臣白起被秦王赐剑自尽。

妮可笑了笑："你绕了这么大的圈子，就是想告诉我杀俘不祥吗？所谓不祥，只是对于主帅个人而言。对于国家，则是权衡利弊后的正确选择。"

兰斯洛特深深地看了她一眼："我给你讲这个故事，不是为了国家，不是为了人类，而是为了你。"

妮可嘲讽地挑了挑眉："为了我？"

兰斯洛特意味深长地说："你手上的血实在太多了。记得给自己留一条后路。"

"谢谢你的提醒，哥哥。"她的笑容坚定，"现在的局面是，皇帝需要一位白起。那么，我最该做的，就是成为他需要的人。"

巨龙的眼神变得软弱。芙瑞雅松了口气，她爆发出剧烈的咳嗽。她日益衰弱的双肺，已无法承载哪怕再多一口强有力的呼吸。她跪倒，咳出大摊鲜血。殷红的血落在幽蓝的冰面上，显得格外刺眼。

突然间，本已跪伏的巨龙暴起，再度向她发起了攻击。她的血，激发出巨龙血脉中最狂暴的一面。让它不顾颔下的剧痛，用尽全部力气向她扑去。

在巨大的冲击下，山崖两侧的冰层全部裂开，下层的花岗岩也布满裂纹，不断化为碎屑。碎石击中芙瑞雅，在她身上割开一道道口子，但她已无力起身。

震耳欲聋的龙吟与血腥扑面而来，芙瑞雅本能地闭上双眼。

就在这一刻，龙吟、碎石、冰屑都消失了，一切重归于天地开辟时的寂静，只有雪花仍在坠落，每一片都化为蓝色。蓝色的人影浮空出现，张开广袖，将她的身体整个遮蔽起来。

雪光照亮了来人的容颜。湛蓝色的长发，湛蓝色的双眸，正是消失多时的石星御。

石星御伸出手，抚摸在巨龙额头。这个简单的动作有莫名的定力，让暴怒的巨龙瞬间安静。然后，他转向芙瑞雅，用同样的姿势，将手按在芙瑞雅额头。他看着她，目光温柔。芙瑞雅感到一阵晕眩，失去了知觉。

等她醒来的时候，石星御已经消失了。巨龙用臣服的姿态，趴在她面前。

让她惊讶的是，不知何时，自己胸前多了一串新的龙鳞项链。龙鳞一共六片，带着新鲜的血迹，显然刚刚才脱离龙体。每一枚，都变成了红色。

芙瑞雅皱起眉，试图还原发生的一切。

良久，她站起身，对着空中说："谢谢你，路。"

路浮空出现，表情略显惊讶："谢我？"

芙瑞雅："谢谢你在危急关头，再次幻化为龙皇，降伏了巨龙。"

路想说什么，又止住了。他的身体化为光尘状态，在冰面上迅速旋转，这意味着他进入了最深层次的思索。是他救了芙瑞雅吗？那一瞬间发生了太多无法解释的事。他无所不包的记忆，竟缺失了一段。刚才的石星御，真的是自己幻化的吗？又或者是，启的血祭起到了作用，将石星御的灵魂从异时空召回了此地——哪怕只是一瞬？

路停止了旋转，重新化为人形。他决定隐藏这些疑问，接受芙瑞雅的谢意。哪怕这谢意用错了对象。

芙瑞雅俯下身，对着冰面擦拭脸上的血痕。路上前抱住了她："永远不用说谢。你就是我，我就是你。无论你做什么，我都会陪着你。"

第二十五章　龙皇圣体

这是一个普通的清晨，跟启度过的每一天都差不多。风雪依旧在北极肆虐，大多数启躲在冰城之中，就像躲在另一个世界。唯一不同的是，这一天，白鲸之谷的冰雪通道被撞开了。

吞噬上万启后，一直被关在谷中的巨龙，缓缓走了出来。每一步，都像是踏着雷霆。它保持着恒定的步伐，一步步走过雪原，在冰城入口处止步，发出一声长啸。守城的士兵被惊动，纷纷攀上城头，眺望这只被他们视为神魔的巨龙。

巨大的肉翼张开，庇护着龙背上的纤细身影。那是芙瑞雅。她衣衫褴褛，伤痕累累，却以征服者的姿态，骑在巨龙背上。

那条巨龙，是他们族中的圣者，是伟大的无与伦比的皇的寄付之体，拥有尊崇无比的地位。他们跪伏它，朝拜它，既崇敬于它的尊荣，又慑服于它的强悍。当他们把它迁往白鲸之谷时，他们付出了上万同伴战死的代价。它是他们心中不可碰触的神圣，也是无与匹敌的邪恶。他们习惯了奉献他们的敬畏、恐惧，虽声息相闻，但它早已被神化为远古传说中的图腾。

但现在，它却被这位女子骑在身上，恭顺臣服。

城上的启鸦雀无声。他们的目光死死地锁在巨龙身上，复杂无比。越来越多的启来到城墙上，但就在看到巨龙的瞬间，他们就像是被冻住了一般，再也无法动弹。

城门缓缓打开，一身戎装的玄青面容冰冷地隔着城门的罅隙，望着芙瑞雅与巨龙。虽然他曾认为芙瑞雅活着逃出白鲸之谷还有那么一丝可能性，但他从未想过，芙瑞雅竟能降伏巨龙，以骑着它的姿态君临冰城！他从未想过这种可能性，所以，没有相应的预案。他甚至有些不知道该如何应对这样的场面。

芙瑞雅约束着巨龙，一动不动，隔着城门望向玄青。

一名又一名长老出现，亦都全身戎装，带着肃杀之气，列于玄青身后。他们看到巨龙上的芙瑞雅时，也与玄青一样震撼，只是他们没有玄青那样的涵养，无法做到喜怒不形于色，他们的脸色要精彩多了。

启越聚越多，甚至，比血祭时还要多。空旷的能容纳上万人的冰城，此时全被挤满，却没有一点声音，静寂的像是雷暴将要到来前的刹那。

一声嘹亮的龙吟响起，而后，芙瑞雅的声音传出："现在，我是不是已经证明了？"

启的目光，全都齐刷刷地望向玄青。玄青的脸上亦不由得微微变色。

旁边，一名蜥蜴面长老悄声说："玄青大人，必须得杀了她！让她得了皇后之位，启一族会陷入内乱的！"

另一位虎面长老立即反对："杀？怎么杀？当着这么多子民杀吗？这会让玄青大人威望大损的！"

蜥蜴面长老："的确会威望大损，但只要她死了，又有谁还敢反对玄青大人？受损的威望迟早有补回来的一天的。当机立断啊！"

虎面长老冷笑："你以为那么好杀的啊？这位可是连龙皇圣体都能降伏的，会有那么蠢送给我们杀吗？你看她一直跟圣体不分离，要是我们动手，势必会伤到圣体。这个罪名，谁敢担？"

蜥蜴面长老为之一顿。龙皇在啓族中拥有神一般的地位，所有啓都对他怀有盲目而疯狂的崇拜。龙皇离去后，圣体就是他在这个世界中唯一的象征，任谁都不敢亵渎。如果因为杀芙瑞雅而伤到龙皇圣体，那是等同于向龙皇挥剑一样的重罪，将再也不容于啓之族。这是连玄青都不敢染指的禁区。但蜥蜴面长老乃玄青的忠实属下，转瞬便思索出对策："那就将她与圣体调开，只要调开了，我们就有机会杀了她！"

虎面长老还要再说什么，只见玄青微微颔了颔首，立即住口不言。

蜥蜴面长老得到了示意，精神为之一振。他望向芙瑞雅："此事我们可以详细谈谈，你能不能先下来？"他尽量让面容和善一些，但背在身后的趾爪却缓缓拉长，化为锋利的爪刃。只要芙瑞雅走下龙皇圣体，爪刃就会飞射而出，十分之一秒内，便能取走芙瑞雅的性命。

"谈？"芙瑞雅冷笑，"我不知道龙皇圣谕，还有谈的余地。"她轻轻抚摸着巨龙的背脊，居高临下地望着蜥蜴面长老。

蜥蜴面长老从她眼睛中看到了一抹嘲讽，似乎，他的打算早被她看穿。她并未声张的原因，是因为这打算太拙劣，不值得揭穿而已。

蜥蜴面长老顿时涨紫了脸庞。

"皇后陛下说的没错，的确没有谈的余地。龙皇圣谕就是龙皇圣谕，凡我族人，皆当凛遵。"一名白发苍苍的啓走出来。他并未戴面具，这代表了他并非啓的权力核心，然而当他经过时，所有的啓都侧身行礼，对他表现出相当的尊重。

他走到巨龙前面，颤巍巍地行礼，而后对众啓道："族人们，难道你们不认识了吗？这是皇的圣体。它愿意驮着她走出白鲸之谷，这还不能够证明吗？血祭仪式上，皇亲口封她为皇后，我就打心底里没有半点怀疑。现在，连圣体都认可了她，还有什么疑问？"

他颤巍巍地对玄青拱了拱手："玄青大人，我不能眼看着皇钦点的皇后陛下在这里接受这种侮辱性的质询，这是对皇的亵渎！您可以慢慢考虑，我先将皇后陛下迎入我们尾之一族了。不管你们承不承认，她都是我们尾之一族的皇后！"说着，他就向芙瑞雅行去。

玄青伸臂拦住了他："负屃长老，谁说我不承认她了？"

负屃长老止步，疑惑地看着玄青。

"您说的不错，连龙皇圣体都承认她了，这代表着皇的意志，还有谁敢反对呢？"玄青脸上露出人畜无害的笑容："既然是皇后，当然要入住皇宫了。"他对着芙瑞雅躬身行了一礼，"那么，皇后陛下，请您随我来吧。"

他转身，先向冰城行去，仿佛蜥蜴面长老的种种行为都与他毫无关系。

芙瑞雅的眉头微微皱了起来。玄青意外的退让，并未让她放下心来。很明显，更阴险的计谋在等着她。

玄青一路向冰城走去，经过之处，啓纷纷跪下行礼。她自抵达北极后，备尝艰难。玄青把她放逐到白鲸之谷，想借巨龙杀死她，而她不但没死，还降伏了巨龙，使啓全族都不得不向她低头。但她丝毫没有感到胜利的喜悦，因为接下来面对的问题，必将更加棘手。

玄青走进了冰城入口。芙瑞雅很快就发现了不妥。

冰城入口已不算小，七八个啓或者两驾大车都可并排行走，但，龙皇圣体实在过于庞大，无法通过这个本就不是为它设立的入口。

蜥蜴面长老看到这一幕，眼睛亮了起来。

这是个很好的将芙瑞雅与龙皇圣体分开的借口，芙瑞雅若是不下来，就无法进去；若是下来，就再也无法接受圣体的庇佑。尤其完美的是，玄青大人的理由冠冕堂皇——皇后陛下当然得住皇宫啊。

蜥蜴面长老差点笑出来，玄青大人出手果然不一样！

当玄青的身影没入冰城入口时，芙瑞雅立即明白了玄青的用意。不得不说，这的确是一着妙招，杀人于无形。从这也能看出，玄青根本没有打算放过她。她若是不能破解，必定会在离开龙皇圣体的瞬间，血溅当场。芙瑞雅深吸一口气，她深知龙皇圣体对啓意味着什么。从白鲸之谷回来后，她完全可以借着龙皇圣体压服他们，强令所有启对它跪伏、敬拜，甚至连玄青都不例外。之前她在冰城受到的羞辱，现在可以十倍奉还。她没有这么做，只因她的目标并不是与他们争权夺势，而是找到重建现代文明的新能源。她希望尽可能地用柔和的手段达到目的，少起争端。

但当她看穿玄青的用意时，她明白，一味忍让，并不能换来启的尊重。柔和与孱弱从来不是同义词。柔和只是做事的方式，对目标一样要寸步不让。甚至，它比使用暴力还要难，要以更强大的力量为底气。只有充分展示这种力量，对方才会相信你有能从容成事的把握。

芙瑞雅没有停留，抓住龙鬣的手微微用力。巨龙发出一声嘹亮的龙吟，庞大的身子直直地撞向了冰城入口处，整座冰城被它撞得晃动了起来。巨龙撞了第一下，并未停止，接着第二下，第三下，第四下……

冰城的晃动越来越剧烈，所有启都惊恐地望着仿佛发疯了的巨龙。它的每次撞击都令入口处的冰壁崩碎，巨大的冰块脱落，向四处飞溅。随着剧烈的撞击，它庞大的身躯，也慢慢地进入了冰壁中，向冰城内一步步前进。

终于，它在厚厚的冰壁中撞开了一个足以容纳它巨躯的洞口，这使得入口足足扩大了七八倍，它终于进入了冰城。它响亮地喷着鼻息，几乎打在了站在不远处的玄青的身上。

芙瑞雅伸手，将落在她发上的冰屑拂开，平静地问："到了吗？"

玄青静静地望着她，她的目光有些刺眼，更刺眼的，是她骑在被启奉为神的龙皇圣体上的姿态。他的竖瞳收缩得更加尖细了："前面就是。"

冰城中有一座皇宫。

那是龙皇的居所，据说是最早移居入冰城的启亲手开凿出的，用以表现他们对龙皇建起这座城庇佑他们的感激之情。皇宫极为奢华，里面镶满珠宝，就连真正的帝王的宫殿都无法与之比拟。

但玄青带芙瑞雅去的，并不是这座皇宫，而是一座仿照人类贵族宅邸的地方，里面设有壁炉、家具、地毯、精美的瓷器。对人类而言，已是足够宽敞高大的豪宅了，却容纳不下龙皇圣体。看来玄青还是没有放弃，想设法将她和龙皇圣体分开。

她更在意的一点是，皇宫远离冰城居民。显然，玄青准备将她幽闭于此，不让她与启接触。这就使她冒着九死一生的危险来北极的目的——探究启身上是否有龙皇留下的超级能源——再也无法实现。这是她万万不能接受的。如果这样，她之前所有的付出都毫无意义。

芙瑞雅皱眉思索着对策。

玄青面露微笑，仪态恭谨地请芙瑞雅入内。

芙瑞雅犹豫了一下，在现在的局面下，她不想多生枝节，只想尽可能低调地去探究超级能源。但她不介意含蓄地提醒一下玄青，这种愚蠢的游戏不会得逞。

她松开手，不再给巨龙下命令，任由它选择要去哪里："皇愿意驻跸之地，才是皇宫。"

巨龙摇摇晃晃地向前走去，走到一座陡峭嶙峋的断崖前，扑通一声趴了下来，将头搁到断崖上，很快就打起了鼾。

"皇选出自己的宫殿了。"芙瑞雅看着玄青，"玄青，看来你并不擅长揣摩上意。"这是她最后一次表明，她不会跟龙皇圣体分开。

玄青望着她，慢慢浮起一抹笑容："尊敬的皇后陛下，我还给您准备了一队侍卫，不接见一下吗？"

断崖下传来一串窸窸窣窣的声音，上百名启从断崖下爬了上来。他们全都有着跟玄青一模一样的竖瞳，身子很长，缠拧在断崖冰壁上，每个人指甲都跟刀刃一样尖锐，一样长。他们的身子都呈现出某种妖异的蓝色，攀上断崖后，蹲伏在地上，一丝声音都未发出，只是静静地望着玄青与芙瑞雅。

玄青："蚰，还不拜见皇后陛下？"

启中一个特别粗壮强健的男子走上前来，向芙瑞雅躬身行礼："蚰拜见皇后陛下。"

芙瑞雅从巨龙背上坐直了身子，颔首回礼。就在此时，蚺双手向前一探，十指闪着蓝莹莹的寒光，向芙瑞雅猛刺！

芙瑞雅一惊，幸好她一直没有放下戒心，此时猛地抓紧了龙鳞。巨龙受痛本能地抬起双翼，挡在了蚺身前。

眼看蚺的十指要刺到巨龙，他的身体却奇异地一扭，贴着龙鳞滑了下来。一滑到地，他便急退，回到了原来的位置，仿佛方才的暗袭，从未发生过一样。其他百余名蛇形侍卫，全都冷森森地盯着芙瑞雅，仿佛随时会扑上来。

芙瑞雅神色郑重起来，狠狠抖了抖龙鬣。巨龙从瞌睡中惊醒，不满地站直了身躯，发出一声咆哮。

玄青缓慢地鼓掌："很好的反应速度。皇后陛下不要在意，这些侍卫只是想让您随时保持警惕，毕竟生于忧患死于安乐。"

芙瑞雅："随时保持警惕？你的意思是说，他们会时不时地攻击我？"

玄青："是的。他们都是我亲手训练出的侍卫，每一个都是杀人的高手。他们会在你最想不到的时候、以你最想不到的方式，发动袭击。但放心，他们绝对不会伤到龙皇圣体。"

芙瑞雅："是不是只要有一次我挡不住，就死于安乐了？"

玄青："会这样吗？您的自信似乎在告诉我，龙皇圣体会永远与您同在，庇护您不会遭受任何伤害。"

芙瑞雅不再说话。玄青的计谋很简单，就是让这百余名蛇侍卫名为保护自己，但随时寻找机会暗杀自己。虽然有龙皇圣体的保护，暗杀很难得手，但，自己不可能任何时候都保持警惕，只要一个疏忽，便会丧命。这个计谋简单，但极为有效。他用最简单、最直接的办法表明：在这座城中，单靠这头巨龙，是不足以保护她的。只要想杀她，仍然有的是机会。

"请放心。蚺的攻击只会让你受伤，不会杀死你。我会留着你，你应该庆幸，你对我还有一点小小的用处。"

玄青笑了笑，转过身："在这片泥泞的皇宫里好好待着吧……陛下。"他向外走去，身上的戎装响起细碎的摩擦声，让人耳酸。

"等等。"芙瑞雅伏在巨龙身上，语气微嘲，"你勾起了我的好奇心，能请教一下，我还有什么用处吗？"

玄青并未停步。

芙瑞雅："你不告诉我也可以，你该知道，我只要不留在这里，让龙皇圣体带着我离开，你们也挡不住吧？告诉我所谓的小小的用处究竟是什么，也许我便会乖乖地待在这里。"

这句话打动了玄青，他转身望向芙瑞雅："你真想知道？"

"为什么不呢？"芙瑞雅漫不经心地弹了弹龙鬃。

"其实，告诉你也没什么。你可知道，人类皇帝率领三十万大军，御驾亲征。他要灭掉啓。"

第二十六章　御驾亲征

芙瑞雅的手握紧："不可能！"

没有人比她更了解人类当前的处境了。"未来"爆炸后，现代文明毁于一旦，几乎所有的工厂与大型设施都被摧毁，科技倒退数百年，生产力锐降至不足之前的百分之一。单是如何生产出足够的食物，就是个令人绝望的问题。卓王孙怎么可能在这一时刻发动对啓的战争？

人类的军备肯定也遭受重创，怎么可能打得赢啓？全力防守都不见得能防得住！

"你也这样觉得吗？"玄青笑了笑，"我一开始也是这样觉得的，但苏妲向我做了一番分析后，我的看法有了一点转变。她说，'未来'爆炸后，人类本应该在这场灾难下损失至少一半人口，但事实上最终的死亡人数是两千万，而且没有爆发大规模的骚乱，一次都没有。人类虽然科技倒退，物资匮乏，但仍维持着社会秩序，这本就是不可能的成就。

"带领人类做到这些的，就是这位皇帝。尽管她的分析不足以让我相信人类能取得这次战争的胜利，但她成功地说服了我，这位人类皇帝并不是个鲁莽到要来这里送死的人。或许，他真的有那么一丝获胜的把握。"

芙瑞雅："这与我有什么关系？"

玄青："大概你还不知道，有传言说，人类皇帝此次御驾亲征，就是为了你。"

"为了我？"芙瑞雅皱起了眉。

"鉴于你们之间复杂的关系，我认为，这一传言不是毫无根据。我的准备，就是将你作为筹码。如果人类真的获胜，就将你送给人类皇帝，为我族换取喘息之机。当然，如果人类败了，你就再也没有留下的必要了。好消息是，你至少会活到这场战争分出胜负的那一天。"

"不要再想着逃走了，既然我看到了这个可能性，你就再也没有机会了。"玄青的手轻挥，一缕缕极细的冰丝从他的指尖凝形，向着四面八方飞射而去。它们落地后化为一枚枚闪着淡蓝光晕的冰之符纹。

"你是无法逃出这个符纹圈禁的。我刚接到战报，人类攻克瑞迪尔堡后加急行军，从防御最为薄弱的西线突破，竟然逼近冰城了。我不得不亲自统兵，前去跟他们打一场硬仗。或许你真的有作为筹码去与人类和谈的一天。所以，不要做蠢事。"

玄青不再停留，大步走了出去。

芙瑞雅终于明白，他一身戎装，并非是为了对付自己，而是将亲上战场。人类的主力，将与启的主力，在冰城前正面交锋？在北冰洋上？在启的大本营里？人类，有胜的可能吗？芙瑞雅静默不语。

路的声音细细地传来："你的心乱了。"

芙瑞雅没有回应。是的，她的心有些乱了。她没想到，在这个时刻，会传来卓王孙进攻启的消息，以及一则血腥而浪漫的谣言：公主陷身北极，人类的皇帝闻知此讯，提兵百万，直压敌境，威胁启族若公主受伤害将灭国屠城。

芙瑞雅笑容有些苦涩。她知道，卓王孙不可能这么做。他出征北极，不可能是为了她。但至少，这让她想起，曾经的那个少年，听到她身陷绝境时，不顾一切地冲过来救她，哪怕一起困于绝境。

曾几何时，每个她读过的童话故事都是这么写的，而现在，她已不再在他心中占据最重要的位置。他的心中有皇冠，有帝国，为了这些，他可以伤害她、杀死她……

她的心，真的乱了。

连她都不觉得人类有赢的希望。很可能，三十万士兵会在这一场大战之后，就永远埋骨于北冰洋中。包括他们的皇帝。

当听到他的死讯时，她会欣喜吗？

十分钟后，玄青率领着精锐部队抵达战场。他们的出现，极大地鼓舞了啓的士气。他们狂啸着，向人类发起了猛烈的攻击。人类的气势，为之一沮。

暴风雪肆虐的战场上，战事越来越激烈。这个世界已不再只有雪的白色，而染上了血的殷红。冰城前的战争已成为一台巨大的绞肉机，人类与啓都在以极快的速度死去，数目远超任何人的想象。

玄青眉头紧皱。让他惊讶的，不是惨烈的伤亡，而是人类皇帝不仅御驾亲征，而且出现在了交锋的最前阵。他的位置不难锁定，就在那杆迎风招展的黄金大纛下，甲胄耀眼。玄青双眼微微眯起，竖瞳在阳光下凝成一线。

也许，只要再靠近一点，用一支冰箭，就能结束这场战争。他脸上露出森冷的笑。

北极的严寒，将黄金大纛冻住。老式枪炮的攻击，无法抵挡啓的攻势。一只熊妖冲入人类的阵营中，巨大的冰棒一扫，就有几个人类脑浆迸裂而死。尽管这只熊妖也会死于人类枪下，但更多熊妖前仆后继，给人类造成了巨大的伤亡。

啓踏着鲜血与尸体，不断迫近，狰狞的爪牙越来越清晰。人类已一步步被逼入绝境，胜利越来越渺茫。西部军团长有些畏缩地望了卓王孙一眼。

他仍然站在黄金大纛下，身形笔直。四周飞舞的血肉与箭矢都不能让他有丝毫的动容。似是对之前信口立下的誓言的坚守：你们不退，我就不退。

西部军团长露出迷惑的表情：面对这必输的局面，为什么还不下达后撤的指令呢？继续战下去，有意义吗？难道，某些传言是真的？当一切无可挽回时，皇帝陛下选择与皇后一起死在北极？用万千士兵与人类的未来殉葬？

漫天飞舞的雪与血，是一曲凌乱的挽歌。

战争持续了一个多小时，产生了从未有过的伤亡，人类的士气不断下落。启却因即将到手的胜利而兴奋不已，发起一波又一波冲击。

启持续靠近，距离黄金大纛已不足 300 米——这是个极其危险的距离。

大纛以及其下静立的人类皇帝，象征着无法估算的功勋和奖赏，让每一个启心动。这是巨大的诱惑，就连玄青都无法抵挡。他的注意力越来越从全局，转向这面大纛。再一次冲锋，也许只需要再一次冲锋，就可以将人类打垮。他就可以亲手斩落这位自不量力的昏君的头颅，包裹在这面大纛中，高高举起。

启充血的眼中，映出了最丰厚的奖赏。

人类眼中看到的，却是世界末日。敌人野兽般冲锋，完全不惧死亡。狰狞的长相、嘶哑的咆哮也说明，他们就是野兽。失败的阴影，越来越多地出现在人类士兵心头。

抵挡不住的。每个人都忍不住这么想。

就在这时，一直岿然不动的皇帝陛下突然开口："往前挪旗。"

西部军团长简直不相信自己的耳朵："什么？"

皇帝陛下坚定地重复："我说，向前挪旗！"

这一次，西部军团长听清了，但他惊呆了，完全顾不上听从命令。往前挪旗？这意味着全部兵力压上，意味着全力进攻！就以现在这个局势？这真的不是以卵击石，自寻死路吗？

西部军团长只觉脑中"嗡"的一响。以他多年的经验，这是绝对的乱命！他并不怕死，而怕牺牲得毫无意义。短暂思考后，他决定冒死请示圣意：现在是撤退的最后机会，再不撤退就来不及了！

皇帝没有回答，伸手亲自抄起了黄金大纛，在如雨的箭矢中，向前挪了一步，然后又一步。黄金大纛就这样，一寸寸，挪向杀戮最惨烈的最前线。

缓慢而坚定。

旗帜位置的变化，映入了所有人的眼帘。人类士兵先是一怔，然后兴奋起来。皇帝陛下在用这个举动表明，他没有畏惧敌人，他在向前攻。这个举动是无声的誓言，无论胜败，无论生死，他们的皇帝绝不会后退。他永远会站在最惨烈的战场上，和士兵们一起。甚或站得更靠前。

"进！"一声呼喊，从一个人，传到百人、千人。战场上每个人类都加入其中，声嘶力竭地喊出这个字。人类最后的力量被激发，将愤怒与仇恨全都倾泻到启身上，奋力厮杀。

启被山呼海啸般的声音震惊了，他们没想到，已苟延残喘的人类士兵，此时竟汇成一股钢铁洪流，带着同归于尽的惨烈，冲向他们。玄青脸色终于变了，下令让更多的启赶来支援。战场从整座冰城的周围，压缩到金色大纛的周围，惨烈程度却比以前增加了数倍。

无论启还是人类，都只有一个念头：杀。此外，什么都顾不上了。

这时，卓王孙才放下黄金大纛。西部军团长急忙接过。

卓王孙拿起一只简陋的碳粉式听筒。这是最原始的电话，用线接在一起才能通信，而且距离不能太远。这是不能用电的时代里唯一的远距离通话设备。"兰斯洛特。"

碳粉话筒里传来兰斯洛特的声音："陛下。"

"我一直想让你效命于我，很多人都以为，我是为了整合第二大区，但我真正的目的，就是今天。你真正应该在的地方，是战场。你最擅长以弱胜强，所以，我把这场胜利最关键的一击交给你。

"你赢了，我们一起开拓人类在末日的未来；你输了，我们一起死在这里。兰斯洛特，你有信心赢吗？"

"我没有信心。"兰斯洛特回答，声音安静，"但我有死在这里的觉悟。"

"很好。让我们一起，去为人类争取未来吧。"卓王孙放下话筒。

人类与启的战争已没有界限，几乎完全交融，再也分不清彼此。战争，已进入短兵相接的最惨烈的阶段，必须以一方的覆灭为代价才能结束。贴身肉搏并不利于发挥人类手中枪械的威力，对于皮糙肉厚的启却大为有利。玄青有信心，再有一刻就能完全击溃人类。就算卓王孙再有什么撒手锏，都没有用了！但在此时，他突然看到，黄金大纛下，依旧沉静挺立的人类皇帝，眼神中竟含着一抹讽刺。这让他莫名感到一阵不安。但战场上的优势，又让他感到安心。只要再发动一次冲锋，也许就是下一次冲锋，就可以斩获胜利。

玄青的双瞳在阳光下缩成一线，他抽出剑，带领启冲了上去。

胜利并没有来得像他想的那么快，战况一次又一次陷入胶着。人类士兵在皇帝亲临前线的鼓舞下，一次又一次抗住了启的攻击，艰难地延缓着败局。

玄青终于杀到了战旗之前，他要亲手取下人类皇帝的首级。这样，他的功勋和名望将达到顶点，即便芙瑞雅有龙皇圣谕，也难分走他的权力。

这时，一个嘶哑的声音响起："火！火！火！"

声音来自启。玄青听到后，第一个反应就是恼怒。这帮该死的家伙，已经进化为启了，还怕什么火？但随即，越来越多的启喊了起来，喊声中满是惊恐与绝望。玄青不由得转过头。他看到了一场大火。

冰城破了一个巨大的缺口，黑色的液体如洪流般从缺口灌入城中，化为熊熊烈焰，以无法扑灭的速度，向冰城内部倾泻。

玄青第一眼看到时，几乎不敢相信自己的眼睛。他甚至以为这是人类制造的幻术。北极冰城，龙皇大人亲手打造的启最后的伊甸园，怎么可能被打开缺口，烧起火来？

这时，他看到冰城那个巨大的缺口处，停着几艘体积庞大但老旧的船。玄青迟疑了片刻才认出，那是古董级的运输船。他之所以没能一下子认出来，是因为这些船都由蒸汽驱动，早就作为展览品停在博物馆里供人欣赏。"未来"爆炸后，电力完全消亡，这几艘船却仍可以用煤做动力航行。这些运输船的体积格外庞大，船里装载的黑色液体，是石油，是多到无法估算的石油。它从这些运输船断裂的船体中漏出来，流进冰城，化为火海。

玄青突然明白了卓王孙的撒手锏是什么。

之前的攻击，目的是吸引住啓的主力，制造战机让这些运输船能顺利地接近冰城，用它们庞大的身躯撞开缺口，将石油灌进去，焚毁冰城。从一开始，这就是卓王孙的作战目的！他根本就没想取得跟啓正面作战的胜利。

玄青双拳握紧，长久伫立在冰面上，一动不动。

火光照出他眼中残留的惊讶与不甘。他不是不理解这个战术，而是不理解卓王孙的疯狂。为了达到这个目的，卓王孙竟然用自己做诱饵。只要战争的走向稍微有那么一点不同，或者是冰城被撞的时间更晚一些，或者是人类士兵的士气稍低一些，卓王孙就会死在战场上。

身为皇帝，明明可以守在人类的大后方，运筹帷幄，为什么要这么疯狂？

但无论如何，卓王孙的目的达到了。冰城陷入火海后，啓无心作战，士气跌落到谷底，纷纷逃回冰城。他们赶着去抢救自己的家园。人类士兵则士气大振，一直追杀到冰城的入口，才被高峻的城墙挡住。

子弹打向这座宏伟的城，就像是烟花一样，这是人类士兵在城墙外庆祝。他们终于明白，皇帝的话是什么意思了。"你们不退，我不退。"这不是一句空话。皇帝陛下所说的每一句话，都不是空话。他与他们一起战斗，率领他们打赢了一场所有人都觉得不可能打赢的战争。

这场胜利代价惨重，但作为第一场正式战役，它的意义极为重大。它打破了啓不可战胜的传说，消除了人类心底的恐惧。人类终于开始相信，即便失去了现代文明，他们也能取得胜利。他们能战胜启，能战胜任何敌人，就连这个令所有人都绝望的末日，或许也不例外。

更重要的是，这场战役证明了一件事——他们的皇帝会与他们一起，他永远都不会舍弃他们，无论局势多么艰难，面对的敌人多么可怕。

他不舍弃他们。他们，也永远不会舍弃他。

这是同生共死的信任，带着劫后余生的狂热，也带着鲜血浇灌出的、不可动摇的坚定。

兰斯洛特踏着北极的冰雪，一步步走向卓王孙。冰雪浸透了热血，人类的、启的。北极冰城已烧成一个巨大的火炬，照亮了他的身影。他望着卓王孙。

现代文明毁灭，启进攻，生产力大退化，无穷无尽的灾难……这些都让他对人类的未来失去了信心。但眼前这个人，让他的信心再次复苏。在如此艰难的局势下，卓王孙决定冒险突击启的大本营，并以自己为诱饵，创造出让他率领蒸汽巨船制胜的机会。是的，这些蒸汽巨船是皇帝陛下在开战前，就准备好的撒手锏。循序渐进，逐次落子，疯狂而又镇定。

兰斯洛特走到卓王孙面前，躬身行礼。几位军团长更是心服口服，不敢再有任何违逆之心。兰斯洛特："陛下，下一步我们该怎么办？"

卓王孙望着燃烧的冰城，神色平静，这场足以令所有人狂欢的胜利，并未激起他心中的涟漪："继续打，打到启顾不得做别的，打到他们来谈判为止。"

第二十七章　源　核

　　长达百丈的裂隙撕裂了城墙。海水带着燃烧的火，向冰城内倾泻。燃烧的石油流到哪里，冰山里凿出的房屋就融化到哪里。浓烟与火油裹挟着崩塌的冰层，坠砸在下一层，将之毁得面目全非。

　　原本安宁而祥和的冰城，此时充满了哭喊声。启虽有远超人类的体质，但对这滚滚天火，仍无能为力。他们只能尽可能地从废墟中救出同类，眼睁睁地看着烈火肆虐。

　　他们的家园，他们的庇护所，龙皇留给他们最后的礼物，就这样化为一片炼狱。玄青脸色阴沉得可怕。保守估计，冰城至少被毁掉了三分之一，等完全扑灭火油、堵住缺口，损失可能会更大。更可怕的是，冰城的防御被打破，他们再没有一个坚固的盾来遮风挡雨。局面变得前所未有的严峻。

　　启已由攻的一方，转为守的一方。冰城不再是他们强大的庇护，而成为累赘。他们不得不舍命奔走来保护这座城。这使得他们陷入穷于应付的困境。

　　这，或许就是卓王孙的战略目的，是他在内忧外患、人类面临着生存危机时仍悍然决定进攻启族大本营的根本原因。他要让启丧失进攻的资格，他要让启不得不防守，而且防守得极为艰难。他要让启在这场战争中，再没有任何先机。

玄青感到无比懊恼。如果能更谨慎一点，预料到人类攻击冰城的可能，预料到冰城是启的最大优势但同时也是最大的弱点，预料到人类皇帝会这么疯狂——启还是有很多办法挡住攻击的。可惜"未来"爆炸后，绝大部分启过于轻敌。他们坚信人类已回归了原始社会，坚信人类失去电力后一蹶不振、毫无战意。这使他们忘记了考虑最关键的一点："未来"毁掉的只是装备，并未毁掉人类数千年文明积淀下来的知识和勇气。

当然，这一切全都绕不开一个人。"卓、王、孙！"玄青双手紧握，指节都因用力而苍白。如果有机会，他一定会将这个人的首级斩下，裹在那面金色的大纛里传示全军。

可惜，他没有机会做到了。

与启的压抑和绝望相反的，是人类的欢庆。

——北极冰城被撞开一个大缺口。

——燃烧的火油如瀑布般灌入其中。

——启被火海吞没。

胶片相机捕捉下这些珍贵的画面，并快马加鞭送回了帝国。手摇式油印机开足马力，将它们印刷出来，再用手手相传的原始方式，传遍主要城市。

前线捷报激发出民众惊人的热情，他们争先恐后地跑去一睹这些照片。"未来"爆炸后，人们熟知的那些新闻传播手段早已不在，在手机上浏览新闻已成了天方夜谭，报纸也是只存在于帝都的奢侈品。大部分民众想要看到这些照片，就必须得到每个城市只有几块的公告板去。每一块公告板前，都挤满了人。

皇帝御驾亲征时，还有相当多的质疑。启被渲染成了神话中无法战胜的恶魔，人类灭亡在即。有些人甚至暗中祈祷，这位年轻的皇帝也能驾崩于前线。然而意外的大捷，让反对者的声音完全淹没在庆祝的浪涛中。

随之高涨的，是皇帝陛下个人的威望。与他相提并论的，已不再是那些历史上有名的暴君，而是屈指可数的英明之帝。无与伦比的功勋，将在一篇一篇的赞颂中被铭记，转化为人民狂热的爱与崇拜，以及对战胜末日的渴望。

唯一没有欢喜的，是晏执政。

他深深盯着捷报中皇帝陛下堵住冰城城门攻打的那段描述，脑海中浮现出那段话："如果有一天，我不得不真的杀她，我会亲自动手的。除此之外，无论是人、神、启，都不能伤她分毫，否则，就要付出血的代价。"

"陛下，您还说北征不是为了她吗？"他叹息道。

芙瑞雅再度打量着身周的环境。

蚰率领上百名蛇侍卫，守卫在周围。他们给她与龙皇圣体留出足够的空间，但符纹组成的圈将这块区域牢牢锁在中间，这些符纹与蛇侍卫身上的蓝色交融在一起，亦扭曲成一条条若隐若现的蛇形，在空气中浮动着。

芙瑞雅毫不怀疑，一旦她尝试离开，这些蛇就会发动袭击。她还怎么去找启探究超级能源？她被困守在这里，只能提心吊胆地防范着蛇侍卫的突然袭击，一筹莫展。

路的声音幽幽地在芙瑞雅的耳边响起："如果玄青知道他把你最想要的东西亲手送到了你面前，不知道会做何感想。会不会觉得自己的聪明，只不过是自作聪明呢？"

芙瑞雅笑了笑。这一笑展露了她的自信。被蛇侍卫围困的惶恐，甚至被玄青压制的局促，都不过是她想让别人看到的而已："我要开始进行第一次实验了。"

"是。"路化成一团极淡的光尘，悬浮在芙瑞雅的耳垂上，就像一枚耳饰。

芙瑞雅用力扯了一把龙鬣。巨龙发出一声吼叫，伸出尾巴，向蚰扫来。

蚺脸上毫无表情，身上的符纹骤然亮起。在此同时，周围几十名蛇侍卫身上缠绕的符纹一齐凝出蛇影，向蚺聚来。蛇影纠成一团，形成一个巨大的太阳护盾，跟巨龙撞在一起。

两股强大的力量撞击形成的风暴，将附近的垃圾掀得一团乱。龙尾抽在蛇盾上，引起整座符纹圈禁的连环反应。无数条淡蓝色的符纹亮起，深入到蛇侍卫的体内，侍卫们脸上身上都鼓起了青筋，拼命支撑着符纹的运转。

在芙瑞雅的催动下，巨龙一次又一次地对符纹圈禁发起了冲击。

而符纹圈禁的每一个细微的抖动，符纹的每一次光芒闪烁，蛇侍卫的每一次肌肉颤动，都被路捕获，并进行复杂而精细的分析。分析的目的，就是想找出启究竟传承了龙皇什么样的力量，它是怎么运作的，它的真实面目究竟是什么，能否负担起重建文明的重任。

当芙瑞雅发现自己被玄青幽闭到这个孤立的垃圾场，无法跟任何启取得联系，也无法进行超级能量的探究时，她就在思考，如何让玄青亲手将启送到她面前。

她用了一句简单的话达到了目标："其实你这个计策也很好破，我只要不留在这里，让龙皇圣体带着我离开，料想你们也挡不住吧？"

玄青看到她有逃的可能，就一定会派启守着她。而她只要假装想逃出去，启就一定会拦。拦，就会发生战斗。战斗，启就会调用体内的力量，路就可以记录、分析、破译……启体内能量的真相，也会慢慢浮出水面。

如果玄青知道自己并没有圈禁住芙瑞雅，还亲手把她最想要的东西奉到了面前，他会做甚感想呢？至少芙瑞雅是愉悦的。她甚至希望玄青能将她圈禁得更久些，久到找到她要在启体内找到的能量为止。

在人类看来，启跟野兽相似，体质极其强悍，力气很大，长老级别的还有一些稀奇古怪的能力。他们曾经对此进行过研究，但没有一个统一的结论，最终只汇聚成两个词："超自然力"与"超级生命体"。

人类其实从未真正了解过启。路不一样，他的记忆中有完整的长生族的知识与科技。对龙皇力量的了解，为路在探究启时，提供了很强的指导。

路发现，符纹其实并非魔法，而可归为仿生学的范畴。启体内存在着某些脉络，它们与符纹极为类似。启所使用的能量，便是在这些脉络中流通的，并变幻成不同的形态。逆着这些脉络而上，或许能找到"启的力量源自龙皇"的那个"源"。

那个"源"，是否就是直接继承自龙皇的？它跟龙皇的力量有多相似？它能否重建现代文明？

第九十七次实验后，路逆向通过了一名蛇侍卫的脉络，终于找到了那个"源"。

那是一个小小的，就以路的见识都无法准确地描述出的某种存在。它极为渺小，但又似超然于一切之上。路将它命名为"源核"。

它就是龙皇在启体内留下的力量，它与龙皇的力量同出一源。区别只在于，龙皇力量比源核强了无数倍，但它的所有特征都与龙皇完全一样。听到他的结论后，芙瑞雅问出了决定性的问题：源核能成为重建现代文明的新能源吗？

路无法给出确定的答案，因为要想回答这个问题，就要先利用源核来做重建文明的实验。这需要场地、设备，以及启的配合。但以他脑海中长生族的记忆来讲，龙皇的力量强大到不可思议，与它同出一源的源核，应该可以代替电力。

发现源核后，建立起超越基于电力技术的现代文明，就只是个"如何应用"的问题，而不再像之前那样，是个"是否可行"的问题。

听到这个结论后，芙瑞雅如释重负地跪了下去。她已经很久没有休息了，体力已到了崩溃的边缘。她跪倒在冰面上，双手撑住地面，长久无语。

路有些担心："你没事吧？"

芙瑞雅抬头，脸上是久违的明媚笑容。在这个敌意与阴险环伺的流放地，她的笑容就像是一道光，映入了路的记忆。

蚺看着微笑的芙瑞雅，充满困惑。明明是她一次次攻击符纹圈禁，都以失败告终，为什么突然变得这么高兴呢？他理解不了，但这并不妨碍他本能地察觉到，这是个绝好的暗杀机会。他倏然飞跃到芙瑞雅身边，一爪抓下！他早就预料到芙瑞雅会指挥巨龙抵御他的攻击，也为此想好了应对之策：让他的那些属下挡住巨龙，而他则袭击芙瑞雅。出乎预料的是，芙瑞雅根本没有调动巨龙的意思，只转头看了他一眼。

蚺全身的力气突然消失不见，本与他相连的符纹也崩裂消失，他再也无法维持高速的运动，摔倒在地上。他挣扎着想爬起来，却失去了所有力气。

芙瑞雅缓缓俯身，笑容依旧。

失去力量的恐惧让蚺大脑一片空白，他本能地躲闪着，但此刻他连手脚都无法自主运用，只能在地上滑跌蹒跚。他发出一声惊恐到极点的凄厉嘶喊。然后，他突然发现自己的力量恢复了。淡蓝色的光晕又从体内涌出，与周围旋转明灭的符纹交缠在一起，他却再也不敢对芙瑞雅出手，他所有的力量都用在迅速后退，跟芙瑞雅拉开距离。他从来不知道自己竟能发出这样尖锐的声音："你……你到底对我做了什么？"

芙瑞雅："你难道不知道你的力量是来源于龙皇的恩赐吗？你若再敢对我不敬，龙皇将永远收回给你的恩赐。想试试看吗？"

蚺全身僵住，不敢言，不敢动。他的眼睛睁到最大，死死地盯着芙瑞雅。

这一刻，他不得不相信，这个女子，真的享受着龙皇远自异世界的眷顾。也许，整个啓族，都应该顺从她，不该反抗。否则，必将有一天，他们将永远失去来自龙皇的一切庇护。

"龙皇的恩赐"，当然是假的。

真相是，当路洞悉了源核及启体内的符纹脉络后，他便可以利用侵入蛹体内的光尘，短暂地切断这一脉络，让蛹无法从源核中汲取力量。当然，这得益于路早就在蛹体内布下的光尘。若是在实际作战中，将光尘布入对方体内是很难的。路已在蛹体内做了无数次实验，一切都是现成的，只需一个简单的指令，便可切断。

事情说穿了就是这么简单。只要蛹稍加防范，路就再也不可能将光尘布入他体内；但只要他不知道，芙瑞雅几乎有着将蛹的生死握于手掌的权力。

知识就是力量。当芙瑞雅望着蛹因恐惧而崩溃的脸，深深地认识到这句话的正确性。她不介意利用刚掌握的知识，让这个小小的敌人永困于蒙昧。

接下来的问题，就是验证源核能否重建现代文明。这需要场地、设备，需要启的配合。这就不是在这个圈禁地能做到的了，她必须从这里出去。可如何才能做到呢？

聪明机智的芙瑞雅也觉得一筹莫展。她只知道，她必须得去找玄青，必须得说服他，无论多么不可能。她没想到的是，玄青先来找她了，而且是为了一个她根本没想到的目的。

"你要让我去和谈？"

玄青并没有率领任何人，孤身来到了芙瑞雅的"皇宫"，并且屏退了蛹与蛇侍卫。在芙瑞雅一度认为他要对自己下毒手时，玄青竟说出了这样的请求。

"让我代表启，去跟人类皇帝和谈，要求人类皇帝退兵？"

"是的。"玄青的脸上没有任何表情，但，芙瑞雅还是从他被长发遮住的竖瞳中，看出了一丝烦躁，"由于轻敌，我们打了个大败仗。冰城的主结构遭到了破坏，整座城在缓慢地崩解，无论怎么修复都没有用。我们花在防御上的力量越多，在与人类交战中的劣势会越大。我们需要和谈，再打下去就撑不住了。"

芙瑞雅沉默着。

"皇宫"偏处于冰城一隅，荒僻之极，就算兰斯洛特以蒸汽巨船重创冰城，"皇宫"也未受波及。芙瑞雅又被圈禁起来了，这使得她几乎收不到外界的消息，而她又沉浸在探寻能源中，诸多因素叠加起来，使她对战况一无所知。此时听说战争并未按照战前所有人预计的那样发展，人类不仅没败，反而打了个大胜仗，逼得啓走投无路不得不和谈，她的震惊可想而知。

芙瑞雅脸上露出了不自觉的微笑。不错，这就是"那个人"的风格。

"你放心让我去和谈？你不怕我跑了？"

"你不会。"玄青笃定地说，"我不知道你来北极的目的究竟是什么，但是，你既然愿意冒死前来，就绝对不会在没达成之前逃走。我可以许诺你，如果你真的能让和谈成功，我就让你成为我族真正的皇后。"

"真正的皇后？难道我现在不是吗？"芙瑞雅反问，明显带着揶揄。

玄青："比现在更孚众望，万众归心。"

芙瑞雅："哦？我会住在哪里？"

玄青："曾经第一代啓为龙皇建造的皇宫，里面镶满珠宝，就连真正的帝王的宫殿都无法与之比拟。"

芙瑞雅："谁为我守卫？"

玄青："曾经担任龙皇护卫工作的龙禁卫，他们对龙皇忠心耿耿。对了，他们的领袖是负屃长老，您从白鲸之谷归来后见过的。"

芙瑞雅："我还会被圈禁起来吗？"

玄青："冰城的一切都将为您开放，所有人都是您的子民。"

芙瑞雅："若是我想做一些无伤大雅的小改变呢？比如说建造一座新的皇宫，或者为龙皇造些纪念遗迹？"

玄青："我会张榜公布您的这些'小改变'，督令全族为您效命。"

最后这个问题，才是芙瑞雅真正想要的条件。玄青的回答让她很满意。

他其实表达的是，他不会阻碍这些"小改变"。

芙瑞雅并没有立即答应，她仍然在思考："那么，你为什么觉得我能和谈成功呢？"

玄青："需要我重复一遍理由吗？苏妲说服了我，人类皇帝此次御驾亲征，是为了你。如果还有一个人能跟他和谈成功，这个人无疑是你。"

芙瑞雅："我如果是你，就不会抱这么大的希望。你不了解卓王孙。"

玄青："是的，我不了解他，他太出乎我的意料了。坦白地讲，我不认为他会是个为了女人就退兵的人。但，我赌的不是他，而是你。"

"我？"

"是的，你。"玄青望着芙瑞雅，目光深邃，"我不知道你来北极的目的究竟是什么，但你连死都不怕，所图一定不会小。如果这次和谈不成功，我可以保证，无论你为什么来北极，你都再也不可能完成。这，够不够让你去和谈呢？"

玄青冷峻地望着芙瑞雅，芙瑞雅亦望着他。如蛇般的竖瞳，深邃，又有某种洞悉。

北极没有清晨与夜晚的分别，芙瑞雅出城时，选的是一个暴风雪稍小的时刻。她骑着马，身穿白色盛装，身后跟随着一队龙禁卫，这是符合皇后身份的仪仗，向人类的军营走去。皇后将造访人类的消息，早就通传两军，人类在得到这一消息的时候，便同意暂且停火。

冰城之外的战场也一片残破，不仅仅是血的红与雪的白，还有大片大片焦土的黑。北极的冰层上满目疮痍。士兵们从这些工事中探出头，望着缓缓走来的仪仗。

有人认出，谈判使者，就是他们曾经的芙瑞雅公主。或者说，启的皇后。

冰城城楼上，玄青望着芙瑞雅缓缓远去的背影，神色阴晴不定。

蜥蜴面长老："您说，她真的能让人类退兵吗？"

玄青："虽然我也觉得这次和谈成功的可能性很渺茫，但，我还是相信她能够做到。因为跟她和谈的，是卓王孙。他们两人的相见，必定很精彩。"

蜥蜴面长老："可是，我们为什么要和谈呢？我们不是……"

玄青截住他的话："不，一定要和谈。我们非常需要这场和谈。"

蜥蜴面长老努力地思索着，半晌，方才恍然："您是说……高，实在是高！这么一说，我倒是对和谈的期待高多了。我就是担心啊，她要怎样才能和谈成功呢？"

玄青："我担心的倒不是这个。我担心的是，我们的皇后陛下，她到北极的目的究竟是什么呢？"玄青的声音越说越小，最后的一句话，已低不可闻。

　

暴风与雪停歇的这个晴朗的时刻，芙瑞雅带着龙禁卫，重新踏入人类的领地，一座叫冰风要塞的地方。在那里，人类皇帝卓王孙，正等着她。

第二十八章　和　谈

芙瑞雅带着龙禁卫小队，进入人类所在的冰风要塞。直到此刻，她还有些不相信人类真的取得了胜利，并差点攻破啓的大本营。这简直是奇迹。

她对和谈不怎么有信心。以她对卓王孙的了解，在两军交战这样的大事上，卓王孙不太可能会受别人的影响。但正如玄青所言，在她找到重建现代文明的能源之前，她得留在冰城，所以她必须得促使和谈成功。

她预料到，这次和谈会非常艰难。但困难来的还是比她想象的要早。

要塞上站满了人类士兵。他们早就得知，前来谈判的是啓族皇后。他们全都想一睹敌国皇后的风采。但他们无论如何都想不到，这位妖族皇后竟然就是他们无比熟悉的芙瑞雅公主。震惊、难以置信、愤怒的表情在他们脸上交替出现，最终化为茫然。他们的目光，是一柄柄刀，刺在她身上。

当芙瑞雅策马进入要塞时，感到自己仿佛穿行在刀山剑海中。

她没有变快，也没有变慢，继续像一位皇后一样策马前行。在到达目的地后，她温和地接受人类官员的迎接，而后在侍卫们的簇拥下向要塞的中央大厅走去。进入大厅时，几位人类高级军官也认出了她。两位有王室血统的官员，忍不住喊出了她的名字。他们的声音中满是震惊与失望。

"公主殿下！"无比熟悉的称谓，就像是惊雷，炸响了阴暗的大厅，也轰在芙瑞雅心上。

是的，这场和谈，会非常、非常的艰难。她没有回头，依旧向前走去。

大厅的尽头，是会谈室的大门。她吩咐侍卫们留在外面，独自走完了最后一段路，而后推门而入。会谈室内光线暗淡，几支蜡烛在燃烧。谈判桌显然经过了精心的布置，上面铺着鲜花、桌旗与骨瓷茶具，好像这里即将进行的，不是事关两族生死的谈判，而是一场茶会。卓王孙端坐在居中的扶椅上，手上端了一杯茶。从烧了一半的蜡烛看，他已在此等了一段时间。

他的相貌跟上次分别时并无变化，如果非要说有什么不同的话，那就是威严更盛了。他敏锐地发现芙瑞雅的头发短了，眉头微不可察地皱了下。

芙瑞雅径直走到他对面的椅子前，落座。

"看来打了胜仗让你的心情不错，居然还给我准备了下马威。那些故意叫我'公主殿下'的官员，是你安排的吧？"

卓王孙："我只是想让你明白，人类会怎样看你。不只是这些人，当你成为启族皇后的消息传回国内，民众也会有同样的看法。他们将视你为投敌叛国的罪人，憎恨你、诅咒你。你能承受这一切吗？"

芙瑞雅沉默。卓王孙为她倒了一杯茶，推到她面前："你不能。我太了解你了，你将名誉看得太重，人民的憎恨会杀死你的。所以，不要逼自己背负黑暗，因为你承受不起这样的后果。"

芙瑞雅："你不也是在背负黑暗吗？"

卓王孙："有些事情我能做，不意味着你也能做。我不在乎别人的看法。"

"你错了。没有什么事，是你能做而我不能做的。"她放下茶杯，"好了，寒暄结束，我们可以开始谈判了吗？"

卓王孙："很好，那我先列出我的条件。只有一个，你跟我回去。"

芙瑞雅一动不动地看着他："你知道我不会走的，在完成我的目标之前。"

卓王孙看着她，语气带着一丝嘲讽："你的目标？做一群妖魔鬼怪的皇后吗？如果你想做皇后，为什么不做我的？其实你可以试试，用爱与温柔来改变一位暴君，将他变成勤政爱民的一代英主。或者利用你的魅力，引诱他荒废朝政、沉湎温柔乡，等大权落于你手，你想将帝国变成什么样，都由你。同样是委曲求全、背负黑暗，为什么不背负我给你的黑暗呢？难道，在你心底，最重要的不是什么更好的办法，而是要跟我争强斗胜，一定要压倒我是吗？"

芙瑞雅沉默片刻，笑了笑："如果你几个月前这样和我说，我会生气，会与你争辩。但现在不会了。"

卓王孙看着她，没有说话。这些日子，她的确改变了很多。她消瘦了，刚刚齐肩的金发随意地披散下来，让她美丽的面容多了些英气。她右手戴着手套，掩饰断指；举着茶杯的左手，有擦伤与冻伤的痕迹。还是他熟悉的芙瑞雅，但每一分熟悉中都带上了一丝陌生。这让他有点不舒服。

芙瑞雅："上次你问我有没有更好的办法时，我没有回答，因为当时没有找到。但现在，我可以告诉你，我找到了，而且已经验证了它真的存在。"

"是吗？"卓王孙将双臂放在桌子上，隔着布满鲜花的谈判桌，认真而诚恳地望着她，"我洗耳恭听。如果真有道理，我也可以改变主意。"

芙瑞雅有片刻的迟疑。她本不想将计划说给任何人听，因为她需要保密。能重建文明的能源无异于大杀器，觊觎它的人必定很多，她不想在成功前旁生枝节。在她保密的对象中，卓王孙、玄青等人，都被列入最该严防的级别。但这一刻，她推翻了之前的想法。

她愿意坦诚地与他谈一次，再试最后一次。

于是，她说起了路，说起路西法之心，说起长生族和启体内遗留着龙皇力量的猜想，说她发现了的源核。她还提起她那个宏伟的构想，用源核中的能量取代电力，重建现代文明，让汽车、手机、电视、微波炉等重新回到人们的生活，终结末日。

她还提起她到北极后经历的一切，在城门口遭受的羞辱，玄青的敌视，血祭台上千钧一发的生死险关以及她漂亮的反击，之后到白鲸之谷的地狱之行，最后她骑着巨龙出现，发现了源核的存在。

卓王孙努力倾听，却始终忍不住分神。芙瑞雅所说的每一个字他都听得很明白，完全理解她的意思，也听出了她之所以跟自己说得这么详细的言外之意。但他总是忍不住去想那一丝陌生感究竟来自哪里，以及如何将它剔除。

偌大的会谈厅中，只有他们两个人。门外等候的侍从，也已远远避开。这是为了确保两人的谈话，不会让第三人听见。这是只属于两个人的私密之地。

芙瑞雅说完最后一个字后，身子坐直，安静地望着卓王孙。卓王孙也下意识望向她，想要发表一点看法。但就在此时，他突然明白了那丝陌生感究竟来自哪里。那是芙瑞雅讲述这些时的态度。自信，条理分明。

说到未来构想时，她的嘴角会漾起笑意，而白鲸之谷的回忆成为她打动听众的花絮。当她说完后，静静地望着卓王孙，就好像一位心怀天下的谋士，游说大权在握的君王。她刚进门时的第一句话，其实就是这样的了。她并没有将他刻意安排的"公主殿下"放在心上，这并不是因为她坚强，而是，这场恶作剧已不再跟她的爱恨牵连。她身子坐直，安静地望着卓王孙。她的眼神没有回避，带着希冀，澄净恬淡，此外什么都没有了。没有暗藏的爱，也没有被追杀、被伤害的恨。

卓王孙心中的不舒服在加剧。放下了吗？他嘴角挑起一抹冷笑："你的构想很有道理，至少非常值得尝试。"

芙瑞雅："在我的构想中啓起着无法取代的作用。所以，我此次来，是想提议两族休战。当然，人类取得的胜利也不容抹杀，你有什么条件，我会传达给玄青，并且尽力促使他答应。"

"停战吗？"卓王孙的笑容变得有些玩味，"我有另一个建议，你想不想听听？"

芙瑞雅："请讲。"

"你做内应，助我攻破冰城，我将战俘都赐给你。你治下的启，没有军队，没有最高统治者，没有将军、副将、统领、管带，只有平民。北极成为人类的北极，所有启，都将在枪口与锁链下，听从你的指令。你想做什么研究就做什么研究，想让他们提供什么能源就提供什么能源，直到再没有利用价值。"

他一字一句地说着，芙瑞雅没有打断他。只是，他每说一句，芙瑞雅眼神中的淡然，就消失一分："你想征服启，让他们成为奴隶？"

卓王孙："不是奴隶，是燃料。他们最终还是会被消灭。你不觉得，末日之下，地球容不下两种智慧生物了吗？"

"地球能容下的很多。"芙瑞雅对他想要争辩的话题避而不谈，"难道你就一点都不考虑我的构想吗？如果真能从启身上找到新能源，收益最大的肯定是人类。我承认你之前的作为拯救了几十亿人，但在末日之下，你能拯救他们多久？早一天找到新能源，就能早一天结束末日。这不比杀敌复仇重要多了？"

卓王孙："不。启不除，末日结束不了。"

芙瑞雅："这才是你来北极的真实目的吧？可笑我还有那么一丝相信，你是为了我。"

卓王孙："我的确是为了你。如果不是因为想到你在北极会遭遇危险，我会再等一段时间才会跟启决战。现在不是最好的时机。几日前的那一战，我亲冒箭矢，以性命为赌注，换取了胜利——这个国家不值得我去做这样的牺牲，只有你。"

芙瑞雅望着他。他的目光中混合着调侃与真诚，难以分辨。不知是用调侃来掩盖真诚，还是用真诚来修饰调侃。她唯一能分辨的是，他对她是有一些真心的。这份真心虽然没有占据他全部的心，却如岩石垒砌，不可动摇。只因混杂了国家、权力、理想等太多宏大的东西，才沉重到不可承受。她宁愿他许诺的，是一枝普通的玫瑰，一元钱就能买到，大街小巷都是，所有人都不稀奇，也不愿他送的，是染血的权杖，是整个世界独一无二的殊荣，是种族灭绝，生灵完全死去。是绝顶的功勋，或者罪孽。

芙瑞雅："我可能忘了告诉你，这种能量的利用，建立在人类与启建立起紧密的联系的基础上。你的枪口与锁链，不会有任何作用，只能适得其反。"

卓王孙摊了摊手："那就没什么好说的了。人类与启，永远无法建立真正的联系，你的方案，就是一条死路。我能做的，就是在攻破冰城后，把俘虏留给你，让你去提取能源。至于你用什么手段，是强迫、榨取、还是用政治手腕引诱他们'自愿'献出，我都不干涉。"

芙瑞雅："你太傲慢了，总以为强大的力量能压服一切，而不知道暴力压服不可长久，反而会留下无尽的隐患。我有自己的方法，它一定能成功。现在阻拦它的，不是玄青，不是启，而是你。"

卓王孙："我只是阻拦你送死。"

"不。你是在摧毁我的希望。"她注视着卓王孙，眼中有晶亮的光，"这些日子以来，我像老鼠一样躲藏在下水道，野兽一样裹着腐臭的皮毛，瑟瑟发抖，整夜咳血。唯一支撑我的，就是重建文明的信念。最黑暗的时刻，我告诉自己，这世间仍有光明——母亲缔造的盛世余晖，还存在于我心中。如果，我连这些都能舍弃，跟你回去，我就不再是我了，只不过是一具对你唯命是从的行尸走肉。你想得到这样的我吗？"

她的话，像是一根刺，深深刺入了卓王孙的心里。他也沉默了。似乎在思索，在反省，为什么他们始终不能走在同一条线上。终于，他缓和了语气，重新倒了一杯茶："你说得对，但先回来好吗？你不觉得我们之所以有很多事情做得让对方反感，就是因为沟通不够吗？今天这样聊聊就很好，让我知道了自己的傲慢。我们以后应该多这样聊聊。但我还是要强调一点，留在北极是以身犯险，而你要做的事情，会让你置身于更大的危险中。所以，先回来。这一点不容你反对。”

"不容反对？"芙瑞雅讽刺地看着他，"皇帝陛下，我不是你的臣民，为什么要接受你的命令？"

"那要看你还记不记得自己是来做什么的了。如果我没记错，你是作为战败一方来和谈的。既然是求和，不准备做点丧权辱国的事情吗？"

他语气中的轻佻，让芙瑞雅脸色禁不住一沉："陛下，我不得不提醒你，你过分了。"

卓王孙缓缓笑了："过分？过分的话我一句都没来得及说，你想听吗？"他靠在椅背上，打量着她。目光中是毫无掩饰的欲望，也是变本加厉的挑衅。

芙瑞雅看了他一眼，站起身："今天到此为止。你若还想谈，明天这个时候再来。"她说完转身向门口走去。这个举动，出乎卓王孙的意料。他的确想激怒她，但没想到她会怒到转身就走的程度。

卓王孙："这么容易生气？你以前可不是这样。"

芙瑞雅："我并不生气，只是给你一点时间。"

卓王孙："哦，时间？是让我自我反省吗？"

芙瑞雅回头看了他一眼："让你今晚随便找一个人，说完那些过分的话，倒空体内那些下流的想法。这样，明天你再见到我时，就能像一位真正的皇帝那样说话，而不是，仗势欺人的浪荡子弟。"说罢，她欠身向卓王孙致意，走出了会谈厅，没给他挽留或者拒绝的机会。

卓王孙目送她走远，一直维持着原来的姿势，一动不动。

门外等候的人类侍臣面面相觑。芙瑞雅提前离场，他们已猜到会谈不顺。但接下来该怎么做？皇帝陛下静坐在空无一人的会议厅里，到底是想干什么？这种局面下，也没有人敢进去问。一直等到傍晚，卓王孙仍然坐在原位，静静思索。不知是陷入了对过去的反思，还是在为未来的战局做打算。

光线越来越暗，侍臣们也越来越焦虑。这样的关头，陛下是喜是怒，想战想和，总得有人进去探探消息。最终，他们想到了一个人。

兰斯洛特走进会议室。昏暗的光线中，卓王孙一手支颐，目不视物。兰斯洛特没有打扰他，而是将桌上的蜡烛点燃。这时，卓王孙的声音响了起来："怎么样？"这句话问得十分突兀，兰斯洛特不知道该如何回答。

卓王孙："不明白吗？我问的是，芙瑞雅·亚历珊德拉·温莎，嘉德骑士团共主，八千万信众的教宗，你的亲姐姐，启一族的皇后。她，现在怎么样？"他问的，是兰斯洛特对芙瑞雅的看法。

兰斯洛特放下烛台："如果陛下因为她的态度而生气，那大可不必。她是一国元首，有决定推迟和谈的权力。"

卓王孙淡淡地说："你其实想说，她已是一国元首，需要以最高的礼仪对待。今天发生的一切，完全怪我失了为君之仪，才自取其辱？"

兰斯洛特："不，陛下，我没有这样想。无论什么时候，她都需要以最高的礼仪来对待。您需要做的，是把公事和私情分开。"

"分开吗？"卓王孙冷笑，"不可能。无论她有多少身份，在我眼中，她就只是她本身。不过，你的话提醒了我一件事。如今，她心中有了太多东西，并被它们左右了。我必须让她知道，那些都是幻象。她是皇后还是囚徒，不在于启，而在于我。"

和谈宣布延迟至第二天。

芙瑞雅并未回冰城。要塞之外，龙禁卫们建造了个临时的营寨，她暂驻御跸。

这个夜晚格外寒冷。北风裹着冰雪，呼啸着席卷雪原。海豹皮搭成的帐篷，堪堪能将风雪隔在外面，但内部简陋的设施，让寒冷依旧肆虐。这足以说明，外表看来堂皇雍容、跟随着龙禁卫的皇后陛下，实则仍比阶下囚强不了多少。

庞大的巨龙窝在帐篷的中央，吃饱喝足后伏地睡着。它倒是给她提供了温暖。芙瑞雅有时也会怀疑，这个帐篷到底是给她这位皇后的，还是给龙皇圣体的。但她并没在意。白鲸之谷比这里恶劣多了，她照样能生存下去。让她觉得寒冷的，是未来的局面。

主动将和谈延缓到次日，是她的心理战。目前的局面，她处于劣势，只有示敌人以强，才能打压对方的气焰，让他不会彻底压倒自己。而出其不意的示强，也会引发卓王孙的疑心，让他以为自己还有未出手的底牌，从而有所忌惮。这样，才可能获得更好的条件。

芙瑞雅深吸了一口气，开始与路一起推演对策。北极无所谓日夜，帐篷里的灯一直亮着，芙瑞雅的心神完全沉入与路的沟通中，丝毫感受不到周围的严寒。

突然，路停止了推演："有人进来了。"

芙瑞雅立即提高了警惕。她的手搭在巨龙身上，确保随时可以唤醒它保护自己。这时，一群人从阴影里悄无声息地现身。

芙瑞雅一怔。这些人，是保护着她来冰风要塞和谈的龙禁卫。他们怎么会偷偷进入她的帐篷？这些龙禁卫全副武装，显然并没怀着好意。芙瑞雅不再犹豫，手掌在巨龙身上轻轻一拍。巨龙一声长吟，狂风从双翼中卷出，吹得整个帐篷向外鼓出，借由帐篷遮挡自己身形的龙禁卫，全都暴露了出来。他们脸上闪过一阵慌乱，随即发现芙瑞雅冷冷地注视着他们。一瞬间，他们有些不知所措，但，仍然围拢了过来。

"怎么，玄青不想和谈了吗？"龙禁卫们面面相觑，一时没人应声。过了一会，终于有人回应："今天谈判的情况传回了冰城，族中的长老们都觉得能谈成功的可能性很小，他们非常担忧。这时，人类的密使前来，说只要将您献给人类皇帝，就能退兵。所以……"

"所以，玄青就派你们来抓我了是吗？"

启沉默了片刻，回答："是所有启一起决定的。您虽然是我们的皇后，但您是人类，从没有人，真正对启好过。没有。"

芙瑞雅的心紧了一下。这句话很淡，但淡然中却藏着已被伤过无数次的绝望。这已成常识，无人怀疑。她突然发现自己无法苛责启做这样的选择。

芙瑞雅："你们能不能相信我一次？我是真的跟你们站在一起，我一定会努力让人类皇帝退兵的。"

"您让我们相信您，皇后陛下。"龙禁卫躬身行礼，"那我问您一句，您说您跟我们站在一起，那您来北极，是为了我们吗？"

这句问话，让芙瑞雅噎住了。是啊。她来北极，是为人类找到重建现代文明的新能源，她要重建的，是人类的现代文明。在找到这种新能源后，她想做的很多，推翻人类的皇帝、重现合众国的辉煌，但都与启无关。她重建的现代文明，会与启共享吗？

这个问题问得太突然，她一下子回答不出来。至少在此之前，她没有想过。而她的反应，无疑也印证了启早已了然的答案。他们没有惊讶，只是露出"果然如此"的表情。从没有人，真正对启好过，没有。而他们不过是又经历了一次而已。

刀光剑影，从鞘中缓慢呈现，巨龙受到冒犯，再次发出震天的威啸。

"您所仰仗的，不过是龙皇圣体。这次我们来了大批敢死队，将帐篷围得水泄不通。您是我族的皇后，为了我族的延续，请您牺牲吧。"龙禁卫说得虽然客气，语气中却明显带着戒备。

"如果您以为我们会畏惧龙皇圣体，那就错了。为了族人死去的勇士，英灵会回归龙皇身边。皇后陛下，您不会看到我们退缩的。"刀光剑影向芙瑞雅逼了过来。

芙瑞雅望着他们："我在前方为你们谈判，面对你们不敢面对的暴君，为你们全力争取，但你们在做什么呢？只用他一个示意，你们就将我出卖了。你们不觉得这样无耻吗？"她冷冷地扫视着四周的龙禁卫。这些在来之前就宣誓过为了本族可以死在这里的勇士，他们视死如归、无所畏惧，但此刻，竟不敢跟她对视。

"我不会杀你们任何一个人。如果你们真的以为把我献出去，就能得到太平，那我祝你们，永享用我换来的太平。"芙瑞雅松开一直按在巨龙身上的手，无视横在她身前的刀，笔直向龙禁卫中走去。经过之处，龙禁卫不由得都让开了。他们全都呆呆地望着她。她不是应该愤怒，应该驱使巨龙与他们作战，等他们英勇战斗，付出成千上万的牺牲后，她才被擒住，而他们会在族人的鲜血中，毫无愧疚地将她交出去吗？但现在，为什么她不反抗，甘愿就缚呢？

他们望着她，全都不知所措。

芙瑞雅昂首从他们中间走过。走出帐篷时，她看到了黑压压的啓族士兵。

当他们看到她独自一人手无寸铁地走出来时，他们也惊呆了，不知道是不是该扑上去，与她作战。

"没有为我备车吗？"她淡淡地问。

这句简单的话中却有着难以言诠的骄傲，令本同仇敌忾的士兵为之气馁。他们下意识地转头，望着不远处停放的一辆车。那是一辆雪橇车，黑色的帷幕上用木条加固，像个囚笼。几匹高大的驯鹿拉着它，雪无声坠落，沉沉夜霾围裹着它，仿佛一张暗黑版本的圣诞节卡片。只是，雪橇上的礼物成了她。

踏入雪橇车时，芙瑞雅的面容上终于有了些自嘲。不等明天，她就会再见到卓王孙，只是她的身份，已从谈判对象，变成被献出的礼物，被她一心想要为之争取和平的啓。

在她坐上去之后，雪橇车便启动了，仿佛怕她反悔。

上万名啓心情复杂地望着它慢慢滑进黑暗。没有啓有兴趣说话。

是的，无边的黑暗。

雪橇车在冰原上行驶着。茫茫夜雪，让它的前进格外艰难。

没有烛火，没有灯光，只有冰层反射的永夜极光。芙瑞雅完全不知时间，也不知到了哪里。直到雪橇车停止，帘子被挑起，一个熟悉的声音传了进来。

"姐姐，我们又见面了。"

第二十九章 雪橇车上的礼物

"妮可？"芙瑞雅吃了一惊，"你不是留在罗马吗？"

妮可钻进车厢，似笑非笑地看着她："是的，姐姐的消息真是灵通呢。按官方的说法，妮可女王仍在王宫中筹备内政会议。出现在这里的，是皇帝陛下的密使。"

芙瑞雅："是他让你去找玄青的？"

"事实上，是我主动请缨的。因为我等不及，要看你现在的模样。"她满含嘲讽地打量着芙瑞雅，看着她衣着单薄，头发凌乱，脸颊上有几道难以掩饰的伤痕，叹了口气，"就连这样的伤痕，都没有减损你的美丽。这还真是奇妙呢……"她伸出手，抚摸芙瑞雅的脸。芙瑞雅冷冷地将她推开。妮可："不想我碰你吗？你不记得，我已经碰过了。"

芙瑞雅的脸色沉了下来："你千里迢迢地赶来，真正想'碰'的，不是我，是母亲的遗产吧。"

妮可收回手："不愧是姐姐，一眼就看出我的意图。有消息说，你已取到路西法之心。能活着从白鲸之谷出来，又当上了妖类皇后，莫非靠的就是它？"

芙瑞雅没有回答。

妮可："果然，妈妈留下的东西，真的有非凡的力量。可既然是遗产，就该姐妹一起继承才对，你怎么能独吞呢？说吧，路西法之心在哪里？"

芙瑞雅："如果我不肯说呢？再用刑逼供吗？"

"不了。今夜你是皇帝陛下的礼物，必须保持完整。我只是警告你，不要随便消耗路西法之心。因为，它是我的。无论你把它藏在哪里，我都会找到它、取走它。"

"是吗？"芙瑞雅看着她，微微挑起眉头，"那我不妨告诉你，它就在我身上，你随时可以来拿。"

芙瑞雅脸上的轻蔑，让妮可心底生出一股怒火，她很想再次将芙瑞雅绑起来，施展酷刑，但她不敢。皇帝陛下见到芙瑞雅之前，普天之下，绝没有人敢动芙瑞雅一根头发。

妮可强压怒意，说："算了，来日方长。"她低身钻出车厢，驱赶麋鹿向南而去。

风雪中，车队跋涉了整整一个小时，才到了目的地——冰风要塞。

妮可将她押下车，走到要塞门口。要塞格外宏伟，灯火通明，即使在北极宛如永恒的极夜中，也显示着帝王的威仪。芙瑞雅沉默望着冰风要塞。她从未想到，自己第二次来到这里时，竟会以囚徒的身份。但她不准备逃避。

妮可在寒风中捂紧了衣服。她的肌肤惊起了一层寒栗，不是因为寒冷，而是兴奋。接下来要发生的一切，让她倍感期待："就这样进去吗？不梳妆打扮一番？当年克利奥帕特拉去见凯撒，可是躲在一张精美的丝绒地毯里。好歹一国之后，即便被送给敌国君主当礼物，也要有个像样的包装。"芙瑞雅没有理她，向前走去，却被妮可拦住："抱歉，我忘了你这个皇后是假的，难怪啓连一张地毯也舍不得给你。那该怎么形容呢？被装在小车里送去客人营帐的女孩叫什么……怎么这样一说起来就觉得有些轻贱呢？明明之前不是这样子的。姐姐，你有没有同样的感觉？"她注视着芙瑞雅："还是，你乐在其中，因为你骨子里就不想当个皇后，而更喜欢别的身份呢？"

"说完了吗？"芙瑞雅无论面容还是语调，都没有任何变动，"还是你想继续说下去，直到误了时间？"

"看来你是迫不及待了。"妮可拿出一个精致的瓶子，"这是烈酒，多少可以缓解一些痛苦。"露骨的话语，终于让芙瑞雅的眉皱了起来。

妮可露出甜美的笑容："我是为你好。北极的夜很长，结束的时候，你会感激我的。"

芙瑞雅沉默了一下，转身向要塞走去。这一刻，妮可的手一松，瓶子落地，酒汁溅起，沾染上芙瑞雅的长裙。"我不是故意的。怎么才能表达歉意呢？我真恨不得给自己一耳光。"妮可作出一副懊恼的样子，脸上却全是"能奈我何"的表情。

芙瑞雅打断了她的表演，蕴含深意地说："不必了。正如你说的，来日方长。"

要塞灯火通明，远远就可以看到居于中间的最为宏伟的中央大厅。

芙瑞雅没有犹豫，一步一步踏着红毯，向中央大厅走去。妮可止步，目送着芙瑞雅走向大门。她一定要将芙瑞雅的至暗时刻牢牢记住。

妮可靠着大门席地而坐，兴奋贯穿她的身体，让她完全感受不到北极的寒冷。她期待着长夜破晓，芙瑞雅出来的那一刻。期待看到芙瑞雅的泪痕、悲怆与伤痛。

大厅内炭火燃烧，温暖如春，甚至让人忘记了所处的是滴水成冰的北极。芙瑞雅脸上露出一丝惊愕。

卓王孙并不在会议室中。

巨大的圆桌前，坐着一位白衣少女。她面容清秀，手指洁白纤长，与掌中拱护着的黑色金属匣形成鲜明对比。见芙瑞雅进来，少女起身行礼，将匣子推向芙瑞雅："这是皇帝陛下送给您的礼物。"芙瑞雅迟疑片刻，将匣子打开。当她看到匣子里边的东西时，全身禁不住一震。那是在低温液体中，精心保存的断指。

白衣少女："为保存这截断指，陛下在受'未来'影响较小的地下掩体里，一一试建了储藏室。其中只有一间，勉强达到了条件。又消耗了无数人力物力，才制定出可行的再植方案。然后又花了两个月，才制造出可以完成精密动作的机械工具。"这一切，都是在电力消失的情况下完成的，可以想象其中的艰难。

芙瑞雅微微皱眉："你是谁？"

白衣少女："我是为您手术的人。陛下从三万五千位外科医师中，将我选拔出来。"

芙瑞雅："他为什么不来见我？"

白衣少女："陛下知道，如果他在，你很可能会拒绝。他让我转达，这件事，只是对他所犯错误的弥补，不影响明天的谈判。"

芙瑞雅陷入沉默。她的目光落在断指旁的一枚圆环形的暗影上，那是他给她的婚戒。她当然记得这枚戒指，为了摆脱追踪，她用手术刀，将戒指连同自己的手指一齐切下。那一刻的痛苦，至今噬骨难消。芙瑞雅的手轻轻颤抖，她突然想明白了很多事。

他对她仍有爱，否则，也不会花费那么大的心血，保存着她的断指，更不会煞费苦心地安排这样的"惊喜"。毕竟，他们从四岁开始就一起长大，有太多的岁月刻入了记忆，到死也不会消退。就像这一节断指一样，无论与她分割多远，都有无法否认的血脉相连。

同样，这份爱也有着暗面，过分强势、自我、傲慢。像这枚戒指一样，约束着她、控制着她，让她无法自由。光与暗的两面，构成了他给予的爱的全部。真诚与虚假，缠绵与折磨……爱和痛都是那样浓烈，无法割舍。但现在，她心底有了答案。

如果说，有什么能帮她完成这场艰难的选择，那就是现实。现实就是，它已经被割断，又何必再拾起。已愈合的伤口，何必打开再痛一次。

芙瑞雅："谢谢你,也谢谢他。但,我不需要了。"说完这句话,她头也不回地向门外走去。

在门口等候时,妮可收到了兰斯洛特代传的皇帝口谕。指令中只要她做一件事,那就是将芙瑞雅毫发无损地送回启族营帐。

妮可完全不知道发生了什么事。皇帝陛下明明说,让她将芙瑞雅带到这里来,为什么他本人没有出现在那间大厅里?为什么又要将芙瑞雅送回去?妮可咬牙切齿,还是决定将雪橇车送回去。她知道,皇帝陛下的旨意,必须遵从。尤其当这道旨意难以理解时,就更要一丝不苟地执行。她再生气,也没有气到抗旨的地步,只是在对圣旨的理解上,做了一点小小的"发挥"。

一进入启的领地,妮可就停下了雪橇车。这里距离芙瑞雅的营地还有五公里,她请芙瑞雅下车步行,这样才能充分地感受北极的晨光。反正,芙瑞雅已经熟悉了冰原生活,绝对不会因这几步路,"毫发有损"的。

芙瑞雅没有说什么,转身走入了风雪。她一步步走回启族营地时,已是中午。没有想到的是,启跪在道路两旁,恭敬地迎着她。长老们虽然没有下跪,也站成两列,向她深深鞠躬。玄青走到芙瑞雅身前,恭谨之极地行了一礼:"皇后陛下,让您受苦了。"他身后,几十名启族长老列成两队,也整齐划一地向芙瑞雅行礼。第一次,整个启族都向她低首。

芙瑞雅皱起了眉头。就是这些启,昨夜将她装入雪橇车,送给人类皇帝。怎么突然来了个180°的大转弯?究竟发生了什么事?

芙瑞雅被装入雪橇车后,的确发生了一件大事。人类进行了大行动,但不是进攻,而是撤退,且退了相当长的一段距离。这段距离,留给冰城足够的安全空间,让所有启都觉得悬在头上的达摩克利斯之剑消失了。随后,人类皇帝送来了一封信,赞颂会谈取得了很大进展。皇帝陛下为表达对皇后的敬意,特命部队退避三舍。皇帝陛下期待与启皇后的再次相会。

收到信的启欢喜与惊愕并举，但当时芙瑞雅迟迟未归，玄青就派了一名使者，以最高的规格出使人类，询问皇帝陛下到底什么意思。这名使者被斩下头颅，送了回来。而后，人类部队再次逼近冰城！

这般强横的姿态，已将人类皇帝的意思表达得很清楚：和谈，我很有诚意，但，要想和谈，只能一个人来，那就是芙瑞雅。直到这时，长老们终于意识到，要塞中的首次和谈并非没有作用，而是发生了一些他们不知道的事情，让卓王孙与她达成了某种共识。在这个前提下，人类皇帝想要的，不是一位装在雪橇中的囚徒，而是盛装出现在谈判场的一族皇后。他们只好回过头，求芙瑞雅原谅。自作主张、犯上不敬这些罪过，他们已经来不及考虑了，唯一担心的，是昨晚的鲁莽行为惹怒了芙瑞雅，让她不愿再出使。他们只能用盛大的迎接仪式，来表达歉意。

至于启族的平民，并不明白其中的曲折。他们看到的是，皇后第一次谈判，就取得了巨大的成果。人类大军退避三舍，以示诚意。从此，谁也不能以皇后是个人类为理由，指责她不关心启。原本心存敌意的龙禁卫，也走了过来，加入了跪拜的行列。在他们内心深处，这样做并没有什么不妥。毕竟，她是龙皇钦点的皇后。

玄青侧身，露出身后之物："之前是我们不对，现在，我特意带了一件东西来，想必您看了之后，就会明白我们的真心了。"

那是一张冰椅，格外巨大，由冰城中的一整块冰雕成，并没有太多的纹饰。芙瑞雅思索了一下，认出了它。那是她第一次进冰城接受玄青召见时，见到的冰椅。它位于大厅正中央，左右各有一列小了很多号的冰椅。玄青与众长老全都坐在这些小号的冰椅中，这张最大的冰椅，从未有人坐过。这是当年龙皇的皇座，除他之外，启族中无人敢靠近。而现在，它被启一族带到了芙瑞雅面前，恭请她入座。

对于启族而言，这是某种神圣之极的仪式，代表着他们将以神灵与信仰为誓，认可芙瑞雅有着与龙皇平起平坐的资格。就算玄青，在接受了这一仪式后，若是违背，将会立即被视为犯下亵渎龙皇的重罪，成为全族之敌。

随着玄青躬身挥手相请，众长老全都恭谨之极地弯腰行礼，大厅之内跪伏的启们，齐声呼喊："恭请皇后陛下！"

芙瑞雅犹豫了一下，徐徐走到了王座前。她最后看了玄青一眼，玄青神色不变，长发将他的眼睛挡住，看不出什么来。她坐了上去。

启伏地跪拜，再拜，三拜，然后才礼成起身。他们望向芙瑞雅的眼神，明显少了很多敌意。其中有一些，已真正开始将她当成是皇后了。会谈室外的龙禁卫们此时列队走了进来，再度向芙瑞雅行礼："神圣的皇后陛下，我们衷心向您道歉，我们之前说'从没有人，真正对启好过'，是我们错怪您了。您用实际行动向我们证明，您是真心对我族好的。"

之前芙瑞雅面对他们的围攻，没有伤及一条性命，束手就擒被送往冰风要塞，赢得了龙禁卫的好感。这一点，也正是长老会奉芙瑞雅为真正的皇后的原因。她证明了自己，可以为启牺牲。

芙瑞雅欠了欠身："我会尽力促成和谈。"

蜥蜴面长老露出笑容："此事我们不担心了。没想到人类皇帝对皇后陛下如此看重，皇后陛下才受了一点委屈就立即大兵压境，逼着我们三拜九叩。"

长老们都跟着笑起来，氛围很轻松。他们的确是不怎么担心了，人类皇帝对芙瑞雅皇后越看重，和谈成功的可能性就越高。芙瑞雅脸上没有半点喜色，她的心情，与周围的轻松和乐格格不入。

玄青首先意识到了，挥手止住众人："时间不早了，我们就不打搅皇后陛下的休息了。"他躬身行礼，引着众启退出了营帐。

营帐很快空了，只剩下坐在冰雪王座上的芙瑞雅。灯火照在她脸上，照得或明或暗。

启或许从这件事中只看到了乐观的一面，那是因为他们不了解卓王孙。

如果卓王孙只是为了让启看到他对她的重视，他不会这么大动干戈。他从来不曾在意过别人的看法，无论是成为皇帝前，还是皇帝后。那只有一个解释，就是他做的这一切，都是为了她。

第一天的和谈，深深刺痛了他。

无论卓王孙多固执，甚至坚持要灭掉启，芙瑞雅都不会恐惧。和谈，本就是利益交换，是拿自己的条件，换取对方的让步。固执，只是因为没有找到能打动对方的条件而已。她最怕的是将个人的情感掺杂到国家大事中，甚至凌驾其上。那么，无论谈成什么条件，都可能不作数，他随时可能反悔，更改。就像刚发生的那样，他向启提出以她来换取人类退兵，但当她被送来后又大发雷霆。可能玄青或者妮可都认为这是他在宣示她对他的重要性，但，出尔反尔是国际政治的大忌。身为皇帝，卓王孙不可能不明白这一点，他肯定明白，只是，皇帝不受节制的权力，让他能够为所欲为。

这对芙瑞雅而言，是最可怕的。她必须得面对一位因为对她有爱，而时刻纠缠在她身边的皇帝。他会用她一切在意之物逼她就范。

芙瑞雅的面容冷峻起来。接下来的和谈会怎样？她并没有把握。除非，他也能明白同样的道理——斩断了的，再怎么精心修复，也无法复原。

她缓缓从王座上起身，仿佛有了决断。

那就让他死心，斩断对自己的爱。从此陌路。

第三十章　带血的合约

　　午后，暴风雪稍稍停息，芙瑞雅再次带领龙禁卫仪仗队，前往要塞和谈。

　　一进入要塞，就见一个人跪在雪地里，正是上次喊出芙瑞雅名字的王室远支。他的额头已经磕破了，人却还在磕着，身前及身上都是血。

　　芙瑞雅很惊讶，问他这是干什么。他回答，这是皇帝对他说错话的惩罚。这世上已没有芙瑞雅公主殿下，也没有什么启族的皇后，只有芙瑞雅陛下，身为帝国皇后的芙瑞雅陛下。他忘了这一点，是为大不敬。

　　听完后芙瑞雅沉默了。芙瑞雅不再理会这位官员，径直走入大厅。

　　推开大门，会议室中一切如旧，只是鲜花都换了新的。锦簇的花团与摇曳的烛光后，皇帝陛下在等着她。芙瑞雅在他对面落座。卓王孙的目光落到她戴着手套的左手上。无名指的位置，依旧是空的。

　　知道她拒绝手术时，他曾怒不可遏，恨不得把她抓到面前，质问为何要这样做。因为对他的恨，就要自我伤害吗？但最终，他决定放下不提。毕竟，受伤害的是她。他所谓的好意，只是无可奈何的弥补，她不愿意接受，是她的权力，他能做的，就是继续保存那个匣子，直到她同意的那一天。昨夜一切，就当没有发生过好了。他暗中叹了口气，靠在椅背上，打量着芙瑞雅。此刻她身着启一族的盛装，短发齐耳，脸色冷漠，让他感到有些陌生。

"很好的礼服，这比昨天那一身适合你。"

芙瑞雅平静地回复："拜你所赐。"

卓王孙："怎么样？被你想守护的启背叛的感觉如何？"

芙瑞雅没有回答。

卓王孙："你一定以为，我是在向你示威，显示我有收买、胁迫启的力量。"

芙瑞雅："难道不是吗？"

卓王孙："不，我真正想让你知道的，是启不值得你这样做。他们不会把你当成是自己人，就算你为他们做了再多，一有风吹草动，他们还是会马上将你牺牲。"

芙瑞雅："如何治国驭下，是我要考虑的事，不需要你来指手画脚。"

卓王孙："那你究竟是如何看待启的？你有没有想过，他们是你的敌人。他们刚刚引爆了'未来'，摧毁了人类的现代文明。而他们这样做，是计划要杀死 80% 的人类，然后再发动一次世界级的战争，将人类完全灭绝。你难道还不明白，他们为什么将灭绝人类的炸弹命名为'未来'吗？"

卓王孙的质问有些咄咄逼人，但少有的，芙瑞雅并未反唇相讥。原因很简单，因为这些问题的答案她都很清楚，也都困扰着她。

芙瑞雅："我知道你想说什么，但我知道什么道路是对的、什么是错的，并会一心一意走下去。无论是谁，都无法阻挡我。"

卓王孙："很好的演说，差点连我都感动了。只可惜你高估了自己。现实是，你连自保的力量都没有，还有什么资格谈对错？"

芙瑞雅冷笑："你说我不能自保？"

卓王孙："就在昨晚，你才被自己人背叛，作为礼物送往我的营帐。如果我真是你口中'仗势欺人的浪荡子弟'，你此刻就不该出现在谈判桌前，而应该在我的床榻上。"这句话中的傲慢与羞辱,让芙瑞雅的脸色瞬间改变。

卓王孙向她伸出手:"游戏到此为止,回到我身边来。"他深深地看了她一眼:"这是我最后一次说这句话,如果你拒绝了,我只好用'浪荡子弟'的方式,将它重申一次。"

芙瑞雅缓缓起身,突然用力拍了拍手。一阵恶风猛地冲来,差点将要塞掀翻。冰原震动起来,似乎是什么重型飞机坠地一般。外面响起士兵惊乱的呼喝声,一只庞大的龙头伸了进来,将会谈室的大门撞碎。龙皇圣体那庞大的身躯,让它看上去就像一座活动的冰山,有无人能撄犯的威严。然而,它却恭顺地走到芙瑞雅面前,趴伏下来,头颅低垂到地上。芙瑞雅踩着龙首,一步步走到背脊最高处,俯视着卓王孙。

芙瑞雅:"看到了吗?这就是我自保的力量。"

嘈杂的脚步声响起,楼下的士兵迅速围了过来。双方剑拔弩张,都不敢贸然动手。卓王孙示意所有人后退。

巨龙出现的一瞬,他也感到了震惊,但很快就恢复了平静。

卓王孙缓缓起身,隔着谈判桌打量巨龙。这头生物他不止一次见过,在啓族皇宫的地下室、屠龙之战的战场上。它,是石星御的化身。卓王孙直视着硕大的龙首,山峦般的阴影将他整个笼罩其中,似乎只需轻轻一动,就能将他吞噬。但他脸上毫无畏惧,只剩冷漠。

"我差点相信,你来北极真是为了追寻什么伟大的理想,原来是为了这个。所谓自保,就是仰仗石星御吗?不,他已经不在了,无法再庇护你,于是你宁可等而下之,去和这头野兽做交易,也不肯跟我回去?"

芙瑞雅平静地点头,丝毫没有因他的话而生气:"如果这样能让你不再纠缠的话,你尽可以这样想。"

卓王孙的语气中没有一丝温度:"我问你最后一次,真的要留在北极,做那头怪兽的皇后吗?"

芙瑞雅:"是。"

卓王孙注视着她，良久无言。芙瑞雅逆着他的目光，毫无退意。

他猛然一挥手，将谈判桌上的玻璃、花瓣、蜡烛扫落在地。凌乱不堪的谈判桌，变得空空荡荡。他在原来的位置上坐下，用毫无波澜的语气说："那就继续谈吧，启族的皇后陛下。记住，我不会再心慈手软，一点都不会！"

"我从未寄希望于此。"芙瑞雅却没有从龙首上走下来，仍维持着俯视卓王孙的姿态。卓王孙完全冷静下来，没有任何怒意，只是冷冷望着芙瑞雅。

芙瑞雅同样丝毫不让："把会谈室乃至整座中央大厅里的人全撤走，接下来我要说的话，你不会想让任何人听到的。"

卓王孙："你太高估自己了。"

芙瑞雅："这些话，只要让人听到，你必定会后悔终生。如果你愿意用你那可笑的高傲赌一次，我一点都不介意。"

卓王孙没有回答。他敏锐地发现了一点不对，那是芙瑞雅的态度。第一天和谈时，芙瑞雅还是很符合一个战败国元首的姿态的，就算他咄咄逼人，她也没有针锋相对。但今天，芙瑞雅的态度却变了。咄咄逼人的，成了她。是什么让她觉得自己可以在战胜者面前如此高调呢？他静静地望着她，挥了挥手。会谈室的人类侍从，全都躬身行礼后一齐离开。而同时，芙瑞雅也做了个手势，启也都听命离开。关门落闩的声音不住传来，很快，整座中央大厅就只剩下他们两人。

"现在，你可以说了。"

"在我前来和谈之前……"芙瑞雅刚开了个头，就被卓王孙打断："下来。我仰头看着很累。"芙瑞雅并未在这上面纠缠，回到谈判桌前坐下。

"在我前来和谈之前……"芙瑞雅刚想继续说，卓王孙突然岔开话题："你没把这头龙撵出去，难道是因为它听不懂人话吗？"

芙瑞雅目光陡然一凛，却没有跟他进行言语交锋。她示意巨龙退出会议室，而后干脆地说出几个字："托马斯计划。"

卓王孙脸上的讥嘲荡然无存，倏然站起来，双手重重拍在桌子上："你说什么？"

"现在不想打断我了？不再卖弄你那可笑的幽默感了？"芙瑞雅也站起来，针锋相对地盯着他，"你没有攻破冰城的力量！"

"你是怎么知道的？"卓王孙的脸色少见地改变了。

"来和谈之前，我去了一个地方——冰城被撞开的那几个缺口，那些运油巨轮还在那里。这本是同归于尽的攻击，撞完后这些巨轮也就毁掉了。换另外任何一个人，可能看着那些巨轮都不会有太多的想法，但我不一样。为了生存，我学会了不少冷僻知识，其中有一条，就是世界上有几条蒸汽燃油巨轮，它们叫什么名字，在什么地方。当我一艘一艘地将它们全都看过后，你猜我得出什么结论？"

卓王孙没有说话。

"人类所有的蒸汽燃油巨轮，全都在这里了，一艘不剩。这意味着，你不可能再发动一次这样的攻击。而常规的进攻，是攻不破冰城的防御的。也就是说，你只是在虚张声势而已。你根本就没有让启屈服的力量。"

卓王孙缓缓坐了下来，突然笑了笑："我小看你了，芙瑞雅。不愧是我爱慕多年，让我念念不忘的人。我越发坚信，这个世界上，只有你了解我，也只有你配做帝国的皇后。"

"我若是你，就不会再说这些蠢话。"芙瑞雅神色丝毫不变，"如果玄青知道你连一艘运油巨轮都没有了,你猜猜他会怎么做？他会点齐所有的启，跟人类来一场大决战，他会把之前所受的羞辱全都发泄出来，不把人类全歼在北极绝不罢休。你之前之所以打了胜仗，是因为你让他们误认为你有攻破冰城的力量。一旦没有，战争就会回到原点——处于被灭族边缘的，是人类，而不是启。我敢保证，你与你的军队，会永远留在北冰洋中。"

"我保守秘密，你让人类退兵。这就是我和谈的条件。"最后她冷淡地加上了一句，"收起你调侃的姿态，因为你根本就没有资格这样做。"

"仅仅就因为一项冷僻知识，就让你这么肯定吗？"

"还有一个显而易见的事实，若还有运油巨轮，你不会停止攻击的。你会直接破开冰城，我们的和谈，会在你对啻挥起的屠刀下进行。我说得对吗？"

卓王孙沉默，他凝视着芙瑞雅。从芙瑞雅笃定的神情中，他知道她必定还有更确凿的证据。她是怎么知道"托马斯计划"的？这明明是帝国最高机密。他没有再追问下去。显然，芙瑞雅已掀开了他最后的底牌。

芙瑞雅在冰椅上坐下："现在，我们可以好好和谈了吗？"

卓王孙的脸色阴晴变化了几次："我又如何相信你不会告诉玄青？"

"你只能相信我，我不会向你保证什么。或者，你可以像个成熟的政治家那样，把你想要的保证，全都写在合约里。"

卓王孙沉默片刻，开口："芙瑞雅，我……"

"不要再做失礼的事了。"芙瑞雅截住他，"再提到我时，请称我为'尊敬的皇后陛下'。"

她的眼神始终平静，没有回避，澄净恬淡，此外什么都没有了。无论他做什么，她都不会感到被冒犯，也没有复杂的情绪反应。只有陌生。

"那就谈吧。尊敬的，皇后陛下。"

两位陛下敲定的只是和谈的大方向，还有很多具体条款有待商议，但两人此时都没有兴趣继续跟对方谈判，便需要其他人来做这份工作。

卓王孙唤来兰斯洛特负责谈判，而顶替了密使身份的妮可，负责记录。芙瑞雅这边，则由两位啻族的长老分任此职。

兰斯洛特见到芙瑞雅时，深深看了她一眼，什么话都没说。妮可则躲着芙瑞雅，埋头记录，从不发言。当他们听说两位陛下已接受和谈时，既惊讶于如此之快，但又早在意料之中。他们默契地没人问为什么，便开始商定具体条款。

在几乎凝固的气氛中，谈判重启。

谈判工作非常烦琐，涉及停战时间、双方边界、休战期间驻军数量等诸多问题。具体事务，主要是兰斯洛特与獴长老负责的，他们在达成初步意向后，将大致条款草拟出来，呈交给各自的君主。芙瑞雅与卓王孙，只用表示通过或否定。

之后的十几个小时里，两人隔着谈判桌，埋头翻阅文件，几乎不看对方一眼。即便有话要说，也通过副手转达。两人间隔不过数尺，却连一句话，都需要两次转述。

好在，兰斯洛特对这种局面驾轻就熟，高效而准确地将谈判推进下去。表达立场时，兰斯洛特理性到严苛的地步，锱铢必较。而让他意外的是，卓王孙竟然比他还要严格。要知道，卓王孙的风格向来是只抓大略，不论细节。而这次卓王孙一反常态，每一条都冷静考量，寸步不让。

两人偶尔相撞的目光里，也再无温度，只剩冷漠。仿佛面对的，只是敌国的元首，再无其他瓜葛。

兰斯洛特在心底里叹了口气。他对此不作评价，唯一让他有点意外的是，和谈的条约中没有任何一条涉及芙瑞雅。卓王孙之前坚定之极、绝不让步地要带芙瑞雅离开北极，此时也绝口不提了。兰斯洛特非常好奇芙瑞雅是如何说服卓王孙放弃的，当然以他的政治智慧，非常清楚他不该对此表示出任何兴趣。

整整一夜过去了，蜡烛的气息变得呛人，每个人的眼睛都有些发红，而两位元首坐姿都没有变过，他们似乎绷着一股劲，等着对手先败下阵来。好在，马拉松似的会谈终于有了结果。

合约起草完毕时已是中午。妮可誊写了两份，并逐条宣读。双方确认无误后，便开始进入签字环节。卓王孙签字并盖上皇帝印章后，将合约装回托盘，由妮可呈交芙瑞雅。芙瑞雅没有再看，直接翻到最后一页，提笔签字。

所有人都松了一口气，终于要告一段落了。

　　然而，就在把合约放回托盘的一瞬间，芙瑞雅又将手收了回来。决定两族命运的停战合约，就像一枚折扇，被她握在手中。

　　所有人都惊愕地看着她，不知她想要做什么。

　　芙瑞雅注视着卓王孙："皇帝陛下，我突然想到，还有一个附加条件。"

　　关键时候的临时加码，并未让他动容："你说。"

　　芙瑞雅一字一字道："我，要这位密使的，一根手指。"目光所指，正是妮可。

　　妮可大惊："你……"

　　芙瑞雅："确切地说，是右手食指。"

　　卓王孙微微皱眉："为什么？"

　　芙瑞雅："你应该去问她，问她那天到底对我做了什么。"

　　卓王孙沉吟片刻，缓缓点头。

　　妮可脸上露出惊慌之色："陛下，不能……即便您不在乎我，也要考虑我的身份。如果民众知道我被这样对待，他们会怎么想？"她言下之意再清楚不过。她目前已经是欧非王国的女王，如果让民众知道，连她都被当做和谈的牺牲品，那帝国也没有颜面可言了。

　　芙瑞雅故作惊讶，反将一军："你的身份，不是密使吗？两国和谈这样的场合，竟有身份不明的人在场，人类帝国，又还有什么信誉可言？"

　　卓王孙："给她。"

　　妮可："陛下！"

　　卓王孙："拿到相机的那天，我曾给过你选择——要么接受我的惩罚，要么等有一天，她亲手惩罚你。当时你选择了后者。"

　　他掏出匕首，轻轻放在桌上："现在是你还债的时候了。"

　　妮可脸色苍白。她当然记得，卓王孙给出的惩罚是什么，那要比一根手指严厉得多。她颤抖着接过了匕首，将食指放在谈判桌上，咬牙切下。鲜血溅出，妮可紧紧握住右手，痛得几乎无法站直。

芙瑞雅冷冷地看着她，走到桌前，将鲜血淋漓的断指拿起查看。确认她没有玩什么障眼法后，将手指抛出了窗外。雪原上等候的巨龙咆哮起来，一口将它吞入了口中。

妮可盯着她，眼中满是仇恨。她这样做，是断绝通过手术再植的可能。没有想到，她竟不留半点余地。

芙瑞雅表情轻松，拖过桌旗，擦拭手上的血迹。妮可正要说什么，却被芙瑞雅打断。芙瑞雅："你知道吗，我有点后悔了。"

所有人都是一怔，这个时候后悔？这场和谈，再也经不起任何波折。

芙瑞雅从容不迫地擦拭着，直到手上一尘不染，才抬头看了妮可一眼："早知道你的主人答应得这么容易，我该要你整只右手的。"说完后，她讥嘲地一笑，将签好的合约扔进了托盘。

第三十一章　诀　别

　　卓王孙静静地看着她，好像看着一个陌生人："芙瑞雅，你变了，已经不像我心目中的你了。"

　　芙瑞雅语气微嘲："那就对了。毕竟你心目中的我，根本不应该出现在谈判桌前，只配蜷缩在暴君的床榻上哭泣。"

　　卓王孙起身，走到窗前，望向雪地上舔血的巨龙："我只是提醒你，野兽就是野兽。躲在它肮脏的肉翼下，也许能苟安一段时间。但时间久了，未免也会沾染上一身血腥。"

　　芙瑞雅："这就是我想要的。那个身着长裙头戴花环的公主，已经死了。你面前站着的，本就是一身血腥的野兽。"

　　芙瑞雅也走到窗边，与他并肩而立："现在，你该死心，不再想着逼我回去了吧？"她的语气生硬而冷漠。卓王孙一时没有回答。

　　会议室的另一边，妮可与兰斯洛特忙着整理文件。窗帷虚垂下来，将两人掩盖。气氛紧张到凝固的谈判场，突然有了一小方私密安静的空间，只容得下他们两人。自从逃亡以来，他们已经很久没有靠得这么近了。

　　芙瑞雅轻轻叹了口气。逼妮可切下手指再喂给巨龙，与其说是报复，不如说是故意做给他看的。她要亲手撕破本该属于自己的优雅、善良、宽容，暴露出自己黑暗的一面。只有这样，才能抹去他记忆中的自己，才能让他放下。他放下了，她才能留在北极，完成自己的理想。

卓王孙没有看芙瑞雅，依旧望向窗外的雪原，轻声说："我走后，会留给你一支部队。他们至少能保护你活下去。"

芙瑞雅："不必了。"

卓王孙回头，压抑已久的怒意终于爆发："你应该比我清楚，那头野兽有多危险。它今天拜倒在你的石榴裙下，做你的奴隶，明天就能撕开你的喉咙，喝干你的血！"

芙瑞雅："那你可想错了。我征服它，靠的不是石榴裙，而是九十七根鲸骨，每一根都刺入龙之逆鳞，让它痛不欲生。换句话说，它甘心做我的奴隶，不是因为石星御之命，而是我打痛了它，让它不得不臣服。"

她的声音有一丝嘶哑："从踏上这片雪原开始，我就没有倚靠任何人，只有我自己！"

卓王孙陷入了沉默。当她孤独无依地在冰原上挣扎时，他不在。卓王孙看着她。她的短发被窗外的寒风吹起，露出耳畔一道道擦痕。几个月的逃亡，真的让她改变了很多。她的慵懒，她的妩媚，她的优雅都被掩盖，埋藏在坚硬的外壳下。只有那双湛蓝的眸子，仍保持着往日的模样。那里住着星光与沧海，让他从初遇那一刻起，就再难忘怀。卓王孙久久无言。

芙瑞雅深吸一口气，平静下来："不过，我还是很感激你的提议。也愿意把你提前决战的理由，当成是为了我。所以，我原谅你对我的伤害——只是我，不包括我的母亲、我的家族。"

卓王孙眉头深深皱起。她的"原谅"，让他有一丝不祥的预感。

随后，她叹了口气，说出了那句他最不想听到的话："从今天起，我们两不相欠了。"

卓王孙看着她，良久，嘴角渐渐浮起一抹自嘲。两不相欠？说起来，还真是简单。那些幼年时的青梅竹马，少年时的两情相悦，坎坷中的彼此扶持，危难中的生死与共……甚至，那些只有彼此才能给予的痛苦，那些亲手刺在对方身上的伤痕，就这样一笔勾销、两不相欠了吗？

卓王孙目光冰冷："你错了，我和你，永不可能两不相欠。"他转身走向门外，再不回头。

芙瑞雅伫立在窗前，目送他出门，下楼，带领随从离开。他身上的黑色大氅，在风雪中烈烈飞扬，最终消失在雪地上。就像是浓墨重彩的一笔，重重落下又轻轻提起。每一处转折顿挫，都写入了她的眼底。

只片刻间，人类士兵已全部撤出，整座要塞安静下来，连中午的阳光都显得阴森。

风很冷，她轻轻挽起窗帷，裹紧了自己。

按照休战协议，人类的大军正撤出北极。

旌旗招展，队伍长得看不到尽头。最大的那面金色旗帜下，一辆装饰华丽的马车，在精锐士兵的保护下缓慢前行。正是皇帝陛下的銮驾。

芙瑞雅是从后门进入冰城的。她避开了启的欢迎仪式，也没有出席玄青为她准备的庆功宴，径直回到了皇宫——那个她之前不愿意踏足的地方。

皇宫里只有她一个人，留守的侍女和龙禁卫都去庆功宴了。她做的第一件事，就是打开衣橱，找出一件干净的长裙，准备沐浴。没有浴室，只有中庭里的一池天然泉水。芙瑞雅将自己浸入水中，仔细梳洗。水温很低，但她却洗得很认真，仿佛要将多日来的伤痛、疲劳一起洗净。良久，她起身擦干水渍，对着阳光展开了那条长裙。

她第一次看清了它的样子。

白色棉布上绣满了各色花朵，手工有些粗糙，更像乡间少女为春日舞会准备的盛装。很明显，启不需要人类的衣服，当玄青下令为她准备生活用品时，女官便从最近的人类集市上随便买了一件交差。

芙瑞雅微微苦笑，将它穿在了身上。然后，她回到了室内，找出同样是匆匆采购的妆盒，坐在镜前，开始一笔笔描画。

风霜打磨出的棱角在笔下消失，她再度光彩照人。那些深入眼底的忧伤，更为她增加了一种深沉而别致的魅力。那是具有攻击性的美，带着让人难以抵挡的力量。这和她身上的长裙并不匹配，甚至有些格格不入。但也让她的美有了世俗的一面，变得可以接近，可以获得。

她注视着镜中的自己，笑容有些自嘲。这一天意义非凡，她本想让自己再完美一点，但天下并没有完美的事，那又何须苛求。

她起身，走到空旷处。巨龙已经在雪原上等她。

夜晚。

雪下得越来越大，数米之外的景物，已不可见。走到两族边境线时，行军队伍停了下来。兰斯洛特和妮可走出马车，查看情况。

一位卫兵来报，前方山谷塌方。为了安全起见，最好暂停一段时间，等清空道路，再继续前行。

兰斯洛特警惕起来，察看四周地形。这时候的塌方，很可能是启的埋伏。好在，这里是一片旷野，不适合伏击。即便如此，他仍没有掉以轻心，着手加强防御。

妮可看了看不远处的金色马车："要不要禀报陛下？自结束和谈后，他就没有见任何人。"

兰斯洛特叹了口气："陛下心情很差，让他自己待一段时间吧。"

马车单独停放着，一面背靠山崖，三面戍守着的大量士兵也与其保持了数丈的距离。风雪凄迷，车窗里隐约透出一点烛光。

半空中，巨龙载着芙瑞雅缓缓盘旋。芙瑞雅注视着下方的雪原，耐心等待着，直到人类的队伍停了下来。

片刻前，她命巨龙扔下的岩石，阻断了道路。她整了整衣衫，轻声说："放下我，你回去吧。"巨龙点了点头，停息在山巅上。芙瑞雅轻轻跃下，钻入了一处裂隙。这里，通往人类暂驻的雪原。

车厢很宽敞，与其说是马车，不如说是移动的营帐，里边有固定在厢底的床、圆桌甚至小型壁炉。桌上摆满食物，都保持着送来时的样子，唯有一旁储存烈酒的锡罐敞开着。卓王孙坐在床边，手中握着银质酒杯，里边的酒早已空了，但他依旧紧紧握着它，似乎很长一段时间，他都没有动过。

战争总算告一段落。

从战略上讲，他赢了。在绝对劣势下，破釜沉舟，背水一战。很多人的生命，永远留在了北极，但对于剩下的人而言，他们得救了。这场惨烈的胜利，将为人类争取喘息之机。将五十亿人，从"未来"爆炸后灭种的恐惧中解救出来。他终于有时间，来喝完这些酒。

来自北境的酒，烈得像火。他需要这些酒，温暖被寒风吹冷的身体，也借此整理心情。至少在这驾马车里，他可以不关心战争与世界，只想起她。

和谈时的一幕挥之不去。芙瑞雅面带冷笑，捡起妮可鲜血淋漓的手指，扔出窗外。她身后，跟着狰狞的巨龙，但她脸上并无恐惧，也不想逃离。他能感到，她开始真正地和巨龙建立起一种联系。她变了，不再像她。他知道，这一切都是他造成的。

不知何处来的风，钻入了车厢，带来冰雪的味道。最烈的酒，也没有让他感到一丝温暖，反而越来越冷。一如越理越乱的心情。

他从未感到过这样烦乱。她恨自己是应该的，毕竟是他推翻了她的祖国，污蔑了她的母亲。这场彼此伤害的博弈中，他给予的创痛，远远大于她的报复。她想复国，想刺杀他，都在情理之中。不合理的是，她竟冷冷看着他，说出了那句"两不相欠"。只有一种可能——她已经决定了放下。放下了爱，也就放下了恨。

卓王孙的手缓缓握紧，指节苍白。

不，没有人能放下，他不允许她放下，不允许她从自己的世界中消失。他们的未来，必定会紧紧绑缚在一起，不是无尽柔情，就是无边业火，哪怕是战场上狭路相逢，也好过从此陌路。他用力将酒杯扔开。

就在这一刻，一声微弱的敲门声响起。卓王孙凝神听了片刻，皱眉道："退下！"

敲门声停了片刻，又响了起来。

他脸上有了怒意："我说过，今夜不见任何人。"

敲门声仍然在响。

卓王孙起身，一把拉开车门，他要看看到底是谁有这样的胆量，一再违抗皇命。然而，寒风吹入的瞬间，他的怒火也凝固成冰。芙瑞雅裹着一袭斗篷，站在漫天风雪里。她静静地看着他，双眸宛如夜空中的星辰。谈判时那些坚毅、冷漠都暂时隐藏起来，成了惯有的慵懒与妩媚。这一瞬间，他怀疑自己因醉酒产生了错觉。

"你……"还没有等他说完，芙瑞雅已扑入了他的怀中。不知是来得太突然，还是烈酒的作用，他踉跄着向后退了一步，差点跌倒。她压了上去。不由分说地，用柔软的嘴唇，封印住他即将说出口的话。

风雪越来越大，车厢的门短暂打开又关上。

数丈外的守卫们，并没有察觉出马车中的异样。车厢中，久违的激情如烈火，一旦被点燃就无法收拾……

两人在车厢中忘情纠缠。不知多久，两人才终于有机会，安静地打量对方。

她跪坐在壁炉边，时光仿佛倒流而去，回到了耳鬓厮磨、心意相通的岁月。卓王孙取过一张毛毯，披在她身上："芙瑞雅，我有很多话要和你说。"

"别说……"她止住了他，再度吻上他的唇，"还不到时候。"

不说，是因为她很清楚，他和她之间，并不存在言语能解释的误会。两人都知道，心中还爱着彼此。只是这份爱，不得不让位给更重要的东西。这是他们的命运。两人也都记得，从相遇第一眼开始，就已沉沦在对方的笑容之中。一起抢玩具熊，一起在花园里读书，一起戴起工冠身披婚服。再没有一个人能取代。可惜，他们最终选择了不同的道路，执意前行。越走越远的同时，也将对方伤得越来越深。无论怎样的爱，也无法避免这种伤害。甚至，心中的爱与留恋越多，伤得也就越刻骨。

如此，又何必要再说。

窒息般的纠缠中，她释放着压抑多日的痛楚、委屈，以及，她自己都不愿承认的思念。直到耗尽所有力气，疲惫到不能动，她仍紧紧地抱着他，不肯放手。

在他而言，今夜是盼望已久的结合。而对于她，今夜也即将是最伤感的别离。她要把他给予的温柔与刺痛都刻入骸骨，精心收集，将它化为记忆深处的珍宝，重重封锁，直到一切尘埃落定，才会打开。

那是什么时候呢？是合众国再度建立起来，盛世重临，而她满头白发、子孙满堂，在深宫摇椅上回忆，自己少年时曾有过这样激烈而美丽的爱吗？她怆然一笑，眼中有深深的悲伤。只可惜，这悲伤没有被他看见。

他只是感到她累了，于是坐起来，将她抱到自己身上。

天色已经发亮，两人终于并肩躺下。芙瑞雅主动开口，聊起了小时候的事。他知道，她在用另一种方式，重申"不必说"的约定。于是，两人心照不宣地绕开了一切与现在有关的话题，只回忆以往。

他们轻声说着，就像一对小情侣，在废弃的储藏室里偷欢，然后筋疲力尽地相拥，说着甜蜜琐事。

不知过了多久，他睡着了。芙瑞雅坐起身，长久地凝视着他。他有柔软的发，温柔的唇，雕刻一般的轮廓。脱下皇冠后，他仍然是记忆中那个少年，英俊迷人，带着几分玩世不恭，也带着不可一世的骄傲。今夜之后，她没有属于他，他也没有属于她。从一开始，他们就是平等而独立的恋人，因为命运，不得不走向相反的道路。

在此之前，她必须给自己一点时间，慢慢咀嚼今夜的一切，让它褪去燃烧一切的热情，只剩下理性的记忆。只有这样，她才能在次日清晨，说得出诀别。

曙光透过窗棂。

一夜未眠的芙瑞雅坐起身，开始整理衣衫。她尽量不发出声音，以免惊醒了身边的男人。

芙瑞雅从他身下抽走长裙时，他仍一动不动，直到她即将推门而出。

"你去哪？"

芙瑞雅惊讶地回头，发现他冷冷地看着自己，脸上毫无睡意。显然，他很早就醒来了。芙瑞雅在心底叹了口气。她本想悄悄离开，让这场久违的欢会，成为完美的告别。但不巧的是，他知道了。她不得不给这一切画一个决绝的句号。昨夜已经太漫长了。不仅是身体，就连心灵，都经历了漫长的纠缠。再这样下去，她怕自己会忍不住动摇。是时候干净利落地结束了。

芙瑞雅回头，脸色已变得冷漠："不用你管。"

卓王孙："是吗？那这算什么？"他的目光扫过车厢内的一片狼藉。

"还债，"芙瑞雅淡淡道，"我欠你的。"

卓王孙的脸色阴沉下来："你欠我的，是这个吗？"

芙瑞雅："哦，那还有什么？这么多年，你一直跟在我身边、纠缠不休，想要的不就是这个吗？现在，你得到了。"她转身，走向车门。

"这一次，我们总算两清了吧？"两不相欠，是她谈判结束时就说过的话。她言下之意是，如果之前还有什么未清的瓜葛，经过昨夜，也都烟消云散。她将门拉开一线，风雪吹了进来。

"站住！"卓王孙向前一步，将车门重重摔上。她刚要挣扎，已被他抓住手腕，拦在墙角。

他逼视着她："如果你要还债，那就远远不够！"

芙瑞雅逆着他的目光，微微冷笑："那你还想怎样？再来一次？"这句语气平静的话，仿佛一记重击，令卓王孙一时气结。芙瑞雅站直了身了，目光冷冷扫过他的身体，用挑衅的语气说："我准备好了，你呢？"

卓王孙怒火中烧，下意识地握紧了手。他是如此用力，以至于在她手腕上留下了深深的勒痕。而她依旧抬头看着他，毫无畏惧。最终，他缓缓松开手，说："那就不必了。"他从旁边的架子上取下一件宽大的银色皮氅，抖了抖，披在身上。

奢华的光芒，在一抖手间遮蔽了整个车厢，也遮蔽了他心中的愤怒、脆弱、伤痛。再度站在芙瑞雅面前时，他又成为整个人类帝国的皇帝，冷静强大，无懈可击："你说得对，我一直想要的就是这个。只可惜，得到之后却发现……"他深深看了她一眼，脸上浮现出熟悉的讥嘲："也不过如此。"他的声音很轻，带着伤人伤己的残忍。

芙瑞雅沉默了片刻，缓缓点头："再见了，陛下。"

她转身走入了风雪。

第三十二章　建造神迹

芙瑞雅独自跋涉在雪原上。

雪已及膝，每走一步都异常艰难。巨龙跟在她身后不远处，等候她的召唤，但她偏偏没有，就这样一步步前行，任头发沾满雪花。眼泪从她脸上无声滑落，瞬间凝结成冰。她的视线完全模糊，几乎是靠着本能，不断向前，直到力气耗尽，跪倒在雪原上。压抑不住的悲伤喷薄而出，她伏在冰原上，声嘶力竭地哭泣。

巨龙垂头看着她，瞳孔缓缓收缩，这让那张狰狞的脸，有了一种本不该属于它的情绪——忧伤。它并不知道要怎么做，才能排解这种情绪，只能张开双翼，遮蔽吹向她的风雪。

不知过了多久，芙瑞雅终于停止哭泣，一点点站起身："谢谢你。你以为我是为他哭的吗？不，我真的已经放下了。他伤害不了我。我是在哭我自己，在哭我的人生。曾经所有属于我的，终于全都失去了。这段感情是最后留下的，也让我埋葬了。今天，是我埋葬它，也是我亲手埋下那个戴着花冠的自己。"

呼啸的寒风中，芙瑞雅站直了身子："从今往后，你不是恶龙的新娘，也不是暴君的玩偶，你就是你自己。"她的话音不高，很快被狂暴的风雪吞没。在广大的雪原上，个人的悲伤与欢喜都是如此渺不可见。

巨龙虽然不知道她在做什么，但，也有一种莫名的情绪感染着它，让它呆呆地看着芙瑞雅。

笑容，终于出现在芙瑞雅的脸上，灿烂而优雅，仿佛能令冰原开满鲜花。她像是破茧重生，那些悲伤与脆弱，都不属于她，从此以后也不再与她相关。巨龙发出一声低吟，将头凑到她面前。

芙瑞雅仰起头："走吧，我们回冰城吧。"巨龙摇了摇头，担忧地看着她。

"我急不可待地想实验源核了。放心，我不会有事的。毕竟，我的心中已一无所有，也就不会再受伤了。"

巨龙沉默了片刻，似乎在思考她的话。终于，它俯下身，托着她振翼飞去。

距离他们不远处，有一座突兀耸立的冰山。菱形巨大冰柱投下幽蓝的阴影，挡住一切光线。玄青就站在这阴影中，冷冷注视着芙瑞雅。

自从那次来到冰风要塞后，玄青就没有离开。他一直远远跟着芙瑞雅，只是保持着足够的距离，不让她发现。他要确保，她没有在和谈中出卖自己。他很谨慎，并没有靠得太近，这让他没有听到"托马斯计划"这个秘密，但他发现了另外一件事——芙瑞雅与卓王孙的秘密幽会。

玄青抬手，手心显出一枚蓝色的晶石。晶石并不起眼，但细看时就会发现，一道几乎不可察觉的光芒从中透出，隐约勾勒出芙瑞雅的身形。虽只是个约略的影子，却十分生动传神。玄青伸出一根手指，轻轻地向蓝色晶石上点去，最终停留在人影的腹部。炫目的蓝光亮起，最终在人影体内凝结成一朵花。

阴冷的微笑，渐渐自玄青脸上浮起："不会再受伤吗？一个月后，你就会明白，什么叫一厢情愿。"

和谈的结果是两族暂时休战一个月，人类军队撤退到四十五公里外的冰风要塞，驻扎休整。虽然这没令这场战争终结，但已是非常难得。冰城里的啓前一天还在城破族亡的绝望中，次日就迎来了短暂的和平。他们借这喘息之机，组织人手修缮冰城。这样的结果，是皇后陛下争取来的，所以当芙瑞雅回到冰城时，受到了啓的热烈欢迎。

没有任何人敢对她表示不敬，就连玄青，也以最标准的觐见皇后的礼节向她行礼，并亲为前导，将她迎入冰城。

以负屃长老为首的守旧派，看到芙瑞雅与龙皇圣体一起进入冰城时，热泪盈眶。他们仿佛见到了他们的皇与后并辔同临。而后，芙瑞雅被迎进了真正的皇宫——就是啓为龙皇所建的圣殿。这座圣殿并非处于冰城之中，而是在冰川的尖上。它足够大，容纳得下龙皇圣体。巨龙显然对这里很熟悉，一进来就自顾自地跑到皇座后，趴进了巨大的冰池中。那是专门为它建造的。

守卫芙瑞雅的，不再是蛇侍卫，而是跟随她前去谈判的龙禁卫。不过玄青倒是将蚺留了下来，依旧让蚺充当侍卫首领。这不无监视的意味，但芙瑞雅对此一笑置之。

她的境遇得到了彻底的改变，在冰城里她再没有限制，她想去哪里就去哪里，无论差遣什么人，都不会有阻碍。这无疑非常有利于芙瑞雅展开下一步的研究，实际上她也有些迫不及待了。和谈争取来的休战期只有一个月，芙瑞雅再争取时，卓王孙只是淡淡地说了句"我给你再多也没有用"。以她对卓王孙的了解，卓王孙说这句话，就意味着一个月后，他有足够的信心能攻下冰城。所以，她必须在一个月内，让新能源研究取得突破性的进展。

时间紧迫，她却不能放开手脚去做。按照路的说法，啓体内的源核，是龙皇留下的力量。要是让玄青知道了，他一定会不顾一切地将之劫入手中，应用到战争中去。芙瑞雅想象不出那会对人类造成什么样的打击。所以，她必须得先想出一个办法，瞒过玄青。但玄青的眼线，仍然遍布在每一个角落，监视她的一举一动。芙瑞雅思前想后，最终找到了一个办法。她提出要为龙皇修建一处神迹。

那是一座浮空岛。具体方案就是，她会将皇宫所在的冰山顶部截断，让它飞到空中去，让皇宫成为一座天空之城。

玄青听到时觉得她疯了，如果龙皇还在的话，也许能做到，现在无疑是痴人说梦。但芙瑞雅坚称，正因为只有龙皇才能做到，她才一定要修建。这座城会让启觉得龙皇并没有离开他们。身为皇后，若不能让子民们感觉到龙皇一直与他们在一起，她的生命就没有了意义。她会将自己的余生都用在这件事上，再无他求。

最后这句话打动了玄青，毕竟，和谈后芙瑞雅威望很高，若是她想要参与军政大事，会给他造成不小的麻烦。她若是专心修建这座荒谬的天空之城，纵然耗费点人力物力，只要不与他争权，他就乐见其成。

玄青立刻命令负屃长老率领尾之一族全力配合皇后陛下进行修建，无论皇后陛下需要什么，都一律准许。负屃长老满口答应，兴奋地全身颤抖。尾之一族是龙皇最忠诚的信徒，能参与修建，是他们最大的荣耀。

芙瑞雅离开后，玄青若有所思地问："你们怎么看这件事？"

几名长老倒没想那么多："为龙皇制造神迹，这我们肯定要支持。我们的生命、力量都是龙皇所赐，理应永远跪拜奉祭龙皇。"

玄青："你们觉得她会成功吗？"

几名长老都摇了摇头，显然觉得这事就是芙瑞雅异想天开。

蜥蜴面长老："就算不成功，也没什么坏处不是？"

这倒是让玄青点了点头。他思索了一阵，突然甩出一个问题："你们难道一点都不好奇，皇后是如何说服人类皇帝退兵的？"

苏姐笑了："有什么可好奇的？我说过，皇后陛下在人类皇帝的心中有着无法被取代的地位，这次和谈恰好说明了这一点。"

玄青："你们就不担心，这是她出卖了我族的利益换来的吗？"

蜥蜴面长老也笑了："她能出卖什么利益？谈判的时候，她还是个阶下囚呢。"

长老们都笑起来，没人将之当回事。

玄青也笑了。长发掩盖的瞳孔中，闪烁着冰冷的光。

"那好吧，我们来进行正式的议事。皇后陛下为我们争取来了难得的一个月休战期，但这一期限结束后，人类军队一定会重新开始猛烈地攻击。我们将如何应对？在这段时间内，我们该做些什么？"

长老们的面容严肃起来，这可是关系到全族存亡的大事。一个月很短暂，而要做的事情却很多。当下，他们便七嘴八舌地讨论起来。最终，商定出几件必须做的事情：修补冰城，重建城内的家园，安抚启，集结兵力。一条条细则被拟定出来，分派给合适的人去执行。

等所有事情都议完后，玄青冷冷地说了一句："还有最后一件事，我希望诸位再好好讨论下。这件事或许比之前的议案还要重要。"

蜥蜴面长老："什么事这么重要？"

玄青脸上露出阴沉的微笑："一个月后，我要给卓王孙一件永生难忘的礼物。"

让庞大的皇宫连同冰峰飞行到天空中，这个想法太过于荒诞，所以为这个荒诞理由而做的实验，都变得合理起来，没有引起玄青的注意。芙瑞雅与路的实验，就在修建神迹的掩盖下进行。这些天来，路对如何使用源核，有了一些想法。

源核，相当于启体内的能源。启体内的符纹，不仅是能量流经的通道，还负责让能量演化出种种变化，表现出来就是不同的启有不同的能力，有的能飞，有的力量大，有的则能操纵风或雪。启自身不知道源核的存在，就连玄青这些大妖都不例外，他们只是通过符纹来获得控制体内能量的方法，而这些符纹也都是由龙皇传授给他们的。将这些符纹研究清楚，或许就可以将源核的能量引导出来，并让其产生预定的变化。

简言之，如果与人类的核电站做类比的话，源核就相当于铀棒，符文组成的阵法则是反应堆。二者结合，便可以源源不断地产生能量。

第一步，就是借芙瑞雅之名，套取符纹的用法。

负屃长老没有丝毫怀疑，就将符纹全都传授给了芙瑞雅。他是龙皇最初点化的启之一，对龙皇忠心耿耿，许多符纹的知识，都是由龙皇传授给他，再由他传授给其他族人的。龙皇离开后，本应该由他来继任领袖，但他实在太老了，有心无力，只好让贤。以实力为尊是启通行的准则，负屃长老倒没什么怨言，他的心中只有龙皇，掌权不掌权并没多大关系。血祭中龙皇亲口册封芙瑞雅为皇后，他对龙皇的虔诚全都转移到了芙瑞雅身上，几乎把芙瑞雅当成龙皇一样去敬奉，自然不会有任何保留。在负屃长老的帮助下，路很快就洞悉了符纹的奥妙。

"这些符纹，有些像路西法的能量回路。"路最终总结。

"什么？"这个结论让芙瑞雅很惊讶。

"长生族仿造出龙皇的能量后，发现这种能量极为特殊，长生族的所有科技手段都无法应用它。后来，在作战中一点点收集龙皇的战斗手段，配合龙皇的克隆体，最终才形成了一套能量回路。长生族用这套能量回路，造出了路西法。作为路西法的主脑，没人比我更了解它了。"

"但这套能量回路，怎么会出现在启身上？"

"在与龙皇的作战中，长生族越来越了解龙皇，龙皇又何尝不是？路西法的一切，在龙皇看来都不是秘密。再说，这些符纹也都是路西法的基本回路，并没涉及核心，龙皇知道也不意外。我猜想龙皇来到地球上，在制造大批的启时，便利用了长生族的某些科技。他比我想象的要聪明。"

"长生族的科技？机体的科技能用在启身上？"

"这没什么奇怪的，路西法本就是有生命的。严格意义上来讲，它是某种生命体。生命体与非生命体的界限，其实没有那么严格。就比如龙皇圣体，你能说它不是生命吗？但龙皇又可以在它身体中降临。这时，它不就成了一台机体吗？当科技发展到长生族的程度，或者生命形态到了龙皇这种层级，许多之前的概念是可以被超越的。"

"也就是说，启可以看成是被符文驱动的小型生物机体？"

"你可以这么说。"

这段话信息量太大，芙瑞雅有些接受不了。路知道这一点，所以，他没有在这方面纠结，而是直接给出了结论："这对我们的探究来讲是好事，因为我可以直接用路西法的能量回路，将源核的能量引出来。"

第三十三章　符纹法阵

翌日。

负屃长老带领十个强健的启来皇宫帮忙。他发现皇宫的大门上被刻上了密密麻麻的符纹，但这些符纹跟他所知晓的又不尽相同。芙瑞雅没跟他多解释，只是让他带领十名启站在了既定的位置上，然后传授给他们一套口诀，让他们按照这种口诀调用体内的力量。十名启照做不误。他们体内的能量沿着符纹倾泻而出，传递到皇宫大门上。皇宫大门上刻着的符纹一层一层被点亮，最终，冰雕成的数十米高的大门，都闪亮起来，在北极的极夜中，显得那么夺目。启发出一阵惊叫。

路："0号实验成功，基本能量回路成功搭建，验证源核可以作为能源使用。"

芙瑞雅："只是发光，怎么就证明源核能成为能源？"

路："这是长生族的一个习惯。长生族的科技基础是光能，所以，当他们发现一种新能源时，都会先尝试将其转化为光能。只要能转化为光能，便能纳入长生族的科技系统。"

芙瑞雅若有所悟地点点头："那我们下一步要做什么呢？"

路："验证之后，就需要尝试将源核建造成真正的能源了。也就是一枚全新的路西法之心。"

芙瑞雅的目光亮了起来。

路："先别急着高兴，接下来的一个难题，是重造能量回路，而我们缺少合适的原材料。"所谓合适，就是宇宙中二级文明所创造的材料。人类的产物距离这个标准，至少还差了几个世纪。

芙瑞雅微微皱眉："我想到了一件东西——路西法的残骸。"路西法是由长生族制造的机体，若能取得上面的材料，难题自然迎刃而解。

芙瑞雅立即去找一名座头鲸长老帮忙，潜入深海打捞。三日后，捞上来一堆看上去破破烂烂的碎片，不知道还能不能用，路却松了一口气。路西法的爆炸跟地球上的炸弹的原理不一样，它是能量的瞬间叠压释放，因此，它的本体受到的伤害并不大。损伤到的部分，路可以用光尘进行修补。残骸修好后，核心能量回路的建造就再没有瓶颈可言了。路又花了一天的时间，将它建成。这时一个月的休战期，已过去一大半了。

当芙瑞雅看到它时，有小小的失望。它看起来并没有路说的那么神奇，怎么都看不出永恒不息的未来感。路解释这是因为还没有联结源核，它还未被启动。在它之外，是密密麻麻的几乎延展到方圆两公里的巨大符纹阵，而路说这些符纹阵只是基本的能量回路，核心能量回路他全都用光尘镂刻在残骸之上，若是铺开，面积会是基本能量回路的百倍以上。

芙瑞雅仔细研究了残骸的表面，上面密密麻麻地用光尘凝成了一个个极小的符纹，更多的则根本无法用肉眼看清，只能看到无数叠压在一起的诡秘纹理。芙瑞雅心中升起一丝兴奋的期待，也许，它真的能成为一种开辟文明的能源。

"开始吧。"她努力压抑着心底的兴奋，冷静地下达了命令。

一名啓走到符纹阵的中央，坐了下来。他深吸了一口气，念诵起皇后陛下传送的口诀。他的一切感知，都变得迟缓起来，像是浸泡在一缸温暖的水中，随时都会睡去。幸好，他还记得皇后陛下的吩咐，一遍一遍念诵着口诀。他的意识很快模糊，除了口诀，别的什么都感受不到了。

"亮了、亮了！"突然，一名启喊了起来。

一枚光之符纹，开始颤悠悠地闪烁，就像是萤火虫一般，在极夜中绽出了光芒。光起初很微小，但越来越亮，越来越亮，到后来，就像是一盏白炽灯。越来越多的光之符纹，开始闪亮起来。十枚、一百枚、两百枚……到最后，就算是站在冰城中，都能清晰地看到它传过来的光。

城中的启放下手中正在做的活计，抬头，震惊无比地望着闪耀着璀璨光芒的皇宫。尽管它仍坐落在冰峰上，丝毫没有浮空的迹象，但，光是这无比的光芒，就足以让启认为它是神迹了。仅仅过了一刻钟，小半个皇宫就全都亮了起来。

尾之一族彻底惊呆了。这些光之符纹，都是由他们亲手绘下的。他们很清楚那究竟有多少。虽只有一小半，那也是上万枚光之符纹啊，怎么可能由仅仅一名启驱动？

普通启的体格比人类强健，但也仅此而已。他们知道自己体内有某种奇异的力量，是龙皇的恩赐，但这种力量并不强大，只有那些长老，才会具备超自然的力量，仅凭肉体就能跟人类的机体相抗衡。但普通的启也许比马强，比牛壮，但没人会觉得他比战机还厉害。这名启绝不可能有这么强的力量，只可能是他的虔诚获得了龙皇的垂赐，让龙皇的力量隔着茫茫宇宙，降下了神迹。一念及此，他们纷纷扑地跪倒。

万千道光之符纹，也照亮了芙瑞雅的眼睛。她也没想到，一名普通启竟能发出这么强的能量。一直艰难又缥缈的重建现代文明的求索，终于在这一刻变得真实起来。芙瑞雅强压欣喜，问路："这是不是证明成功了？新的路西法之心已建成了？"

路："这只能证明，1号实验即核心能量回路建成功了。至于路西法之心是不是成功，还需要等待。我说过，路西法之心最重要的特征是永恒，只有能提供永恒不息的能源，才能说路西法之心成功建成了。"

又过了几分钟，不到半个皇宫的光之符纹被点亮了，此后，再也没有符纹亮起。这证明，符纹阵的能量输出达到了最大值。若是能量可以一直维持在最大值，就证明符纹阵具备了初步的永恒性，可以进行第二阶段的实验了。

长生族在时间的观测上有着精确的要求，路全身心地投入到观测中。对于芙瑞雅而言，每一秒，都过得特别漫长。她无比期盼实验成功，路西法之心能被重建。要是不成，她不知道该怎么面对她的坚持与付出。

这时，一枚光之符纹熄灭，越来越多的符纹接着熄灭。曾经照亮整座冰城的皇宫，顷刻变得黯淡，再度被极夜吞没。欢庆的声音戛然而止，突如其来的黑暗让众多启茫然无措。

路的叹息传来："不行，源核的力量不够。"他担心地看着芙瑞雅。没有人比他更清楚，这次实验对芙瑞雅意味着什么了。失败很可能就代表她一直追寻的东西并不存在。出乎他意料的是，芙瑞雅的反应很平静。

芙瑞雅："这就是我一直担心的。龙皇留在启体内的源核，还不够强大，做不了永恒不息的能源供体。"

路皱眉："你不失望吗？"

芙瑞雅："我当然很失望。"

路："可是你……"

芙瑞雅："可是我为什么不崩溃、不绝望是吗？实验有成功就有失败，无论什么结果，我都会坦然接受。"

路："可是，这次失败也许意味着我们无法用源核重建路西法之心，这是致命的。"

芙瑞雅："你知道吗，路？我们这一路走来，面对过多少次绝境？多少次我们都认为已无路可行了，可还是一步一步向前，找到了新的路。我想说的是，不是我被磨砺出了战胜困难的信心，而是我觉悟了，这就是我的日常。"

路："日常？"

芙瑞雅："是啊，遇到困难，克服困难，再遇到困难，再克服困难。我选了一条特别难走的路，未来就必然是这样的。我必须习惯。"

路望着她，没有说话。她脸上的笑容并非假装，而是发自内心。他觉得现在的芙瑞雅有一丝陌生，仿佛不知什么时候，她完成了一次蜕变。她变得更成熟，更坚强，更游刃有余。终于，路脸上也露出了一模一样的笑容："好，那我陪你一起。"

符纹阵里的狸妖被架了出来，挣扎着向芙瑞雅行礼。他责怪自己不够虔诚，没有让龙皇降下足够的神迹。但他再也不会认为龙皇离开了，无论隔着多远，龙皇都与他们在一起。其他的启也都激动之极，对皇后敬佩得五体投地。起初芙瑞雅说要营造神迹时，他们认为这只是异想天开。但事实证明，神迹的确发生过。

让神迹发生的，不是这位狸妖，而是芙瑞雅。自芙瑞雅来到北极后，龙皇就几度降临，这还不够说明芙瑞雅皇后对龙皇的重要性吗？

芙瑞雅维持着微笑，将他们一一送走，然后召唤出路："他怎么了？"

路："他的源核不足以维持能量以最大值输出，因此，整个装置都受到了损伤。损伤不大，经过一段时间的休息，应该能修复。你也可以将这套装置当成是某种生命体，它有自愈能力。这也是我说不是完全失败的原因。"

芙瑞雅摇了摇头："不。如果不能制造出永恒的能源，这套装置再强都没有意义，我甚至不敢让任何人知道它的存在，更不用说用它去恢复现代文明了。"

路："你在害怕什么？"

芙瑞雅："因为人类要是知道源核能提供这么强的能量，就一定会发动征服启的战争，谁都拦不住。他们一定会将启豢养起来，迫使启提供能源。但这种用极小代价得来的能源，他们不会珍惜，只会尽力攫取，恢复奢侈的生活。啓的繁衍本就极为困难，在恶劣环境下，他们的数量会以惊人的速度损耗。当有一天，啓的数量降至无法恢复的极限以下时，整个世界就会崩塌，人类将重回茹毛饮血的日子，甚至还不如以前。为了避免这一切，我一定要将路西法之心完全重建起来。"

路微微叹了口气。他知道，这种希望已经很渺茫了。

"如果普通啓不够强，我们就去找负屃长老，现在就去。"她起身向皇宫外走去。

路所化的光尘一直攀附在她的耳垂上，被带着一起随行。他悠悠地说："难道，你就不会被打倒吗？我很奇怪，你怎么会这么坚强？"

芙瑞雅不假思索地回答："这是遗传。"

第三十四章　永恒的能源

负屃长老刚回家，还没喝上一口水，就被追来的皇后陛下拉着匆匆返回了皇宫。这次，由他站进了符纹阵里。

果然，长老的源核能量，比上一名启大多了，很快就将整座皇宫的光之符纹全部点亮。到最后，皇宫就像是一轮太阳悬在冰峰之顶，整座冰城的启都被惊动了，就连玄青也忍不住出门观看。

身为长老，负屃长老的源核释放出的能量超过了这座符纹阵所能承受的极限，路不得不用了很多办法让它可被观测。负屃长老持续的时间也相当长，没有出现上一名启虚脱的情况。但当时间到后，观测结果却无情地显示，负屃长老的源核仍不能永恒。他所释放的能量的最大值，随着时间推移，逐渐衰减。

"我去找玄青来。"芙瑞雅没有气馁。

"不会有用的。"路摇了摇头，"玄青的源核虽比负屃长老强，但也有限，无非是坚持的时间长一些，不会有本质的变化。启的源核，无法建起永恒的路西法之心，这就是这次实验的结果。"

路说："也许，你该考虑一下卓王孙的方案了。虽然残忍，但不失为一种对人类有益的办法。虽然你并没有找到一种永不枯竭的能源，但你仍找到了新能源。它足够让人类的文明前进几十年，大家都能过上吃饱饭的生活，比现在挣扎在死亡线上的日子，已经好太多了。坦白地说，在你来北极前，我都想不到你能做到这一步。"

芙瑞雅："不，路，我不能这样做。你不像我这么了解人类。如果没有足够的能源，而仅仅只是让大家都吃饱饭，那么，大家一起吃饱饭的情况根本不会发生，而是会为了过上更好的生活互相残杀。豢养、屠杀智慧生物的行为，必将重创人类的道德体系，引起不可控的伦理危机……最终，人类灭绝咎，也在自相残杀中自我毁灭。这个方案不会拯救任何人，反而让末日沦为地狱。"

路："好吧，你所说的情况，的确很可能在低等智慧生命群中发生。但是，还有别的方案吗？"

芙瑞雅："路，量变引起质变这一原则，适用于源核吗？"

路："当然适用。但要引起质变，需要比长老级的啓强大得多的源核，我不觉得它存在于这个世上。"

"不，也许它存在。"说着，芙瑞雅将目光投向了一直在皇宫冰池中睡懒觉的巨龙。

"它？"路惊讶了一下，"它可以看做是龙皇的机体，它的源核，就相当于之前的路西法之心，甚至，比路西法之心更强大，因为路西法之心是对它的仿制。由它来重建无疑是最恰当的。只可惜，它的源核已被封印了。"

芙瑞雅："封印？"

路："龙皇走之前，封印了这种力量。如今，它能调动的，只有巨龙的肉身，没有一丝龙皇的力量。若非如此，它又怎可能被关在白鲸之谷中。"

芙瑞雅："难道，就真的没有办法了吗？"

路："除非强行打破封印。"

芙瑞雅眉头微挑，似乎看到了希望："要怎么做？"

路："就像当初龙皇那样，将自己的意志，贯穿它身体的每个角落。

只有这样，它才会彻底归属于你。它与你不是伙伴，甚至不是主仆，而是它是你身体的一部分。或者说，是你的机体。"

芙瑞雅沉吟片刻："你是说，我要用自己的印迹，取代龙皇的印迹？"

路："是覆盖。以你的意志，形成更强大的印，覆盖前任主人留下的一切。这样，你才能接管源核内的力量。然而，由于龙皇留下的印迹太深，这种覆盖几乎是不可能的。"

芙瑞雅："什么是'几乎不可能'？"

路："我估算过，你只有一次尝试的机会，成功的可能性是三十分之一，失败的代价是死亡。你还想尝试吗？"

芙瑞雅犹豫了。本来，不要说三十分之一，就算只有一线机会，她都要去尝试。但这次她犹豫了。她不畏惧死亡，畏惧的是，只有这一次机会。失败了，重建文明的希望，将会彻底毁掉。这是她承担不起的损失。她一边思索，一边挽起已长的发，系起高高的马尾："先完善符纹阵法，再想办法吧。"

接下来的时间里，他们让不同的启进入符纹阵，有禽类的、甲壳类的。各个种类，只要能想到的，他们都做了实验。又过了几日，芙瑞雅请来另外几位长老，结果大同小异，没有源核能够永恒。

但芙瑞雅从不说什么，只是礼仪周全地送长老们离开。等所有人都走后，她就仔细整理宫殿，调试符文。做这一切的时候，她脸上始终保有笑容，就像一道光，照亮了空寂的宫殿。

路敏锐地探知到，她的轻松，并不是不将这些打击放在心上，而是她承受过更深、更重的打击，让她濒临崩溃，差点毁灭；当她从那次打击中站起来后，这些打击就根本算不得什么了。

在无止境的尝试与失败中，日子一天天过去了。玄青也在日夜忙碌。

有这一个月的喘息之机，他指挥啓对冰城进行了大范围修复。崩塌终于被遏止，大火也已扑灭。剩余的火油无法完全清除，被引导着灌入了最底层的冰层里，深冻起来。崩塌的房屋被清理，再开凿出新的。半个月后，所有啓便又有了新居。冰城初步恢复了繁荣。

当然，这绝不是玄青工作的全部。

"蜥长老，筑城计划，进展如何？"

"非常顺利。"蜥蜴面长老踏前一步，面露得意之色，"现在已形成了十三座虎贲城，七十八座蝇城。另外还有七座鲲城也马上修建成功。"

"很好。"玄青满意地点点头，其余长老也都交头接耳，充满了欣喜之色。

"我想，凭借这些城，我们足够将人类士兵全部歼灭在北冰洋中了吧？"

虎面长老："那我们是不是要撕毁合约，立即偷袭人类？"

玄青："不，不，不。无论什么时候，都不要撕毁合约。我想这次冰城之战应该给我们一个足够的教训，那就是没有什么是绝对的。我们本以为可以轻易消灭人类。但事实呢？事实是我们差点被消灭了。所以，谨慎点，把人类当成个正经对手，不要做擅自毁约的蠢事。"众长老纷纷点头称是。

苏妲："我非常赞同玄青大人所言。皇后陛下呕心沥血为我们缔结合约，若是由我们来撕毁，恐怕对我们的士气也是一种打击。"

玄青："是的。我还为皇后陛下和人类准备了一份特别的礼物，若是现在就撕毁合约，那不是白准备了？"

苏妲："您准备了什么礼物？"

"你们很快就知道了。"玄青面容一肃，"蜥长老，我给你两天的时间准备。两天之后，我要你将虎贲城、蝇城、鲲城准备好，我会奏请皇后陛下前来检阅。到时全部啓都会观看，这会是自我们战败后最大的一场仪式，也是对士气最大的激励，你能办到吗？"

蜥蜴面长老抱拳："一定让皇后陛下见到最强军容！"

“很好。”玄青离开椅背，以手支颐，“阅兵仪式上，我会亲自将礼物献给皇后陛下。”

苏妲眉头微微皱起。这句话，让她有了一种不祥的预感。

散会后，偌大的厅中只剩下玄青一个人。

他的手指轻轻抖了抖，一枚蓝色的冰晶石在他面前出现。晶石中，芙瑞雅的身形隐约可见，她腹中的光点隐隐跃动，就像一颗种子，随时会绽放。玄青脸上浮出一抹满意的笑容。

是日，乃两族议定息战后的第二十七日。大安。泰极，诸事皆宜。

大雪纷飞。

极夜中的冰城一片昏暗，唯有冰峰顶端的皇宫，闪耀着宛如神迹般的光芒，格外显眼。

芙瑞雅重建路西法之心的实验陷入停滞，但在啓看来，皇后的实验获得了难以想象的成功。他们央求芙瑞雅将符纹阵保留下来，他们义务站上去，让皇宫闪耀光芒。是以就算不做实验时，皇宫也都永远闪耀着。

在龙皇光芒的映照下，无数啓从冰城中出来，聚集在广场上。今天，将举行一场盛大的阅兵式，鼓舞士气，准备迎接休战期后的大战。

芙瑞雅一身盛装，站在广场的中央。巨龙蜷伏在她身侧，懒洋洋地打着呼噜。每位啓见到她，都躬身行礼。很难想象几个月前，这些人曾将她绑在柱子上，献给妖兽。

对这场阅兵式，她并不意外。休战期已到，战火即将重燃。玄青若不为之做准备，那反而奇怪了。冰城之战一定给了玄青及其他啓深刻的教训，休战期结束后，他们一定会拿出真正的力量，与人类展开残酷的血战。

咚，咚，咚。数名强壮的熊型啓擂响了巨鼓，所有啓都安静了下来。玄青率领着长老会众长老，出现在城墙上。

"族人们，我们曾在这座城中，遭受过最大的屈辱。龙皇留给我们的伊甸园被攻破。如果不是皇后陛下作出了伟大的牺牲，我们还能站在这里吗？让我们再一次，感谢皇后陛下，愿她永与龙皇同在。"说着，玄青以手抚胸，恭敬地面朝芙瑞雅行礼。长老们以及其他啓也都躬身行礼，他们的感激发自肺腑。

芙瑞雅一动不动。玄青的话是真心感激还是暗含嘲讽，她并不在意。目前她的心思，已完全被源核占满。她只希望仪式尽快结束，让她回到宫殿，继续改进符阵。

所有啓都行礼完毕后，玄青继续演讲："但是，我们会接受这样的屈辱吗？我们会让人类把我们打到低下头，我们会承认不是人类的对手吗？绝不！我们会在下一场战争中，让人类血流成河，让他们知道，他们才是被征服者，这个世界是属于我们的。

"如果你跟我一样有这样的决心，我将回报给你们，屠城灭国的武器。"说完，他挥手，向冰城外的洋面上指去。

冰城外面，传来一阵阵号角声。

一座座庞然大物，在风雪弥漫的黑暗中显露，沿着水道驶近——那是巨大的冰山。让人惊讶的是，每座冰山中都冻住了一艘战舰，正是因末日而废弃在洋面上的战舰。它们锈蚀斑斑，仿佛冰山突出了一截狰狞的恶魔之角。

这些冰山内部被挖空，外层凿出一个个洞眼，修筑成防御工事。冰层内冻住了钢筋、巨木等，一看就防御力极强。起码以人类老式枪炮的威力，很难攻破。每座冰山露出洋面的部分有数公里宽，洋面之下的部分不知又有多大。

无数啓士兵驻扎在冰山之中，进进出出。他们不仅能进行短兵相接的战斗，还能居高临下，投掷冰块杀死敌人。每一座冰山都是一座巨型立体的战争堡垒，虽然移动速度不快，但在现在的局面下，已算有极强的机动性。毕竟相对于没有巨舰参战的人类，再慢的移动速度都是优势。

十三座冰山，远远地停泊在冰城之外。每一座冰山内都能容纳数万名啓士兵，比电气时代的航空母舰大太多了。这些冰山的出现，顿时让冰城内的啓士气高涨，再也顾不得影响阅兵式的肃穆，纷纷欢呼起来。

芙瑞雅的思绪从源核转移到这些冰山上。只看了几眼，她就看出这些巨型冰山的威力。甚至用不上战术，它们只需用冰山冻住的巨轮撞击冰面，人类军队就会束手无策。这是扭转这场战争走向的重器。她的眉头，禁不住微微皱了起来。

不知什么时候，玄青来到她身侧："它们的名字叫'虎贲城'，灵感来源于人类冷兵器时代的关隘。每座虎贲城中装载着三万六千名啓族精兵，是移动的关隘，为冰城牧守四方。您可以看出，它唯一的缺点就是不够灵活，皇后陛下，您不用担心，我们还有'蝇城'。"

一团团小了许多的黑影，出现在十三座虎贲城的周围。它们是体型小了许多的冰山，被开凿成巨舰的样式。每座冰山仅能容纳数百名啓，但其速度快了数倍，仿佛青蝇般围绕着虎贲城，倒跟"蝇城"这个名字很相符。

"每座虎贲城配备六座蝇城，蝇城可与虎贲城合为一体，随时进入虎贲城补给，也可以分离出来，依靠高速与灵活性对敌人予以打击。如果皇后陛下您还不放心，我们还有'鲲城'。"

"鲲城？"芙瑞雅等了一会，不见有新的冰山出现。

"鲲城潜于水下，在末日中，人类无法掌握它的位置，也不可能对它进行打击。它适合对人类发动奇袭。"玄青不厌其烦地向芙瑞雅解释着，"每座虎贲城与鲲城中，都有一名长老驻守。也只有长老才能利用符纹阵让它们动起来。这是我族为战争的第二阶段所做的准备。皇后陛下，您觉得怎么样？"

芙瑞雅沉默了。她很清楚，这些秘密武器投入战争后会发挥出什么样的威力。人类很可能无力抵挡，伤亡惨重，甚至没有一个人能走出北冰洋。

她也很清楚，这次冰城远征失利，甚至全军覆没，对人类意味着什么。

在末日之中，帝国不可能再组织起一支这样的大军，它所要面临的将不仅是无力再次远征，还将无法抵挡启的反攻。那将是人类灭亡的起点。

玄青的目光却没离开芙瑞雅，紧紧盯着她，连她最微小的反应都不放过。他像是要刺透她，剖开她，将所有隐藏的秘密看穿。但他失望了，芙瑞雅最终只简单回复了一句："很好。"仿佛这件事根本与她无关。

玄青的瞳孔渐渐收缩，他有些不甘心，还想再说点什么。蜥蜴面长老走了过来："大人，阅兵式是不是该结束了？虎贲城与蝇城的配合演练还未完成，时间相当紧迫。"玄青点了点头，转向启："我的族人们，看到这些城，你们有没有信心打赢这场战争？你们想不想把你们受的苦难，十倍、百倍地还给人类？"他每问一句，启就发出山呼海啸般的响应。他们的狂热被这些战争机器点燃，信心前所未有地膨胀，对战争的渴望，也前所未有的强烈。

芙瑞雅静静地看着这一幕，不禁感叹：纵然启已接受了她的皇后身份，但她想要撼动玄青的地位，从他手中夺取权柄，仍有登天之难。玄青一直将军权牢牢掌控在自己手中，而整座冰城就像是一座大军营，每位启都既是平民又是士兵。

路的声音在她耳边轻轻响起："你真的不担心？"

芙瑞雅："不担心。"

路："难道你不怕人类灭绝？"

芙瑞雅："那是卓王孙该操的心。我不知道人类能不能应付得了这些战争巨城，但以我对卓王孙的了解，当他再临北极时，一定会手握一张王牌。至于他们谁的牌面更优，我不想管。我想管的只有一件事：如何激活龙皇圣体。"

路："你还不死心吗？成功的概率很小，机会只有一次，失败的结果就是死。难道这还不能让你放弃？"

芙瑞雅："这不会让我放弃。"

路："那好吧，我也想看看，你能想出什么办法。"

第三十五章　新　生

玄青演讲结束时，启的狂热也到达了巅峰。

蜥蜴面长老向芙瑞雅行了一礼，正要命令虎贲城退走，却被玄青止住。"慢。我还有一句话要说。"他提高了声音，"我的族人们，我们现在拥有强大的战争武器，看到了胜利的曙光，这一切，都要归功于谁？是我吗？是负责此事的蜥长老吗？不，应该归功于皇后陛下！如果不是皇后陛下一力促成和谈，给予我们一个月的休战期，我们还能拥有这么强大的战争武器吗？你们说，是不是？"

"是！"山呼海啸般的呼喊再度响起，启全都虔诚地躬身，向芙瑞雅行礼。

玄青看着他们，面露嘲讽："那，你们有没有想过，皇后陛下究竟是如何促成这次和谈的呢？她究竟用什么办法，让人类皇帝答应退兵的呢？"这句话一出，整座冰城骤然安静下来。所有启都望着玄青，有的惊恐，有的惶惑，有的迷惑不解，有的突然若有所悟。但这一刻，这个突然抛出的问题，将他们的心神完全占满，再也容不下其他任何东西。

"皇后陛下，您是不是该给我们一个说法了呢？"玄青的话很轻，在极度安静的冰城中，却响亮地传遍每个角落，就像是雷霆。

所有启的目光转向芙瑞雅——是啊，究竟是什么，让卓王孙放下已摇摇欲坠的冰城，给他们一个月的休战期呢？两族间的仇恨根深蒂固，尤其在启引爆"未来"后，上千万的伤亡、毁于一旦的文明，这样的血海深仇，人类怎样报复都不为过。启并不意外人类发起的灭族之战，却惊讶于人类竟会半途而废。到底是为什么？

这个答案，虽然没有启知晓是什么，却隐然让他们感到一丝慌乱。

成千上万道目光，倏然聚焦到芙瑞雅身上。

芙瑞雅脸上的平静消失。她突然明白，玄青举办这个阅兵式，其实是个幌子，他真正的用意，就是在所有启面前，向她问出这个问题。他刻意聚众问出这个问题，必然隐藏着极大的阴谋。但她能说出真正的原因吗？托马斯计划？不，她不能。

芙瑞雅摇了摇头："我不能告诉你。"

玄青的笑容渐渐锐利起来："那我是不是可以理解为，你用的方法，严重伤害了我族利益？"

围观的启发出一阵附和的声音，这是最合理也是最显而易见的推论。

芙瑞雅："这可能吗？我去和谈时，连我的皇后之位都没得到正式的承认，就算我出卖启族的利益，又能出卖什么？"这也是合理的推论，让喧嚣稍稍小了些。但玄青的声音骤然拔高，变得尖锐："不！恰恰有一件对启最重要、最珍贵的东西，是你可以出卖的！"

他倏然转身，面向启，一字一句说："那就是龙皇的尊严，我们的信任！"他隐在衣袖里的手握紧，蓝色的冰晶石出现，一股黑气从他指间沁出，隐隐化成一条蛇形，围绕人影旋转，越来越快。与此同时，人影腹内的光点亮了起来，随着黑气一起旋转。终于，黑气一头扎入了人影体内，与光点融为一体。芙瑞雅感到腹部传来一阵悸动，并不痛苦，而是一种陌生的微凉，随着血液直击心脏，而后消失无踪。

她不由地合上双眼，再睁开时，四周一切如旧，又似乎有了微妙的改变。到底发生了什么？所有啓都面面相觑。轰然一声巨响，那是一直在旁边打瞌睡的巨龙缓缓起身。它抽动着鼻翼，似乎在寻找某种气息。终于，它扇动双翼，向芙瑞雅走来。它望向芙瑞雅的眼神渐渐改变，从温柔臣服，到愤怒与狰狞。

"退下！"芙瑞雅感到了危险，伸出了手，五指微张，对准巨龙额头。

这是她收服巨龙时的动作。从白鲸之谷出来后，她不知做过多少次了，每一次，巨龙都会止住狂躁，恭顺地趴在她身边。然而这一次，巨龙没有服从，反而冲她发出一声厉啸，湿热的鼻息喷了她一身。空气中弥漫着腥气，像海水，也像血液。

芙瑞雅再也忍不住，俯身干呕起来。

巨龙看着她，瞳孔中的光芒如火焰般越烧越高。突然，它挥动肉翼，重重扇在芙瑞雅身上。这一击力量极大，芙瑞雅被击飞出去。她挣扎着想站起身，却没有成功，只能伏地呕出鲜血。这突然的变化，让啓都惊讶了。龙皇圣体，怎么会攻击皇后？还下如此重手？

整个广场鸦雀无声，只有巨龙走向芙瑞雅的脚步，在冰面上震响。杀气弥漫。巨龙走到芙瑞雅面前，挥动肉翼将她推倒，一爪踩上她的小腹。爪尖下探，刺破了她的长裙。

"不能！"负屃长老冲了过来，他本想拉开巨龙，却不敢冒犯圣体，只得跪在一旁，无助地问，"为什么要伤她？这到底是为什么？"

玄青冰冷的声音传来："因为她出卖了我们的信任，践踏了龙皇的尊严。圣体识破了她的真面目，不仅不再保护她，还要用她的血，洗清耻辱。"

负屃长老："不，这不可能！"

玄青："那你看这是什么？"他将手中的晶石举起。晶石照耀下，芙瑞雅腹部亮起了一点蓝光。"鳞镜从不说谎，她怀孕了！"

怀孕？这个词语像是一道雷霆，劈中了芙瑞雅。怎么可能？她怎么可能会怀孕？怎么可能会在这个时间点怀孕？难道……这一消息实在太过突然，让她禁不住脸色惨白。

她的反应，无疑是在表明，玄青没有说谎。这像是一块巨石，投进了冰城平静的湖中，掀起了轩然大波。嘈杂的声浪，从启中激起，所有启都在谈论这一惊人的消息。他们望向芙瑞雅的眼神，充满了惊恐与愤怒。

"这就是人类退兵的原因。"玄青阴冷地总结，"就在签订合约的当晚，你不知羞耻地钻进了人类皇帝的马车。你腹中的孽障，也是这个时候种下的，我说得对吗？皇后陛下？"

芙瑞雅脸上毫无血色——就在那一天，有了他的孩子？

她用力握紧双手，直到指甲深深刺入掌心。只有钻心的痛，能将她从情感的波动中抽离出来，让她暂时忽略自己的身体，尽量冷静地去面对眼前的局面。

芙瑞雅深吸一口气："我不否认这件事。"

四周一阵喧哗，议论声、惊叹声似乎是海上卷着的风浪。

芙瑞雅的目光扫过所有人，等声浪平息，才平静地说："但，如你所言，这是我为了和谈不得不付出的条件。你又凭什么审判我呢？总归是我的牺牲，让启族获得了喘息之机，不是吗？"

玄青嘲讽地看着她："是啊，很大的牺牲。你知道我在想什么吗？我在想你为什么会做这么大的牺牲？难道仅仅是为了启吗？我不相信你会如此伟大。一定有个庸俗的理由，你能从和谈成功中得利的理由。你能不能告诉我，它是什么？"

他盯着芙瑞雅，一字一句地说："你来冰城的目的，是什么？"

芙瑞雅沉默了。她能说自己来冰城是为了寻找新能源、重建文明吗？显然不能。虽然源核尚无法建成路西法之心，但路的核心能量回路已实验成功，它能让启激发出远超之前的力量，一名普通启能点亮数千枚光之符纹，长老则可点亮数万枚甚至几十万枚。要是让玄青知道了，他一定会将它用在军事上，启的武力将会有几十倍的增长，这场战争必将会以人类的灭亡为结局。她思索良久，最终选择了继续沉默。

"不想告诉我吗？那我能不能猜一下？'未来'爆炸之后，人类对启畏如虎狼，整天担心会被灭绝。你来北极之后，人类突然有了跟启作战的勇气，而且打到了启的大本营。皇后陛下，如果您说您来北极的原因跟这场战争没有关系，会有人相信吗？"芙瑞雅的笑容有些苦涩，的确没有人相信。

玄青转向广场上的启："人类合众国曾经上演过一个戏码。战争中，女王被迫牺牲自己，为敌国领袖生下孩子，换取和平。怎么这么凑巧，二十年前的一幕，就在启族中重演了呢？莫非，这也是遗传？"

芙瑞雅暗暗咬住嘴唇，直到唇齿之间渗出腥咸。她能够容忍任何羞辱，但唯独不能提及母亲。好在，玄青很快转换了语气："如果真是重演，我们并不会归罪于你，就像无知人类所做的那样。因为交易虽然屈辱，却是启一族的屈辱，不能怪在牺牲者的身上。可真正的情况却恰恰相反，你和人类皇帝之间，没有什么逼迫，也没有什么牺牲。你们，本就是一伙的。"

芙瑞雅："你想说，我是人类的内应？"

玄青："只有这一种合理的解释。你一个人类，为什么冒着生命危险，到北极来当我们的皇后呢？如果你说你想借我族之兵对抗人类帝国，甚至重建合众国，这反而好理解了。但你从未这么做过，反而一再博取我族的好感。联想到你之前的经历，人类皇帝追杀了上千公里，居然没杀掉你。再往前，你居然是在嫁给人类皇帝、成为皇后的当夜逃出来的。你放着人类帝国的皇后不做，反而到北极来做启的皇后？"

芙瑞雅："你觉得我是在演一出苦肉计？"

"不然呢？"玄青叹了口气，"真是漫长而庞大的布局。皇后陛下，您究竟有多爱他呢，才为他付出这样的牺牲？人类应该给你造一座纪念碑，永远膜拜您。可是……"玄青顿了顿，语气陡然一变："可是在我们看来，这是对龙皇最大的侮辱与亵渎，你与人类皇帝一起，让我们的皇蒙羞！"

巨龙发出一声愤怒的长吟，似乎在回应他的话。愤怒的声浪，从启中掀起，一波一波地冲向芙瑞雅。

"难怪冰城会被攻破，原来是有她这个叛徒！"

"内奸！骗子！"

最后，所有的声音都聚合成一个统一的呼喊，响彻整座冰城——"杀了她！"山呼海啸中，启失去了理性，只剩下一个念头：龙皇所受的羞辱，必须用这个女人的血来洗清。

"听我说……"芙瑞雅勉强支撑起身体，正要为自己辩解，一阵晕眩感袭来，她无法克制地干呕起来。巨龙发出一声愤怒的咆哮，一爪拍下。芙瑞雅躲闪不及，被再次击飞。彻骨剧痛，让她几乎失去意识。巨龙狰狞地挥动着肉翼，似乎随时准备追击。

玄青冷冷地望着她："你们看到了吗？圣体已不再庇护她了，因为她的身体里，有我族死敌的血脉！现在，你们还当她是我们的皇后吗？还认为她是龙皇的代言者，违逆她，就是违逆龙皇吗？"

"杀了她！"

"杀了她！"

启用整齐划一的怒吼回答。

玄青露出满意的笑容："把她押下去，明天一早，我们在此设祭，杀她以告祭龙皇。用她的血，为我们反攻人类祭旗。龙皇的耻辱，需要一场伟大的胜利来洗刷！"

早有准备的蚺带着蛇侍卫冲上来，将芙瑞雅押了下去。关押的她的地方，正是皇宫。辉煌无比的圣殿，将成为她临刑前的待宰场。

芙瑞雅坐在符纹圈禁中，一动不动。她身下，是缠绕交叠的蛇形符纹，从皇宫中心向外不断扩展，一直连接在蛇侍卫身上，构成了一间光之囚笼。她轻轻抬起头，拭去嘴角的血迹。胸口传来阵阵剧痛，至少有一根肋骨骨折了，呼吸也变得异常艰难。但这些日子以来，她已学会了与疼痛从容共处。甚至，在它的提醒下，厘清之前发生的事。

巨龙为什么会攻击她？莫非，玄青的话是真的？她的手，不自觉地滑向自己的腹部。

这时，一个声音传了进来："不用再想了，鳞镜是上古神物，不容造假——你体内的确有了人类的孽障。"玄青走了进来，居高临下地看着她，等待欣赏她的惊讶与痛苦。

芙瑞雅的脸色依旧平静："你是怎么知道的？"

玄青："从你走出冰城的那一刻起，我就一直跟着你。因为我想第一时间知道，和谈是否成功。作为最高指挥官，信息延迟一秒，也许就是灭顶之灾。我也没想到，竟能看到你钻进马车的一幕。你知道我当时的心情吗？我亲眼看着，一个被尊为皇后的女人，用这种方式羞辱我们的皇，羞辱我族。我当时就恨不得揭穿你，但我不能。因为，那可能会使和谈出现变数，对我方不利。何况，我没有任何证据。我需要证据，让你哑口无言只能认罪的证据。"

芙瑞雅："所以，你做了手脚？"

玄青伸出手，掌心出现了那截蓝色的冰晶石："不错，我族受潘多拉之盒照射而生，几乎无法自然繁育。好在，皇族中流传着一种秘法，可大幅度提高受孕概率。我把这一秘法，用在了你身上。"

芙瑞雅脸色急剧变化，从惊愕、愤怒最终化为黯然："难怪……本来是不可能的。"

玄青："我族受孕概率近乎千分之一，秘法的催生下，可提升至百分之百。只要中了秘法，就算你用人类的方法避孕，也必定能受孕。我要确保你怀上卓王孙的孩子，这样才能让你的罪铁证如山，无法抵赖。我等了你二十八天，每天都要看着你带着敌人的孽种，若无其事地坐在后座上，接受启的膜拜。你可真是罪该万死啊！"

他的目光中有刻骨的仇恨，狰狞而森冷，但芙瑞雅已没有余力去关注。她脑海里只有一个声音：真的有了他的孩子？在这样的时机，以这样的方式？

这一瞬间，她有些失神。

玄青："我得承认，你和他真是天生一对，你们里应外合，将我族玩弄于股掌。数万名启的死，全都因你们两个人而起。我有多憎恨卓王孙，就有多憎恨你。仅仅只是杀死你，不够消我心头之恨。我会对你施加各种酷刑，最后再斩下你带血的头颅，摔到卓王孙面前，让你跟他相会。"

玄青冷冷一笑，转身走了出去。皇宫的符纹阵依旧运转，将芙瑞雅笼罩在光芒中。她的脸色额外苍白。等玄青的背影彻底消失，她轻轻抚摸了一下耳垂，声音嘶哑地说："路，请告诉我，这是真的吗？"

路的影像在空中浮现。只有玄青不在的时候，他才敢回答她的召唤。他默默地点了点头。

"为什么不提醒我？"

路迟疑着，没有立刻回答。他本是全知全能的，尤其当芙瑞雅与他合体后，她身体的每一处变化，他都应该知晓。但就在一个月前，路主动切断了对她身体的一切数据收集——那是她义无反顾地走入了卓王孙的马车之时。他不再监控她的身体，放她独立思考，独立生活。从那时开始，他和她的关系，已从寄生开始变为真正的伙伴。她对此全然不知，而他，也没有察觉她身体的变化。直到玄青在庆典上拿出鳞镜，路才恍然大悟，立即重启了与她的联系，却已于事无补。他能感到的，只是新生命的存在，以及她的彷徨、惊讶与伤痛。

沉默良久后，路只说了一句话："抱歉，我失职了。"

出乎他意料的是，芙瑞雅并没有责怪他，而只是轻轻摇了摇头："我知道了，时间不多了，带我去见圣体吧。"

第三十六章　蛰龙大法

芙瑞雅看了一眼窗外。

路："你要做什么？"

芙瑞雅："洗去龙皇的印迹，彻底征服巨龙。"

路吃了一惊："不可能。如果说之前还有三十分之一的概率，但现在，它已经恨你入骨。你成功的概率会大幅下降，或许连百分之一都没有。"

芙瑞雅："不足百分之一吗？可我若不尝试，明天就会被玄青杀死。百分之一固然少，但比起必定会死，却又算多的了。"

路："就算你征服了巨龙，也难逃一死。因为更换主人后，巨龙也会遭受重创，至少有一天一夜处于失能状态。你是无法依靠它的力量，杀出玄青的包围的！"

芙瑞雅苦笑："我本来就没有想逃出去。"

路："我知道建造路西法之心对你很重要，你把它当成是毕生的信念。但现在，你只能暂时放下，趁这个机会逃走——这是你唯一的机会。"

芙瑞雅语气坚决："我说过，不会放弃。"

"那抱歉，我不会告诉你征服巨龙的方法。"路的回答也同样坚决，"因为在我心中，你活着，比一切都重要。"

芙瑞雅的心轻轻惊动了一下。她抬头看向路，路光尘幻化而成的眸子里，闪动着某种前所未见的情愫，让她感到陌生。但现在，她已经没有精力去思索，这到底意味着什么了。她缓缓点头："我向你保证，只要能征服巨龙，我就一定能活下去。"

她迎着路的目光，露出那个熟悉的笑容："请帮我这一次吧。"

路沉默良久，终于开口："下不为例。"

芙瑞雅走出皇宫。令她奇怪的是，皇宫外，竟然一个啓都没有。她逐级而下，走下冰峰时，终于发现了原因。

龙皇圣体不知什么时候陷入了狂暴之中，双目赤红，不住地在广场上咆哮着。它不时摔打着粗壮的尾巴，打得冰屑纷飞。广场上有任何风吹草动，它都扑过去，将其撕得粉碎。

路："看来这条龙体内还留存着龙皇的某些情绪，否则，它不会在发现你怀孕后这么生气，甚至攻击你。现在它处于狂暴状态，没有理性，杀戮的本能被放到了最大。这是征服它最糟糕的时机，你确定要这样做吗？"

芙瑞雅笑了笑，没有任何犹豫："当然。路，你要这样想，我本来死定了，现在却多了百分之一的生机，我应该庆幸才是。"

路："你这个角度倒是新奇。"

芙瑞雅："时间不多了，告诉我方法吧。"

路叹了口气，在她面前展开了一幅全息影像，作为对即将发生的一切的预演：

"唯一的方法，是由我同时催眠你和巨龙，让你们进入意念的世界。在那里，你可以超越体能的限制，与它战斗。它会轻易杀死你，但你不必害怕，那只是幻境，现实世界中，你的肉身不会受伤。同时，幻境中的你也可以无限重生。如果你的意志足够强大，就可无限缠斗，直到它筋疲力尽后放弃。这时，巨龙会将一半的源核吐出，置入你体内。这意味着，它将视你为唯一的主人，再不会背叛。这个方法唯一的问题在于，幻境中身体可以重生，但死亡的痛苦是真实的。你有很大的概率，会因为承受不了这种痛苦，意识崩溃而死。"

芙瑞雅："这么多天来，我已经习惯痛苦了。"

路："与你将面临的痛苦相比，白鲸之谷，就像是极乐世界。你还想尝试吗？"

"不是我想不想，而是我必须这么做。对于没有选择的事情，我从来都不去想它，而是——"她望着在广场上肆虐的巨龙，"战胜它。"

芙瑞雅踏入广场的瞬间，巨龙就发现了她。它猛地回头，发出一声狂怒的咆哮，向芙瑞雅奔了过来。巨大的龙睛布满血丝，混杂着仇恨与狂怒。这一刻，它只剩下最原始的本能：以牙还牙、以血还血！

巨龙越来越近，脚下的冰面被它踏得颤动，芙瑞雅几乎站立不住。她毫不怀疑，光是冲撞的力量，就会让她骨断筋折，而它的爪，它的牙，则会嵌入她的血肉。但她没有任何恐惧之色，相反，脸上还带了一抹期待。

转瞬之间，龙皇圣体就冲到了她面前，狂怒的咆哮中，它张开血盆大口，斜斜地向芙瑞雅咬了过来。一丝丝细到无法形容的光，从芙瑞雅身上绽放，刺入了巨龙的身体，将一人一龙连接在一起。霎时间，仿佛世界陷入寂静一般，巨龙的身体僵住，再也无法有任何动作。

这是路用光尘制造的通道，让他们能进入意念世界。芙瑞雅感觉自己被分成了无数份，从这些光尘中向巨龙传去。在接触到龙皇圣体的瞬间，整个世界消失了，她仿佛投身到一团绚丽之极的光中，以快到不可思议的速度航行着，然后，这团光慢慢地打开，形成了一个新的世界。但她根本来不及多看一眼，因为，巨龙就矗立在她面前。它咆哮着，腾身跃起，一道蓝色霹雳电射而下，劈中芙瑞雅的身体。幻境中的身体，竟被生生撕扯为万亿尘埃。巨龙发现敌人消失后，又狂暴地肆虐了一会，慢慢转身走远了。

不知过去了多久，芙瑞雅终于又浮现出了意识。她发现，尘埃再度开始聚拢，一点一点地，将她复原出来。但每聚拢一粒微尘，它所经受的痛苦也会传过来，她相当于又经历了一次化尘之痛。她不知过了多久。一天？一月？一年？她想，就这样，直到死去吧……

但最终，总有一个声音告诉她，她还不能死，因为，她还没有成为母亲那样的人。

这个声音，拥有让她无法违逆的力量，让她挣扎着从昏迷中苏醒，继续去聚拢一粒粒微尘。漫长到仿佛数个世纪过去了，微尘终于聚合完毕，重新化成了她。

她望着龙皇圣体，望着它周身蓝色的云雾缭绕，神秘而强大的力量从它身体的深处勃发，带着某种如神明般的威严，凌压四方。她的身体本能地想逃走，但她坚定地站住，望着它狂暴地咆哮着，向自己冲来。她缓缓张开双臂，拥抱死亡。

蓝色的霹雳再现，又一次将她化为尘埃。

这一过程，不知重复了多少次。

雷霆的光芒，以几乎不可察觉的幅度减弱，直到无法凝结成型。

巨龙看着自己爪上断断续续的雷光，又看了看眼前这个女子，露出困惑之色。到底是怎么回事？为什么面对她，雷霆竟无法施展？自己的身体又为什么会这么疲惫？幻境中，时间顺序被重组，巨龙越想搞清这一切，思绪就越混乱。它困惑地垂下头，向记忆深处搜索。渐渐地，一段被它遗忘的记忆浮出。一切仿佛回到了最初。那是它第一次被征服的时刻。

它向后退了一步。

这一刻，萦绕在芙瑞雅身上的细小光芒突然闪烁起来，她的意识也开始回归。她惊讶地发现，时间仅仅只过去了千分之一秒。方才所经历的在异世界与龙皇圣体漫长的搏斗，让她以为过了上百年上千年，却只是千分之一秒而已。不是时间停滞，世界静止，而是灵魂层面的战斗，无论多复杂，都只不过是一瞬间。

当她明白这一点时，一股奇异的力量从体内升起。那是一团蓝色的，并不显眼的光，却有种无上的威严与高傲，似乎凌驾于世间万类之上，无人敢撄犯。

巨龙错愕地看着她，恐惧瞬间支配了它庞大的身体，让它止不住颤抖。蓝光越来越强，将整个世界化为一片湛蓝。巨龙发出一声凄厉的嘶鸣，向后退去。

芙瑞雅站在蓝光中心，五指微张，对准巨龙额头——依旧是她在白鲸之谷用过的那个手势："我说过，我能征服你一次，就能征服你第二次！"巨龙死死地将头埋在冰屑里，只敢发出细细的悲鸣。恐惧，被某种久远的记忆勾起，深深刻入它的灵魂深处，让它再也不敢违犯。

蓝光在芙瑞雅身上游走，她发现自己能操纵它，让它亮就亮，让它灭就灭。她分明感觉到它还有别的玄奥，与它息息相关，但这需要她更进一步的探索。

芙瑞雅长长吐出一口气。"这是源核吗？"她望着自己身上这团蓝色的光。

"是的，这就是被激活后的源核。它被分为两部分，其中一部分融入你的身体，供你使用。而另一半源核虽然留在巨龙体内，但控制权也属于你，两半源核之间以类似于量子纠缠的状态联系在一起。也正因如此，巨龙将会永远臣服于你，再不可能背叛。"

"很好。"芙瑞雅笑了。

路却没有丝毫喜色："然而，这一切并没有意义。巨龙的力量，最快也要到明天才会恢复。但今天破晓时，你就会死在这里。"他指了指伏地喘息的巨龙。显然，它已失去了所有力气，无法保护她。这意味着，她还是会被玄青杀死。

路诚恳地说："趁天还没有亮，赶紧逃走吧。按我规划出的路线，虽然九死一生，但也好过坐以待毙。"

芙瑞雅："我现在逃，能带走巨龙，能带走符纹阵吗？"

路摇了摇头："不能。"

芙瑞雅笑容有些苦涩："那我之前付出的一切，都付之东流了。"

路："至少你可以活下来，只要你活着，就还有希望。"

芙瑞雅："不，我已厌倦了怀着虚幻的希望，四处奔波。生或者死，就在这里决定吧。"

路："可是……"

路还要再劝，芙瑞雅扬手止住了他："相信我，我会活下来。"她转身向皇宫走去，巨龙蹒跚着，跟在她身后。路望着一人一龙的背影，轻轻叹息。

她究竟是从什么时候蜕变成现在这样的？以前的她，遇到困难时，会害怕，会绝望，必须寻求别人的支撑才能继续走下去。但从某一刻开始，这些她都不需要了，她明晰了自己的道路，坚定前行。那些挡在她道路上的障碍，再不会让她彷徨难过，她笑着面对。

路低头，望着自己的身体。极为细微的光，从他体内流失，散向宇宙深处。这些光，是他身体的一部分，当它们全部流走后，他也就不在了。他没有告诉芙瑞雅，除了她以外，幻境建造者也会受到重创。这是他为了催眠巨龙付出的代价。

值得吗？

第二天黎明，冰峰上的皇宫被光之符纹照得透亮，层层扩展到整个冰城。极夜在此处被逆转成极昼。

这个黎明格外宁静。由于龙皇圣体盘踞在广场上，发出狂躁的龙吟，启全都缩在洞窟中，不敢露面。但在接近黎明时，龙皇圣体安静下来，没有启知道昨夜发生了什么。他们只知道，这是个格外祥和的黎明，适合杀掉他们的皇后。

一大早，启就出了冰城，像昨天一样，聚集在广场上。玄青与长老会的成员早就到了。他抬眼看过去，广场上空空如也，龙皇圣体已不知去向。他相信，是远在异世界的龙皇安抚了圣体，好让族人们能顺利奉献平息龙皇愤怒的祭品。

玄青开始主持祭礼，负屃长老念诵了一段长长的祭辞。长老的心情很不好，他敬爱的皇后与人类皇帝通奸，让他蒙受了巨大的羞耻。然后，玄青率领着启向冰峰顶端的皇宫走去。祭仪的高潮，是将芙瑞雅绑在立柱上杀死，让她的血流淌在广场上。

她的头颅会被斩下来，摆在城头的旗杆下，完成祭旗的仪式。再然后，头颅会用匣子盛好，等休战期结束后送给人类皇帝。这是玄青最期待的时刻，他迫不及待地想看到人类皇帝打开匣子时的表情。当然，他更想看到的是，十三座虎贲城与七座鲲城突袭人类时，刻在人类皇帝脸上的绝望。

这是他精心策划后送给人类皇帝的礼物。双重打击，该够让人类大军尽数葬身于北极鱼腹吧？

皇宫大门开启的瞬间，玄青脸上的表情骤然僵住。众人被他的脸色一惊，往大殿深处看去。

巨大的王座笼罩在一层蓝色光芒之中，芙瑞雅就坐在光芒的中心。她斜靠在巨大的椅背上，姿态慵懒而随意，似乎并不将这神圣的王座放在心上。让人意外的是，她身上的丝绒长裙虽还留着龙爪的裂痕，但上面的血迹都消失了，洁净如新。

而更让人不敢相信的是，从广场消失的龙皇圣体，此刻就趴伏在她脚下。

见众人进来，芙瑞雅缓缓坐直了身子。破碎的裙摆向两边垂落，露出笔直的小腿。启这才看见，她竟赤着脚，踩在巨龙脊背上。这是个大不敬的姿势，启的表情从惊愕转为愤怒，恨不得立即冲上去，将这个亵渎龙皇的女人拖下来。然而，巨龙却完全不以为意，发出轻微的鼾声，似乎被她踩踏着，是天经地义的事。

芙瑞雅挑衅地俯瞰着众人，脚尖微微用力，探入龙鬃。白皙的脚趾与深蓝的龙鬃形成鲜明对比，格外刺眼。启一阵骚动。

玄青的瞳孔渐渐竖起来。他敏锐地察觉到，这一切有些不对劲："你对圣体做了什么？"

芙瑞雅："没做什么。只是将它狠狠揍了一顿，让它明白，我才是它的主人。"

"荒谬！就在昨天，它还恨不得杀了你。"玄青回头，向启示意，"这一幕，我们所有启亲眼所见。"启纷纷点头。

芙瑞雅："阅兵大典上吗？那是因为，你用拙劣的障眼法蛊惑了它。障眼法消失后，它便恢复了神志，到宫殿里把我救了出来。玄青，你可真是大胆，竟敢蛊惑圣体，谋害皇后，就不怕天诛吗？"

玄青冷笑："你再狡辩，也改变不了一个事实。人类皇帝的孽种，就在你体内。鳞镜照得清清楚楚，难道也是我的障眼法？"

他一抬手，鳞镜出现在他手中，映照出酷似芙瑞雅的人影。她腹中跃动着一枚蓝色的光斑。这枚光斑，也出现在芙瑞雅身上。启族长老们窃窃私语起来。

负屃长老担忧地看着芙瑞雅："皇后陛下，我很想相信您，可鳞镜是我族最珍贵的神器之一。它照出的影像绝不会错，也不容造假……请您给我们一个合理的解释吧。"他跪了下去，不敢看芙瑞雅。其他长老也随之跪地："请给我们一个解释。"

芙瑞雅淡淡地看着众人："我的确有了孩子，却不是人类的，而是龙皇留在人世间的唯一血脉。"这句话就像是惊雷，在整个皇宫中炸响。

"怎么，龙皇陛下留下血脉了吗？"负屃长老惊喜地大喊。

“是的，”芙瑞雅用脚尖挑拨了一下龙鬣，“它的臣服，就是证明。”

似乎在回应她的话，一直打盹的巨龙站了起来，缓缓靠近她，小心翼翼地用额头轻触她的腹部。它的神色罕见的温柔，仿佛一只渴望爱抚的猫。

长老们站起身来，脸上都有惊喜之色。

“鬼话连篇！”玄青愤怒之极，“她肚子里的，明明是卓王孙的孽种！”

苏妲站了出来：“可是，玄青大人，圣体能这样亲近她，只有一种可能，就是闻到了龙皇的气息。皇后陛下是人类，不可能有龙皇的气息，这气息只可能来自她腹中的皇嗣。难道这还不够证明吗？”

玄青：“她来北极之前，龙皇已经离开了！她又怎么能怀上龙皇的孩子？她这是把我们全族当成傻子！”这的确是个无法解释的硬伤，长老们的脸色瞬间变得难看。

“这我能解释。”芙瑞雅神色自若，“一年前，我出使北极，并在皇宫中逗留了一段时间。龙皇亲自施法，证明了我是九灵儿转世，但我也因失血过多而昏迷。是龙皇出手救了我。”

玄青打断她：“这件事我们都知道，不用你说。”

芙瑞雅：“苏醒后，我感到自己体内盘踞着一团光。之前，我一直不明白它是什么。一个月前，光点突然开始孕化。我想，应该是玄青大人对我施的秘法起了作用，毕竟玄青大人信誓旦旦地说这秘法能提高受孕率。”

“胡说八道！”玄青切齿冷笑，“一年前发生的事，能让你在一年后受孕？”

芙瑞雅笑了笑，轻描淡写地回答：“我只能说，也许我们都对龙皇的力量一无所知。”这个回答噎得玄青一时说不出话来。

“我明白了。”负屃长老突然想到了什么，“在我跟随龙皇的最初数年，我曾听龙皇说过一种秘术，叫‘蛰龙大法’，他可以将一部分血脉封锁起来，化为蛰龙，种到生灵体内。蛰龙会一直处于沉睡的状态，直到龙皇将其唤醒，方才化龙出世。按照皇后陛下所说，龙皇大人应该是将蛰龙放入您体内，却阴差阳错地被玄青大人用秘法催醒了。"

"应该就是这么回事。"芙瑞雅摊了摊手。

"假的，这都是假的！"玄青更加恼怒，"这不可能是蛰龙，我亲眼看见她进入了人类皇帝的马车，这个孩子肯定是她跟人类皇帝的！"

"玄青大人，龙皇的气息是不可能被伪造的。"苏姐轻轻拍了拍玄青的肩，苦口婆心地劝他，"您还是给皇后陛下赔个礼，让事情就这样过去了吧！您该知道，龙皇的子嗣对我族有多重要。您若没有证据，又百般阻挠，恐怕……恐怕族人们会以为您容不下龙皇之嗣啊。"

"我容不下龙皇之嗣？"玄青一时气结，"那晚是我亲眼看到，她进了人类皇帝的马车，这总不会是假的吧？身为龙皇之后，与人类皇帝通奸，我要用这个罪名杀了她！"

"杀不得啊，大人。"负屃长老颤巍巍地抓住他的衣袖，"她如今怀着龙皇的血脉，那是我族未来的少主啊！您杀了她，少主怎么办？让其他族人看到，会认为您到底是杀她还是杀少主？"

这句话如一瓢凉水，将玄青从狂怒中浇醒。是的，只要芙瑞雅怀着龙皇子嗣，就有了免死金牌，没有人敢再动她。谁动谁就是与整个启族为敌。想明白这一点后，玄青冷静了下来。身为一族统帅，他有足够的判断力。事已不可为，他就只能接受，再徐图反击。

芙瑞雅叹了口气，似乎这场争论让她感到无聊。她悠然扶着椅背起身，站到巨龙脊背上。巨龙恭顺地驮着她，走到大殿中央。她一手揽着巨龙脖颈，一手悬在腹部，居高临下地俯瞰所有人。

"玄青大人说得没错，我的确是去过卓王孙的马车，可那是为了归还礼物。玄青大人总该记得，他送了我一件礼物吧？两国交战，我不想和敌人有过多牵扯，便在和谈后将其送回。"说着，她缓缓举起右手，做出盟誓的姿势。手指指处，是皇宫的冰雪穹顶，透明穹顶外，伫立着巨大的龙皇雕像。

"以龙皇的名义为誓，我与卓王孙早就一刀两断。"

听到她以龙皇的名义发誓，玄青的指甲都刺入了掌心，但这次他忍住了，默然不语。

"大人，去赔个礼吧。"蜥蜴面长老走了出来。

玄青看了他一眼："连你也……"

蜥蜴面长老低声说："大人，形势如此，不可硬来。她坚称腹中是龙皇的皇嗣，就姑且当那是好了。十月怀胎一朝分娩，她能瞒多久？到底是人是龙，总有显形的一天。"

玄青精神一振。不错，龙族血脉与人类有巨大差异。等孩子出生，到底是谁的，自然一目了然。玄青注视着芙瑞雅，脸上缓缓浮现出笑容，芙瑞雅也报以同样的微笑。

玄青走到芙瑞雅面前，躬身行了一礼："皇后陛下，我错了。"

同时，他用极小的声音，对芙瑞雅说："我知道你在说谎。不过，这个谎言能维持多久呢？这十个月，我会把你看管起来，让你无法逃脱，也无法找奇怪的理由流产。等到这个孽种出生，我会把他和你一起钉上火刑柱。"

"是吗？"芙瑞雅向前倾了倾身子，也低声回答。

"那我告诉你，你猜得没错，这个孩子就是卓王孙的。我根本不想让你相信，才故意编了个一听就假的理由。我就是要让你明知道他是假的，是仇敌之子，却不得不跪在他脚下，奉他为主——我就是把你们全当成傻子。"

玄青猛然抬头，死死盯着芙瑞雅。他的牙齿咬得咯咯作响，显然已恨到了极点。

"怎么，不甘心吗？恨我？想杀死我？没关系，我会赦免你的。"她缓缓坐直了身子，将最后一句话重复了一遍。这一次她故意提高了声音，让所有人听到："我赦免你。"而她嘴角挑起的冷笑，却仿佛在说——

你能拿我怎样？

第三十七章　皇　嗣

　　玄青一走出宫门,就调集重兵,将皇宫层层包围起来。他有一个光明正大的理由——保护皇嗣。而后,他屏退左右,走进一处地宫。

　　地宫恢宏而阴森,笼罩在通透的蓝光下。一排排巨大的冰壁耸立,从顶至底,镌刻着密密麻麻的符文,看上去像是无数本悬浮在空中的书册。事实上,它们的确是特殊的书册。龙皇临走前,将关于妖类的一切知识镌刻在上面,确保他离开后,启仍能在冰城中生存,抵抗人类。这座地宫,是他为启一族建造的图书馆。只是,文字由龙族密语写成,启中能解读者极少,而有资格进入地宫的,只有作为龙皇继承者的玄青一个。

　　玄青一步步走向地宫深处,每走一步,他脸上的暴戾狂怒就平静一分。终于,他在最大的一面冰壁前止步,仰头凝视。冰壁的蓝光照亮了他的脸。他在仔细阅读密语,不放过任何一个字符。密语结构特殊,每一个符号都可以扩展出极大的信息,因此,玄青阅读的进度极慢,一个小时过去了,才读了不到三分之一列。玄青却一点都不着急,他缓缓在冰壁前坐了下来,继续阅读。

　　蓝光照亮了他如宝石一样的瞳孔,他的目光没有任何波动,似乎进入了另一个世界。

北极的风云变幻，并未波及人类帝国。

合约订立后，帝国进入了短暂的和平时期。因为战争的胜利，皇帝陛下声望高涨，权力也进一步加强。军事化管理深入到社会的方方面面，所有物资都经过严格计算，按人数统一分配。人们工作、集会、娱乐甚至外出访友，都要提前申报，在各级官员的监督下进行。

这些措施给民众的生活带来了很多不便，物资供应也十分匮乏，分配到手中的，只有生活必需品。食物只有最简单的几类，衣物则由工厂按照事先量好的尺码发放，商业活动几乎停止，只剩下少数的社区集市，允许民众互相交换物品。

面对重重困难，多数民众都表示理解。因为这是太特殊的时期，是末日后，能活着，已经是上天的恩赐。他们感激帝国提供的庇护，同时将不满与仇恨投射到了造成末日的啓身上。

北极战争的胜利仿佛一剂强心针，民众情绪前所未有地高涨。帝国强大的意志面前，民众暂时忘记自己的苦难，将之当成一种伟大的牺牲。他们相信，困难只是暂时的。无所不能的皇帝陛下，一定能带领他们消灭啓，夺回被抢走的资源。

民众拥护帝国还有另一个原因。配给制是按照家庭人数决定，因此在最大程度上减小了贫富差异。这让占人口绝大多数的普通民众感到欣慰。很多人甚至认为，自己比合众国时期更加幸福了。这当然不是指物质上的，而是精神上的归属与满足——他们终于不再只是盛世中无足轻重的一员，他们参与了伟大的历史进程，成为新世界的缔造者。

当然，这种公平只是表面上的，旧有的权贵阶层仍然存在。

为了专注于对外战争，帝国政策不经意中做出了调整。对旧贵族们不再像立国之初那么严厉。除了少数冥顽不灵者被清洗外，大部分都未被追责，原有庄园、田地得以保留。当然，他们需要按照份额，上缴很大一笔战争税给国家。而部分积极捐物、捐钱，支持讨伐妖类的贵族，甚至得到了帝国的嘉奖。

获得喘息之机的贵族们，对帝国的态度也有了转变。从一开始的惶恐，到观望，到纷纷表态支持新帝。部分有先见之明的，已开始考虑如何取信于新帝，确保家族在帝国中的位置。他们仍敏锐地发现，人类虽然赢得了战争，但号称"被启绑架"的皇后芙瑞雅，并没有随大军凯旋，而是滞留北极。

消息灵通人士透露，皇后因为同情启，与皇帝产生了不可调和的矛盾。她不仅背叛了人类，还代表启来与皇帝谈判。这并不稀奇，大家都知道，芙瑞雅的母亲，早和妖类不清不楚。稀奇的是，皇帝回来后，并没有立即宣布废后。这不禁让人浮想联翩。各大家族纷纷动用关系，打探内幕，最终因为消息被封锁得太严，无功而返。

无论其中有什么玄机，至少有一点是肯定的。帝后失和。

皇帝陛下正值少年，英俊雄武，而帝国尚无后嗣。每一个对政治有了解的人，都从中看到了在新朝立足的机会。

很快，以林公爵为首的第三大区重臣联合起来，写了一封信。大意是希望陛下能够以国嗣为重，考虑另立新后的事，并在信的末尾，以试探的口吻推荐了几个人选。排在第一个的，就是林公爵的独生女、一直与卓家关系密切的林白漪。

信呈上去后，一直没有回音。正在重臣们忐忑不安的时候，晏首辅当众颁布了一道旨意。皇帝陛下近期会举办一场舞会，邀请各路贵族参加。舞会上，他会选出一位官方女伴。家族中若有愿意参选的女子，可以上报名单。晏还提了一句，人员限于家族内部，不得骚扰平民。邀请的对象，不仅是第三大区重臣，也包括了原第一大区、第二大区的旧贵。甚至，一些改朝换代时站错队伍的待罪之家，也受到了邀请。这让旧贵们喜出望外，决心抓住这次报国荣家的机会。

不久，一份长长的名单呈到了皇帝陛下手中。名单后贴着老式相机拍摄的照片，虽然限于技术水平，无法和末日前相比，仍看得出经过了精心设计。

妩媚、端庄、天真，各种不同的美，在镜头前定格。简单直接，摄人心魄。然而，卓王孙只看了一眼，就扔到一旁。不久后，另一份旨意宣布，内容几乎一模一样，只是明确了选拔标准——只看出身，容貌、年龄甚至是否有过婚史，都可以放宽。

这条旨意一出，立即炸开了锅。

不久后，第一批参加舞会的女孩从世界各地来到了帝都。与她们同来的，还有一批贵族少年，他们是来竞争守护骑士名额的。

虽然"未来"爆炸后，电力化机体无法使用，但根据内幕消息，军方一直在实验新武器，以适应无电状态的作战环境。这种还未面世的武器，同样需要脑力、体能、反应速度远超常人的特殊人才操控。因此，受过良好训练的骑士作为帝国的宝贵资源，被保护起来。他们的封号、特权、财产都得到了保留。

由于和平协议只有一个月，新的战争迫在眉睫，之前空缺的骑士名额急需补足，其中一位，将成为皇帝新增的守护骑士。这个人同样从各地的世家大族选出，男女不限，只是出于体能与脑力考虑，年龄需在三十岁以下。

相比于舞会邀请，守护骑士的选拔要低调得多，甚至没有发出任何书面文件，只依靠口耳相传。而这仍引起了各大家族的重视。守护骑士与主君的关系，可以用同生共死来形容。成为新帝的守护骑士，不仅是个人的无上光荣，还可以为整个家族提供政治保障，堪称现代的丹书铁券。

这一次，贵族们毫无例外地选出亲族中的嫡系。一来是有了舞会邀请的前车之鉴，二来骑士们未来是掌握军事实权的人选，没有人会交给旁支，为他人做嫁衣。

人选很快就确定下来。由于电力失灵后交通十分不便，只有少量的线路还在运行，经过统筹，两组人汇合在一起，由蒸汽火车、渡轮载到帝都。

很多女孩上车后才发现，自己的兄长、玩伴竟在另一列车厢里。这让她们感觉到有一些奇怪。不过，这毕竟是战争时期，一切从简也在意料之中。

随后，两组人被安排到了帝都附近的一处军事基地。那里戒备森严，驻扎重兵。一进基地大门，随行仆人都被遣返，行李也交由军人托运。所有人四位一组，改乘马车向密林深处而去。

没多久，两座折线型的巨大堡垒出现在面前。东面那座略小，窗户上装饰着彩色玻璃，是女孩们参加舞会前的集体住所。西面那座更加简洁，挂着迷彩窗帘，则是分配给骑士候选人的。两座堡垒中间有一个巨大的训练场，用丝网隔开。场中各有几位高军衔的军官，以笔直的站姿，迎接他们。

骑士候选人们有一些意外，但还能接受，毕竟是参军，来之前多少做好了吃苦的心理准备。他们按照军官的指示，拿着行李，走向自己的房间。

而东面训练场已然炸了锅。她们是奔着"皇帝官方女伴"而来，本以为自己会住在华丽的皇宫里，享受华服与美食，不料刚进帝都，就被带到了密林深处的堡垒里，旁边就是骑士训练场。这是怎么回事？所有人面面相觑。然而，周围严肃的气氛，让她们不敢贸然抗议，只得按照事先宣布的顺序，进入堡垒。

随之而来的，却是更大的失望，哪里有什么奢华舞池、丝绒帷幕、雕花窗棂？每个人只分到了一个带盥洗室的房间。房间经过了简单的改造，干净整洁，却和奢华毫不沾边。

是不是搞错了？女孩们再也忍不住，交头接耳起来。

入夜已久，帝国皇宫仍然灯火通明。

卓王孙独自坐在王座上，阅读着文件。他的膝盖上，放着一只毛茸茸的补丁熊。这让原本严肃的一幕，显得有些滑稽。

晏捧着一本登记簿走了进来："陛下，所有人都到齐了。"

卓王孙没有抬头："核实过了吗？"

晏："已按照名单核对过，两组人加起来，覆盖了各大家族百分之八十的嫡系继承人。"

卓王孙："足够了，注意看管。"

晏："不过，女孩们对住处很有意见。"

卓王孙："那就改。让她们尽管提要求，需要什么物资，都派人准备好送去。一定要让她们感觉到，是受邀参加舞会的，而不是进了牢笼。"

"是。"晏看了一眼手中的登记簿，"陛下这一招，的确很高明。用舞会以及挑选骑士的借口，让各大家族主动将嫡系血亲送到帝都。将来无论他们有什么想法，也得先考虑子侄的安全。"

卓王孙笑了笑。质子，是古代政治斗争中最常见的武器。地方诸侯或者附属国，将嫡系血亲送入中央王朝，作为永不背叛的保证。这种方法简单而行之有效，因此沿用千年，直到进入现代社会才渐渐式微。"未来"爆炸后，交通、通信、法治大幅倒退，它的优势又凸显出来。

"尽量做得隐蔽一点。舞会照样筹备，一切不合理，都以'战时从简'的理由应对。明天开始，请专家训练她们的舞会礼仪，强度最好大一点，让她们没有抱怨的力气。骑士候选人那边也一样，照常训练，派几位真正的骑士过去，讲授战斗课程。"卓王孙思索了一下，补充道，"如果其中真有人通过了考核，也可以补充到骑士名单里去。毕竟人才难得，英雄不问出身。"

"这也是我想说的。"晏点了点头，准备告退，却似乎想到了什么，"那么女孩们呢？陛下也要假戏真做吗？"

卓王孙这才抬起头："什么假戏真做？"

晏以半开玩笑的语气说："外界盛传，陛下从北极回来之后就神思恍惚、喜怒无常。有人怀疑，是相思过度所致。所以，群臣商议立后，并非完全出于政治目的，也是为了陛下着想。毕竟，陛下以一人之身统领万民。陛下一人之嗣，乃帝国之嗣。"

卓王孙深深看了他一眼："你总应该知道，帝国的皇后，只有一个人。"

"我知道。"晏说，"我从不认为，有人能取代芙瑞雅在你心中的位置。但最近，你的负担实在太重了，这让我很担心。"

卓王孙沉默了。

晏："我没有去北极，但能猜到那里发生了很多事。回来后，你表面忘情于国事，实际上却陷入回忆，难以自拔。作为皇帝，你应该把精力放到更重要的事上。也许，一场无伤大雅的狂欢，能让你放下这些回忆，轻装前行。"

卓王孙："晏，多谢你对我说这些。可我最不想放下的，就是这些回忆。"他停顿了片刻，轻轻抚摸着补丁熊，一丝伤感在他脸上稍纵即逝："因为我与她之间，就只剩这些了。"

第三十八章　继后之选

冰城皇宫，灯火通明。

长老们全都聚集在此，向坐在皇座上的芙瑞雅敬酒道贺。窗外人声鼎沸，载歌载舞，启在尽情欢庆，他们实在太高兴了，龙皇居然留下了血脉！九个月后，龙皇血脉诞生后，他们就有了新的皇。他将带领启一族进入新时代，重现当年的盛况。启族将再不惧怕与人类开战，再艰难的处境都将因他而改变。他将是天选之子、命运之子。

酒宴结束后，负屃长老执意要带着龙禁卫留下守卫皇宫，他们绝不能容忍伤害皇后陛下的事再次发生。芙瑞雅好不容易才将他们全部劝走，皇宫中，终于只留下芙瑞雅一个人。

她松了口气，这些天发生了太多的事，她要静下来好好想一想。首先就是这个孩子。他来得太意外了，自己也才二十岁，还太年轻，不知要怎么带着个孩子在强敌环伺的环境生存下去。更何况，这是和卓王孙的……

一想到这里，她就不愿想下去，也不敢想下去。他和她的关系太复杂了，这个孩子，只会让它变得更加复杂。

天知道，她经过了多少个不眠之夜，受过了多少内心折磨，才下定决心斩断牵绊，与他诀别。其中的痛苦，真不亚于重生。可这个孩子的到来，打乱了一切计划。

芙瑞雅的心防有些崩塌，无力地扶住额头："路，我该怎么办？"

路浮现在空中，用温暖的光影环绕着她，似在安慰："这不见得是坏事。你成功地说服了啓，让他们相信你怀着的是龙皇的血脉。我相信从此之后，啓再不会反对你，你可以想做什么就做什么。或许这是这个孩子给你带来的祝福。"

芙瑞雅："可是，我还没做好准备。"

路沉默了。或许是她的坚强、自信让他错认为她很成熟。此前，嫁人、成家、生子，对她来讲都是很遥远的事情，她想象的极限就是一个童话般的婚礼。突然出现的孩子，的确让她措手不及，难以接受。

"我也没有建好给他的那个世界。"芙瑞雅没有遮掩她的沮丧，"我喜欢孩子，但是，那是在很多年之后，当我重建现代文明，把一切都理得井井有条之后。现在，实在太早了。"

路仍旧没有话说，他不知道该怎么安慰芙瑞雅。他的知识体系浩瀚如海，但唯独对这件事所知甚少，也无法感同身受。

也许，只有女性才能体会到那种一个生命将因自己而诞生的独特情感。那种恐惧，不是将失去什么、遭受什么创伤，而是眼看着自己将不可抗拒地被推入人生的另一阶段。曾有的天真、羞涩、粉红色的梦想，将不会再有。她将不得不从别人的保护伞下走出来，撑起另一张伞，保护更脆弱而幼小的生命。

路："其实，当一个问题尚且无法解决时，不如暂时搁置。离他的出生还有九个月，你有足够的时间去想该怎么做。即便你最后决定放弃他，我也可以帮你解决，又何必现在就忧心呢？我们有更重要的事情要做，不是吗？"

"是的，我们有更重要的事情要做。"芙瑞雅站起身来，用力摇摇头，似乎想将那些困扰着她的想法暂时驱散，"开始尝试建路西法之心吧。"

一周之后，相思被邀请到军事堡垒，为骑士候选人们授课。

对这个邀请，她多少感到了一些意外。毕竟，自从电力消失后，她就再也没有摸过机体。目前正在研发的新武器，她一无所知。然而这是皇命，没有商量的余地。好在临行前，薇薇安为她准备好了方案，讲课时最大限度地避开战术分析，专注分享为数不多的战斗经验，讲述她从中体悟到的勇气、信心与友情。

相思心怀忐忑地来到基地，立即受到了学员们的热烈欢迎。这些学员都来自世家大族，颇具政治智慧。她的实力如何并不重要，反正现在也没有机体了，更重要的是，作为现任的守护骑士，她的言行举止代表了皇帝陛下的喜好。了解她，一定程度上就等于了解皇帝陛下。学员们认真聆听相思的报告，一部分面露迷惑，另一部分则松了一口气。

整齐的掌声中，他们脑海里转动着两类念头。一类是：这样也行？一类是：就这？我也行。虽然学员们各有想法，教官们仍然给了相思极高的礼遇，一直将她送到楼下训练场。就在她要上车离去时，突然听到有人在叫她的名字。相思错愕回头，就见有人独自一人，站在铁网的另一边，向她挥手。她兴奋不已，三两下走过去，隔着铁网握住了莱拉的手，用力摇晃起来："莱拉？你怎么会在这里！"

随行人员本要围过来，但见相思一副久别初逢的样子，也不敢贸然行事，只好退到一旁观望。两人互道衷肠，说到动情处，忍不住落下了眼泪。

莱拉："我找你，是想请你帮我一个忙。"

相思："你尽管说。"

莱拉："我要单独见陛下一面。"

相思有些错愕，上下打量着莱拉。直到这一刻，她才看到了莱拉身上的制服，恍然大悟："你是来参加舞会的？"

莱拉点了点头。

相思："可是这场舞会的真正目的是选出……"她迟疑了片刻，还是无法将"官方女伴"四个字说出口。"难道，你还爱他？"

莱拉摇头："不。那是很久以前的事了。"

"那是你家里人逼你来的？"相思看着她憔悴的脸，热血上涌，"如果是这样，我现在就带你走，之后的事，我来想办法！"

莱拉："不，我还不能走。我有很多话，要对陛下说。你是守护骑士，能安排我见他一面吗？"

相思有些不解："可是，几天后的舞会上，你就会见到他的呀。"

莱拉："陛下一直在用各种借口，推迟舞会的时间。我很担心最后会不了了之。我不在乎谁能当上他的女伴，但有几件事，我一定要当面问他。"

她抬起头，目光中满是祈求："就当是我求你了。"

相思思索片刻，用力握了握莱拉的手："好，我答应你。"

三天后，莱拉如愿得到了单独觐见的机会。作为皇帝陛下的守护骑士、兰斯洛特右相的夫人，相思这点面子还是有的。在她的死缠烂打下，皇帝陛下终于在百忙之中，抽出了十五分钟。

莱拉走进大厅时，卓王孙正在烛台边看一张图纸。烛光照亮了他的脸，将清晰的侧影映上旁边的窗。那一刻，她想起了很多事，心禁不住轻轻抽紧。

女管家给莱拉送上了茶点。莱拉端着茶，长久地注视着他。身着皇帝正装的他，让她感到了一些陌生。

"你找我有事？不是想给我做衣服吧？"他的目光仍落在图纸上，没有抬起。

莱拉："'未来'爆炸后，我就没有再设计服装了。我成为一名救灾志愿者，走遍了利古里亚、坎帕尼亚区的小镇和村庄，希望能帮助住在那里的人。

"他们的情况十分糟糕。火车、汽车停运后，这些原本风光美丽的小镇就变成了孤岛。他们无法生产足够的粮食，也没有足够的衣物。政府分发的，只有土豆和盐。更可怕的是，医疗系统崩溃，药品稀缺。一针抗生素，等价于一个人半年的口粮。我亲眼看到，二十岁的产妇死于大出血；原本只是烫伤了脚趾的老人家，全身感染，瘫痪在床……"

卓王孙淡淡地出声："在文明崩溃的前提下，苦难是不可避免的。每个人，都必须承担。"

"可我进入帝都的时候，发现这里的人每天都能领到面包、牛奶、肉干。集训的堡垒里，还提供咖啡和化妆品。而我进入皇宫后，才发现这里居然还有牛奶布丁。"

"布丁？"卓王孙眉头微皱，放下手中的图纸扫了她一眼，终于明白，她说的是茶点盘里的牛奶布丁，"有什么不妥？"

莱拉："这枚布丁，要用到 200 克奶、100 克淡奶油、100 克糖、2 个鸡蛋和干果。它只是无关紧要的甜点，可如果在山区，折合成土豆，则够一个家庭吃上一周。请问，这就是帝国所说的公平分配、每个人都在承担同样的苦难吗？"

卓王孙听她说完，将图纸放到一旁："你手上的这只布丁，来自郊外的一家农场。这样的农场，整个帝都区域有三家。他们的日产量加起来，接近 800 吨，如果只供给帝都的话，每个市民一周大概能分到一瓶。如果你想将这些牛奶分配到全世界的话，那么很遗憾，没有人能做到。你也许不明白，真正限制牛奶产量的，不是奶牛或奶农的数量，而是交通。"

莱拉咬住嘴唇，听他说下去。

卓王孙："奶牛场所需的牧草，要从草场运来。牛奶产出后，需要及时包装，运输到市民手中。没有了电力，农副产品的生产和储存都变得极其困难。如果运输不畅，牛奶就会变质。大爆炸后，全球交通瘫痪，只剩下极少数内燃机车。因此，连接几大超级都市的主干铁路还能运行，其他都得停运。这决定了牧草、药物、产品都只能沿着主干线运输。一瓶牛奶生产出来后，若不能尽快送往附近的超级城市圈，就只能倒掉。

"农业中的畜牧业，是受电力影响最小的产业。药物、钢材、纺织品的生产要复杂十倍。现代工业原本就建立在四通八达的交通之上。当运力被压缩到极致后，唯一可行的，是放弃支脉，保留主干，将资源集中在人口庞大的超级都市，并以此为基础向外辐射，建立相对独立的产能圈。

"你问我，为什么边远山区物资奇缺，布丁却能摆在帝都市民的桌子上，这就是答案。"

莱拉沉默了片刻："你说的也有一些道理，可那些远离大城市的人，就被放弃了吗？"

卓王孙："帝国鼓励城市之外的人建立自给自足的手工作坊。至于药物、钢铁等无法自产的物资，只能在供应完超级都市之后，再统一调配。"

莱拉："调配的标准是什么？"

"人口、物流、交通成本。"卓王孙开始感到不耐烦。这场会面已太久，他说的话也已太多。也许，是太久没有为自己解释过了吧。他重新拿起图纸，语气中带上了一些嘲讽："如果你此行的目的，是让帝国兴师动众，将一针盘尼西林送到马纳罗拉小镇某位老妇人手中，抱歉，人类付不起这样的成本。"卓王孙示意送客。

女管家走进来，正要客气地请莱拉出去，她突然站起身，冲到他桌前，双手按住桌面："那陛下您是否知道，贵族们囤积了大量物资？盘尼西林也好，罐头也好，过冬的衣物也好，不在千里外，就藏在贵族的庄园里。只要命令他们捐出来，就能让很多人渡过难关。"

卓王孙："我知道。"

莱拉有些错愕："你知道？那为什么不处罚他们？"

卓王孙："帝国处在战争中，需要的是稳定，而不是内乱。"

莱拉握紧了双拳，直视着他："帝国的稳定，要以平民的生命为代价吗？"

卓王孙丝毫不为所动，平静地看着她："为了取得胜利，我能以任何人为代价。"

莱拉深吸一口气，说不出话来。她已然明白，自己此行注定徒劳无功。眼前这个人，已不再是记忆中那个骄傲却愿意保护大家的少年。他会毫不留情地将无数生命化为数字，放到图纸上推演，以最小的代价，换取胜利。至于"代价"遭受了什么，有什么想法，他毫不关心。

沉默良久，莱拉躬身行礼，退出了宫殿。卓王孙核对图纸，没有抬头。

凌晨三点，皇宫大厅中仍亮着烛光。

晏走了进来，手上是一大沓新的图纸。他将图纸放在桌上，挑了挑已快燃尽的烛火。

"还是早一点休息吧。你已经连续一个月每天睡眠不足五个小时了。"晏拍了拍卓王孙的肩，换了半开玩笑的语气，"加上你三番五次推迟舞会的时间，外界已经开始担心你的健康。这是真正的国家大事，陛下不可掉以轻心。"

卓王孙淡然一笑，将文件放下，揉了揉眉心。晏有条不紊地换好蜡烛，关上窗，将一件斗篷披在他身上。

卓王孙看着烛火，沉默片刻后开口："今天白天，有一个人来见我。她说起她家乡的事，我一点都不意外。一开始我就知道，'未来'引爆后，很多人会活在噩梦里。但我并不想做出体恤民情的姿态，送去一些物资，改善几个小镇的处境。因为这对于整个帝国而言，无济于事。作为全世界的共主，我真正该做的，就是尽早赢下这场战争，终结这场噩梦。"

晏的眉头微微皱起，这些话，卓王孙不说，他也完全能理解。奇怪的是，卓王孙竟会对他解释。他敏锐地感到，从北极回来后，卓王孙的确有所改变，不仅在不眠不休地工作，甚至还有点多愁善感。

晏在心里叹了口气，但愿这只是错觉吧。一个真正的帝王，是不应该软弱的。

卓王孙："对了，舞会就安排在三日后吧。"

晏笑了笑："不准备再拖下去了？"

卓王孙："既然让她们来了，总要给一个结果。"

"不错。"晏点了点头，"连相思的门路都有人走，可见女孩们已经着急了。再这样下去，她们的家族也会怀疑陛下的真实意图。"

说到这里，晏停顿片刻，意味深长地看了他一眼："只是，最后中选的人会是谁呢？"

卓王孙没有理会他，淡淡地说出四个字："谁都可以。"

第三十九章　仲夏夜之梦

次日，妮可视察了军事基地，并代表皇帝，向女孩们宣布了舞会事宜。

舞会举办地，就在基地的大礼堂中，皇帝陛下会驾临此地。这是一场以童话为主题的化装舞会，参加舞会的女孩们，可以扮演成任何童话角色。她们需要的服饰，都交由军方统一采购。妮可还透露了一点，同时应邀参加舞会的，还有隔壁堡垒中的骑士学员。女孩们可以选择与任何人共舞。

妮可讲完后，女孩们面面相觑，心情多少有一些复杂。从收到邀请开始，她们的父兄就一再提醒，舞会只是幌子，其真实的目的是选妃，或者说选拔未来皇嗣之母，她们也是按此准备的。在原本的设想中，她们打扮得花枝招展地走到皇帝面前，等待他挑选。即便需要跳舞，也只会有陛下一个舞伴。而按照妮可的说法，皇帝陛下要举办的，更像一场普通舞会。去与不去，与谁跳舞，都由女孩们自行决定。这些话并没有缓解女孩们的紧张感，反而让她们更加忐忑了。这还是她们期待的那场舞会吗？还是说，皇帝陛下还不准备选出"官方女伴"，只是来慰问一下骑士学员，顺便查看一下她们的情况。甚至，又与前几次一样，压根就不会出现。

见女孩们都面露失落之色，妮可及时补充了一点：不想去的，完全可以留在宿舍里，不会有任何后果。说完后，不待女孩们提问，她就匆匆离开了。

女孩们窃窃私语起来。她们都是聪慧的姑娘，清楚自己的处境。事已至此，只有放下杂念，考虑如何在舞会上惊艳全场了。

两天后，舞会按计划在大礼堂举行。

大礼堂通体由花岗岩筑成，厚重而肃穆。为了缓和过于严肃的气氛，筹办者为礼堂做了一些装饰。以族徽为起点，从顶到底悬挂上一条条红布。猩红的色泽仿佛一笔惊叹，扫过灰暗厚重的背景，点燃了整个空间。地上是尺幅巨大的提花红毯，纹饰也简约到极致。烛光照耀下，隐约可见岁月痕迹，应该是库存的旧物。这就是全部的装饰，简单到极致的布置，与想象中的衣香鬓影迥异，却极具冲击力，呈现出浓烈而阴郁的末日之美。

女孩们依次走过大门，她们打扮成童话人物的样子，最常见的是睡美人、白雪公主、莴苣姑娘；走可爱路线的少女们则选择了小红帽、水妖精、小刺猬；另一部分另辟蹊径，以小裁缝、青蛙王子等男装形象示人。与女孩们的争奇斗艳相比，从另一侧大门入内的男宾则简单多了——统一黑色斗篷加镂花假面。让女孩们意外的是，皇帝陛下已提前到场，就坐在礼堂中央的王座上。他的装扮同样是斗篷加假面，和其他男宾几乎难分彼此。

这实在有些奇怪。不过在来之前，多数女孩们已得到警告，这位年轻的皇帝，在第三大区当储君的时候，就行事荒唐；后来又以雷霆手段，干净利落地终结了合众国；甚至在文明崩溃的情况下，奇迹般地取得了对妖族战争的胜利。对于这样的人，不可轻易去揣度他的心意。

司仪宣布舞会开始。

皇帝陛下仍保持着刚才的姿势，既不发言，也没有下场跳舞的意思。这让现场的气氛有一丝凝重。好在，音乐及时响起，男宾们按照严谨的礼仪，躬身向女孩们发起了邀请，女孩们这才想起了此行的目的，收拾心情，以最完美的仪态向舞伴回礼，牵手进入了舞池。

宫廷舞蹈，是她们幼年起的必修课。光影乐声中，每一个人都如鱼得水。几曲过后，女孩们都放松下来，开始思考这场舞会的玄机。

她们大多受过良好的教育，对各国历史颇有了解，很自然地想到了凡尔赛宫的一场化装舞会。那场著名的舞会由法国国王路易十五举办，女宾们扮作各种神话人物，而国王则出人意料地扮成了一棵紫杉树。不仅如此，他的六位侍从也身着同样的装扮出场，让女宾们分不清到底哪位才是国王。于是，他可以从容地观察女宾的真实言行。扮成狩猎女神的蓬帕杜夫人，就是在这场舞会上，赢得了国王的心。

想到这里，女孩们心中有了一个大胆的猜测——坐在王座上的那位，也许并非皇帝陛下本人。他也如路易十五一样，混迹在戴着假面的男宾之中，观察着身旁的女子。于是，女孩们对身旁的舞伴，更加留心了，拿出浑身解数展示自己，并用各种方式试探对方的身份。可惜所有男宾都提前得到命令，只跳舞，不回答任何问题。这更让女孩们浮想联翩。

几曲终了，百分之八十的女孩都认定，自己的某一任舞伴，就是皇帝陛下本人。

舞会气氛渐渐接近高潮。这时，一直沉默不语的皇帝陛下，轻轻做了个手势。妮可穿着小精灵的服饰，从幕布后走了上来。她指挥身后的侍者，将一张巨大的长桌摆在王座前，再在桌上摆满了水晶杯，亲手取过长颈壶，一一斟满。而后，她敲了敲杯子，宣布陛下要和大家玩一个游戏。

女孩们都停止了舞蹈，紧张地注视着妮可。她们知道，这场舞会终于要进入正题了。

妮可用一种戏剧化的语调，对所有人说："仲夏夜之梦里，精灵浦克将爱懒花汁抹在了仙后泰妮娅的眼睛上。于是，她醒来的时候，竟忘记了之前的所有的情缘，爱上第一眼看到的人。"大家这才恍然大悟，她这奇特的造型，是在扮演莎士比亚笔下的精灵浦克。

"各位千里迢迢来到这里，是为了与陛下开展一段童话般的爱情。但陛下心中，有太多旧情无法忘怀。因此，这场舞会将选出一位勇敢的女孩，与陛下一起喝下爱懒花汁，再获新生。"

皇帝陛下冷冷地扫了妮可一眼。这一段，不是他的安排，而是妮可的自行发挥。

妮可感觉到了他的目光，及时止住了表演："当然，这只是一个玩笑，是对今天童话主题的一点呼应。想必大家都知道，世界上并不存在这种花汁。桌子上的，就只是酒而已。"说到这里，妮可端起一杯喝了一口："这个游戏的真正玩法，是与陛下拼酒。规则是以一赌三，女孩喝一杯，陛下就喝下三杯。如果到桌上所有酒喝完，女孩还没有醉倒，就算赢了。"

拼酒？这个词一出，礼堂里立即沸腾起来，所有人都在议论这个标准。难道陛下选女伴，不看容貌，不看才艺，而是看酒量？

女孩们禁不住看向王座，眼中露出怀疑的目光。

水晶杯中的酒汁，红到令人生疑，没有人敢贸然上前，大厅中陷入了短暂的寂静。此时，皇帝陛下不经意地揭下面具，拿起离自己最近的一杯酒，一口饮尽。这个动作证明了两件事。第一，王座上的的确是陛下本人。第二，杯子里的真的只是酒而已。这极大地鼓励了女孩们。几个自视酒量甚佳的女孩走了上来，拿起酒杯尝了一口。然而，酒汁刚入口，她们就忍不住眉头紧皱。酒的确是酒，只是极烈，入口后就像一把刀子，割在唇舌上。两位女孩当即扭头，把口中的酒吐在手绢里，退了回去。另外一位在勉强喝完一杯之后，也放弃了。女孩们没有说话，情绪都有些低落。这样烈的酒，是没法喝下去的。看来，今天应该不会选出结果了。

"我来。"礼堂角落，一个女孩站了出来，正是莱拉。

莱拉穿过众人的目光，走到桌前，站定。"你真的想醉？"这句话是对皇帝陛下说的，不仅没有使用任何敬称，语气还显得咄咄逼人。围观的女孩们都面露惊讶。

皇帝陛下依旧斜靠在王座上，没有回答。莱拉就当他是默认了，端起酒杯："我陪你。"

卓王孙脸上看不出任何表情，淡然说出一个字："好。"

莱拉端起酒，仰头倒入口中。她脸上呈现出痛苦之色，但最终忍住，将酒咽下。而后，她双手按着桌面，挑衅地看着卓王孙。卓王孙缓缓点头，欠身取过杯子，抬头饮尽，而后再取一杯。三杯过后，他眼中仍无醉意。莱拉脸上潮红，但目光仍然坚定，毫不退让。

桌上的酒在迅速减少。莱拉喝得越来越痛苦，但她始终扬头看着卓王孙，目光倔强。到第五杯的时候，她终于忍不住摇晃了一下身体，几乎跌倒。她双手紧紧握住桌子边缘，低头咳嗽。

卓王孙一手支颐，一手握住水晶杯，轻轻摇晃。他目光平静，脸色如常，显然还未到醉的时候。

女孩们都清楚莱拉输了。她们暗中感到一丝庆幸。看来，这个游戏是选不出胜者了，这意味着，所有人都还有机会。更庆幸的是，刚才没贸然上去。方才上前，除了把自己灌醉，错过后面的竞选外，毫无用处。

莱拉极力想要遏制住晕眩感，却无能为力。所有人都在看着她，神色复杂。偌大的礼堂鸦雀无声，只不时传来莱拉的轻咳。良久，她终于不再颤抖，重重地拍了一下桌面，仰起头："再来！"

女孩们看向莱拉的目光里，除了同情外，也多了一些鄙薄。在她们看来，这本身就是一场恶作剧。最得体的办法是，站出来喝上一两杯，给皇帝留下印象，再及时认输，恭维一下陛下的酒量。只有莱拉这种不知天高地厚的姑娘，才会真的拼下去，自取其辱。

莱拉紧紧咬住嘴唇，让眼泪不至于滑落。

"到此为止，我输了。"卓王孙放下了酒杯。

什么？所有人不禁大惊失色。明明是莱拉不胜酒力，为什么反而是皇帝认输？

妮可面露惊讶，低声提醒："陛下，游戏结束，可是意味着甄选出了结果。"

"是的。"卓王孙从王座上起身，准备结束这场闹剧，"也该有个结果了。"他抬手指向莱拉。这一刻，午夜的钟声响了起来。冥冥之中，卓王孙似乎感到了什么，回头向舞池中央看去，他的脸色瞬间改变。一位头戴花冠的少女，穿着及地的红色礼裙，站在斑驳的光影中。浅金色的长发微卷，披垂到腰间，映衬着雪白的肌肤，就好像暗夜中的一道阳光。

不知是连夜疲惫，还是烈酒的作用，他感到了一丝恍惚。时空在钟声中错乱，一切仿佛回到了五年前。毕业舞会上，芙瑞雅在众人的目光中缓缓走向他，同样的花冠，同样的红色长裙。那时，一切还未崩坏，她脸上还有骄傲而妩媚的微笑。

卓王孙注视着她，想要看清她的脸，可惜她站得太远，只能看到隐约的轮廓。光影亦幻亦真，勾勒出记忆中的模样。他一字一字地念出了这个名字："芙瑞雅……"

钟声结束，舞池中的女孩提起裙摆，转身向外奔去。卓王孙立即追了出去，顾不得莱拉，顾不得妮可，顾不得所有人错愕的目光。

女孩们被突如其来的变化惊呆了，半晌才回过神。这是什么人？为什么会在这时出现？

扮作小红帽的女孩想到了什么："我明白了，她演的是辛迪罗拉！"女孩们脸上露出恍然大悟的表情。辛迪罗拉，童话中的灰姑娘。午夜钟声响起时，魔法消失，她只能转身逃走。这样，就能解释她出场与退场的方式了——的确是别出心裁，让人印象深刻。只是，皇帝陛下为什么会配合她演这出戏？

众人正在窃窃私语，一位扮作白雪公主的女孩走了过来，拖了张椅子坐下来："我看你们也别等了，都回去睡觉吧。陛下今晚不会回来了。"

众女孩："你在说什么？"

"白雪公主"漫不经心地揉着站得酸痛的脚踝，"你们不觉得她有点像一个人吗——我说的不是用南瓜冒充马车的灰姑娘，而是一位真正的公主。"

有人慢慢领悟了出来："芙瑞雅？难道她回来了？"

女孩们都陷入了沉默。原来，午夜出现的那位少女，扮演的并不是辛迪罗拉，而是芙瑞雅。这是陛下心中永远的伤口，无论喝下多少爱懒花汁，都无法愈合。若如此，这场舞会的确没有举办的必要。因为在陛下心中，早就有了结果。

礼堂外夜色暗淡。不知什么时候，空中下起了小雨。

"辛迪罗拉"提着沉重的裙摆，跑出大门。她踏着月光下的石子小路，奔向训练场边的花园。那里，停着一辆金色的马车，车厢门敞开，等待着她。车厢装饰华美，帷幕半卷，露出一张波斯风格的卧榻，上面层层堆叠着丝绒床品，看上去柔软而温暖。

女孩奔跑时，一只水晶鞋陷入了石子的缝隙，被留在了那里。接下来，她应该继续踩着石子小路，跳进那辆南瓜车，等待王子追来。

一切都与童话里一模一样，只出了一点小小的意外。由于下雨，马车前的草地上积了一层水，在幽微的光线下看不出深浅。女孩慌乱起来，一瘸一拐地绕过积水，踏入了一旁堆着落叶的泥地。这片泥地白天刚刚翻整过，加上之前的雨势，已经成为一摊泥泽。刚踏上去，剩余的那只水晶鞋也被泥土掩埋。她努力想抽身，但鞋子上的缎带紧紧缠住了脚踝。如果弯腰去解，必然全身都溅上泥水，更加狼狈，可不解又无法脱身。女孩进退两难，只好待在原地，任泥水浸湿了刺绣裙摆。

卓王孙赶到的时候，女孩就这样惶惑地站在雨水与泥泞中，不知所措。月光透过乌云，照出她被雨水打湿的美丽妆容，以及惊惶不安的眼神。

卓王孙渐渐冷静下来。他已经认清，这不是芙瑞雅，而是她的妹妹，克莉丝塔。在他的印象中，她还是一个孩子，最爱寸步不离地跟在芙瑞雅身后，一声声地叫着姐姐。相熟之后，她叫他哥哥，而他也当她是妹妹。

她为什么会出现在这里？是谁给她穿上了芙瑞雅五年前穿过的裙子？

她提着华丽的裙摆，在泥水中挣扎，满脸惶恐，让人想起那些被送上祭坛的小鹿，头上的花环与身下的青草，都只是血腥仪式的准备。

卓王孙的目光扫过克莉丝塔，最后停留在她身后的马车。车窗上，雕刻着温莎家族的族徽。他脸色沉了下来，大步向克莉丝塔走去。

克莉丝塔躬腰提着裙摆，对他摇手："别过来，这里……"

卓王孙毫不理会，径直走入泥泞中。

"我……"她着急挣脱，身体差点失去平衡。

卓王孙一把将她扶住："是他们逼你来的？"他语气中有压抑不住的怒意。

克莉丝塔本能地摇头："不，不要怪他们，是我自己……"

"好了，不用说了。"卓王孙打断她，用命令的口吻说，"拉住这里。"他指向的，是自己斗篷下的肩徽。克莉丝塔不明白他的意思，还是用力拉住了他。卓王孙俯下身，伸手探入泥泞，将克莉丝塔的脚从污泥中拔了出来，然后半跪在泥水中，解开纠缠在一起的缎带。他动作温柔，不让缎带勒痛她，全然不顾身上的泥水。终于，他将水晶鞋摘下，看也不看，扔向树林深处。

"拉住了。"他警告她。

克莉丝塔手上微微用力，而后，卓王孙将她横抱了起来，踏着泥泞，向前走去。他的目的不是那辆马车，也不是礼堂，而是训练场的东面。那里，停着他的专车。大量随行人员已站在两旁等候，参加舞会的女孩们也走了出来，站在屋檐下观望。卓王孙就这样抱着满身泥泞的克莉丝塔，穿过所有人的目光，走到车前。

"退下。"这句话是对司机说的。

"开车。"这句话是对一直等候在车内的守护骑士相思说的。司机很快遵命退下，相思刚刚摘下耳机，显然还没明白状况："你叫我吗？"卓王孙没有理她，对于这位守护骑士的不遵皇命、尊卑不分，他也已经习惯了。他小心翼翼地将克莉丝塔安顿在后座上。

相思终于领悟了圣旨，慌忙坐到驾驶位，握住方向盘："您要去哪里？"

卓王孙没有回答，而是先拉上车门："回修道院。"

相思："是。"这一次她回答得很干脆，显然，修道院对她来说并不陌生。

"去吧，记得走保密路线，不要让别人看到。"卓王孙刚想推开车门，却被克莉丝塔紧紧抓住了手。

克莉丝塔望着他："哥哥，不要走，我害怕。"

卓王孙柔声说："不用怕，你去的地方很安全，没有人可以伤害你。"

"谢谢你，"克莉丝塔低下头，不敢看他，"我真的很抱歉，不该装扮成芙瑞雅姐姐的样子。但他们说，如果我不这样做，就没有办法得到保护。"

卓王孙伸手，将克莉丝塔头上的花冠摘下，放到一旁，又拿出手帕，一点点擦去她脸上被雨水晕染的脂粉："你不需要扮作任何人——我会保护你。"

克莉丝塔禁不住落下眼泪，她满怀忧虑地看着卓王孙："哥哥，不要处罚让我来的人，好吗？他们是我仅剩下的亲人了。"

卓王孙沉吟片刻："从今天开始，我就是你的亲人。"说完这句话，他推门下车。

相思这时才明白过来："陛下，您不去吗？"

卓王孙："我要回去宣布舞会的结果。"

第四十章　花海中的修道院

　　凌晨，皇帝陛下公开宣布了甄选的结果——来自欧非王国、亚平宁大区的莱拉。这个结果，既让人意外，也在意料之中。受邀而来的女孩们，暂时不必回家，继续接受培训。

　　一种说法是，陛下还会选出其他女伴。另一种说法是，陛下有意将这些女孩，配对给隔壁的骑士候选人或者正牌骑士。无论哪一种，对于女孩家族而言都是不错的结果，因此没有人有异议。军事基地中，一片祥和。

　　北极冰城。

　　芙瑞雅感到她的身体与巨龙建立了莫名的联系，它像是变成了她身体的一部分，她可以用意志控制巨龙——当然这控制有些迟钝。巨龙已不会再抗拒她的指令，而是恭顺服从。这的确有点类似骑士与机体之间的关系。

　　芙瑞雅命令它进入符纹阵时，它没有任何抗拒。一人一龙通过源核联系在一起后，它也变得具备了灵性，能够读懂甚至揣测芙瑞雅的心意。巨龙的源核虽只剩下二分之一，仍比负屃长老的强大了许多，轻易就点亮了整个皇宫的光之符纹，而且从点亮的那一刻起，亮度就没有衰减。

路足足等了一个小时，才做出"好了"的手势："没有衰减，龙皇圣体的源核可以建造路西法之心。"

虽然芙瑞雅早就预料到了这个结果，但听到路的话时，还是忍不住湿了眼眶。她终于做成了这件事。这件没有人相信、宛如幻想的事，被她变成了现实。从此，她可以面对任何事，再没有困难能将她打倒。当她坐在王座上，凝视源核发出的光芒时，眼中仿佛进了沙子。

芙瑞雅突然明白了，母亲站在合众国建国典礼上的感受。她之所以能那么坚强，能微笑面对一切苦难诋毁，是因为她把一件所有人都觉得不可能的事，变成了现实。只有这样形成的自信，才会坚如磐石。就和现在的她一样。

路注视着芙瑞雅。

几个月来，他第一次见她这样开心。巨龙被她的命令驱使，一会儿让光之符纹亮，一会灭，皇宫成了个巨大的霓虹灯。而后，芙瑞雅将冰屑抛向空中，再召唤出路，牵起他不存在的手臂，在漫天落雪与霓虹中跳了一支舞。

路皱起眉头，觉得太幼稚了。但他能理解，这样的成绩，怎么庆祝都不过分。只要路西法之心这种超级能源能完整重现在地球上，从此，结束末日，重建现代文明，不再是痴人说梦。

"以龙皇圣体所建的路西法之心，会格外强大。但，再强大它也仅仅只够一座三四千万人的超级都市用。其余的启的源核都不具备永恒性。即使建起了现代文明，也很脆弱，随时有可能陷入能源危机。"

芙瑞雅点了点头。这些困难她早就想到了。她缺少的是一个支点，只要给她一个支点，就能撬起千百倍的重担来。这个支点，就是路西法之心。有了它，即使别的源核只能建造短期的能源，她也能让现代文明永续发展。当然，这个过程必将充满艰辛。芙瑞雅早有心理准备。

路："你想不想要更多的路西法之心？"

芙瑞雅一震："你说什么？能建造更多的路西法之心？"

路："若是别的源核，是不可能的，但这个源核，来自龙皇。它的质量非常高，刚才在进行 2 号实验时，我已经检测过，它符合建造母体的所有条件。"

芙瑞雅："母体？"

路："它是一种特殊的路西法之心，特殊之处在于，它能为其他的源核充能，使它们具备一段时间的永恒性。或者你也可以说，它能制造其他稍小的路西法之心。"

芙瑞雅难以置信："这是真的吗？"

"是的。"路肯定地点点头，"这才是长生族科技的真正核心。一般一座星球，只需要有一座母体，能源就足够用了。它制造出大量的半永恒的路西法之心，组成一张能源输送网，遍及星球的每个角落。母体可确保这张能源网永远不会衰竭。顺便说一下，神迹浮空岛，也可以靠母体实现。"

芙瑞雅无法形容自己激动的心情。一切比她想的还要美好。"那还等什么呢？难道……你不会告诉我，要建母体，还有什么困难需要克服吧？"芙瑞雅有些不安，事情不可能进展得这么顺利。

路："不，没有困难了。最大的困难就是源核，已经解决了。之后会有很大的工程量。建成母体不是件容易的事，但也就是工程量大而已。只是，龙皇圣体要留在我这里了，它以后就不能保护你了。"

"不用担心我，我会保护好我自己的。"芙瑞雅松了口气。

路："不要掉以轻心。玄青不会放过你，一定会向你动手。你的体内虽然也有一半源核，但没有与之相配的符纹脉络，无法像启一样发挥其力量。如果玄青要杀你，你是挡不住的。"

芙瑞雅："我知道，我会小心的。路，我体内的源核，能否也建成母体？"

路："不能。"

芙瑞雅："为什么？它们是一体双生，完全一样的啊。"

路："因为你不是启，你体内没有源核的能量运转脉络。"

芙瑞雅："那……如果植进去呢？"

路："你可以将源核理解成核能，启能承受它，是因为身体构造不同，而你没有他们的身体。如果强行启动你体内的源核，你会受到类似于核辐射的伤害，你的生命会大幅缩短——你会死的。"

芙瑞雅："那人遗憾了。我本来希望能留一座给启的，毕竟，这本是他们的东西。"

"我要是你，就不会想这么多，而该想想自己了。"他的目光，落在她的腹部，"要是卓王孙知道你怀了他的孩子，该怎么办。"

芙瑞雅沉默了。这是她刻意不想面对的事，但她也知道，她无法不去面对。

"我不会让他知道的。"芙瑞雅沉思着，面容渐渐坚定下来，"这个孩子，与他无关。"

北极。冰雪地宫。

距离玄青走入地宫，已经过去七天七夜。他脸上不仅没有倦容，反而十分兴奋："原来，龙皇气息，来自圣体中保存的内丹①……我知道该怎么做了。"得到了满意的答案后，他一刻也没有停留，径直回到自己的宅邸。这是除皇宫外，整个冰城最宏伟的建筑。玄青将大门关上，落锁。他做这一切时，动作很慢，力求每个步骤都绝不出差错。这显示出，他对即将发生的事情，前所未有地看重。

蛇骨圈禁启动，将整个宅邸封锁起来。宅邸中发生的事，外面的人看不到、听不到，只要圈禁没有打开，就没人能闯进去。

自从玄青设下蛇骨圈禁后，只启动过两次，每次都有大事发生。第一次，

---

① 即源核，妖族与长生族有不同的称呼。

是玄青夺得大位之后；第二次，则是"未来"爆炸的前夕。而今是第三次了。

一条只剩下骨骸的巨蛇，从符纹中盘旋而出。伴随着瘆人的响动，丝丝黑气从蛇骨眼窝里飞出，看上去比活着时还要狰狞可怖。玄青手一抬，鳞镜出现在他的掌心，投照出芙瑞雅的身影。冰屑，缓缓升起，在他面前组成一个形式奇异的立柱，上面装饰着九芒星，每一只星芒上，都有一条骨蛇。它们互相吞噬着对方的尾巴，形成一个首尾相连的环。

玄青将鳞镜放在蛇尾组成的蛇环上，念诵出一段古怪的文字。一声嘶哑之极的啸叫从骨蛇的口中发出，九条骨蛇翻滚、纠缠，形成了一条形状奇异的九头巨蛇。蠕动的头颅缓缓探下，垂到玄青的面前。玄青咬破手腕，将鲜血泼洒在蛇首上。九头巨蛇发出一声欢愉的啸叫，张开嘴，接吮着玄青的血。然而只剩下骨骸的它，无法吞下血液，血便纷纷滴落在祭台上，化为黑色。这些黑血像是有生命一般，瞬间沁入鳞镜，而后争先恐后地，扑向芙瑞雅的影子。黑血触及她腹部的蓝色光点时，迅速蒸腾为缕缕黑气。最终，化成一条漆黑的小龙，将光点包裹起来。黑色小龙的眼睛紧闭，紧紧盘踞在她体内，一动不动。

玄青脸上露出一抹满意的笑容："龙皇留在圣体中的内丹，让你有了他的气息，也让我不敢杀你。可你不知道，这枚内丹，也可以用来施展真正的蛊龙大法。就让我如你所愿，在你体内种下一条蛊龙。你假借龙皇之名，羞辱于我，让我明知道你怀着的是卓王孙的孽种，也不得不忍受。但现在，你们的孩子会被蛊龙彻底吞噬。九个月之后，出世的不是你的孩子，而是秉承着我族仇恨的蛊龙。"

"这，算不算作茧自缚？"玄青禁不住笑了起来。

传自龙皇的蛊龙大法，无法可破。接下来，他什么都不用做，只用再等待九个月，蛊龙将悄无声息地吞噬掉胎儿，取而代之。她育出的，不是人类婴儿，而是一条丑陋而恶毒的蛊龙。还有什么比这更彻底的报复呢？

清晨，兰斯洛特走进皇宫。

北极之战后，他并未回到帝都，而是立即被派往泛美王国，协助格蕾蒂斯处理政务。他甚至没有来得及和相思见上一面。两人一人在北美，一人在帝都，相隔有万里之遥。在失去电力的时代，通信变得十分困难。书信寄出后，往往要经年累月才能得到回音。好在，格蕾蒂斯一直帮他从上层渠道打听消息，得知相思以皇帝守护骑士的身份，为候选骑士们开讲座，他心中的石头终于落地。那个人终于还是信守了承诺。自己效忠帝国一天，她就会安全一天。

就在他准备安下心，帮格蕾蒂斯处理南美地区的动乱时，皇帝一纸急诏，命他立即赶回。他只带了随身的衣物，就匆匆踏上了蒸汽火车。长途跋涉后的第一件事，就是入宫觐见。

兰斯洛特踏上宫门外的朱雀大道时，已是凌晨。

皇宫门口，几个守卫肃穆地站在晨光里。柳树里传来几声黄莺的鸣叫，令恢宏的宫殿显得更加冷清。几天前，这里还聚集着一些扣阍求见的学者，各自带着一批弟子，大有在宫门外开坛布道的架势。自从他们被客气地请走后，宫门外就安静多了。

议事厅的门打开着，晏、白夜等少数几个人正围在桌前，与卓王孙在讨论着什么。兰斯洛特没有打扰，而是退到一旁，耐心等待。他虽然已贵为右相，但他很清楚，有些机密，始终属于原第三大区的旧臣，他不便插手。

一直等到所有人合上文件，他才问道："陛下，您召我来有什么事吗？"

卓王孙看了他一眼，别有深意地说："帝都东面有一个杜若谷，你去那里一趟，帮我带一束花回来。"

这句话实在令人费解。有什么样的花，需要兰斯洛特亲自去摘？何况这个山谷，兰斯洛特并未听说过。这种情况只有一种可能，这个杜若谷，并不在地图上。但他一个字都没有问，答了一声"是"后，转身离去。

兰斯洛特挑了一匹马，从帝都出发，一路往东。

自从"未来"爆炸后，大部分村落都荒芜了。藤蔓爬满了道路，烟草凄迷，鸟兽惊飞。沿着铁道，只有几户人家零星散布着，格外荒凉。傍晚时分，道路变得狭窄起来，布满荆棘。兰斯洛特下马步行，穿过了几道掩藏在茂密树林中的暗门，眼前风景又一次开阔起来，一座山谷在雾气中若隐若现。走入山谷，有满山的白色玫瑰。兰斯洛特知道，这就是不见于各种地图的隐秘山谷，也是卓王孙要自己来的地方。

落日已只剩最后一点余晖。兰斯洛特趁着暮色，沿着弯曲的玫瑰之路前行。道路尽头，伫立着一座白色修道院。建筑庄重而精致，带着明显的英式风格，应该是上个世纪的遗存。

兰斯洛特的脚步倏然止住。他看到一个熟悉的影子，正站在门前，为玫瑰花浇水。

相思。

同一瞬间，她也看见了他。久别重逢的惊喜让两人都忘记了说话，就这样，呆呆地伫立在荒烟蔓草中，凝望着彼此。

"你怎么在这里？"两人同时问出声。还不等兰斯洛特反应，相思像孩子一样跳了起来，给他一个大大的拥抱。她抱得很紧，似乎怕他又会突然消失。而后，她说起了最近这两个月发生的事。

从他出征北极一直到休战，她几乎都待在这间修道院里。除非得到皇帝征召，以守护骑士的身份出席重要场合。这间修道院有上百年的历史，储备丰富，什么都不缺。她的工作，就是照顾修道院附近的玫瑰花。这是皇帝陛下出征前亲手种的，当时只是种子，现在都已经开花了。

种花？兰斯洛特皱起眉头。在这样紧迫的局势下，居然有闲心种花？

还没来得及多想，相思已拉起他的手，跑向修道院后的一片缓坡。满坡的白色玫瑰在月色中泛起光芒，就像一片无际之海。相思脚步不停，拉着他继续向前，走入花海深处。那里有一座凉亭，黑色的石柱与圆顶在白玫瑰的衬托下格外醒目。更醒目的是，凉亭中间摆放着一具巨大的石棺。棺身由一块黑色整石雕成，没有图案，没有文字。

相思第一次看到这具石棺时，以为这是某位圣徒或教宗的安息之地。然而，石棺很新，不像是古人留下的，这让相思感到不解，却也没有太在意。她渐渐发现，卓王孙经常会驾临此地。她一开始以为，他是来看花或者监督自己的，后来才发现并不是。他来这里，为的是探望这具石棺。

一次，相思偶然从二楼窗户往外张望，发现卓王孙不知什么时候来了，独自伫立在月光下，直到风露湿透衣衫，才悄然离去。只要他身在帝都，这一幕，每周都会发生。相思心中无比困惑，这具漆黑的石棺中，到底是谁？谁能让皇帝陛下每周一次，独身从皇宫来到京畿，静立缅怀？

她也曾趁着照顾玫瑰花，靠近观察过石棺，试图找到蛛丝马迹，却一无所获。所以，她与兰斯洛特重逢后的第一件事，就是带他到这里，希望他无所不知的智慧，能解答自己的疑问。就像以前常常发生的那样。

兰斯洛特微微皱眉，认真打量着石棺。棺身以整石雕成，毫无装饰，却将石料的庄严凝重运用到极致，让人一见，就由衷地感到敬畏与哀伤。棺盖没有按照西方传统浮雕墓主雕像，也没有依东方习俗镂刻吉祥纹饰，而是最纯粹的黑。像是冥河最深的那一处渊薮，又像夜色凝结而成的镜子，照出万物真容，自身却一尘不染。满山白色玫瑰拱卫着它，让这黑色显得耀眼，充满了神秘而肃穆的力量。

兰斯洛特思索片刻，明白了什么。他放开相思的手，走到石棺前，而后伸出手，颤抖着抚摸棺盖，眼中充满悲伤。

相思跟了上来，有点担心地看着他："你怎么了？"

兰斯洛特的目光没有挪开。"石棺中的，是玛薇丝女王。"说到这里，他顿了顿，声音嘶哑了下去，"也是，我的生母。"

冰雪皇宫。

芙瑞雅正式开始了母体的建造。

巨龙被勒令趴在符纹阵中，不许离开。受源核的约束，它无法违抗芙瑞雅的命令，只得发出一阵长吟，而后进入了半休眠状态。尾之一族的所有青壮劳力都被征用，在皇宫所在的冰峰顶端刻绘出巨大的符纹阵。而后，由另一队人从冰峰中段向内开凿。最终，冰峰顶端将带着皇宫一起，脱离冰山束缚。神迹浮空岛，开始进入正式建设阶段。

负屃长老听到芙瑞雅的计划时，惊得差点倒坐在地上。他无论如何也没想到，芙瑞雅竟要凿断冰峰。可万一浮空岛没建成，皇宫却陨落，那该怎么办？最终他决定认命。她是皇后，这座皇宫本就是她的。

芙瑞雅没打算跟他多解释，反正她连源核都不准备跟他们说，更不要说核心能量回路、母体这些长生族的科技了。最难办的还是材料。建造母体需要大量的材料，而恰好北极最缺的就是材料。芙瑞雅只好用"为龙皇营造神迹"的名义，向全部启征募。好在玄青并未阻挠，征募的过程异常顺利。启对龙皇神迹表现出了极大的热情，有启出启，有力出力，甚至还有几位鲸类启从海底拖了一艘沉船过来，最终勉强凑足了母体起始阶段的资源。当然，这是路根据地球的科技特意精简与调整过了的。

是日，未来的现代文明的能源核心，开始修建。这一日，也是休战期的第三十天。停止了整整一个月的两族大战，即将重启。

相思怔了怔，终于想通了一切。她拉起还在出神的兰斯洛特："跟我来，有一个更重要的人物，等着你去见。"而后，她将他带到了阁楼上的一个小房间里。一位穿着碎花睡裙的女孩，正在床上沉睡。从幔帐中，仍可隐约看到她纤细的身材以及炫目的金发。

是克莉丝塔。

相思："是陛下派我把她藏到这里的。之前，我总担心陛下要将温莎家族置于死地，不会放过还有继承权的克莉丝塔。但当你告诉我，石棺中是女王时，我一点也不担心了。我突然明白，皇帝陛下虽然摧毁了合众国，发布了很多不利于女王的话，但只是政治手段。在私人领域里，他仍然追念女王的养育之情。因此，克莉丝塔也好，她的家族也好，总算安全了。"

兰斯洛特摇了摇头："他的确对女王有情，却不代表会放过她的女儿。同样，对克莉丝塔有情，也不会宽恕她的家族。"

相思听得一头雾水，等着他解释。兰斯洛特微微苦笑，抚了抚她的头发："不要说这些了，我明天又要随陛下出征，这一次不知多久才能回来。"

相思惊愕地看着他："才回来，就要走吗？"

兰斯洛特叹了口气，无法回答。战争的前夜，全世界一定有很多对少年情侣、中年夫妻在说着同样的话。离别是苦难的开始，死亡却是苦难的结束。他唯一能做的，就是从枪林弹雨中活下来，活着见到她。

兰斯洛特温柔地捧起她的脸，为她擦去泪痕："我会回来的，相信我。"

相思点了点头，每点一次头，就有一颗滚圆的泪水坠上衣襟。

"我不在的时候，一定保重自己，不要忤逆皇帝。"

相思温柔地点了点头，而后握住了他的双手，一字一句地说："我听你的话，好好活着，等你回来。你一年不回来，我就多等一年；十年不回来，我就多等十年。"

兰斯洛特反握住她的手，轻轻用力。指间极致的纠缠，甚至能感到对方脉搏的跃动。夜风吹过，白色的花瓣飞扬如雪，每一片都见证了彼此的诺言。

离开修道院前，兰斯洛特和相思一起采了一束玫瑰，小心地捆扎起来。他并没有将花束带走，而是轻轻放在了棺盖上。经此一行，他已然明白，这才是卓王孙心目中，它最应该被放置之地。

第四十一章　战端重启

　　皇帝驾临冰原边境时，几乎没引起任何人的注意。绝大多数高层军官都是在接到参加最高级别的军事会议的命令时，才知道皇帝已经到来。他们急匆匆赶往会议室，却发现皇帝陛下坐在椅子上，一言不发。显然休战的一个月，并没有改善他的心情。他的头发从议和后就没有修剪，蓬松而又有几分凌乱。这让他向来英气逼人的脸，显得有些阴郁。

　　官员们默契地没人开口说话，整个会议室中一片寂静。良久，卓王孙开口："都说说吧，这一个月的情况。"

　　兰斯洛特做了简单的总结。这一个月过得很平静，无论人类还是启都遵守了和约，启蜷缩在冰城中，人类则固守于沉渊冰原，都没有越过中间45公里的缓冲区，因此，几乎没什么可以说的。但人类一直保持着警备之心，情报工作一直没间断。除了鲲城沉于海下无法探知，虎贲城、蝇城的存在，人类都已得知，就连数量也知道了个大概。

　　这一消息令几乎所有高层军官都露出了忧虑之色。显然，启的军事发展速度超出了他们的想象。

　　兰斯洛特将最重要的形势汇报完毕后，几位军团长及主要负责人也各自发言，简短地总结了各自负责的军务。总之就是这一个月没人懈怠，所有士兵都保持着昂扬的斗志，时刻做好了一战的准备。但他们也委婉地提及了，启的实力也在同步增强，正面作战也许会损失严重。

卓王孙一言不发，听他们都说完后，轻描淡写地问："我要发动总攻，你们需要多久的准备时间？"

高层军官人惊失色。他们说了这么久，就是想要皇帝陛下谨慎点，最好用些计谋，千万不要跟启硬抗。没想到皇帝陛下一开口，就是他们最不愿进行的正面作战。

西部军团长："陛下，这一个月中，我们一直秣马厉兵，枕戈待旦。只要您一声令下，我们现在就可以投入战斗，不需要额外的准备时间。"

卓王孙点点头："很好。那就将总攻的时间，定在明日凌晨0点。既然答应了一个月的休战期，就要休战一个月，一分钟都不能少。0点时，点齐所有军队，直压冰城。我要攻下它。"

高层军官们面面相觑，都觉得这命令有些不现实，但没人敢当面反对，只好把目光转向兰斯洛特。

兰斯洛特明白他们的意思，他仔细地斟酌着词语："陛下，我曾亲自探查过虎贲城，它们的确很可怕，在北冰洋上威力巨大，可攻可守。而启不但修好了冰城，还加强了防御。冰城比以前坚固了许多，我们攻下它的难度倍增。但就算如此，我还是有取胜的信心的，只是，能否将时间拉长一些……"

卓王孙："不，0点便发动总攻，我要让这一战成为最后一战。"

所有军官都陷入沉默。他们无法相信，卓王孙竟然如此固执，完全听不进意见。

这时，卓王孙悠悠地说了一句："托马斯计划成功了。"

所有军官都陡然一震，脸上充满了惊喜之色。他们全都是身经百战的老将，已习惯了喜怒不形于色，此时却大半站了起来，椅子倒地声不住传来。

"陛下，真的吗？"

"我们真的克服了那道难关？"

"已经能量产了吗？"

卓王孙看了众人一眼："怎么，你们是对我没有信心吗？"

会议室里骤然安静。没有人敢质疑皇帝的话，只是这个惊喜太突然了，让他们不敢相信。

"如果不是为了托马斯计划，我会答应这一个月的休战吗？难道我就预料不到，这一个月会让启获得喘息的机会，让他们磨利爪牙、加固巢穴？我答应，是因为我们比他们更需要这一个月。只要托马斯计划成功，启的爪牙再利、巢穴再牢固，都没有任何用处——我再返北极，就证明我已有了摧毁他们的强大武器。"

军官们神色一振。

卓王孙缓缓站起身："派一个人出使冰城，正式对启宣战。"

西部军团长深深皱起了眉。他犹豫再三，忍不住开口："陛下，冰城坚固难攻，如果我方发动奇袭，可取得先期优势。如果等对方做好了备战的准备，那就……"

卓王孙淡然道："告诉启，开战时间就在0点，让他们尽管准备。"

高级军官们面露疑惑。难道，新武器竟强大到这种地步，能让人类有必胜的把握吗？

还不待众人提问，卓王孙用一句话结束了会议："即将开启的，不是普通的战争，而是灭绝一种智慧生物的终焉之战，帝国必须堂堂正正赢下。"

六个小时后，人类使节到达冰城。

玄青的回复也很简单——奉陪到底，不死不休。

人类军队在漫天夜雪中向冰城进发。杀气与阵云连绵纠结，一片肃杀。

带着启战书的信鸽穿过风雪，降落在东部军团长的手中。东部军团长打马赶到卓王孙身边，轻声说了几句，然后回退三步，跟西部、北部军团长以及兰斯洛特同列。他们再往后，便是千军万马。

卓王孙一身戎装，低头看着手中的表，一动不动。直到指针指向0点整，他轻轻摆了摆手，三位军团长与兰斯洛特发出的一声声命令很快一级一级地传遍整个军营。号角声茫茫响起，军队发起冲锋。

冰原上，三十万人军如潮水般涌向冰城。

几声嘹亮的鹰唳，启的探子落进了议事厅中，将人类军队的行踪报知长老会。

玄青站了起来："人类很守信用，过了0点才发动攻击。这很好。那我们也全部出动吧，我们的目标是——陆地！"众长老也齐声回应："陆地！陆地！"呼喊声越来越大，很快响彻整座冰城。

一队队启士兵从冰城中鱼贯而出，在各自上峰的率领下，向前线冲去。与人类不同，启的战斗很少结成阵地，不强调兵种之间的相互配合。而鹰类启与鱼类启则分别进入天空与海底，去通知守在虎贲城与鲲城的士兵。

杀戮，开始。

驻扎在附近的虎贲城士兵很快就接到了消息，他们并未急着向冰城靠拢，而是先由鹰类启对人类军队进行侦查。虎贲城的作用不在正面作战，而是发动突袭。他们要寻找人类阵地中最脆弱的部分，像尖刀一样扎进去。而鲲城则隐藏在海底深处，那是给人类的"惊喜"。

两军很快就撞在一起，正面的战斗一开始就达到了白热化。一个月的休战期让两军都憋足了怒火，需要杀戮将其彻底地释放出来。

生命，以惊人的速度消亡。冰原上的血经过一个月时间尚未干透，又染上了一层新的血。双方都知道这是背水一战，没有一方愿意后退。

玄青没有参与作战，而是耐心观察战场的局势。他也学到了，指挥官在战场上的作用，不在于杀多少敌人，而是总控全局，作出正确的判断，下达正确的命令。他看到的，除了胶着，还是胶着。

大量战损并未让任何一方退缩，反而激起更强的斗志。战况越来越激烈，逐渐超出玄青的预料。他认为，该是时候打击一下人类的士气了。

他下达了一个命令。

十分钟后，一座虎贲城出现在人类的左后侧方。冻在它里面的沉船形成的尖角，狠狠地撞在冰上，将坚冰破开一条长长的罅隙。这立即在人类军队中引起了慌乱。而啓则爆发出一阵欢呼，配合虎贲城发起一波猛攻。人类左翼被压得缓缓撤退。

玄青露出一抹笑容。他发出了第二个命令，虎贲城可以向人类右翼发动进攻。

但预料中六座虎贲城联袂齐举，将人类军队冲散的局面并没有出现，命令发出十几分钟后，仍未见虎贲城的影子。玄青吩咐蜥蜴面长老："去看看是怎么回事。"

行云流水般的进攻节奏，被突然切断，玄青隐约感到了一丝不详。蜥蜴面长老答应了一声，便滑入了海中。几分钟后，海面猛然翻腾起来，蜥蜴面长老带着大片的浪花落在冰面上："不好了！虎贲城、虎贲城被击沉了！"

玄青霍然站起："什么？虎贲城怎么可能被击沉？是什么把它击沉的？"

"不，不知道。"蜥蜴面长老摇着头，还未从巨大的震惊中恢复。六座虎贲城，六座大型冰山，全都破了巨大的口，有两座冰山被从中炸断，缓缓坠入海底。虎贲城中的啓在海面上惊慌索救，三十六座蝇城成了无头的苍蝇……没有亲眼见到这一幕，很难想象是如何的绝望。

"我忙着赶来向您报信，并未看清对方是怎么做到这一点的……"

玄青脸色阴沉得可怕。显然，这一战不只他们有秘密武器，人类也有。该速战速决了。

"让剩余的虎贲城出击，还有鲲城，全部出击！"

"可是，这跟我们的计划不符……"蠹虎长老面露迟疑。

"人类已经知道虎贲城的存在，用正面作战拖住我方军队，却让真正的精锐去袭击虎贲城！再犹豫下去，不仅右翼，左翼也会被歼灭！把军力全都集中在一起，正面硬抗，是最保险的做法！"

蠹虎长老与蜥蜴面长老这才醒悟，急忙传下命令。剩余的七座虎贲城，缓缓向交战的中心驶去，每一座都造成冰面的大面积垮塌。启更适应水陆两栖的作战，而虎贲城巨大的体积也让它成为战争利器，人类的枪械几乎无法对它造成伤害。这使得战争的天平，明显向启倾斜。

玄青的眉头，依旧没有松开，不祥的阴影仍然笼罩着他。到此刻为止，人类的秘密武器，仍未出现。这代表着，他施加的压力，还不够逼出卓王孙的底牌。

玄青再度发布命令："出动鲲城！"

轰然爆响中，一座庞然大物从人类阵地的正中央破冰而出，像一柄尖刀，狠狠地扎在了人类阵地的腹部。

人类严整的阵地立即被破坏。鲲城上的启则趁势发动一波猛烈的攻击，将附近来不及反应的人类士兵一扫而空。紧跟着，一座座鲲城出现在人类的后防线上，将人类本牢固无比的防线扎得支离破碎。这些从海底出现的鲲城无异于天降奇兵，让人类完全无法预测它们从何处出现，也就根本无从抵御。人类顿时大乱，不同兵种之间的协同作战完全瓦解，再也无法形成有效的攻势。而启则趁机打出一波漂亮的歼灭战，让人类的伤亡增加了不少。

玄青终于松了口气。在他看来，现在大势已定，人类已不可能再扳回了。但有个问题仍萦绕在他心头：人类究竟是如何击沉那六座虎贲城的？好在，这个问题不会再困扰他了，只要再发动一次冲锋，也许就是下一次冲锋，就可以……

但在此时，玄青猛然跳了起来。他脸上所有的冷静全都消失不见，气急败坏地大叫："鲲城、鲲城怎么沉了？"

长老们全都大吃一惊，顺着玄青的目光望去，就见扎在人类最后方的那座鲲城，慢慢倾斜着，向海中沉去。

玄青的大脑一片空白，只有一个声音在他脑海中震响：这怎么可能？这怎么可能？

鲲城中的启也同他一样惊慌，指着海水大声地呼喊，仿佛，海中有什么恐怖的巨兽，让他们不敢入水，只能往鲲城上方攀爬。然而随着鲲城缓缓沉没，立足之地也越来越少，启拥挤在一起，最后不可避免地坠入了海水中。一朵巨大的浪花从海中冲天而起，伴随着响彻云霄的爆炸。

玄青的身子猛烈地一颤。

"鱼雷？人类怎么会有这种量级的鱼雷？"他喃喃自语，"这不可能，'未来'已把人类所有的超级武器都摧毁了。他们不可能再有能炸穿冰山的鱼雷！"

仿佛是在嘲讽他这句话，几声巨大的爆炸声响起，另一座鲲城也缓缓向海中沉去。整个战场，霎时间陷入沉寂。

几乎所有启都抬头去看那爆炸掀起的巨浪，甚至忘了躲避射来的子弹。鲲城，这被他们当成杀手锏的秘密武器，就在他们眼前，接二连三地沉没。他们的大脑也跟玄青一样变得空白。接下来，他们看到的一幕，更让信心完全崩溃——一艘艘巨型舰船，从夜雪吹拂中驶出，向启的阵营袭去，宛如一尊尊上古巨人。方才人类看到虎贲城有多绝望，这时的启就有多绝望。

"未来"不是摧毁了人类的科技吗？为什么人类还有这么多巨舰？

这些巨舰上，全都装备着造型巨大到夸张的炮，一炮轰出，虎贲城上就是一个深坑。与巨舰的速度比起来，虎贲城成了移动的靶子。而缺乏远程攻击能力的启，几乎无法伤害到巨舰。

启的斗志被完全摧垮，他们仿佛又回到了那个人类用各种高科技武器屠杀他们的时代。无论他们的肉体如何强悍，触知多么灵敏，都只有任人宰割。那是所有启的梦魇。而现在，梦魇再度成真。

玄青努力地想让自己恢复思考，他知道越是这种时候，就越不能乱。启不能败，如果这一次再败……他不敢想下去了！人类怎么可能还有这么多巨舰？这可是"未来"爆后的末日啊，世界的每个角落都充斥着劫灰，所有与电相关的都被摧毁，没有了电，这些巨舰还怎么航行？这是玄青理解不了的事。

他突然想到一事，猛地拧转头，望向冰城的方向。他最担心的事情出现了。冰城再一次燃烧成一个巨大的火炬，照亮了他的眼睛。玄青知道，他回天乏术了。无论他怎么努力，他都打不败人类，打不败卓王孙。

战势，也就在这一刻，完成了180°的逆转。启完全丧失斗志，任何命令都无法再传达下去，他们只有一个念头：赶回去，救他们的家人，救他们的家园。人类士兵却以极高的效率聚集起来，对启展开了屠杀。

看到这一幕的玄青，心中闪过一个念头：这是一个陷阱，卓王孙早就安排好的陷阱。

冰城的情况比之前还要糟糕，几十艘巨舰组成几个战斗群，围着冰城轰炸着。巨型炮弹、鱼雷密集地轰在冰城上，让它簌簌发抖。

冰城的防御，在迅速地瓦解着。这座由龙皇打造的伊甸园，正在步入毁灭。冰城中的启已陷入彻底的恐慌，完全忘记了该做什么，甚至连基本的防御都组织不起来。一切都在坍塌，破碎，燃烧，遍地是尸体，宛如地狱。

玄青率着第一批启，冲进了冰城，直奔广场的中心："所有启，全都过来！我们必须得发动符纹祭阵！"玄青匆匆掏出潘多拉之盒，放到广场中心的冰柱上，层层符纹从冰柱向外蔓延，很快整座广场连同冰城中，都出现了如涟漪般的立体符纹。这些符纹仿佛有安定的力量，让启恐慌的情绪得到了和缓。这些符纹代表着龙皇，与这些符纹在一起，就是与龙皇在一起，龙皇会守护着他们；即使死去，他们的灵魂也会与龙皇同在。他们不再东奔西跑，而是各自站到了离自己最近的符纹上。他们体内的力量，与符纹连在了一起，被激活。符纹越来越亮，随着越来越多的启加入，符纹延展，将整个冰城包围。

苍茫而古老的歌响起，符纹祭阵越来越亮，直至贯透整座崔嵬的冰山。最终，符纹将冰山包裹起来，炮弹与鱼雷轰的不再是冰山，而是符纹。冰城的晃动，终于停止。启们松了一口气，但玄青的脸色却依旧冷峻。只有他才知道，这座祭阵虽能守护冰城，却也是最后的手段。符文力量的来源，就是启的生命（实际是源核，但玄青不知道源核的存在）。抵御强大攻击的代价是族人大批死亡。果然，这片刻功夫，就有几十名启被抽尽生命，倒地而死。

玄青指挥更多的启站到符文上去，细碎的脚铃声响起，苏妲走出了人群："玄青大人，这样是饮鸩止渴。人类只要维持火力压制，我方就会不断减员。到时候，这座城只怕会变成装满尸体的空城。"

玄青冷冷地看了她一眼："那依你之见呢？弃城投降吗？"

苏妲："或许，我可以试一试，去劝卓王孙休战。"

玄青发出一声冷笑："休战期一结束，他就兴师动众地赶来，可见是志在必得，怎么可能收手？"

面对玄青的咄咄逼人，苏妲只是笑了笑："现在的情况和以前大不一样了，他也许会考虑。"

玄青目不转睛地盯着她，似在思索她话中的含义。终于，他挥了挥手："去试试吧。"

"不过……"他的语气转为阴森，"如果失败了，你就站到符文上去。"

苏妲笑容不变，向玄青躬身行礼。她现出妖狐之相，隐入了风雪。

风裹着碎雪，穿过了漫天炮火，落在冰城东面。待雪花散去，一只巨大的白色妖狐出现在阵前。

人类士兵面露震惊，不自觉地停下了攻击。与启不是第一次交战了，他们却从未见过这样的生物。它从落雪中缓步走来，全身上下散发着神秘的气息，让人不由地升起敬畏之心。轮值指挥官脸色凝重，他是皇帝刚刚提拔的新人，也从未见过苏妲这样的超级生命体。联想到出征前读过的绝密战报，他明白来者绝不是经潘多拉之盒照射变异的动物，而是上古遗存神兽。莫非启已经山穷水尽，派出超级生命体作最后一搏？指挥官警觉起来，下令士兵戒备，并呼叫援军。

万千枪口瞄准下，妖狐重新化为人类形态。她身上让人胆寒的杀气也随之消失，变得温柔妩媚。

苏妲："小哥哥，有一句话，我想亲口对你们的皇帝说。你能不能帮我通报一下？"

指挥官这时才想到，他所在的地方，离皇帝陛下休息的帐篷很近。此处与那里直线距离不超过五十米，中间隔着一条沟壑，人类无法通行，只能通过吊索运送物资。但对于苏妲这样的超级生命体而言，这根本构不成障碍。

指挥官将手按上了扳机："休想！谁知道你会不会趁机行刺？"

"也对。"苏妲思索片刻，"那我写一封信，你帮我交给他吧。"还不待对方回答，她已轻轻抬手。不远处的一片浮冰从冰崖上脱落，飞入她手中。苏妲在冰上勾勒了几笔，递给给指挥官。

指挥官一动不动："我不会帮身份不明的妖族传信。"

苏妲笑了笑："我是妖族，但不是身份不明。记住了，我叫苏妲，是皇帝陛下的老朋友了。"

指挥官沉默着，这种荒唐的话，他并不相信。

苏妲轻轻叹了口气："信上的事，关系到帝国的未来。如果你耽误了，陛下会诛你九族的。"

指挥官犹豫片刻，终于还是接过浮冰。他一眼都不敢看，用外袍包裹起来，向吊索奔去。经吊篮传递，浮冰到达了皇帝所在的帐篷，被呈交上去。卓王孙打开包裹，第一眼就看到了苏妲的署名，而后映入眼帘的，是潦草到极致的字体，除了芙瑞雅三个字外，几乎无法看清。卓王孙仔细分辨了片刻，猛然一拍桌案，站了起来。

一刻钟后，苏妲重新出现在冰城雪原上。她带来了一个让啓们惊喜交加的结果。人类皇帝的回复是，可以考虑议和，但只接受一个人来议——那个人就是芙瑞雅。

玄青的脸色阴沉到极致。在他眼中，卓王孙与这个女人根本就是勾结好的。拙劣的招数用了一次又一次，戏耍他和啓全族。上次议和发生的事，还历历在目，天知道这次又会议出什么来！想到这里，他恨不得冲到芙瑞雅面前，将她的头砍下来祭旗。然而，漫天的炮火，让他清楚自己没有其余的选择。

"走，跟我去见她。"他带领全部亲信，浩浩荡荡向皇宫而去。

第四十二章　浮空岛

　　皇宫所在的冰峰顶端已从冰山上截了下来，由上千条冰柱撑离了下方的山体，数百名启在其下忙碌着。

　　远远看去，冰山断成了两截，中间隔了一条小小的空隙。数百名启正在制造巨大的锥形底座。而负屃长老则率领几十名精英，在底座上镂刻一种他们从未见过的符纹。其工艺也很新颖，将启族的秘制颜料灌在钢管里，再将钢管扭成符纹的形状，铆接到底座上。

　　长老们都有点惊讶，怎么会有这么"粗大"的符纹？不过一想到这符纹是让这座两百米高的冰之岛浮在天空中的，便觉得合理了。但问题随之而来：要驱动这么"粗大"的符纹，需要多强的力量？他们有这样的力量吗？

　　长老们不知道的是，他们当然有，就是由路亲自修建的"母体"。这是芙瑞雅构想的核心，绝对不能被任何人知道。为了确保它不会被野心家用来危害世界，路为此专门做了些设计。母体由龙皇圣体的源核建造，这就确保它不可能再被仿制。对它的控制，是通过芙瑞雅与龙皇圣体之间的源核来实现的，这就确保除了芙瑞雅，再没有任何人能控制母体。为了更进一步地保密，母体的建造，全由路与芙瑞雅完成，不假他人之手。等母体修建完成之后，它输出的能量，将用来驱动浮空岛底座上的粗大符纹，符纹真正的名字是"反重力能量回路"。

当玄青与众长老赶来时，他们发现，皇宫周围就像是一个巨大的建筑工地。他们顾不得诧异这里的改变，直奔皇宫去找芙瑞雅。玄青震惊地发现，皇宫竟然被一种奇怪的符纹圈禁起来，确保不会有人闯入。

这让玄青兴起一种难言的震撼：芙瑞雅皇后似乎比啓更了解他们的力量，她似乎掌握着他们体内力量的更深的秘密，并能将之应用起来。这一发现并没有让玄青欣喜，反而有点毛骨悚然。此时，宫门打开，芙瑞雅走了出来。

之前，她一直率领尾之一族修建浮空岛，外面滔天的炮火声，也未能让她停下。

玄青瞥了皇宫一眼，里面空荡荡的，什么都没有。但他分明感觉到，里面有种奇异的力量在震荡着，庞大，深广，让他都不可遏制地产生战栗，他却一无所见。这让他更加警惕。

蜥蜴面长老却没想那么多，一见到芙瑞雅，赶紧将一切解释给她听。芙瑞雅有些惊讶。战争一开始，她就得到了消息，却并没有太在意。她不认为这场战争能太快分出胜负，当务之急是赶紧将母体造出来。没想到，啓竟会败得这么快！

蜥蜴面长老："皇后陛下，您不知道，人类竟然出动了那么多巨舰。巨舰啊！要不是我们的士兵死了这么多，我真以为自己看到的是幻觉。他们怎么可能有这么多巨舰？他们的科技，不是全被'未来'毁掉了吗？"

芙瑞雅思索着，缓缓说："这我倒可以解释。我听说过一个词，'托马斯计划'。这一计划是卓王孙刚登上皇帝之位时启动的，目标是将已被电力文明完全取代的蒸汽文明重新建造起来。"

蜥蜴面长老："您是说，这些巨舰，都是蒸汽动力的？"

芙瑞雅："是的。"

蜥蜴面长老回想着，点了点头。没错，那些巨舰都竖着大大的烟囱，行进时发出巨大的轰鸣声，倒真像是电影里的蒸汽船。

芙瑞雅："只是我没想到仅仅一年的时间，他们就将蒸汽文明恢复到这种程度。这几乎是完全不可能的。看来卓王孙找到了一种快速建造的办法。这对我方而言，尤为不利。随着时间的推移，人类会造出越来越多的巨舰。"

长老们心情沉重。这几乎可以说是个噩耗了。

蠡虎长老悄声问："皇后陛下，您真的会去替我们求和吗？"

所有人都安静下来，望向芙瑞雅。她接下来的回答，关乎着啓族的生死。

芙瑞雅沉吟片刻："我会尽我的努力，说服他退兵。我不能让他毁掉冰城。相信我，在这一点上，我永远跟你们站在一起。"

她的这句话，又让长老们松了口气。

"好，有您这句话就行。"蜥蜴面长老脸色仍然难看，"不过，皇后陛下，冰城快撑不住了，每时每刻，都有大批族人死去……"

芙瑞雅点点头："我这就出发。不过，我离开之后，任何人都不准进入皇宫。"

玄青："这个自然。皇宫本就是神圣的禁地，没有您的许可，谁都不能进入。"

众长老齐声应是，簇拥着芙瑞雅向外走去。

玄青极为隐蔽地回头看了皇宫一眼。一点冰屑，从他袖中滑落，粘在了地面上。冰屑很快就与冰面融为一体，看不出任何的异样。

战争仍在继续。

芙瑞雅亲眼看见几十艘巨舰停泊在冰城之外，用鱼雷与炮弹轰炸冰城。末日虽仅有一年，但科技打造的钢铁巨兽横行四海的一幕，却像是过去了千年万年般遥远，让芙瑞雅不由得深深注目。

虽然只是蒸汽动力，船速缓慢，却重现了十八世纪海洋上的繁荣景象。汽笛、浓烟，曾是人类现代文明的曙光，现在在劫后余生的海洋上重现，仿佛一个轮回。

　　战争进行中一切从简，就算是皇帝陛下的驻地，也只有一顶略大的帐篷。芙瑞雅命龙禁卫停下，孤身一人走了上去。

　　芙瑞雅："你让我来，到底想谈什么？"

　　卓王孙一动不动，目光在她身上停留的时间格外得长："我想谈的，从来没有变过。那就是——立即跟我回去。"

　　芙瑞雅轻轻叹息："我本以为，你不会再有这样的想法。你应该知道，我们之间，已经结束了。"

　　"我知道。"卓王孙的声音中没有丝毫情绪，"我出征，并不是为了你。而是为了灭掉啓。"

　　芙瑞雅："那为什么不乘胜追击，拿下冰城，而是让我来和谈？"

　　卓王孙："因为就在刚才，我得到了一个消息。这个消息，让我不得不暂停消灭啓的计划，再见你一面。"

　　芙瑞雅："什么消息？"

　　"你有了我的孩子。"卓王孙一字一字地说。

　　芙瑞雅一惊。

　　"这就是我让你跟我回去的原因。"卓王孙冷冷地看着她，"我可以明白地告诉你，这不是我开出的条件，这次见面也不是和谈，而是你必须接受的安排。"

　　他轻轻打了个响指，几尊庞大的蒸汽机体出现在营帐外，将两人团团围住。

　　卓王孙的声音中略带嘲讽："兵临城下，你和你的子民都没有选择的余地。明白了吗？啓一族的，皇后陛下？"

　　芙瑞雅皱起眉头，环顾周围。

　　龙皇圣体留在宫殿里，跟随她的只有几个龙禁卫，完全不是蒸汽机体的对手。看来，这次注定无法全身而退了。

芙瑞雅沉默了良久，终于抬头，直视着卓王孙，用平静的语气说："我的确怀孕了。但这个孩子不是你的。"

"哦？"卓王孙语气微嘲，"是谁的？"

芙瑞雅："是龙皇的。"

卓王孙并没有生气，反而笑了。这个回答，实在荒唐到不用反驳。

芙瑞雅："可笑吗？你可能忘了，他对我的执念有多深。而我与他在一起的时间并不少。"

卓王孙仍然没有动怒："我不怀疑这两点。我只是好奇，你是怎么有了他的孩子的，在他离世一年之后？"

芙瑞雅："不要用人类的思维去猜测龙皇。他是用蛰龙的方式留下血脉，并沉睡在我体内。之所以与我们在一起那晚时间相同，是因为玄青对我使用了蛇族秘法，恰好唤醒了蛰龙……"

"够了！"卓王孙打断她，"这样的鬼话你尽可以拿去骗启，再不许在我面前提一个字！"

芙瑞雅："这就是事实。你不相信我也没办法。"

卓王孙一把握住了她的手，逼她直视自己："我就是不相信！从四岁起我就认识你，我比你自己都了解你！你不可能怀上别人的孩子，绝不可能。"

芙瑞雅嘲讽地一笑："你的小公主是不可能。可现在，我已经不是她了。作为启族皇后，我怀上龙皇的孩子，不是天经地义吗？"

卓王孙手上缓缓用力："不承认吗？你敢不敢跟我打个赌，这个孩子肯定是我的？如果我输了，我立即收兵掉头就走，终生不再踏入北冰洋；如果你输了，你从此再也不能违抗我的任何命令，我要你做什么你就做什么，我要你说什么话你就说什么话！"

芙瑞雅一怔。面前的他咫尺之遥，又似乎相隔很远。她竟无法把那些准备好的、刺伤他的话再说下去。

是的，有些牵绊，是斩不断的。就算彼此都不爱了，他们仍是四岁起就生活在一起的人。或许他们的一部分已生长在对方的血肉里，单凭割裂或者遗忘是抛脱不掉的。

芙瑞雅："你跑这么远，就是想让我跟你回去吗？"

"这跟你没关系！"卓王孙有点粗暴地打断她，"如你所说，我们之间已经结束了，我要的是我的孩子！我要你跟我回去，是要他在帝国中，在我的羽翼下生长！"

"等他出生了，你想去哪里就去哪里，想干什么就干什么。"卓王孙又冷冷地加上一句。

芙瑞雅："你应该很清楚，我现在不可能离开冰城。"

"我问过你同不同意了吗？"卓王孙望了她一眼，重新回归了帝王的威严，"从你进入人类军营的那一刻，我就没准备放你回去。你就跟我在这里，看着冰城沦陷，启灭族。然后，我会亲自带你回去。没有你愿意或者不愿意。"

芙瑞雅："你想清楚。你之前强迫不了我，现在也一样。"

卓王孙用力将她拖得离自己更近了一些："你难道就没有想过自己的处境？你这套鬼话，迟早会被看破。玄青也一定会想方设法杀掉你。"

芙瑞雅："不用你操心，我能保护自己。"

卓王孙："你能保护自己多少次？一次、十次？你在冰城的处境十分危险，我不会再放你回去的！"

芙瑞雅挣扎着将他甩开："我不想谈下去了。我的生死，与你无关。"

卓王孙的脸色冷了下来："我还没说清楚吗？我考虑的不是你，是我的孩子。你的生死与我无关，但他的生死我绝不会坐视不管。为了他，我可以暂缓攻打启。请绝不要轻视我可以付出的代价。"

卓王孙凝望着鏖战的冰原："他是帝国唯一的继承人，以后这个世界，会是他的。他会带领帝国进入新纪元。我为他安排好的一切，不允许任何人破坏。"

芙瑞雅忍不住讽刺："你现在的样子真像极了卓大公。把希望寄托在所谓继承人上，劳师动众，难道就不怕错认了血脉，重蹈他的覆辙吗？"

这句话让卓王孙的心狠狠收缩了一下。他的身世，本是他最不愿提及的伤口，而现在，被她亲手撕开在面前。两人对彼此的了解，那些曾毫无保留的倾诉，在最无力时的相互支撑，此刻都成了伤害对方的利器。但他没有责怪她的理由，毕竟，他之前也是这么做的。

芙瑞雅："何况，听说你选拔了不少女伴充入后宫，相信很快就会诞下大批子嗣的，又何必非要认这来历不明的一个？"

卓王孙平静下来："你错了，我要这个孩子，不仅因为是我的子嗣，也因为这是我和你的。他身上还有你和你家族的血脉。我以前需要你，是因为我要安抚合众国的遗老遗少。现在，他就可以起到这个作用了。身为皇位继承人、未来的皇帝，追随我的人会将他看成是帝国的延续，而反对我的人则会视他为合众国的光复。甚至连启都能找到臣服的理由。这是帝国、合众国与启共同的皇嗣，再没人比他更适合接过这三者的权柄。所以，有了他，你对我就没有利用价值了。不要再幻想我会手下留情。

"你，已轻如片羽。"

芙瑞雅的手似乎轻轻颤动了一下，又似乎没有。

卓王孙满意于她的反应，继续说下去："还有你那个重建现代文明的梦想。看到这些巨舰后，你总该明白你的梦想跟你一样没有价值了吧？帝国早就找到结束末日的方法，就是重建蒸汽文明。你的梦想到现在还只是空想，蒸汽文明，却已踏出了最关键的一步。

"这个世界的希望，不会在冰城，不会在启；而是在人类，在我麾下。还没认识到这一点吗？"

他一般不会这样说话，但今天，不知为何，他格外地想刺伤芙瑞雅。

"是这样吗？"芙瑞雅点头，眼睛中隐露一线锋芒，"那尊敬的皇帝陛下，我也提一个打赌的请求，你敢不敢跟我赌，你的蒸汽军队，不堪一击呢？"

卓王孙："如果真是如此，兵临城下的人就不该是你，而是我了。"

芙瑞雅："你打败的是启，而不是我。在我看来，重建现代文明的希望，从来就不是蒸汽技术。它已落后了。落后者不会有未来，蒸汽文明也一样。我探寻的道路虽然刚刚有了眉目，但若假以时日，就能让你的蒸汽军队不堪一击。"

"不信吗？"她随手抓过旁边的军事地图，"你来选，随便选任何一座人类的堡垒，无论你集结什么样的部队来防御，我都能将它攻破。"

卓王孙："我很有兴趣去证明你是错的，但，我没时间跟你玩过家家的游戏。你还是乖乖待在这里，跟我一起看冰城陷落……"

突然，他收起了调侃，因为他看到芙瑞雅的神色是如此坚定。那一刻，他心中感到微微刺痛。他也不清楚这种刺痛是哪里来的，是不忍心打破她最后的幻想吗？是现在的她，让自己感到陌生？还是自己对今天的她，心存愧疚？他有一点失神，不自觉地放下了手。

芙瑞雅："不肯选吗？那我给你选一座好了，就是这座城，只要我打下这座城来，你还会继续攻打冰城吗？"

芙瑞雅伸出一根手指，点在军事地图上。卓王孙只看了一眼，脸色便陡然改变。

第四十三章　最后一次约定

芙瑞雅手指点向的地方，是小城卡乌斯季塔列亚。

"'未来'爆炸后，启袭击人类领地，靠近北冰洋的港口全都被夷为平地，只剩下卡乌斯季塔列亚。它是进入北冰洋的唯一入口，支持这场战争的援兵、物资全都要经过这里。只要打下卡乌斯季塔列亚，人类就再也得不到任何补给。子弹会打光，粮食会吃光，甚至连蒸汽巨舰烧的煤，也会烧光。北冰洋的几十万军队，将成为孤军，而且是没有任何补给的孤军。你能在这成为现实之前，打下冰城吗？就算能打下，你能把启屠光杀净吗？如果不能，迟早有一天，你和你的军队将全部埋葬在北冰洋中。

"这一招，用你们的话说叫围魏救赵，但我走的这步棋，你必须得应。皇帝陛下，你还有资格不赌吗？"

盯着她压在卡乌斯季塔列亚上的手指，卓王孙的脸色越来越阴沉。芙瑞雅抓住了他的软肋。卡乌斯季塔列亚，的确是人类的弱点。一旦受到攻击，不管他愿意不愿意，他都必须得去救。他冷冷地盯着芙瑞雅，芙瑞雅逆着他的目光，分毫不让。

他眼中露出一抹讥嘲："我不得不应吗？你太高看自己了。我这次带来了一百多艘蒸汽巨舰，在它们的围攻下，鸟都飞不出冰城！就算卡乌斯季塔列亚是我的必救之地，可你又拿什么去攻呢？"

芙瑞雅笑了："或许你并不知道，上次跟你说过的重建现代文明所需要的能源，我已经找到了。"她详细地跟卓王孙解释了母体的建造。

卓王孙听得很认真："恭喜你。但那又如何呢？"

芙瑞雅："母体要是能造出来，我就能造出一座浮空岛。你可以将它想象成一座超大型的空天战舰，能让两百多米高的冰山飞行在天上。"

听到此话，卓王孙脸上也不由得闪过一抹惊讶。冰山飞行在天上？虽然他取得了托马斯计划的胜利，恢复了部分的蒸汽文明，造出了蒸汽巨舰，但由于蒸汽机过于笨重，不可能造出飞机来。蒸汽文明虽然帮助人类重新成为陆地与海洋的霸主，但天空仍然是禁区。

如果芙瑞雅真的造出了飞行在天上的浮空岛，那她将拥有绝对的空中优势。而现代战争有一条铁律，就是拥有空中优势的一方，必将获得最终的胜利。浮空岛将会使蒸汽巨舰成为移动的靶子，人类对冰城的封锁将形同虚设，它可以轻易打下卡乌斯季塔列亚，封住人类的退路，并对人类任意一点进行轰炸。它是足以扭转战局的利器。

但卓王孙并不动容："造一艘空天战舰，可不是件容易的事。没有十年八载别想成功。而我最多三天，就能打下冰城。你这想法，跟你想重建现代文明的理想一样，始终是镜花水月。"

"是的。"芙瑞雅也自嘲地笑了笑，"那你敢不敢跟我打个赌？一个月，给我一个月的时间，我就能将浮空岛造出来。"

卓王孙看了她一眼："我为什么要给你一个月？我现在就可以打下冰城。"

芙瑞雅："你能不能听听我的赌注？如果我输了，我会跟你回去，如你所说，留在你身边，你要我做什么我就做什么。"

卓王孙沉默了。这是他自己开出的条件，让她说什么就说什么，让她做什么就做什么，当皇座上的傀儡。但他知道，自己真正想要的，不是这样。

卓王孙淡淡地说："如果，我要你重新爱上我呢？"

芙瑞雅犹豫了片刻，而后用笃定的语气回答："我会努力这样做。哪怕最终我做不到，也绝不会背叛你或者离开你。"

"以余生为赌注吗？"卓王孙缓缓点头，"很好，但我想知道，你获胜的信心何在？"

芙瑞雅："因为我相信我追寻的是对的，我相信我一定能做到，不管它多么不可能。"

卓王孙："但它的确不可能。没有人能在一个月内造出一艘空天战舰。"

芙瑞雅："你说的没错。但我本就不该有这次机会。你答应的话，虽然给我的是一个极微小的可能，但比没有要强。我能做的就是努力抓住这个极微小的可能；如果抓不住，我就承认失败，承认我做不到。"

"所以，我求你给我这个机会。"她诚挚地望着卓王孙，"如果你曾经爱过我，哪怕现在仅剩下回忆，请给我一个与梦想告别的机会。"

卓王孙深深凝视着她。自从合众国最后那次庆典，这是她第一次露出这样的软弱。此前无论多严酷的风雨，她都倔强地抬着头，从来不肯低下。他从未为她遮过风挡过雨，她经受的风雨都是他给予的。他完全可以不理会她的请求，径直攻破她的城堡，掳走她，囚禁她。一个月前她曾让他感受到的痛苦，也可以施加于她身上。

"我给你一个月。"他毫无表情地说，"我会将所有军队都从冰城撤走，驻扎回沉渊冰原。一个月中，我不会用任何形式干涉你，就算打个响指就能让你失败，我也不会出手。甚至，你需要什么，都可以来找我。一个月后，只要你能造出浮空岛，我就认输，承诺人类一年之内不会进入北冰洋。"

芙瑞雅："我不需要你的帮助。"

卓王孙："那很好，就这么说定了。你可以走了。"

芙瑞雅没想到他回答得这么干脆，反而愣了一下，见卓王孙不再说话，她向外走去。到门口时，她顿住了脚步。

"我能问一下，你为什么答应吗？"

卓王孙："因为我对你的赌注很感兴趣。你说，要是你输了，你会尝试重新爱上我。让我告诉你吧，如果你输了，我也会尝试重新爱上你，我会背弃我之前做的所有事，不再征讨你，追杀你；我会对你好，即使为了你违逆整个世界。

"这样的事情会发生吗？即使现在看来，它百分之百会发生，但你告诉我，它会发生吗？"

他注视着芙瑞雅的双眼，一动不动，似乎想望入她的灵魂。

终于，他收回目光，轻轻地笑了，语调中有一种莫名的感伤："你问我为什么给你这个机会，我的回答就是，我也想给曾经爱过的我们一个机会。如果有一天，我注定要杀死你，起码在开枪的时候，我会对我自己说，我已经努力过了，我给过我们机会了。"

返回冰城的路上，灰色的雪纷纷落下，这是世界沉入末日后的劫灰。

芙瑞雅一直在想卓王孙最后的那几句话。如果她输了，她会尝试重新爱上他，他也会尝试重新爱上她，这样的日子不好吗？她知道他说这句话时，是真挚的。而她说那句话时，也是真挚的。想要他们再次爱上彼此，就得有一方彻底放弃自己的理想、背负、信仰，甚至道德。

如果她真的输了，她会放弃自己的坚持，帮着他维护他的帝国，只要人民能休养生息，她可以牺牲自己。这不也正是她做公主时接受的教育吗？他们会有很漫长的一生，会有很多很多故事留下来。不好吗？

终究只是个美好的泡影罢了。芙瑞雅深深吸了口气，把所有思绪都压了下去。

那或许真的很好，但想要她接受，就必须先让她死心，破碎她的希望，沥干她的血。所以她要踩着自己的血走一次，走最后一次。

芙瑞雅走后，卓王孙挥手招来兰斯洛特。

"准备撤兵。立即。"

兰斯洛特吃了一惊。人类占据绝对的优势，气势如虹，正当一鼓作气攻下冰城，永久解决启的祸患，怎么突然下令退兵？他迟疑了良久，没有问出来。因为卓王孙向来只需要执行，不需要提问。

没想到，这一次卓王孙主动解释了。虽然只是简单的几句，也说明白了并不是真正的撤兵，而是用一个月的期限跟芙瑞雅打了个赌。

卓王孙："有这个赌，跟直接攻城没什么区别。"他语气很轻，似乎在说服兰斯洛特，又似乎在说服自己。

兰斯洛特静默了片刻："还是有区别的。"

"没有。她不可能在一个月内造出浮空岛。"卓王孙打断他，然后冷静分析，"首先，这么大的岛，重量在百万吨以上，要想让它浮在空中并飞行起来，需要多大的能量？其次，岛要想在空中飞行，就必须得足够坚固，至少要相当于飞机的坚固程度。第三，仍以飞机为例，得需要在岛上造出多复杂的控制系统？三者缺一不可，至少要耗费数年的时间才能建成。仅仅一个月，绝无可能。"

兰斯洛特思维高速运转，从各方面进行推演，最终他不得不点点头："您说的没错，这些问题，的确都不是能在一个月内克服的。除非发生奇迹。"

"纵然发生奇迹，都不可能。"卓王孙加了一句，"所以，不必担心。一个月后，芙瑞雅认输，我们就可利用她皇后的身份瓦解一部分启，冰城顷刻可破。兰斯洛特，我们要度过末日，需要启，这一点我与芙瑞雅的意见是相同的。区别只在于，芙瑞雅将启当成盟友，我则将他们当成燃料。无论哪一种，都必须保留足够数量的活体——这是我现在放弃攻打冰城的原因。"

听到"燃料"与"活体"时，兰斯洛特轻轻皱了下眉头。虽然已是生死相搏，但他仍然无法接受卓王孙用这样的词汇形容另一种智慧生物。沉默片刻后，他躬身行礼，退了出去。

回到冰城后，芙瑞雅又一次受到了启的夹道欢迎。

卓王孙没有任何拖泥带水，芙瑞雅前脚离开，后脚就下令撤兵，围攻冰城的蒸汽巨舰立即停火，与士兵一起撤退。据鹰类启回报，撤退的目的地，依旧是四十五公里外的沉渊冰原。就连芙瑞雅也有些惊讶卓王孙撤得如此之快，在她返回冰城时，已经听不到任何枪声了。

对冰城的启来说，他们本来已经踏在死亡的边缘，眼睁睁地看着周围的同伴不断死去，等待着下一个死去的就是自己。但这时，他们得救了。

所有的启都涌到了冰城的顶层，迎接皇后回城。人数虽然多，但没有半点喧哗。他们是在表现自己的敬意，甚至虔诚。长老会所有成员，连同玄青都列阵出席。

芙瑞雅一进城门，他们就一齐躬身行礼。

蜥蜴面长老："皇后陛下，您真是太伟大了。您救了启一族啊。"

芙瑞雅："他只答应退兵一个月。"

芙瑞雅第一句话，就让长老们的脸色惨变。

上次和谈，人类答应退兵一个月，长老们欢欣鼓舞，这次同样是退兵一个月，长老们却如丧考妣。只因上次和谈时，启还觉得自己只是被打了个措手不及，有一个月的缓冲时间，他们就一定能反攻。但这次，蒸汽巨舰的出现，摧垮了他们的信心。一个月后，人类只会造出更多的蒸汽巨舰，力量对比更加悬殊，还不是死路一条？

在惶恐不安的气氛中，芙瑞雅用沉静的语气，将两人的赌约说了一遍。听到卡乌斯季塔列亚时，长老们的眼睛都亮了："皇后陛下，您不能打这个赌啊！您想的这个计策太好啦，应该先告诉我们，咱们偷袭它，成功率会高得多。现在，人类皇帝已经知道了，他必然会派重兵前去防守，那我们还怎么打得下来？"

芙瑞雅摇了摇头："偷袭？用什么偷袭？虎贲城，还是鲲城？"

蜥蜴面长老一怔，无法回答。他们这才发觉，这个计策初听绝妙，但实际上根本不具有操作性。

蠹虎长老："皇后陛下，这可怎么办才好？"

芙瑞雅伸手指着冰峰峰顶："只能靠它。"

"神迹？"长老们先是困惑，随即眼睛一亮，"浮空岛？"

"是的。只有借浮空岛的飞行能力，才能突破人类的重重包围，到达卡乌斯季塔列亚；也才能在蒸汽部队的重兵守护下，攻陷卡乌斯季塔列亚。陆地与海洋都被人类收入囊中，只有天空，才是我们唯一能翱翔的地方。"

长老们都纷纷点头，神色和缓下来。皇后陛下的分析让他们茅塞顿开，可以说，这条计策，只有在皇后陛下这里才是计策，在他们那里就只是个摆设。他们再一次庆幸，有这样一位皇后。

苏姐却眉头紧皱："可是，您的神迹，不是那么容易造出来的吧？需要多长时间？十年？还是二十年？"

这句问话，一下子又将长老们的心提到了嗓子眼，他们齐刷刷地望向芙瑞雅。

芙瑞雅："正常情况下，的确需要这么长的时间。"

"那、那……"蜥蜴面长老急得连话都说不利索了。

芙瑞雅："要将神迹建起来，面临很多困难。首先需要极为庞大的能量；其次，要将岛体建得足够坚固；第三，要在岛上构建出复杂的符纹阵。三者缺一不可，而每一项都需要耗费数年的时间。这也是卓王孙答应跟我赌的原因。坦白说，这些问题，我一件都解决不了。"

她的话，让长老们的脸色惨变。

"完了、完了。"蠹虎长老喃喃道。

芙瑞雅："但，有一个人能解决。"

"谁？"蠹虎长老惊喜之极，急忙追问。

芙瑞雅平静地说出两个字："龙皇。"

"龙皇？"长老们忍不住都重复了一句，不解地望向芙瑞雅——龙皇不是已经离开这个世界了吗？

芙瑞雅："你们不久前去过皇宫，看到被截断的顶峰了吗？你们知道为什么要截下 200 米？不是 201 米，也不是 199 米，而是恰好 200 米？"

这句话顿时吸引了长老们的注意力，难道这不是随手截断的吗？

芙瑞雅："因为龙皇当初在皇宫中亲手布下了龙皇神力圈禁，圈禁的范围，正是 200 米。200 米的顶峰，连同整座皇宫，都在龙皇神力圈禁的加持之中，坚固无比，枪炮难伤。所以，坚固的岛体这一难题，早就被龙皇解决了。"

蜥蜴面长老："可是这一切，您是怎么知道的？"

芙瑞雅："是龙皇亲口告诉我的。"

这句话，再一次让长老们震惊。

"你们想必以为龙皇已经离开这个世界了吧？不，他仍然关心着你们。我来北极，是他谕示我的。直到现在，他还会出现在我的梦中，告诉我未来该怎么做。所以，这座神迹的真正建造者，不是我，而是龙皇。"她看着所有启，"你们会怀疑龙皇建不成神迹吗？"

芙瑞雅的声音响彻整个冰城顶层，启鸦雀无声，全都被芙瑞雅宣布的消息震惊了。但转瞬间，他们就全都沸腾起来。

"原来龙皇大人没有舍弃我们！我族得救了！"

"龙皇大人一定能建成神迹！龙皇大人是无所不能的！"

"皇后陛下与龙皇大人同在！"

芙瑞雅用手指向穹顶处的龙皇巨像，满脸肃穆："我需要你们跟我一起建神迹。一个月后，我们要让龙皇的荣光布散到卡乌斯季塔列亚——北冰洋的最前沿。"

这句话一出口，就收到了狂热的回应。

"皇后陛下放心，我愿向您效忠！"

"力之一族听从您的调度！"

"尾之一族听从差遣。"

芙瑞雅望着众人，紧蹙的眉峰稍稍舒展。她必须集合啓族的一切力量，才有将浮空岛建成的一线生机。所谓龙皇与她的联系，自然全都是谎言，是让啓全力支持她的谎言。没有人比她更清楚，一个月内建成浮空岛的难度有多大。卓王孙的估算完全没错，没有十年，根本不可能完成如此庞大的项目。在一个月内完成十年的工作，不是近乎于不可能，而就是不可能。

她并不认为心有多大世界就有多大，也不相信只要有爱，一切困难都会迎刃而解。之所以提出一个月的期限，是因为她知道这是卓王孙能答应的极限。她只能在一个月内，尝试完成这一件不可能的事情。多一天都不可能谈下来。

她为自己设了个倒计时，今天是第一天。三十天后，她会亲手埋葬自己的梦，做他人王座上的傀儡、皇冠上的装饰。但在此之前的每一天，她都会为那个梦拼尽全力。

第四十四章　永恒的能源

　　长老们举行了一场会议，决议启一族随后面临的大事：如何防御人类，修建神迹。芙瑞雅成了会议绝对的核心，每个人都等着她分析形势，给出解决办法。本来的领袖玄青，反而成了旁观者。整个会议，他一言未发，也没人征求他的意见。

　　会议结束后玄青站起来，徐徐走到窗前。

　　一艘艘蒸汽巨舰从攻击队列里脱离，向卡乌斯季塔列亚的方向驶去。这令冰城所受到的压力得到缓解。这证明，芙瑞雅的计策取得了效用。他丝毫不怀疑，她真的能够为在他看来已完全不可能逆转的冰城之难解围。他突然感到一阵沮丧：他不可能是这两个人的对手。

　　当芙瑞雅被卓王孙一路追杀，如丧家之犬般来到北极时，他并没有当她是一个威胁。但正是这个丧家之犬一样的女人，让他杀不了、打不得。不但坐稳了皇后之位，还隐然有超越他的势头。他毫不怀疑这样的危难再来几次，启族长老就会习惯听从芙瑞雅的命令。尤其是当卓王孙来到北极后，他才明白，当初芙瑞雅会成为丧家之犬，不是因为无能，而是因为，打压她的人是卓王孙。他们斗争的层次太高，他根本插不上手。

　　就以今天的事情为例，若不是芙瑞雅层层剖析，他甚至跟那些长老一样，根本看不懂。甚至，就算看懂了，跟芙瑞雅说的一样，也觉得根本就没有实施的可能性。

"不能再这样继续下去了……"玄青竖瞳中露出冷冽的光。

那是蛇在发现自己的巢穴被占据后，准备拼死一击的神情。

皇宫的圈禁在芙瑞雅进入时没有受到任何的影响，依旧保持运行，将宫内与外界隔绝。皇宫内发生的一切，都不会为外界所知。

这个圈禁，是由路亲手布下的，其精微奥妙之处，的确不是玄青的蛇骨圈禁可比。

圈禁中，路已由光尘化出形态，紧张地忙碌着。只是，他的形态并非人形，而是一大团光芒体。无数只各式各样的手脚从光芒中伸出，不时模拟出各种工具，高效地工作着。之前布好的光之符纹阵，已被他改得面目全非，形成一上一下两个巨大的半圆体，将龙皇圣体合在中央。见到芙瑞雅之后，路从光尘中凝成淡淡的人形，飘向她，其余的光芒则依旧在全力工作。

芙瑞雅："告诉你一个不幸的消息，我们必须在一个月内让浮空岛升空。"

"什么？"路怔住了，断然摇头，"这不可能！母体是长生族的科技，本不可能出现在地球上。只是因为我们找到了路西法的残骸，才有机会将它复现。但这仍然需要海量的复杂工作。你能在一个月之内造出一座核电厂吗？而母体的复杂程度，远超核电厂。"

芙瑞雅沉默了片刻，这一切，她不是没有想过，但形势所迫，只能将不可能变成可能。

"你认为最短要多长时间能造出母体？"

路："至少五年，这是最乐观的估计。前提是一切顺利，不会遇到预估外的问题，只单纯以工程量来计算。"

这个数字让芙瑞雅的心沉到谷底："要是不建造聚能回路，只是让它提供能源呢？"

路："还需要一半的时间。"

芙瑞雅苦笑。对她而言，两年半与五年没有任何区别，都是死路一条。

芙瑞雅："有没有节省时间的可能？分一部分工作给啓做，能不能缩短时间？"

"不可能。母体的建造，只能由我来做，你都插不上手。"路毫不留情地粉碎了芙瑞雅的希望，"你可以想象，它是一座长生族的核电站，所用到的科技超前地球几个纪元。如果你们来做帮手，我需要先让你们对它用到的科技有个概念，单是培训，就需要我花数十年甚至上百年的时间。这还是在你们的智力能跟得上的情况下。然后，是母体所用的材料。地球上造不出来，我只能利用残骸上仅有的这些。而它们又大多处于损毁状态，必须得先修复。这大大拖慢了进度。此外，还有安全性、建模、调试等无数的问题。你这个问题相当于在问一个只有一把扳手的核物理学家，问他能不能花一个月的时间建起核电站来。"

芙瑞雅："我只有一个月的时间。"

路："你就算是只有一天的时间，我也只能这么回答你。不可能就是不可能。除非……"

"除非什么？"芙瑞雅惊喜地问道。

"除非你发现一座长生族的遗迹，或者再找到一座母体。长生族有种将能量实体化的技术，只要能量足够，就能将其转化为任何物质，自然就可以在这么短的时间内造出浮空岛了。"

芙瑞雅的眼神黯淡下来。那就是没有可能了。

夜晚，芙瑞雅做了一个梦。她梦见了女王。

无垠的劫灰之雪中，女王在前面走着。茫茫天地，看不到边际，也不知道她要去何方。

"母亲！"芙瑞雅试图追上女王，这些日子来，她有太多的话想对女王说，但无论如何，她都追不上。她与女王的距离，越来越远，最终眼睁睁地看着女王走进了劫灰。芙瑞雅无助地站在劫灰中，痛苦而迷茫。为什么明明见到了女王，却追不上呢？

一个声音，从她心底响起，告诉她，她追不上，是因为她停下了。

芙瑞雅醒来后，抱着膝，静坐了两分钟，让泪水在脸上干涸。

她走了出去，笔直地走向路："我想我能找到另一座母体。"

路惊讶地望着她："不可能，地球上不可能有长生族的遗迹，我只是开玩笑的。"

芙瑞雅："我不是说长生族的遗迹，我是说我自己。"

路："你？"

芙瑞雅："是的，我体内也有一枚源核，与龙皇圣体同源共质，它也能建成一座母体。你用能量物质化的办法就可以建符纹阵了。"

"这个方法行不通。"路摇了摇头，"我记得我们以前探讨过这一可能，人类的身体承受不了源核的辐射，这会大幅削减你的寿命。"

"我只问你，如果用这一方法，能否在一个月内建成浮空岛？"

路沉默了，身上的光尘明灭着，这代表着他在高速运转。三分钟后，他说了一个字："能。"

芙瑞雅语气平静："用这一方法的话，我还能活多久？"

路再度沉默了，这一次，他运算的时间要长得多。

路："三年。"

芙瑞雅沉默片刻，嘴角浮起一丝苦笑："比我想象中的短，但足够赢下这场赌约了……来，开始吧。"

路："开始什么？"

芙瑞雅："用我体内的源核建母体。"

路吃了一惊："你疯了？就算能建成浮空岛，可是建成时你也会死啊。"

芙瑞雅："不，建成时我不会死，等赢下这场赌约后的三年，我才会死。"

路："那又有什么用？你还是会死的。三年后，你才二十三岁，就要面对死亡。你将看不到合众国重建，看不到盛世再临，甚至看不到你的孩子长大。那赢不赢得下这场赌约，又有什么差别呢？"

芙瑞雅："是的。当我用尽所有方法，都不能令啓完成工作时，我有了退缩的想法。第一次，我想过退路。认输后，我不会死，还会成为人类帝国的皇后。卓王孙搞出的蒸汽文明大有可为，也许无法承担 100 亿的人口，人会死上一半；也许会有很多争端、杀戮、战争，但从远古以来，人类就是这样走过来的。这条退路并非不可接受。晚上，我做了一个梦，我梦见母亲在前面走，我拼命地追，可我怎么都追不上。我醒了，在想母亲想告诉我什么？最终，我想明白了。

"其实，不是她想告诉我什么，而是我在告诉我自己，一旦我停下，就再也追不上她，成为不了像她那样的人了。"她笑了笑，"这次北极之行，很艰难。但它给了我信心。随着一个又一个不可能的难关被克服，我一度认为，我已成为她了。这个梦就是在告诉我，我之所以能成为她，是因为我从没有停下；即使面临着死亡的危险，我都一往无前。而现在，若我停下了，就再也不可能成为她。"

路沉默了，良久才说："如果二十三岁就死去，成为不成为她，还重要吗？"

"重要。母亲去世的时候，还不到四十岁。但她这一生，是伟大而不朽的。如果能拥有和她一样的人生，我不介意早早死去。我是她的女儿，有和她一样的信仰。若因畏惧而不去追寻它，一定会悔恨终生。如果我真的会死，那就让我死在追寻的路上。"

路缓缓摇头，还要再劝。

芙瑞雅笑了笑，止住了他："何况，三年已经很长了，足够我打开文明重建之门，制造个雏形，将它交给别人。我的孩子，也可以平安出生，虽然我看不到他长大，却能听到他叫我妈妈……所以，我不会停下。"

她诚恳地望着路："路，我求你。"路久久没有回答。

玄青的居所中，蛇瞳将芙瑞雅与路的声音传了过来。

今天，玄青听得格外吃力，一个个他从未听过的术语，让两人的对话变得艰深晦涩。母体，源核，能量物质化。但这并未影响玄青的理解，他的思维高速运转着，从只言片语中重组出它们真正的意义——"我体内也有一枚源核，与龙皇圣体同源共质。"这句话，让玄青眸中，猛地爆发出一阵狂热的光。鳞镜出现在他掌心，黑色小龙仍在芙瑞雅腹中沉眠。玄青将鳞镜捧到面前，脸上越来越狂热。

路对芙瑞雅的选择并不意外。人类中的确有这样一种人，不在乎生命的长短，只在乎它是否具有非凡的光彩。冰峰上的攀登者，悬崖上的飞行者，荒野中的探险家……灿烂绽放的瞬间胜过平庸的百年。她的骨子里，流着这样的血。

他能理解，可他心底却始终有一句话，想对她说：我不在乎你能不能成为伟大的人，只想看到你变老的样子。

最终，他没有说出口，只深深地吸了一口气："有一个办法，既能够建成浮空岛，又能够将你的寿命延长一些。"

芙瑞雅难以置信："还有这样的办法？"

"思路很简单，你受辐射的时间越长，削减的寿命就越多。要想让寿命削减得少些，只要减少受辐射的时间就可以了。这也就是你需要维持能量输出的时间。而要减少它，就需要减少修建浮空岛的工作量。"

芙瑞雅："可我们之前已经讨论过了，我们所定的工作量已经是最少的了，再少浮空岛就会失去作用。"

路："不错。攻击、防御、动力、反重力、能源输送五大符纹阵，都是必需的，减一不可。但不可减少，不代表就没有办法减少工作量。比如，寻找替代品。"

芙瑞雅："替代品？浮空岛需要超过十万符纹的大型符纹阵，这是相当复杂而精密的高等阵列，启举族努力了四天才绘制了一千来个。什么东西能替代它？"

路："有一样现成的，就是冰城的符纹祭阵。"

芙瑞雅的眼睛一亮。当时她初来冰城参加血祭时，就被符纹祭阵下达于海、上通于天的恢宏所震撼。后来卓王孙第二次进攻冰城，她发现符纹祭阵竟能将整座冰城护住，防御蒸汽巨舰的轰击，她再一次大受震撼。

芙瑞雅心猛地一动。能护住冰城，不就是防御符纹阵吗？冰城的体积在浮空岛的百倍以上，能护住冰城，那护住浮空岛肯定绰绰有余啊！若是将符纹祭阵挪到浮空岛上，不就解决了防御符纹阵的问题了吗？

"这样，你的寿命将回增到二十年。不过这已经是极限了，无法进一步增加。"

二十年？芙瑞雅的眼睛亮了。再有二十年的生命，她完全有把握将现代文明重建成功。那时她将死而无憾。

路立即泼了她一瓢冷水："但是，我担心启不会同意你拿走符纹祭阵。"

芙瑞雅："为什么？"

路："第一，符纹祭阵是启与龙皇沟通的唯一途径。如果我们拿走了符纹祭阵，龙皇很可能永远都回不来了。"

芙瑞雅没有说话。她非常清楚龙皇对启的意义。要让启切断与龙皇的联系，那几乎是不可能的。芙瑞雅："不能既将它挪到浮空岛上，又保留它与龙皇联系的功能吗？"

路："不可能。要想让它成为浮空岛的一部分，势必要对它进行改造，这会破坏它原有的功能。"

芙瑞雅感到棘手："第二个原因呢？"

"符纹祭阵与冰城是一体的。如果把冰城比成船，那它就是龙骨。抽走它，冰城就会失去最基本的支撑。就算没有人类的攻击，冰城也会缓慢崩解，启会失去这座他们赖以生存的家园。"

芙瑞雅的眉头皱起来。如果说第一个原因涉及信仰，那第二个原因，就现实得多了。失去冰城的庇护，且不说如何在北极恶劣的环境下生存，启还能抵挡住人类的攻击吗？

芙瑞雅沉思片刻，坚定地说："路，准备帮我取走符纹祭阵。至于冰城的问题，我会再想办法。"

路点了点头，脸上露出微笑。他喜欢这样的芙瑞雅，在危急关头，能权衡与决断，不会为了感情拖泥带水，错失良机。他往来很多宇宙，见过无数的奇观。他最喜欢的一件事，就是观察生命，尤其是智慧生命。他们有各种各样的形态，各种各样的性格，各种各样的缺点。他观察他们，和他们共存，最终占据他们的躯壳。只有这样，他才能最深入地感知他们的灵魂。

万千种智慧生命里，路最喜欢的就是人类。他们是神性与兽性的完美统一，脆弱又坚强，懦弱又勇敢，自私又无私。善与恶的矛盾，让他们充满了不确定性，具备无限可能。芙瑞雅，是他观察过的人类中，最特别的一个。不仅因为她聪慧、坚强，还因为从相遇以来，他一路见证了她的成长。在路眼中，她仿佛是一块宝石，在命运的打磨下，逐渐绽放光彩。整个过程，他都参与其中。

他感到，自己已无法离开。

启依旧在欢庆。除了尾之一族依旧辛苦地制造着反重力符纹，别的启都在载歌载舞，歌颂龙皇的伟大。

皇宫大门打开了，芙瑞雅走了出来。光柱投照在她身上，就像一双光翼，拖在她身后。配合身上华丽的长袍，她仿佛神祇降临人世。所有的启都呆住了，怔怔地望着芙瑞雅。这一刻他们心中充满了敬畏，不亚于最初见到龙皇降临之时。

芙瑞雅走过他们，最终止步于冰城中心的冰柱前。冰柱上镂刻着满满的复杂的符纹，向下延展着，一直进入冰城的深处。这就是符纹祭阵。芙瑞雅抚摸着它："我的子民，有件事我必须告知你们，我要挪走符纹祭阵，用它来建浮空岛。"

启们没有丝毫回应。他们根本不知道挪走符纹祭阵的后果，只是直观地认为，既然需要用它来建浮空岛，那就挪走好了。皇后这样说了，还能反对不成？

芙瑞雅松了口气。没人反对是最好的了。她十分不愿意在这件事上与启起争执，尽管她已决定这么做，无论谁反对她都不会让步，但当众争辩仍让她感到有压力。

"我反对！"一个声音从冰城中传出。

玄青从冰城黑暗的深处走了出来，面容阴沉得可怕："你们知道符纹祭阵是起什么作用的吗？它是龙皇亲手布下的，是我们跟龙皇唯一的联系。失去它，龙皇就再也回不来了。符纹祭阵是我族根基，绝不容任何人破坏，更何况是将它完全挪走！"

一听到他的这些话，芙瑞雅就知道自己最担心的事情来了。她非常清楚龙皇在启心中的地位，只要一涉及龙皇，启就变得特别固执。果然，所有启大惊失色，他们没想到符纹祭阵竟有这么大的作用。

玄青："而且，符纹祭阵与冰城是一体的，你们想过挪走符纹祭阵后，冰城会怎样吗？冰城会解体！我们会失去龙皇亲手为我们建造的家园！"

嗡嗡声响起，所有启都在交头接耳。

芙瑞雅："用符纹祭阵来建浮空岛，正是龙皇的意思。"

所有人都惊讶地望向她，芙瑞雅面不改色。杜撰龙皇的谕旨，她已是轻车熟路："你们是在怀疑龙皇的伟力吗？龙皇是无所不能的。有符纹祭阵，他能降临北极；没有符纹祭阵，他仍能降临北极。"

这一席话说得理直气壮，且中间隐含逻辑陷阱。谁认为没有符纹祭阵龙皇就无法回归，就是在怀疑龙皇的能力；而质疑龙皇是启绝不敢承担的罪名。不少启又被她说动：

"龙皇、皇后是一体的，皇后陛下既然这样说，当然是龙皇的意思。"

"我赞成。这建的本就是龙皇神迹，用符纹祭阵，天经地义啊！"

玄青："我曾阅读过龙族秘典，符纹祭阵中含有此处的宇宙坐标，没有坐标，即使龙皇也无法找到此处的位置。这是皇留下符纹祭阵的原因。"

启附和的声浪一顿。

芙瑞雅："我就是龙皇的坐标。血祭之后，龙皇与我屡次沟通，用到祭阵了吗？龙皇此次降下伟力，用到祭阵了吗？没有。有我在，龙皇便能回归。"

这番话再次打消了启的质疑。她冷冷地望了玄青一眼。玄青用"龙皇降下伟力"来将了她一军，她便以其人之道还治其人之身，反将他一军。同一件事，就看怎么说和对谁有利。这些外交辞令是芙瑞雅的强项，岂会被玄青难住？

果然，一句话气得玄青脸色发青，却偏偏无法反驳。芙瑞雅知道这次争执已经结束了。她已经说服启。至于替启挡住人类军队之功，与让冰城走向崩解之过究竟能不能抵消？她认为差不多就行了。就算她欠了启的，也得活下去才能偿还。何况，未来启离不开她。玄青及其他启不可能是卓王孙的对手，她不会见死不救。补偿的机会多的是。

玄青用一句话，为这场谈话画上句号："兹事体大，需从长计议。皇后陛下累了，还是先回去休息吧。"

一队龙禁卫从冰城中走出，全副武装地向芙瑞雅走去。

第四十五章　路的牺牲

让他意外的是，芙瑞雅没有丝毫惊惶。这让玄青有种不祥的预感，他挥了挥手，示意龙禁卫加速。他决定快刀斩乱麻，哪怕是用武力，也先拿下她再说！

惊呼声在启中响起。光柱中的符纹，竟然在消失！这些符纹在启看来就是龙皇伟力，它们在消失，自然象征着龙皇伟力消失，如何不让他们惊惶失措。就连玄青与龙禁卫，也禁不住停下来仰头观看。

龙禁卫一停下，符纹的消失也就停下。启都松了一口气。

玄青挥手命龙禁卫赶紧捉人，但他们才一举步，符纹就又开始消失。这下，就连围着的启都看出来了，纷纷大呼：“停下！停下！”有些启直接冲过来，挡在龙禁卫与芙瑞雅中间，冰城顶层立即乱了起来。

芙瑞雅讥嘲地看着玄青。想玩吗？那就来玩好了。

芙瑞雅一字一句，清朗地宣读出一段谕旨：“皇说，玄青曲解圣心，妄测圣意，失之虔诚，当闭室静思十日，以明己过。”

玄青听完后一愣，随即狂怒：“你说什么？”他想不到芙瑞雅竟敢假传龙皇谕旨，罚他禁足！她忘了她刚来北极时，是只任他宰割的羊，他想让她死她就得死！

现在，她竟敢审判他！狂怒让玄青本能地涌动妖力，一轮冰屑在他指间凝结。但他才一动，光柱内的符纹，就如同烈日下的雪人般，以比之前还快的速度消失着。转瞬之间，就消失了几百个！

"玄青大人，不可！"

几道大妖威势，亦从各个方向升起，向玄青挡来。他们每一道都比玄青弱，但几道联合起来，却足以与玄青抗衡。

玄青狂怒："你们竟敢拦我？"

启族中，以下犯上被视为是对王权的挑战，必将会以一方战死来结束。

"不敢。"蠱虎长老头摇得像拨浪鼓似的，"大局为重啊，玄青大人。要是浮空岛建不成，难道您真的要让人类军队再次打过来吗？"

玄青一顿。光柱中的符纹，仍然以毫不减弱的速度消失着，很快，就一枚符纹不剩。接着，启这几日建造的符纹，也在消失。最终，什么都没有留下。仅仅几分钟后，冰城就一片漆黑，完全沉浸在了极夜之中。曾经让启视为龙皇再临的光之符纹，已经全部湮灭。

冰城中一片死寂。

恐慌，自每位启心底升起。几十艘蒸汽巨舰围着冰城轰炸的景象，再次浮现在他们眼前。

芙瑞雅脸色不变，淡淡地重复了一次："皇说，玄青曲解圣心，妄测圣意，失之虔诚，当闭室静思十日，以明己过。"最终，她加上了一句："皇很生气。"这句话，无疑是为符纹与光柱的消失作了注脚，也无疑坐实了玄青的罪名。

启望向玄青的眼神全都变了。

玄青也不由得感到一阵寒意。如果真让族人相信，是因为他而建不成浮空岛，造成的后果，他连想都不敢想。玄青狠狠地看了芙瑞雅一眼，转身就走。龙禁卫惶惑地跟在他身后。他们才一动身，光柱便在皇宫中出现。离开得越远，光柱就越粗壮，最终，恢复成原来的模样。

启如释重负地欢呼出声。皇的眷顾重新回来了。

芙瑞雅淡淡地笑了笑。玄青最后怨毒的眼神，她看得一清二楚，却没有在意。或者说她知道他必将会在未来报复她，但她并不畏惧。现在的她，不像以前那样任人宰割了。她已有了足够跟玄青斗的资格。

"她怎么敢！她怎么敢！我要杀了她！"

玄青将居所内的东西砸碎，狂怒让他发出嘶嘶的尖啸声，暴烈的力量甚至让整个冰层都颤动起来。

他拿起鳞镜，怨毒的双目盯在芙瑞雅身上，双手不断用力，似乎要刺入镜中。盘踞人影腹中的黑龙似乎感受到什么，微微颤动了几下，像是要醒来。但就在黑色冰屑快接触到黑龙时，玄青骤然放手。

"不，不，我还不能这么做。我必须忍。"

他将鳞镜放在地上，一步步退开。为了抵御诱惑，他甚至蒙上了自己的眼睛，不让自己再看它一眼。

"要等你建好浮空岛，那时……我才能甘美地进食啊。"

仅仅只过了一天，整座符纹祭阵就全部从冰城中被抽离出来，转移到了浮空岛上。当然用的仍然是芙瑞雅的源核的能量，但时间大幅缩短了。

经过路的简单调整，防御、能源输送符纹阵已搭建起来，五大符纹阵已具其二。反重力符纹阵仍由尾之一族建造，不眠不休的情况下，一个月的期限能完成，就不浪费芙瑞雅宝贵的生命了。动力符纹阵的解决方案是路想出的一个讨巧的办法，他将动力符纹阵完全去掉，借助了反重力符纹阵的上升力，上升时斜向上冲，再俯冲下来，依次来实现浮空岛的向前飞行。浮空岛完成后，它的飞行轨迹就是爬坡、下坡的锯齿形，虽然肯定会影响到速度，但能节约一个符纹阵，仍旧非常划算。再说就算是这样的行进方式，浮空岛的速度也比蒸汽巨舰快得多，尤其是在满是浮冰的北冰洋上，优势仍极为明显，并没有削减它的战略意义。

至于攻击符纹阵，路想出的方案是与削减浮空岛重量相结合，在浮空岛中间挖一个由上到下贯通整座岛的、直径十米的孔洞。孔洞内壁嵌满单一符纹阵，功能只有一个，就是加速。然后由啓打造直径八米、长二十米的梭形冰柱，用作炮弹。炮弹从孔洞上方投入，经过两百米的符纹阵的加速后，速度会高到惊人的地步。每根梭形冰柱重量都有近丁吨，高速砸落，连蒸汽巨舰都无法抵挡。

这一攻击方案，被路称为"坠星炮"。一部分符纹可直接从符纹祭阵中提取，剩余的则由啓来制作。芙瑞雅直接调拨了三万啓日夜赶工。十天后，坠星炮基本成型。芙瑞雅用一枚冰块测试，经过加速，冰块轻易砸入下方冰层中，深达数十米。这还是浮空岛没有离地的情况下。如果在万米高空，梭形冰柱再经过上万米的重力加速，威力会达到什么程度？

这完全符合路的设想。最关键的是，芙瑞雅体内源核工作的时间，大为缩短，对她生命的损耗也减少了很多。

"就算是这样，你也只能再活二十年。值得吗？"路问了芙瑞雅一个问题。

"值得。"芙瑞雅的回答没有犹豫，"这二十年，我能完成我的理想，重建现代文明，结束末日，开启一个新时代。人性本善或本恶？在宽松的环境中善的会多一些，而严酷的环境中恶的会多一些。人们不用再释放恶的一面，世间就不会再有魔王、皇帝。能轰轰烈烈地活二十年，还不够吗？"

路沉默了。

良久，他点头："是的，这样轰轰烈烈地活二十年，够了。"

"那就开始吧。"芙瑞雅站在符纹阵前，"用我的源核，修建母体吧。"

路："不，已经不用了。"

"不用？"芙瑞雅面露惊讶。

路："能源输送符纹阵建成后，龙皇圣体的源核中的能量就可以被引出后物质化。建造母体所需的一切，它都能够自给自足。"

芙瑞雅："那它能赶在一个月内建成吗？"

路："是的，它能。以后，你不必每天都来这里，一切交给我就好。"

芙瑞雅微微皱眉，似乎这一切来得太轻易，让她不敢相信："你是说，我什么都不用做，只需等着浮空岛建成？"

"当然不是。你必须去敦促啓。无论反重力符纹阵还是攻击符纹阵，完成的时间都比较紧，不得松懈。"

芙瑞雅脸上露出笑容："这是我的强项。"她和路告别，向宫殿门口走去。那一刻，她脸上轻松而充满自信，仿佛照亮了整个宫殿。

路微笑着望着她推门走了出去。等她走后，他脸上的微笑慢慢消失，回头望向沉睡在半圆体中的龙皇圣体，也就是正在建造中的母体。

他并没有说谎，能源输送符纹阵已同半圆体连接在一起，将龙皇圣体源核中的能量引导出来，然后经过聚合、加压，便可用长生族的科技进行能量物质化。这有点类似地球上的立体打印技术，只是应用面更广泛，几乎任何一种物质都可以被转化。

路唯一说谎的是，任何转化，都需要时间。"能转化得出"与"在一个月内转化出"，完全是两个概念。只用龙皇圣体的源核，不可能在一个月内完成母体的建造。就算五大符纹阵都建成功了，没有母体，浮空岛没有足够的能源，五大符纹阵也无法被驱动。

办法有两个，一个是将芙瑞雅的源核也加进来，两个源核共同进行能量物质化。这样的代价是，芙瑞雅的生命将被剧烈消耗。另一个则是，用路的光尘。

路没有源核，但他的光尘是长生族科技的精华，可以充当能源。路已经失去了实体，他的灵魂，就存放在光尘的每一枚光点里。当光尘全部消失后，他也就永远地消失了。之前帮助芙瑞雅降临到龙皇圣体，已经让路的灵魂遭受了重创。本来，他还可以博一次，如果他能在光尘完全流失前，完成与芙瑞雅的灵魂融合，就可以在她的体内再一次永生。但如果用光尘建造母体，这一刻就永远都不会到来了。

他能感觉到，组成他的光尘数量，正在向某一个极限靠近。当到达那个极限后，流失就会化为崩解，他存在的时间将会以秒来计。

值得吗？他又一次问了自己这个问题。

他有很多眷恋的东西，他曾经远渡上万个宙海只为看它们一眼。

看波尔尼亚的花还会不会开？露维尼的星光潮汐还会不会到来？橘子星座的盛大咏叹者庆典还会不会让万众欢呼？但这次，他想看一看，如果她还有二十年的生命，她到底会活得多么轰轰烈烈。

路静静地站着，目送她离开，目光中含着浓浓的眷恋。光尘，从他体内向龙皇圣体飘去。他的身体越来越稀薄，而母体就这么一点一点地，具备形态。

以无涯之生，去看二十年的短暂。无需去问。

一切工作都在紧张有序地进行着。

浮空岛已几乎看不出原来冰山的样子，而越来越像是一座符纹都市。符纹阵的节点就像是一座座建筑，五种符纹阵呈现出五种迥异的风格，盘互交错，营造出瑰丽迷幻的风貌。

浮空岛内部已被挖空，成为舱体。最中心是一根直径在十米左右的巨型符纹柱，贯通岛之上下。它就是攻击符纹阵：坠星炮。坠星炮旁边不远处，就是母体庞大的两个半圆体。再往外，就是能源输送符纹阵，以及各种繁复的控制符纹。

这是完全不同于人类的科技，精密、复杂、自成体系。它所需的材料是如此罕见，工作量是如此之大，本不可能在这么短的时间内被建造出来。但随着种种困难被克服，它还是一点点呈现在世人面前。

休战期的第二十八天，这是一个值得铭记的日子。

冰城顶层的平台上，站满了启，他们全都鸦雀无声，紧张地盯着负屃长老。负屃长老亲自托着最后一枚反重力符纹，艰难而认真地用铆钉将它跟浮空岛底座敲接在一起。随着这枚反重力符纹的完工，整个底座终于大功告成。这也意味着，浮空岛可以升空。

岛外的启翘首以盼。芙瑞雅端站在光影中央，感到些许紧张。

一道道光尘之丝从她身上飘起，连在了母体及浮空岛上。路所设计的控制核心有着极高的安全性，它是利用龙皇圣体与芙瑞雅体内源核的微妙联系而建的。也就是说，只有芙瑞雅体内的源核才能控制母体与浮空岛。这确保了二者的控制权只会在芙瑞雅的手中，任何人都夺不走。芙瑞雅深深呼吸，然后，下达了升空的命令。

嗡鸣声响起，母体开始运转，发出强烈的光。这些光通过能源输送符纹阵传输到整个浮空岛上，这座庞大的符纹都市开始动了起来。一团团盘曲虬结的光在浮空岛底座上亮起，那是反重力符纹被激活了。浮空岛猛地颤动了一下，然后一寸寸向上抬起。

大家的呼吸仿佛停止了片刻，然后爆发出一阵欢呼。

浮空岛并未升到多高，这只是第一次测试，不会真的飞到天际。它仅仅升高了半米——这半米的意义，不亚于人类初次踏上月球时的一步。

这，就是神迹。

欢呼的声浪伴着清风吹进浮空岛，芙瑞雅微笑着的脸上，感到了一点微凉。她这才发现，久已未见的泪水，不知何时已夺眶而出。她真的在一个月内，建成了浮空岛。

这一刻，整座冰城都为之沸腾。

玄青也不例外。当浮空岛拔地而起时，他跟身旁的长老们一样，先是惊讶，而后便是由衷地欣喜。只是，他的欣喜与长老们并不相同。长老们欣喜的是，启族有了一件强大的武器，而玄青欣喜的是，他播下的种子，将收获果实——这件强大的武器，会属于他。

玄青若无其事地穿过欢庆的人群，回到宅邸。而后，用蛇骨圈禁将自己的居所封锁，坐在蛇形法阵中，直到夜深人静。他知道，芙瑞雅已经很多天没有合眼。现在，浮空岛成功升空，她一定会放松下米，好好地睡上一觉。这是她戒心最低的时刻。

就在这一时刻，他拿出了鳞镜。镜中映出芙瑞雅的影像。黑龙仍然一动不动地盘踞在她的腹部。

玄青闭目念诵出一段古老的誓词，指尖轻轻点在了鳞镜上。黑色的冰屑从他指尖透出，化成一枚枚细小的符纹，钻入了镜面。符纹径直扑向黑龙，结成一枚枚鳞片，将黑龙的全身覆满。

玄青的誓词念到了最后一个音节。他维持着发出这个音节，努力想睁开眼睛，却似乎受到某种阻挡，一连用了几次力，都无法成功。随着一声凄厉的断喝，玄青的双眼终于睁开。黑色小龙的眼睛，也同时睁了开来。最后的音节终于停顿。

玄青转了转头，鳞镜中的黑色小龙也转了转头。无论玄青做什么动作，黑色小龙都跟他的动作完全相同，就像是倒影一般。玄青上上下下左左右右地转着，似乎在找什么。过了一会，他脸上露出满意的笑容，向着某个方向，张开了口。

黑色小龙也同样向这个方向张开了口，似乎在噬咬着什么。这个东西似乎很坚硬，它咬了很久，都没有咬动。但它没有气馁，盘踞起来积蓄力量，等待下一次啮噬。看似一无所获，但玄青脸上却露出满意的笑容，耐心地等待着。

他知道，离想要的东西，已只有咫尺之遥。

芙瑞雅陷入了沉睡。

二十八天的夙兴夜寐，让她心力交瘁。如今，浮空岛终于可以升空。虽然只是离地半米，但这半米，已经决定了它不再是冰山，而是一艘空天战舰。余下的工作，都不是决定性的了。甚至，只要她想，明天就可以驾驶着浮空岛前去攻打卡乌斯季塔列亚，赢得赌约。放下心事后，疲劳几乎瞬间摧垮她。她坐在椅子上，沉沉睡了过去。

路没有打搅她，自顾自地继续做着剩下的工作。

他体内的光尘已流失了大半，却小心掩饰，不让她看出来。他不想让她知道，也许，只用在连人类的形态都维持不了时，跟她告声别，就够了。

他不是人类，没有悲伤或者喜悦的情绪。他也不认为他漫长的一生需要某个人去哭泣或者歌颂。该离开时就离开吧，就像光终成尘。

皇宫已成为浮空岛的中枢，挖空的岛身成为一个巨大的舱。路压低了符纹阵运行的声音，此刻，皇宫显得格外宁谧。

突然，芙瑞雅的眉头皱了起来，发出一声痛苦的梦呓。

第四十六章　安　妮

　　路幻形出现在她身旁，低声呼唤她："你怎么了？"

　　芙瑞雅没有回应，似乎陷入了更深的梦魇。路不得不借助两人连在一起的精神，狠狠震荡了她一下。

　　芙瑞雅这才醒来，用手捂住了腹部："有东西在动……"

　　路有些惊讶："是胎动吗？才一个月，不应该这么快的。"

　　芙瑞雅止不住颤抖，说不出话来，冷汗淋漓而下。

　　"不对，这不是胎动！"路身上立即分出几丝光尘，探入芙瑞雅的体内，随即禁不住惊呼，"你体内怎么会真有蛰龙？"

　　"蛰龙？"芙瑞雅也吃了一惊。

　　这个词她不是第一次听见。负屃长老曾提到，龙皇有一种秘术，叫"蛰龙大法"，可以将一部分血脉封锁起来，化为蛰龙，种到生灵体内。蛰龙会一直处于沉睡的状态，直到龙皇将其唤醒，方才化龙出世。

　　"可是，那明明是我们编出来的谎言。龙皇已经离开了，怎么可能在你体内种上蛰龙？"路眉头紧锁，身上光尘幻闪，陷入深度思考。

　　芙瑞雅："蛰龙到底是什么？"

路脸色变得异常严峻："我曾说过，长生族为击败龙皇，研制出源核，制造了一批超级机体。当时长生族占据了压倒性的优势，毕竟超级机体是可以批量制造的，龙皇却无法自我复制。眼看长生族就要赢得战争的胜利，所有人都欢欣鼓舞，认为长生族不仅能战胜龙皇，还能凭借超级机体将疆域拓宽到无限的宙海深处。但，这时候，可怕的事情发生了。"

他顿了顿，那件事可怕到他都不敢再提及。

"长生族组织了一次最大规模的歼击战，出动了几乎所有的超级机体，要围杀龙皇。一开始，我们的确取得了决定性的胜利。但突然，龙皇发出了一个奇异的音节。这个音节一响起，围攻他的几十架机体，全部失控。源核竟不再受我们的控制，脱离机体向龙皇飞去。这些源核全都是黑色的，就像是最邪恶的龙。而龙皇吞噬它们后，力量大涨，反过来追杀我们……

"那时的源核已与我们合一，融入我们的灵魂。龙皇吞噬机体，就是吞噬我们。长生族一族，向来自傲执掌着宇宙间最终极的科技，是无限宙海中最顶尖的智慧生命，却在这一刻，沦为别人的食物。我们眼睁睁地看着自己的同类，被他捕食。我们造出的自认为比他还强大的武器，只不过是他的食物。

"直到现在，我还没想明白，我们之所以能仿照龙皇制造出源核，究竟是因为我们聪明呢，还是龙皇故意让我们这么做的？

"那些源核之所以失控，就是因为被龙皇种下了蛰龙。正是由于蛰龙，长生族毁在了龙皇手中。我们研发出的强大武器，最终将我们埋葬。"

芙瑞雅越听心越冷："那么，长生族是否想出了破解蛰龙的方法？"

"没有。"路摇了摇头，"如果想出来了，长生族就不会灭亡了。蛰龙无物可破，无药可解，它吞噬宿主体内的力量，反哺给施术者。一旦种下，就无法拿出。唯一可能的破解之法，就是让它不被激活。而从我刚才的探测来看，它已经被激活了。"

这代表着最后一线生机，也被剥夺了。

芙瑞雅："可我不明白，蛰龙是怎么种入我体内的？"

路看了芙瑞雅一眼："我记得，你说过，当你出使北极时，龙皇他……"

芙瑞雅："那只是蒙骗啓的谎言。我很清楚，这件事并未发生。"

路："在你不知道的情况下呢？"

芙瑞雅断然摇头："不可能。他不会做这种事。"

路："那只有一种可能，施术者绝不是龙皇，他应该还在冰城中。"

芙瑞雅思索片刻："嫌疑最大的人，是玄青。他一直在刺探我的秘密，想要杀死我。"

路点点头："玄青的确有种下蛰龙的动机。他出手很隐蔽，连我都瞒过了。现在蛰龙已被激活，而且开始吞噬你的源核，这是你痛苦的原因。"

"吞噬我的源核？"芙瑞雅吃了一惊。

"是的。源核是浮空岛的动力枢纽，被夺走后，你再也无法控制浮空岛，施术者会成为它唯一的主人。"

芙瑞雅："难道，就没有什么办法阻止吗？"

浮空岛对她实在太重要了。它不仅是赢得这场赌约的关键，还是芙瑞雅重建现代文明的希望。为了得到它，她付出了太多。她甚至已不记得，自己有多少次踏在死亡的边缘，如今才见到它成型，却即将被一条小小的蛰龙夺走，让她如何甘心？

路摇了摇头："为保证只有你才能控制浮空岛，我启用了双生源核之间的隐秘联系。如果这一机制可被解除，那也不能保证你的控制权不被夺走。所以，我设计了这一机制不可被解除。这也就意味着，浮空岛的控制权与源核连在一起，源核被夺走，浮空岛也会被夺走。"

芙瑞雅的脸色瞬间苍白："路，你知道它对我意味着什么。为了建造它，我已付出了一切……我不能失败。"

路清楚地知道她的绝望。如果把浮空岛比喻成孩子的话，她孕育它的时间，比真正的孩子要长得多。她历经生死磨难，遍体鳞伤，才将它带到这个世界上。她还没来得及好好拥抱它，死神却突然出现，将怀抱中的新生儿夺走。

她抱得那么紧，夺走的过程，会将她的手指一根根折断。失去它，她还能再努力一次吗？不能了。没有人能将这一过程再走一次。有些失败之所以残酷，是因为它不会给你再来一次的机会。

路非常清楚，浮空岛凝聚的不仅是芙瑞雅的心血，还有他的。那亦是他的血，他的肉，他的生命，他的灵魂。如今大部分光尘流失，他只剩下薄薄的躯壳，勉强维持着人类的形态。这些付出，本是为了看芙瑞雅如何把这二十年活得轰轰烈烈，但现在，他只能看到绝望。

路摇头苦笑："若是别的问题，我都能想到办法，唯独蛰龙不同。它是让长生族灭族的罪魁祸首。当初长生族想了很多办法，想要消灭它，都以失败告终。如果你要问我解法，我只能说，这是无解的。"

芙瑞雅沉默了。

是啊。这是连长生族都解决不了的问题，是让那个辉煌种族陨落的罪魁祸首，她有什么资格与之相抗衡呢。

宫殿里陷入了沉寂。穹顶上，龙皇巨像俯瞰着两人，他的面容藏在夜色中，不知是冷漠还是悲悯。

芙瑞雅似乎想到了什么："路，再帮我探测一次。"

路："没有用的。"

芙瑞雅："不，我想到了一种可能。为了证实它，请你再详细探测一次。"

路犹豫了片刻，还是不忍违逆她，毕竟，最多也就是没有效果，又能怎样呢？不会更坏了。路分化出了更多光尘，进入她体内。他只想给芙瑞雅一点安慰，并没抱太大的希望，但随着探测的进行，他突然精神一振。

"蛰龙的状态不对。"

芙瑞雅追问："怎么不对？"

"它似乎，比我想象的要弱。"这个发现让路大为兴奋，光尘的闪烁频率明显增高，代表着他全身心地投入对蛰龙的探测与思考。

路收回光尘，得出结论："这只蛰龙比当初我见过的要弱得多。如果要我猜测的话，我觉得可能是因为施术者不是龙皇。"

芙瑞雅："这和我的猜测一样。我一直在想，长生族体内的蛰龙，与我体内的蛰龙到底是从哪里来的，二者有没有共同之处。我终于想到了，那就是源核。

"按长老的说法，龙皇将自己的血脉，化为蛰龙，藏在生灵体内。而所谓蛰龙，其实就是龙皇的源核。长生族模仿龙皇，批量制造源核，并装置在超级机体上。他们自以为得到了力量，其实中了龙皇的圈套。龙皇的源核就是蛰龙。复制它，也就是复制了蛰龙，种下灭族的祸根。龙皇可以在任何时候，激活蛰龙，并从中吸收力量。这才是他战无不胜，不败不灭的原因。"

路缓缓点头。随着他身上光影变幻，巨量信息不断分析、综合，与芙瑞雅的推论一一印证。

芙瑞雅："同样，圣体体内的源核，也是龙皇种下的蛰龙。当我收服圣体，纳入源核时，蛰龙也到了我的体内，只是由于未得到龙皇的命令，并未激活。这一点，被玄青发觉并利用。"

"不错。"路补充出了全过程，"是玄青激活了蛰龙，并趁龙皇离开的机会，用秘法将它控制。不过这也导致了蛰龙先天不足，不具备惊人的灵性，更像是蛰龙的初级版或者简化版。如果这样，它就不再是无法杀死的。"

芙瑞雅眼睛一亮："你有什么办法？"

路："长生族尝试过很多剥离蛰龙的办法，都功亏一篑。不过，你体内这只是简化版，应该有成功的可能。"

她松了口气："那就动手吧。"

路："我得提醒你，剥离过程对宿主来说，非常痛苦。"

芙瑞雅："能比源核入体时还痛苦吗？"

路没有立即回答她，而是在斟酌语句："很难比较。这种痛苦超越了肉体——肉体上的痛，始终会消退，而这次不会。它将伴随你终身。"

芙瑞雅隐约感到一丝不详："路，你到底想说什么？"

"剥离源核的过程，也会剥离一切你体内的寄居者。"说完这句话后，路深深地看了她一眼。

"寄居者？"芙瑞雅一怔，脸色渐渐苍白，"你是说，孩子？"

路："是的。这是玉石俱焚的过程，无法避免。"

芙瑞雅沉默了。这个办法，需要牺牲自己的孩子。难怪会比源核入体更痛苦。

路叹了口气："在你做决定前，我想讲一个故事。某个星球上曾有一个强大的种族，族中女性都是优秀的战士，她们也被种下了蛰龙。全族智者用尽一切办法，为族长争取到剥离蛰龙的一线机会。但这时，她发现自己怀孕了，于是逃入山中，悄悄生下了孩子。然而，她的孩子并没有活下来，而是在出生后第二天，就被蛰龙吸尽了生命。

"我说这些，是想告诉你，你不要背负这样的心理压力。根本没有是否牺牲孩子的选择，他注定会死。没有生命能在蛰龙的侵吞下活下来。"

芙瑞雅没有说话。她轻轻仰起头，似乎想用这个姿势，让眼泪不再流出，但泪水仍然沿着她的脸颊，无声滑落。

路："我知道这很难……放手吧，芙瑞雅，你没有选择。"

芙瑞雅摇头："我做不到。无论有多少合理的理由，我都做不到。我可以牺牲自己，却无权牺牲他。他不是我的所有物，而是独立的生命，会有自己的未来……"

"它没有。"路决然打断她，"现在你体内的，只是个胚胎。它才开始分裂，没有意识，没有形体，没有知觉，根本称不上是生命。受过现代教育的你，不应该背负罪恶感。所以，不要做任何设想，也不要憧憬，让它停留在它该停留的阶段。"

路："你没有杀死任何生命，只是做了个手术，把体内的某些细胞取了出来。"

芙瑞雅没有回答。

路握住了芙瑞雅的手，光尘幻化出微弱的温度，温暖她冰冷的掌心："在长生族眼中，孩子出世前都从属于母体。必要的时候，母亲可以选择舍弃它而保全自己，就如同截去病变的肢体。长生族的女性，拥有与男性同等的力量与权势，因此也能做出同样理性的选择。而你们人类不同，本身那么脆弱，却偏偏在母亲这个身份上施加了太多枷锁。"

路轻轻抬手，为她拭去眼泪，柔声说："你和他们不同，不该受这些世俗之见的束缚。你有权力在它还未有知觉前去掉它，而不该受到任何谴责。"

"谢谢你安慰我。"芙瑞雅笑容凄然，"谴责我的不是世俗，而是信仰与良知。但，请放心，我会走下去……"

她抬头，注视着路："可为什么，前行是如此艰难？"

路的目光中透出无尽的伤感："因为，你肩负的太多。"

这一刻，她终于垂下头，无声地哭泣起来。

不知过了多久，芙瑞雅终于停止颤抖，缓缓站直，用平静的语气说："我准备好了。"

路将一只玻璃樽递到她面前："喝下去后，一切都解决了。"

樽中盛着紫色的液体，幽然生光。

芙瑞雅将它接过，紧紧握在胸口："路，我问最后一次，请你诚实地告诉我——无论我喝不喝，他都无法存活，是吗？"

路："是。你没有杀死任何人。没有改变任何人的生命。"

芙瑞雅沉默着，最终点了点头。

"你能离开一下吗？这件事，我想自己面对。"

路缓缓点头，张开双臂拥抱了她。他的双手并无实体，只是一道光，给她微弱的温度，然后缓缓消失。

良久，芙瑞雅下定决心，举起了玻璃樽。

突然，一个稚嫩的声音响起："妈妈。"

芙瑞雅一惊，手中的玻璃樽差点滑落。一个小女婴出现在不远处，蹒跚着走向她。女婴还不到两岁，肌肤雪白，还有一头耀眼的金发，像极了童年时的自己。芙瑞雅几乎忍不住伸手去抱她。

此刻她想起了路的叮嘱："无论看到什么，听到什么，都不要动。那都是蛰龙施展的幻觉。"芙瑞雅强忍着收回了手。

小女婴一会做鬼脸，一会撒娇，一会假装摔倒，用尽各种伎俩让芙瑞雅抱她。她是那么生动、真实，完全看不出是幻觉。

芙瑞雅的心在抽紧。她知道这是蛰龙的诡计，却仍忍不住心神动摇。这个女婴与她想象中的孩子一模一样。如果她真有个女儿，一定是这个样子——会睁着一双大眼睛撒娇，会组合各种俏皮的词汇，会装出成熟的样子教训别人。就是这样。所有的伎俩都不奏效后，女婴哭了起来。捂住双眼哭泣的瞬间，她仿佛长大了两岁，变成了一个戴着花冠的幼童。

她用稚气的声音说："妈妈，我就要死了，你都不肯抱抱我吗？"她哭得非常伤心，长长的睫毛颤抖，能抖碎一切铁石心肠："妈妈，你不要我了吗？"

芙瑞雅仍然一动不动，紧咬的嘴唇上有了血的腥咸。

"妈妈你看，我的头发是浅金色的，眼睛湛蓝，我左颊上有酒窝，右颊没有。我很喜欢吃甜食，就跟你一样。"

她调皮地偏了偏头："我长大后会很像你，有你的美貌与聪慧，又有爸爸的英武与野心。"随着她的描述，女童变化为一位十六七岁的少女。她真的是芙瑞雅与他的混合体，美丽而又充满英气。

"我会成为帝国的主人，一位空前伟大的君主。你不想看到我出生吗？"

芙瑞雅仍然没有动。她很清楚，眼前的，不过是蛰龙的幻影。

少女似乎能探测到她的心意，眨了眨眼睛："如果这样还无法打动你的话，我想让你看看我的另一面。"光晕中，少女转了个圈，重新变化为儿童，却是一个黑发的男孩。

"妈妈。"同样亲昵的呼唤，却有着截然不同的音调。

男孩大概有七八岁的样子，留着一头长发。初看漆黑，细看则宛如星云，蕴藏着天地间最深的蓝。他的眸子是同样的蓝，与雪白的肤色形成鲜明对比。仅以容貌而言，他甚至比刚才的女孩还要美，微笑的时候，会露出两颗尖尖的虎牙，让这份美夹杂了一点妖异。

芙瑞雅警惕起来："你是谁？"

男孩："我是她的另一种人格。"

芙瑞雅注视着他："不，你就是蛊龙。"

男孩大方地承认了："不错，我是蛊龙，但我并不像你想象的那么可怕。在不同生物体内种下蛊龙，并不是什么邪术，而是龙族诞育后代的神圣方式。所以，在某种意义上，我也是您的孩子——龙皇和你的孩子。"

听到这里，芙瑞雅深深皱眉。

男孩："我和刚才的女孩，本该是一对孪生子的。可惜出了一点小事故，我不得不和她共用一个躯壳。所以，妈妈……"

芙瑞雅打断他："不要这样叫我，我没有这样的孪生子。"

男孩并没有生气，在她面前缓缓成长为一位绝美少年。

"不想当我的妈妈吗？看看我吧，龙族最后的皇裔，强大到可以征服万物。但我保证，不会伤害您和我的妹妹。我会乖乖住在她体内，成为她的第二人格。她召唤我的时候，我会出来，辅佐她成就前所未有的功业；她不需要的时候，我就留在她脑海深处，做她的影子。"

他的黑发临风飞扬，光影绚烂，让人无法挪开视线："这样不好吗，妈妈？您将拥有天下最完美的儿女。"少年的声音极具感染力，令人难以拒绝。

只可惜，芙瑞雅不为所动："你在说谎。刚才的女孩，已经被你侵蚀了。你强占了她的身体，控制了她的举动。"

少年笑了："我和她是一体的，都是你的孩子。谁是主宰，谁是影子，重要吗？妈妈？"

"重要。"芙瑞雅逼视着他，"如果你是寄居在她身上的邪灵，我会驱逐你，保护她。如果你已经占据了她的灵魂，我会杀了你，为她复仇。"

少年眉峰微挑："杀了我吗？那她也会死。"

芙瑞雅没有回答，只缓缓握紧了玻璃樽。

少年："你真的这么狠心，将我们一起杀死？"

见芙瑞雅沉默，少年脸色沉了下来："你以为自己在做伟大的牺牲吗？不，你只是自私、冷血，你只是怕死！你为了自己不死，可以杀死自己的孩子，可以看着任何人死都无动于衷！"

突然，他冷冷一笑："你以为不做设想、不要憧憬，就会减少负疚感吗？我告诉你，她仍然存在，她的名字叫安妮。"

嗡的一声，芙瑞雅小心防护着的最后之地，被血淋淋地撕开。她听从路的话，不去想关于孩子的一切，不设想，不憧憬。他只是个概念，一颗尚未发芽的种子。但随着"安妮"这个名字的出现，这个孩子突然真实了起来，成了生命，成了母亲的骨中骨，肉中肉。

芙瑞雅的手开始不受控制地颤抖。

这时，少年消失了，小女孩的形象再度出现，用稚嫩的声音，重复了一遍："我有一头金色的头发，左颊上有酒窝，右颊没有。我很喜欢吃甜食。就跟你一样，妈妈……"

每一个字，都重击在芙瑞雅心上。

第四十七章　无法逾越之界

芙瑞雅瞬间失神。

小女孩走上前，轻轻握住了她的手，同时，也握住了她手中的玻璃樽，缓缓倒向自己。

芙瑞雅突然警觉，用力收回手。小女孩突然显露出凶悍的模样，小小躯体爆发出无穷的力气，和她争夺玻璃樽。

"砰"的一声脆响，樽体破裂，尖锐的碎片刺入小女孩的身体。小女孩难以置信地看着芙瑞雅，发出不甘心的悲鸣，消失不见。

芙瑞雅沉默良久。终于，她拂去手上的血痕，平静地召唤出路："药洒了，重新为我倒一杯吧。"

一刻钟后，路再度用光尘凝结成一只玻璃樽。

这一次，芙瑞雅没有立即喝下，而是将它小心收好，转身出了宫门。沿路的啓都恭恭敬敬地向她行礼，她视若不见。现在是第二十九天了，蠹虎长老心急火燎地问什么时候攻打卡乌斯季塔列亚，她也置若罔闻。蠹虎长老有些摸不着头脑。

芙瑞雅没有停步，径直走进了苏妲的宅邸。她的宅邸独占了第二层的一角。门廊通幽，越进越深，就像是个小世界一般。尤其奇异的是，宅邸内种了很多花，在冰雪中浓艳绽放。

苏姐有些吃惊，没想到芙瑞雅会来拜访自己，急忙恭敬地将她迎进去。

芙瑞雅落座后的第一句话是："你有酒吗？"

苏姐一惊："……有。"

芙瑞雅："拿给我，越多越好。"

苏姐试探着问："我有好几种酒，您要哪种？"

芙瑞雅："最烈的那种。我想醉。"

苏姐不解地看着她。芙瑞雅自嘲地一笑，笑容中有彻骨的凄凉："我要杀死我的孩子，我不想在清醒时做这件事。"

这个答案太出乎意料，苏姐呆了很久才反应过来："好，您稍等片刻，我这就去。我有您要的酒。"说完，她躬身行了一礼，掩门走了出去。

芙瑞雅静静地坐着，似乎在想什么，又似乎什么都没有。

她仿佛穿越了一重又一重的门，渐渐下沉，无数曾拥有的美丽记忆从她身上剥落，无法抗拒。她向使者询问，得到的只有一句回答"这是冥府的规矩。所有通过者，都必须将既往所拥有的摈弃"。她只有默默承受。那期待的篇尾所描述的，何日才会出现？

> 愿亡灵上升
> 闻到香气

愿亡灵上升，闻到香气。但她拥有的，却永远只有篇首——

> 锡恩的女儿伊什塔尔打定主意
> 要到伊尔卡鲁的幽暗之所去
> 要到那有进即无出的路前行即无回的途
> 要到那有光即被夺走的处

在那里灰尘是他们的餐泥污是他们的食

他们看不到光在黑暗中瑟瑟而居

像鸟一样披着麻棉的网罟

门上楗上堆满尘土

窗棂间日影明灭，宅邸中的花朵开了又合。

苏妲离开了很久，久到有些不寻常。但芙瑞雅几乎没有时间的概念，只是静静地坐着。

不知过了多久，门被轻轻推开，一个人走了进来。那个人，不是苏妲，而是卓王孙。

芙瑞雅惊得从座椅上站起身："你怎么会在这里？"

这是冰城的内部，周围都是启。若是让启得知他来到此地，一定会倾巢而出，将他捉住。至于捉住后是直接杀了还是拿来做谈判的筹码，就不一定了。毕竟启一直觉得，打败他们的不是人类，而是卓王孙。杀了他，就等于赢得了这场战争。他竟敢独身来到冰城，是胆大还是嚣张？

卓王孙反身将门关上，激发了门上的一个机关。无数冰凌铸就的花形符纹闪过。这是苏妲独有的花潮圈禁，威力不如蛇骨圈禁，却格外周密。

"你不能杀死她。"卓王孙开门见山，就说明了来意。

芙瑞雅怔了一怔，他怎么知道？随即明白，是苏妲告诉他的。他之所以会出现在这里，也是因为苏妲暗中襄助。

芙瑞雅脸色冷了下来："我说过，这个孩子与你无关，她不是你的孩子。"

"我也说过，她是我的孩子！我不许你杀死她！"

"你没有资格这样说。她在我体内，背负着她的是我，不是你！"

"那好，把她交给我，以后由我来背负。"

"你可能不知道她是什么，我告诉你。我希望你听完了，还想要她。"

芙瑞雅简要地将事情来历讲了一遍，包括蛰龙。

卓王孙听得很认真，听完后，他沉默了一会儿："我还是要她。"

这个回答有点出乎芙瑞雅的意料，她深深地看了卓王孙一眼，随即摇了摇头："你这样说，是因为你不了解蛰龙。它已经侵占了她的身体。从此以后，这个孩子体内会有两个灵魂，一个是她的，一个是蛰龙的。她会无时无刻不受着吞噬之痛，永远跟蛰龙做斗争。"

"我了解。"卓王孙回答，"但我相信我们的孩子，不会败给蛰龙。"

"你相信？就因为你相信？"芙瑞雅想不到他会说出这么轻易的不负责任的话。

卓王孙："我不仅是相信。你不想养她，没关系，把她交给我，由我来养她。我会找出解决蛰龙的办法。"

芙瑞雅："整个长生族都解决不了蛰龙。"

卓王孙："我不是长生族！就算我找不到，我绝不用你来承担，我会自己承担所有的后果！"

芙瑞雅："你以为这样说，我就会答应吗？"

"好，那我这样说呢？这个孩子，是我们和谈的基础，她是你我和谈的赌注之一，现在你要放弃她，就是单方面毁约。既然如此，我就会宣布和谈立即终止，蒸汽巨舰立即发动攻击！冰城的符纹祭阵已被你抽离，用于建浮空岛了，冰城能扛得住多久？不错，你是有浮空岛，但如果我坚持对攻的话，我会在你的浮空岛取胜前，将冰城完全毁去！那时，就算你能攻下卡乌斯季塔列亚，让蒸汽巨舰全军覆灭，又有什么意义？"

卓王孙冷冷地望着芙瑞雅，语调平静，却让芙瑞雅感到彻骨的冰冷。

"如果这还不够的话，那我下令袭击浮空岛呢？一切空中武器升空前就只是个靶子！这么庞大的浮空岛，多久能升空？半个小时？这半个小时内我让所有蒸汽巨舰集火攻击，足可以将它击毁！

"如果你不答应把孩子交给我，我会毁掉冰城，毁掉浮空岛，毁掉你所有想保住的一切！你知道我能做到。"

芙瑞雅冷笑："你当然能做到，你已经毁掉我的一切了，我现在努力，只不过是想将它们拿回来！你突然出现在这里，说要带走你的孩子，可我独自在生死之间挣扎的时候，你又在哪里？"

"我的确犯下过很多错，我也没有想毁掉你。我所要的，只是她，就算她永远与蛰龙共生。你不想把她当成孩子，就交给我吧，我愿意。"

卓王孙诚恳地望着芙瑞雅："除此，别无所求。"

芙瑞雅摇了摇头："可她已经不是孩子了，是蛰龙。蛰龙的凶恶，远超你想象。现在的她，已经只剩下最微弱的意识。九个月后，她保留着人类灵魂的可能性，不足万分之一。其余万分之九千九百九十九的可能，是她在出世那一刻，就已死去。活下来的，是占有她身体的蛰龙。你愿冒这样的险吗？"

卓王孙没有犹豫："是。哪怕万分之一的可能，我也不会放弃。"

芙瑞雅："就算她在这万分之一的可能里存活，与蛰龙共存，她仍会在成长过程中，不断受到侵蚀。最终有一天，完全与蛰龙同化。那时她将变得残忍，嗜血，以杀人为乐，把世界变成地狱。这样的'孩子'，你也想要吗？"

这一次，卓王孙没有立即回答，而是思索了片刻："我想要。我不在乎她长大了是个什么样的人，只要她是我们的孩子。"

"那么，"芙瑞雅的声音有些嘶哑，"她每时每刻，都活在地狱之中，也无所谓吗？"

卓王孙的目光中，也有了一丝痛苦："如果是这样，我会陪她去地狱，拉着她的手说：'我不会放弃你，不管多远，我都会把你拉出地狱。'"

"如果说这句话的，是之前的你，我会相信。"芙瑞雅笑了，笑容无比凄凉，"但现在，我不信。因为你就是把这个世界变成地狱的人。你想要这个孩子，不怕她成为蛰龙，不怕她把这个世界变成地狱，是因为你跟她是一样的人。"

卓王孙静静地看着她说："你是这样看我的？"

芙瑞雅："是。"

卓王孙沉默了很久，轻轻点了点头。那一瞬间，他的神色有一些恍惚，他不想这一幕被她发现，于是转过身，拖过一张椅子坐下。做这一切的时候，他的动作很慢很轻，只有这样，才能掩饰他心中的痛苦。

坐好后，他微微躬身，双手撑住额头，将双眼藏在阴影里，而他的声音，仍有藏不住的疲惫："我知道，你已经决定离开我，不会回头了。我不怪你。是我逼你走到今天这一步的。但就这一件事……"

他的声音陡然低沉下去："为什么，不能把她留给我？我只是想要一点我们共同的东西，不行吗？"

芙瑞雅微微一震。她看不到他的表情，却能清楚地看到他身体的颤抖。幼年以来，他绝少将自己的脆弱坦露在他人面前，这是唯一的一次，或许，也是最后的一次。

那一刻，芙瑞雅有一些迟疑。她的手不由自主地滑下，几乎将玻璃樽放下，但，遍身的伤痛提醒她，绝不能心软。她忍着心中的痛楚，召唤路，释放出未来的影像。

一个黑暗的世界在她与卓王孙之间浮现。那位少年站在高塔上，张开双臂，临风俯瞰着大地。他的长发飞扬，像是一条条盘旋的魔龙。高塔下，堆积着撑天的骸骨。鲜血淹没了城市与村庄。

芙瑞雅的声音响起："看到了吗？它不是你的孩子，它是龙皇的魔嗣。"

"都是谎言！"卓王孙站起身，挥手将漫天幻影撕裂。光尘化为落雪，缓缓消失。

卓王孙惊讶地看到，芙瑞雅手中的玻璃樽已经空了，紫色的药汁被她噙在口中。

他不敢贸然上前："等等！你要想清楚，你是在杀死自己的孩子！"

芙瑞雅看了他一眼，平静地将药咽下。

"是的，我很清楚。我是在杀死自己的孩子。"她用力，将玻璃樽掼在地上。玻璃碎屑化为一条细细的线，隔开了她和他。只是一条线，没有蛇骨圈禁的法力，也没有鲜花圈禁的迷惑，却让人无法跨越。

咫尺天涯。

这一幕，像是某部电影结尾的慢镜头，在卓王孙面前拉长、循环，永远都没有终结。她动作中的每个细节，都在他眼前放大，让他终生铭记，铭记最深的，还是她的平静。那平静中没有负疚，没有伤痛，就像是在做一件平常不过的事情。他蓦然觉得，眼前的芙瑞雅，是那么的陌生。

芙瑞雅推门离去时，他没有动。那条细细的线，成为无法逾越的天堑。

芙瑞雅径直向皇宫走去。

负屃长老与尾之一族守在皇宫之外，他们似乎猜想到些什么。自从浮空岛的工作完成后，他们就一直不离皇宫左右。

"负屃，你们愿意跟随我吗？"芙瑞雅突兀的话让负屃长老吃了一惊，他望着芙瑞雅。

芙瑞雅脸上的泪痕已经干涸。与卓王孙的对话，仿佛让她找回了自己。她已将所有的负面情绪都宣泄了出去，剩下的只有理性。她的面庞，像是岩石雕就的一般。

"自然愿意，我们效忠皇后陛下。"负屃犹豫了一下，躬身答应。

芙瑞雅说得更加直白："我是指，就算离开启族，你们也愿意吗？"

负屃长老的身子僵硬了一下，但出乎芙瑞雅意料的是，他并没有露出惊讶的神色，更像是早就预料到、而这一天终于来了的释然。

"我们愿意。"

"为什么？"

"因为，我族的未来，在您身上。我坚信这一点。"负屃长老并没有敷衍，严肃地回答，"除了您，没有人能对抗得了卓王孙，我族必定会亡在他手中。能与他抗衡的只有您。我族若想延续，只有追随您，没有第二条路。"

"说得很好。"芙瑞雅的脸上露出一丝笑意，"那就把你的族人全都叫来吧。我们，去卡乌斯季塔列亚。"

"皇后陛下，尾之一族已经全在这里了，随时等候您的调遣。"

芙瑞雅惊讶地望了负屃长老一眼，负屃长老没有回避，苍老的脸显得很淡定。他静静地立着，似一棵古松，衰朽不堪，经历了足够多的风雨，早就波澜不惊了。显然，他看出的东西比芙瑞雅设想的还要多。

芙瑞雅点了点头，将皇宫大门推开："很好，那就进来吧。记得以后不要再叫我皇后了，叫我女王陛下。"

十几分钟后，冰城整个在震颤，浮空岛缓慢地升空。

卓王孙的估计没错，升空的过程很缓慢，这个庞然大物需要至少半个小时，才能积累足够的速度，上升到超出云层的高度。那里，才是它真正发挥威力的地方。

啔全都仰头观看，浮空岛每升空一米，他们就发出一波欢呼。他们相信这座浮空岛能将人类打得落花流水，赢下那个对他们至关重要的赌约。有这座浮空岛，他们再也不用担心战败了。但他们的欢呼并未持续多久，嘹亮的军号声传来。有些啔冲到城墙上观看，就见上百艘蒸汽巨舰高速驶来，围住了冰城。其中最前面的一艘，甲板上站着的，赫然正是全副武装的卓王孙。无数黑洞洞的炮口，对准了冰城。军号声凄厉无比。

"人类打过来啦！人类打过来啦！"城墙上的啔惊慌失措地大喊着。

其他啔纷纷涌向城墙，当他们亲眼看见这么多蒸汽巨舰时，他们的脸全都失去了血色。恐慌，绝望。

他们非常清楚，失去符纹祭阵的冰城，已变得脆弱无比，绝对经不起蒸汽巨炮的轰击的。他们齐刷刷地将目光移向浮空岛，这是他们唯一的救星。

而让他们更加绝望的是，浮空岛根本没有丝毫停留的迹象，仍缓缓地向城外的云层中飞去，速度越来越快。

"皇后陛下，您不能走！"

"求求您，救救我们！救救我们！"

启绝望地呼喊着。他们拼命想抓住这根最后的稻草。成千上万启的呼喊，并没有让浮空岛停下半分。

玄青："现在你们看清她的真实嘴脸了吧，她骗了我们所有启！她骗走了符纹祭阵，骗我们给她卖命，其实她根本就没有为我们考虑，她只是利用我们获取她想要的力量！"

玄青的脸色也苍白无比，他望着浮空岛，怨毒几乎将他的理性完全烧毁。这本是他的！这座神迹一样的巨型空舰，是他的！这个该死的人夺走了它！

皇宫的宫门缓缓打开，芙瑞雅走了出来，她望了玄青一眼。玄青有种感觉，她已经知道了，在她体内种下蛰龙的人是他。她知道他做过的所有的鬼蜮伎俩！

玄青陡然有种冰冷彻骨的感觉，未完的话卡在喉中，再也无法说出口。

芙瑞雅："你们以为，我留下就能挡住人类的蒸汽巨舰吗？目前浮空岛还没有正面击溃人类的力量。我们唯一的机会，就是尽快占领卡乌斯季塔列亚，让人类明白，他们再不撤，就永远没有机会撤了。浮空岛的行动越快，人类的压力就越大，他们才越不敢在冰城多耽搁。"

浮空岛升得还不算很高，芙瑞雅的话清晰地传入所有启的耳中。

启的焦灼并没有减轻。这个道理很浅显，他们自然想得明白，但想得明白跟接受是两码事，眼看着大军压境，唯一一根救命稻草却要飞走，这是他们无论如何都接受不了的！

"至于你们守不守得住冰城，我要说的是，你们该学会靠自己了。浮空岛已经为你们争取到了战略空间，你们只需要死守到它到达卡乌斯季塔列亚甚至到达路程的一半就可以了。如果连这点时间你们都守不住……"她最后望了启族一眼，转身走进了皇宫中。

皇宫的大门随之闭上。

启们呆呆地仰头望着，望着，望着那座寄托着他们所有希望的神迹，缓慢但不可阻挡地没入云层中，再也不见。

冰城中一片死寂。

蒸汽巨舰上，卓王孙面无表情地望向浮空岛。芙瑞雅的话，每一个字都清晰无比地传入他的耳中。每一个字，都加深了他对她的陌生感。

"全速返航，直奔卡乌斯季塔列亚。"皇帝陛下传下这道命令。

"陛下，我们就这样退走吗？"西部军团长非常不甘心，"只用一天，不，半天，我们就能打下冰城。"

"若是以前，我会这样做。但现在，我不敢。"皇帝陛下摇了摇头，"以前，我相信芙瑞雅只是把让人类全军覆灭当成是个可能性来说，她不会这么做。现在我仍然相信她不会这么做，但我已经不敢赌了。你敢赌吗？"

所有人都沉默了。

一个月的休战期正式结束的那一刻，浮空岛降临卡乌斯季塔列亚上空。坠星炮第一次发射，重达千吨的梭形冰柱经过岛体加速后，又经过数万米的重力加速，最终紧挨着卡乌斯季塔列亚落下，引发了一场小型地震。这场地震，几乎将卡乌斯季塔列亚夷为平地。

由于事先得到通知，人员已经疏散，并未引起什么伤亡。但这毁灭性的力量，让城内外的守卫都吓破了胆，匆匆逃走。

浮空岛静静悬在云层中，每一个看到它的人类士兵，都无法兴起与之相抗的念头，战斗意志彻底瓦解。卡乌斯季塔列亚，被浮空岛占据。

半天后，全速回撤的人类军队赶到。他们神色复杂地望着被夷为平地的卡乌斯季塔列亚，以及悬在空中宛如神幻的浮空岛，没有多做半分停留，撤回了陆地。

再过了一天，长老们统领的启族军队赶到。他们惊喜地发现，浮空岛占领了卡乌斯季塔列亚，人类军队已被赶出北冰洋，不禁爆发出一阵欢呼。就在他们兴冲冲地准备接手卡乌斯季塔列亚时，第二枚坠星炮落下，又一场小型地震被引发，方圆十公里内的冰层完全被震碎，启族大军无法靠近分毫。启们茫然无措，不知为什么浮空岛会将他们拒之门外。

这时，浮空岛上，芙瑞雅宣布，卡乌斯季塔列亚不属于人类，也不属于启，它属于——合众国。

消失在历史中一年多的合众国，再度在这座废墟一般的小城中出现了。它订立的第一条规矩就是，合众国会掐断北冰洋与陆地的联系，启不许出北冰洋，人类不准入北冰洋。敢违反者，视为与合众国开战，将遭到浮空岛的无情打击。

在这座超越时代许多的空天战舰的背书下，这条规矩有着足够的威慑力。袭用了合众国的一切政体，浮空岛有了一位新的女王——芙瑞雅女王陛下。

启族大军非常不甘，长老们更是要求面见芙瑞雅，愤慨地想讨回公道，但最终他们全都无功而返。

启族大军并未退走多远，而是挨着卡乌斯季塔列亚驻扎了下来。他们不甘心接受这一结果，但也没有挑衅浮空岛的胆量。人类的大军也在另一侧的不远处驻扎了下来，大概理由也差不多。

两族最强的军力集中在这么小的地方，却又都不敢启衅，维持了某种微妙的平衡。尾之一族降落在小城中，开始整理废墟，清扫城市。芙瑞雅也降落下来，穿过小城已看不出原貌的主干道。这就是她的都城。

极夜仍没有结束，雪仍纷纷落着，夹杂着黑色的劫灰。

什么都没有改变。

凌晨，路做好了一台仪器，虽然简陋，只能用一次，但足够了。他将芙瑞雅带到仪器前："进去，按下按钮，蛰龙与你说的话都将从记忆中抹去。你不再有关于孩子的任何印象，从此它就仍然只是个概念，没有具化，没有设想。你将与那些不知不觉中流产的母亲一样，毫无负担地生活。"

芙瑞雅站在仪器前。

是的，这的确是个很好的解决办法。她将手指放到按钮上，指尖传来金属的微凉。只要轻轻一按，附骨蚀心的痛，彻夜难眠的愧疚，将从此消失。

芙瑞雅合上双目，睫毛轻轻颤动。然而，她最终收回了手。

"路，你知道吗？蛰龙对我造成的伤害比你想象的要大……"泪水，再度从她的脸颊上滑下来，"这就是我唯一可能会有的孩子，我不想忘掉她。我知道只要我按下这个开关，我就不会再有负疚感。但是，我真的想记得她。"

路："这样，你会痛苦一辈子。"

芙瑞雅："忘掉她，我的痛苦会减少吗？"

路沉默了。

她平静地回忆着："她是个女孩，叫安妮，只有一边的脸上有酒窝，跟我一样喜欢吃甜食……路，你说得没错，我不能设想自己的孩子是什么样子，一旦设想了，它就成了个活生生的存在，就会很难过……"

她用手按住自己的胸口，缓缓用力。只有这样，她才能呼吸。

路叹了口气："何必这样呢？忘掉，不是很好吗？"

"不，你不了解。以前，我总是告诉自己，我会勇敢面对一切痛苦，无论多痛，我都不会屈服。如果这次我忘掉了，我就无法这样对自己说了。所以，我只能承受它。不管它多么痛，多么苦，我都要笑着对自己说，我能承受它，我做到过。"

她扬起头，用力聚起微笑。这个简单的笑容，似乎花费了她全身的力气。最终，破碎不全的笑容，一点一点完整。

远处的山坡上，一台高精度的军事望远镜正注视着芙瑞雅。

注视着她努力尝试的笑容，一遍遍失败。

望远镜一动不动。

兰斯洛特缓步走了过来："陛下，武器已经准备好了，我们有三成的可能成功。虽然低，但值得尝试。"

望远镜放了下来，卓王孙没有回应兰斯洛特，低头沉默了许久。

"兰斯洛特，你说一个人最痛苦的时候，会做什么？"他突兀地问。

兰斯洛特怔了怔，这个问题完全出乎他的预料。他斟酌着回答："有的人会醉酒，有的人会自暴自弃，有的人会报复……"

卓王孙打断他："会笑吗？"

"这……"兰斯洛特一时不知该如何回答。

卓王孙没给他太多思考的时间："传令取消下面的反攻计划。"

他的语调中，有兰斯洛特从未见过的颓然："我累了……回帝都吧。"

（本书完）